U0530387

Martin Amis

Yellow Dog

[英]
马丁·艾米斯
著

彭青龙
译

黄 狗

上海译文出版社

马丁·艾米斯和他的小说

瞿世镜

马丁·艾米斯1949年生于英国南威尔士,父亲金斯利·艾米斯是著名小说家,母亲希拉莉·巴德威尔是农业部一名公务员的女儿。马丁十二岁时,父母离异。继母伊丽莎白·简·霍华德也是一位小说家。马丁原来和其他同龄孩童一样,喜欢阅读连环漫画。继母引导他读简·奥斯丁的小说,这是他最早受到的文学启蒙熏陶。马丁曾经在英国、西班牙、美国十三所学校上学,然后在伦敦和布莱顿补习,为大学入学考试作准备。他考进牛津大学埃克塞特学院英语系,毕业时获一等荣誉奖。他写的第一部小说《雷切尔文件》1973年获毛姆奖。1975年,他担任伦敦《泰晤士报文学副刊》的助理编辑,出版了第二部小说《灵与魂的夭亡》。他还发表了许多书评和散文。于是他被《新政治家》编辑部录用,这时他才二十七岁。后面两部小说《成功》(1978)和《其他人:一个神秘的故事》(1981)出版之后,他成了专业作家,并且给《观察家》《泰晤士报文学副刊》《纽约时报》等报刊杂志写文学评论。他是一位多产作家,陆续发表了下列作品:《太空侵略者的入侵》(1982)、《金钱——绝命书》(以下简称《金钱》)(1984)、《白痴地狱》(1987)、《爱因斯坦的怪物》(1987)、《时间箭——罪行的本质》(1991年获曼·布克奖提名）、《访问纳博科夫夫人及其他游览杂记》（1993）、《经历》（回忆录，2000 年获詹姆斯·泰特·布莱克纪念奖）、《会面屋》（2006）、《第二平面》（2008，关于"9·11事件"及反恐战争的文集）、《黄狗》（2003 年获布克奖提名）、《莱昂内尔·阿斯博：英格兰现状》（2012）。 2007 年至 2011 年，马丁在曼彻斯特大学新写作中心担任创意写作课程教授。2008 年，《泰晤士报》将他评为 1945 年以来五十位最伟大的英国作家之一。马丁·艾米斯结过两次婚。他的第二位夫人伊莎贝尔·丰塞卡也是一位作家。马丁·艾米斯曾经住在伦敦肯辛顿区王后大道，他的小说时常以这个地区作背景。书中人物抱怨这里外国游客过多，商业气氛过浓，反映了伦敦市民丧失文化根底的异化感。他像狄更斯一样，喜欢从伦敦街头俚语、行业切口中吸收新鲜词汇，来丰富他的英语。这种植根于日常生活的通俗语言，被其他青年作家、记者、读者们纷纷仿效而流行一时。

在接受记者采访时，马丁·艾米斯阐明了他的文学观念：

"如果严肃地加以审视，我的作品当然是苍白的。然而要点在于：它们是讽刺作品。我并不把自己看作先知；我不是在写社会评论。我的书是游戏文章。我追求欢笑。

"我不相信文学曾经改变人们或改变社会发展的道路。难道你知道有什么书曾经起过这种作用吗？它的功能是推出观点，给人以兴奋和娱乐。

"小说家惩恶扬善的观念，再也支撑不住了。肮脏下流的事情，当然成为我的素材之一。我写那种题材，因为它更有趣。人人都对坏消息更感兴趣。只有一位作家，曾经令人信服地写过幸福，他就是托尔斯泰。似乎除他之外，再无别人能把幸福写得跃然纸上。

"我利用在自己周围所看到的所有荒诞可笑的、人们所熟悉的、凄惨可怜的事情……在这些日子里,到处存在着寒伧破旧、苦难悲惨的景象。

"阐明社会因果关系并非小说家的事业。他们必须对他们所具有的艺术效果非常敏感。"

马丁的处女作《雷切尔文件》被誉为青春期赞歌。这部小说的时间跨度只有一个晚上,但是通过记忆联想和闪回等意识流手法,扩展了它的容量。主人公查尔斯·海威在他二十岁生日之夜,回想他第一次爱情经历。他是一位聪明、敏感的青年,渴望成为作家。在几本笔记本里,他写满了描述女友雷切尔·诺伊斯的文字。通过这些笔记和其他回忆,第一人称叙述者查尔斯展示了一个引人入胜的故事,机智幽默地描述他的成长过程和初恋的惊喜感受。马丁·艾米斯认为,"在青春期,人人都感到创作的冲动——想要写诗、写戏剧、写短篇小说。作家不过是那些把这冲动继续坚持下去的人。"

我们发现,马丁·艾米斯的创作冲动继续坚持着,而且他有一种黑色幽默的灵感。他的第二部小说《灵与魂的夭亡》,把幽默讽刺、生活堕落、荒诞暴行混杂在一起。这部小说写六个年轻人在伦敦郊区一幢大房子里度周末。时间跨度从星期五早晨至星期六。作者仍然使用意识流闪回手法,来扩展六个人物的生活经历和心理深度。当这群青年星期五聚在一起过周末时,来了三位美国客人。他们激起了大家放荡的欲望,在酗酒、吸毒之余,男女混居,任意淫乱。然后是一连串暴行:殴打、虐待、谋杀、撞车。此书的平装本改名为《阴暗的秘密》,因为《灵与魂的夭亡》这个标题实在太触目惊心了。这部小说如实暴露了西方社会的阴暗面，然而它的色情、暴力内容却可能会引起我们东方读者的强烈反感。

1984年出版的《金钱》是一部非常独特的社会讽刺小说。此书采用第一人称叙述，主人公约翰·塞尔夫是位极端令人厌恶的反派角色，集粗野、好色、蛮横、奸诈等恶习于一身。他的职业是制作电视广告和色情影片。他坦言其所有的嗜好都具有色情倾向，包括"诅咒、斗殴、射击、玩女人、吸毒、酗酒、吃快餐、赌博、手淫"。塞尔夫（Self）的英文含义是"自我"，可见他是个以自我为中心的人物。然而他自我意识的核心元素是金钱。他用金钱来购买一切，包括爱情。他的情人塞琳娜·斯特里特是交际花。斯特里特（Street）的英文含义是街道，暗示塞琳娜是出卖色相的街头女郎。她所做的一切都是为了钱。她和塞尔夫上床，她拍三级影片，都是为了金钱。塞尔夫与她臭味相投。他说，"我爱她的堕落"。他们做爱时不是说我爱你，而是说钱。只有钱才能帮助塞尔夫达到完美的性高潮。他内心情绪很不稳定，是偏执狂。他认为塞琳娜应该有众多情夫，这才显得她更够劲，更有价值。他又总是怀疑塞琳娜对他不忠，突然间没来由的惊恐不安、汗流浃背。约翰的父亲巴里·塞尔夫离不开毒品、女人、黄色录像、高级餐馆。他的情妇维罗妮卡是有露阴癖的脱衣舞女。他用儿子的钱来购买性爱。人与人之间没有伦理亲情，只有金钱关系。故事发生在1981年，查尔斯亲王和戴安娜王妃成婚，举国欢庆。这是个势利社会，金钱可以购买一切，而高尚的文化毫无意义，因此塞尔夫追求金钱而不追求艺术。他的另一位情妇玛蒂娜·吐温是个有文化的知识分子。她试图引导塞尔夫欣赏高雅艺术,消减他的满身铜臭。但是在塞尔夫眼中,印象派画家莫奈的作品不是艺术品,而是金钱的等价物。他的心灵已被金钱彻底地占领和腐蚀!小说的主题是金钱:描述了主人公如何得到它、保存它、消耗它、丢失它。在这过程中,塞尔夫日益腐化堕落、丧失自我。作者所使用的语言相当独特,充满着俚语、行话,弥漫着市井色情文学的特殊气息。在字里行间,响彻着金钱以及金钱的呼声,令人寒心地感到这里有一种异化压抑的气氛。这是一个国际性毒品文化的世界,吸食各种毒品的瘾君子令人恶心,人际关系极其混杂。塞尔夫表面上是个文化人,暗地里是个奸商,频繁往返于纽约和伦敦之间,靠走私毒品牟利,小说的场景也就随之而变换。在纽约和伦敦各有一个马丁·艾米斯,他们似乎是作者的化身。这些知识分子是在金钱世界中仅存的批判性良知。塞尔夫强迫艾米斯为他打工,帮他粉饰充斥暴力色情场景的剧本《良币》,却没能改变在金钱骗局中走向穷困潦倒的结局。最后,塞尔夫自杀,终于得到了应有的下场。他口袋里那本用来赚钱的剧本《良币》成了陪伴他走向死亡的绝命书。在撒切尔夫人统治下的英国,经济暂时复苏,贪得无厌的拜金主义成了流行一时的社会风尚和万恶之源。作者对于这种资本主义社会的弊端深恶痛疾。作者以"绝命书"作为副标题,发人深省。金钱的破坏性控制力笼罩一切,要想摆脱它的控制,除了死亡之外别无它途。这是何等触目惊心的警示!

马丁·艾米斯1989年出版的《伦敦场地》,题词所示是献给他父亲金斯利·艾米斯的。此书篇幅将近五百页,是他最长的小说,其中蕴含的黑色幽默甚至超过了《金钱》。故事发生在伦敦西区拉德布罗克丛林,时间是1999年。作品结构并不复杂。

男主人公基思·泰伦特是个精力充沛、容易激动的飞镖手。他非常迷恋他的女友妮古拉·西克斯，又怀疑她不忠于爱情。读者感到有一种不祥的预兆，最后果然发生了惨案，西克斯被残暴地谋杀了。结果发现是死者本人精心策划，诱骗凶手杀害了她。在人们期盼的"至福千年"前夕，伦敦场地上居然发生了如此惨剧，资本主义世界还有什么希望！此书在1989年布克奖评委会中引发了一场剧烈争辩。两位女性评委麦吉·琪和海伦·麦克奈尔实在难以容忍女主人公西克斯被残暴杀害的血腥场面。由于她们竭力抗辩，此书被否决了。另一位评委戴维·洛奇为此悔恨不已。他认为当时五位评委的意见是3：2，此书应该入选。

1991年出版的《时间箭——罪行的本质》是一部简短的小说。马丁·艾米斯借鉴了库尔特·冯内古特1969年的小说《第五号屠宰场》和菲利普·迪克1967年作品《时光倒转的世界》中的叙事技巧。作者在此显示出他对自己所掌握的辉煌技巧的极端自信：整个故事用倒叙法从坟墓回溯到摇篮，读者必须仔细辨认那些轶事和对话，把它们颠倒的时序重新理顺。在作者的颠倒叙述中，穿插了许多插科打诨的笑话，其五花八门的内容包括吃饭、排泄、争吵、做爱等等；与此并行的书中人物的倒叙，涉及令叙述者苦恼的道德价值判断。叙述者是二次世界大战中的纳粹战犯，他在盖世太保集中营里当军医。他不是用其医术救死扶伤，而是用它来蓄意杀人。他在战后逃亡到美洲，把时光之箭倒转过来，从死亡到出生把人生之路重新走了一遍。于是死于纳粹屠刀之下的犹太难民自然也活了过来，纳粹集中营里出现了奇特的复苏景象。食物不是从嘴里吃进去，而是从胃里反刍出来。清洁工不扫垃圾，而是往地上倒垃圾。既然一切都颠倒了，双手沾满鲜血的纳粹战犯的罪行也就被漂白了。这种是非颠倒的态度和研制原子弹的科学家何等相似！这部黑色幽默作品，启发读者去思考一个极其严肃的问题。那就是本书的副标题：罪行的本质——是非颠倒，人性泯灭！

1997年出版的《夜车》也是一部简短的作品。叙述者是一位颇有男子汉气魄的美国女侦探麦克·胡里罕。小说情节围绕着她老板年轻美貌的女儿的自杀案件逐渐展开，总体气氛灰暗、凄凉而充满着不祥预感。作者炫耀他的语言天赋，随意穿插美国本地土话、切口。评论界对此书毁誉参半。

2003年出版的第十部小说《黄狗》与《夜车》相隔六年之久。主人公汉·米欧是演员和作家。他的父亲梅克·米欧是极其残暴的强盗，早已死在狱中。他生活在父亲的阴影中，唯恐遇见父亲生前的仇人或同伙，害怕他们对他报复。在沉重的精神压力下，他变得十分孤僻，甚至疏远了自己的妻子和女儿。一直想实施报复的科拉，指使色情演员卡拉把汉诱骗到加利福尼亚，想以色相破坏其婚姻，但未得逞。汉在加州意外地遇见了自己的生身父亲安德鲁斯。这个意外发现使科拉放弃了报复的念头，因为他并非米欧的真正后代。小说把梅克·米欧作为暴君的象征，表现了主人公如何摆脱暴君影响的过程。他渴望摆脱亡父的阴影，正如那条哀鸣的黄狗试图挣脱背负的锁链。小说家泰勃·费希尔写道："我在地铁里阅读此书，唯恐有人从我身后瞥见我在读什么……就像你喜爱的叔叔在学校操场上被当场逮住手淫一样。"马丁·艾米斯却说这是他最好的三部小说之一。此书入围当年布克奖候选小说之列，但最终未能获奖。

《怀孕的寡妇》原来打算在2008年问世，后来一再修订，拓展到四百八十页篇幅，到 2010 年才正式出版。此书的主题涉及 1970 年代欧美的性革命，西方世界两性关系的规范从此改观。然而，旧的道德伦理被摧毁了，新的道德伦理尚未诞生。亚历山大·赫征将这个过渡时期称为"怀孕的寡妇"，暗示逝者已去，新儿未生，尚在寡妇腹中。作者以此作为本书标题。故事发生在意大利凯潘尼亚一座城堡中，主人公基思·尼亚林是一位文学专业的英国大学生。1970 年夏季，他与一群朋友到意大利度假。他们亲身体验了男女两性关系的变化。叙述者是处于 2009 年的基思本人的"超我"，即他的道德良心。与基思一起到意大利度假的有他若即若离的女友丽丽以及她那位富于魅力的闺蜜山鲁佐德（这位姑娘与《一千零一夜》传奇中的公主同名）。基思与山鲁佐德互有好感，丽丽因而开始折磨基思。小说下半部的情节发生出乎意料的转折，给基思后来的爱情生活留下了难以磨灭的痕迹。此书幽默、机智、感伤，是对于性革命浪潮中失去自控能力的年轻人的漫画写照。

2012 年出版的《莱昂内尔·阿斯博：英格兰现状》是马丁·艾米斯的第十三部小说。此书似乎可以看作《金钱》的续篇，金钱魔力在此书中引发的闹剧甚至比前者更为夸张。故事发生在伦敦迪斯顿市镇。主人公德斯蒙德·佩珀代因住在大厦第三十三层。这位少年的同龄伙伴们在街头打架，他却在图书馆里看书。他的舅舅阿斯博是个贪得无厌的流氓无赖，臭名昭著的罪犯恶棍。他以独特的方式关怀外甥，对他谆谆告诫：男子汉必须刀不离身，与女朋友约会还不如色情挑逗管用，在斗狗场里赢钱的诀窍是用塔巴斯科辣酱拌肉片喂狗。然而德斯对此毫无兴趣，他在书本的浪漫天地中寻求慰藉，这种娘娘腔的行为使他舅舅火冒三丈。德斯学识增长，逐渐成熟，想要开始过一种更加健康的生活。这时阿斯博买的奖券突然中了一亿四千万英镑大奖。一位工于心计的诗人模特儿委身于阿斯博，成了他的情妇。阿斯博腰缠万贯而始终不改其流氓本色，然而舅甥俩的人生轨迹却从此发生了剧烈变化。有人认为作者是以轻蔑的目光审视大英帝国的沉沦。马丁·艾米斯辩称此书并非"皱着眉头对英国评头论足"，而是以"神话故事"为基础的一幕喜剧，并且坚持认为他"作为英国人，深感自豪"。

英国小说家、评论家 A·S·拜厄特认为，现代英国小说有两种传统。第一种传统是前现代的现实主义。菲尔丁是这种传统的鼻祖。这种传统侧重于小说模仿现实、记叙历史的功能，并且通过"情节"与"人物"之间的交织来表述，注重思维的逻辑性、时间的顺序性和文字的清晰性。第二种传统是现代的实验主义。其远祖可以追溯到斯特恩。这种传统侧重于小说的虚构功能，强调探索小说本身的形式结构，挖掘其象征内涵，并且认为叙述技巧与形式结构的标新立异比思维的逻辑性、时间的顺序性、文字的清晰性更为重要。

二十世纪八九十年代，英国小说出现了两种传统交汇合流的趋势。马丁·艾米斯正是这股潮流的代表人物。他在接受记者采访时曾经说过："我可以想象这样一部小说：它和罗伯-格里耶的那些小说一样复杂微妙、疏远异化、精心撰写，同时又能提供节奏、情节和幽默方面沉着而认真的满足感，这些品质使我联想起简·奥斯丁的作品。在某种程度上，我想这是我自己正在试图去做的事情。"马丁·艾米斯兼收并蓄的创作方式，不仅继承了英国小说的现实主义和实验主义传统，而且从法国罗伯-格里耶的新小说、爱尔兰乔伊斯的意识流小说和美国小说家冯内古特、索尔·贝娄、纳博科夫那里借鉴了不少新颖技巧。他的标新立异来源混杂而丰富多彩。在当今英国文坛，不少青年作家深受他的影响，威尔·塞尔夫和扎迪·史密斯便是其中的佼佼者。

虽然作者自嘲他的小说不过是游戏文章，我们千万不要被他那种令人眼花缭乱的叙事技巧所迷惑。他创作的那些"讽刺漫画"中所蕴含的社会批判和价值判断，表明他是具有社会责任感的严肃作家。1989年春，我在伦敦英国国家图书馆中初次阅读马丁·艾米斯的《金钱》时感到十分震惊。狄更斯《双城记》的场景在伦敦和巴黎两个城市展开，《金钱》的叙事线索也在伦敦和纽约两个城市之间交织。在西方的传统观念中，爱情是纯洁的、神圣的。《双城记》主人公席德尼·卡尔登是典型的英国绅士。他为自己心爱的女人献出了宝贵的生命。《金钱》的主人公塞尔夫简直是个卑鄙畜生，情妇是他用金钱购买的泄欲工具。摒弃了圣洁的光环，爱情异化为买卖，英雄堕落为反英雄。我原来以为英国是一个具有绅士之风的国度。彬彬有礼的英国绅士，怎么会变成塞尔夫那样猥琐卑鄙的恶棍？我简直无法接受这样的人物形象！

起初我觉得马丁·艾米斯的小说令人反感，难以卒读。后来我注意到，约翰·塞尔夫在小说中自称"六十年代的孩子"。我知道二十世纪六十年代欧美社会经历过一场激进自由主义社会风暴。正是这股强烈的社会思潮，冲垮了西方传统道德的底线，英雄才会异化为反英雄，神圣的爱情才会异化为可用金钱交换的生物本能。

与英国著名小说家多丽丝·莱辛研讨当代英国小说发展，使我对此有了更深入的思考。她严肃地指出:"西方现代文明的发展,造就了整整一代文明的野蛮人。他们受过充分教育,掌握了现代科学知识,却用它来满足永无止境的物质欲望。西方现代文明的发展造成了野蛮的后果。虽然科学昌明、物质丰富、经济繁荣,但是精神空虚、传统断裂、道德沦丧、贫富悬殊、两极分化、民族冲突、性别歧视、国家对立、战争灾难、资源消耗、环境污染……中国现代化千万别蹈西方覆辙,必须另辟蹊径,走自己的路。"读到马丁·艾米斯小说中的色情暴力场景,莱辛关于"文明的野蛮人"这个振聋发聩的警句,就在我心中回响。也许这就是阅读马丁·艾米斯的价值所在吧。

献给伊莎贝尔

目 录

第一部

第一章   3
1. 多才多艺之人   3
2. 哈尔九世   17
3. 克林特·斯摩克   25
101 航班   37

第二章   38
1. 转至创伤科   38
2. 干了贝丽尔   47
3. 在王室专列上   59
101 航班   69

第三章   72
1. 信息公开   72
2. 高智商的白痴   81
3. 亚瑟王神剑   92
101 航班   103

第四章   105
1. 人生阅历之大事   105
2. 他的沃硫姆内斯   121

3. 库德布鲁街 136
101 航班 152

第五章 154

1. 主卧室内 154
2. 茶壶风暴 169
3. 车内云雨 184

101 航班 203

第二部

第六章 207

1. 十二月党人 207
2. 科拉·苏珊 212
3. 学员 219
4. 尤厄姆村 222
5. 101 航班 225
6. 自我辩护-1 227
7. 我们俩 235
8. 动动脑子 238
9. 新婚颂歌 244

第七章 250

1. 我们会悄然离开 250
2. 古怪的姐姐 257
3. 混蛋国王 261
4. 科拉拜访珀尔 266

5. 没什么不同寻常　　　270

6. 纸片人-1　　　276

7. 纸片人-2　　　285

8. 又不知道了　　　293

9. 前往其他目的地　　　297

第八章　　　303

1. 101航班　　　303

2. 脸里有洞　　　305

3. 辩解-2：蛇头基思　　　310

4. 黄舌　　　317

5. 把握时机　　　328

6. 101航班　　　333

第三部

第九章　　　339

1. 天空中的糖浆　　　339

2. 多勒罗莎大道旷工记　　　345

3. 摇篮曲规则　　　349

4. 正义的怒火　　　356

5. 性城狙击手　　　362

6. 当权者　　　365

第十章　　　368

1. 101航班　　　368

2. 克林特做准备　　　370

3. 寒冷中醒来   372

4. 垂柳依依   373

5. 101 航班   375

6. 公主想要什么?   377

7. 西蒙·芬格   379

8. 追随的圣女   381

9. 101 航班   386

最后一章   388

1. 骑士之爱   388

2. K8   393

3. 地球的尽头   396

4. 101 航班   399

5. 黄狗   402

6. 当他们小的时候   408

第一部

第 一 章

1. 多才多艺之人

我去好莱坞,又去医院;你是第一个,又是最后一个;他很高大,她却很弱小;你彻夜无眠,但又倒床就睡;我们很富有,却又贫穷;他们找到了安宁,却发现……

汉·米欧去了好莱坞,但是不一会儿,又突然痛苦地嚎叫着,急速奔至医院。男人暴力所致。

"我马上要出去了,"他告诉美国籍妻子罗莎。

"哦,"她说,音调似乎像法语词中的哪里。

"不会太久,我会给孩子们洗澡,给他们读书,然后做晚饭,洗碗,还会给你做长长的背部按摩。好吗?"

"我能去吗?"罗莎说。

"还是我一个人去吧。"

"你是想和'女朋友'在一起吧?"

汉知道这不是一个当真的诘问。但他脸色一沉(皱着眉头),以他一贯的真诚口吻说:"我在你面前没有秘密,宝贝。"

"……嗯,"说着,她把脸颊凑过去。

"你不记得那个日子了吗?"

"噢，当然记得。"

俩人在挑高的门厅口拥抱告别。汉的手臂碰到了口袋里的钥匙，下意识地表明他已经急不可耐地要出门了。汉虽然嘴上不说，但他认为女人在日常分别时总是拖沓，很享受让人等的感觉。男人们应该不介意这点。让人等待是对五百万年男性社会的一种补偿……楼上传来轻微的嘎吱声，汉轻轻地叹了一口气，一个令人头痛的人影在往楼下走，腰部以上无任何异常，但是有两头四臂：原来是米欧的小女儿索菲，她黏在巴西籍保姆伊马库拉达的身上。她们身后不远处，是四岁的比利，她迷迷糊糊但已能照顾自己。

罗莎抱起孩子，问道："你想在茶里加乳酪吗？"

"不要！"孩子答道。

"你想跟漂浮玩具一起洗个澡吗？"

"不要！"孩子说完，打了个哈欠，新长出的下牙像两颗白米粒。

"比利，给爸爸学学猴子的样子。"

"有很多猴子在床上跳。一只掉下来摔伤了头。他们带它去医院，医生说不能再有猴子在床上跳了。"

米欧夸了夸稍大的女儿。

"爸爸回来以后会读书给你听，"罗莎说。

"我之前给她读过，"米欧说着，打开前门，"她让我把同一本书读过五遍。"

"哪一本？"

"哪一本？天哪！就是愚蠢的母鸡认为天会塌下来的那

本。公鸡洛基，小鹅露西，它们都被狐狸吃了，是不是，比利？"

"就像那些青蛙那样，"女孩说的是别的故事。"全家都死了。妈妈，爸爸，保姆，所有的孩子。"

"我这就出去了。"他亲吻了索菲的额头（淡淡的马戏团味道）；作为回应，她把划过脸颊的湿手指塞进嘴里。他弯下腰亲吻了一下比利。

"今天是爸爸的纪念日，"罗莎解释说。"你去哪里，"她终于问道，"为了失去的周末？"

"运河上一个像酒吧的地方。什么名字来着，好莱坞。"

"爸爸，再见，"比利说。

离开家后，他马上开始简短地反思——一种习惯性反思，反思他所处的位置，被置于何处。这不是他的风格（我们接下来会了解他的风格），但他似乎这样表述：

如果好材质是你喜欢的，就有那种坐在奢侈的扶手椅里，手摸羊毛的那种感觉（喜欢就行，不必克制自己）。事实上，如果你对房子有兴趣或者想住得舒适一些，起码要参观一下房子。或者，如果你喜欢德国的技术，就来我的车库，在那边附近。诸如此类，不是钱的问题。如果你对特别有女人味的女人感兴趣，就尽情欣赏我太太吧——嘴巴，眼睛，富有动感的脸颊（和高智商的灵光：他为此感到十分骄傲）。或者，如果你的身心寄托于特别聪明可爱、健康活泼和规矩懂事的孩子，你可能羡慕我们拥有的……诸如此类，他还可以列举很多。如此这般我就是那个梦寐以求的丈夫：一个和母亲责任对等的父亲，温柔守时的情人，善于养家的男人，喜欢逗笑的伙伴，多才多艺且很少计较的家庭修缮工，精巧细致的厨师，有天赋的按摩师，更重要的是从不闲逛……他知道坏丈夫、噩梦般的丈夫是什么样子；他在第一次婚姻中尝试过，而这是谋杀。

汉·米欧沿着圣乔治大街，走到主干道（这里是伦敦，动物园附近）。他穿过对面的花园公寓，现在他很少选择这条路了。那里有秘密吗？他内心嘀咕着，也许是一封尘封已久的信件，一张旧照片，已消失女人们的痕迹……汉停顿了一下脚步。若转向右边，就是向到处是破烂婴儿车的普罗姆斯山走去——这座山本身就像婴儿推车，宏大威严，山峦朝上翘，摆出稍显义愤的造型。选择这条路线去好莱坞可能使他绕较远的路。若转向左边，他就可以早点到达目的地，可以待得更久些。所以他需要在公园和城市中间做出选择。他选择了城市，向左转，迈向了卡姆登镇方向。

十月末的后半晌，也就是四年前的这一天，离婚判决书下达，他也决意戒掉烟酒（毒品、可乐、美国皮条客，最近他才知道，叫可乐女和海洛因男）。米欧已经养成了用两杯鸡尾酒、四根烟和一小时写回忆录来庆祝这一日子的习惯，他十分开心——一种美妙的心境：你能感觉到的一丝压力平衡。他已从第一段婚姻中稳定地恢复过来。但他知道，他永远也无法迈过离婚这道坎。

大不列颠汇聚成一个冰球场：公园大道、卡姆登洛克、卡姆登大街、十几个路灯的黑色柱子、贫民窟车厢。有些景点必须清除：一堆堆，不，成堆的狗屎，呕吐物，人行道上脸像狒狒屁股的醉鬼；在最后的五六个小时显而易见但又不可思议地被击败的老机会主义者——是那么的不可思议，隐藏于膝关节踩踏处和短筒靴脚印的眼神中没有怨恨，也无意补救。

汉·米欧眼睛盯着女人，或者更确切地说是女孩，年轻女孩。通常她穿着九英寸麻质印第安式的喇叭裤，她的上腹处露出一条米色内裤的镶边和被脐饰所伤的痕迹，屁股的一边挂着车钥匙，另一边挂着门钥匙。她的鼻子上有犁痕，下巴如锚，她的头发上沾满了耳屎，似乎是由某种内部导线生成的。但是除此之外，还有什么呢？这种街头小丑般的时尚背后，以其无政府主义的波希米亚形式，试图阻止年长者的欲望。若如此，米欧心想，它达到目的了。但我不理解你为何这样。他也想到了二十五年前男人们寻欢作乐的情景，她们的长筒袜、吊袜束腰带、乳沟、香水。女孩子们现在都百无禁忌（也许更加肆无忌惮，她们传递的信息是，身体之美已让位于平均主义）。米欧不会说他反感所见情景，但他感到有些陌生了。当他看到两个小青年在激情亲吻——唇环和舌钉配合默契——他感觉自己并不反感。看到年轻人亲吻，你的内心也一起激荡；如果你内心抗拒，就悄然身退，那是年龄使然，时代使然——去他娘的。

在他加入便利店的长队买烟时，米欧回想起他倒数第二次不忠的情景（最后一次不忠当然是跟罗莎）。在曼彻斯特一个宾馆的房间，他有条不紊地脱下二十岁场记小姐的衣服。"让我帮你脱掉这又脏又热的衣服吧，"他说。这是他的甜言蜜语，并且感觉到振振有词：阔气的宽大套衫、紧身下装、皮靴。他坐在扶手椅上，看着她赤条条地站在他面前。胴体上有他熟悉的圆球和半圆球，身材匀称，但也有他从未见过的，正对面是平头状阴毛，"那是干什么用的？"他问道。"它帮我到达高潮，"她回答说。但是它没有帮他到达高潮。一个地方很坚挺，其他部位都很柔软。他似乎正在钢锭上碾碎自己。外加一个敏感的泄露秘密的条痕（上面写着她的名字和电话号码）回家见妻子，无论如何她确有很好的理由变态般地妒忌（如他一样）。场记小姐并非一直是场记小姐。她发出的信号不连续，根本不连续。需要怎样的清晰信号呢？不能再有猴子在床上跳了。他跟罗莎同床共眠已经四年半了，激情尚在，但他知道会逐渐减少，对此他有心理准备。过了不久，汉·米欧意识到婚姻是一种亲情关系，伴随着偶尔令人遗憾的乱伦小插曲。

黄昏已近，但苍穹依然明亮，有庄严肃穆之感。远处飞机在天空划过的尾迹像炽热游动的精子，射出去使太空变得更加绚丽多彩。在大街上，米欧不再盯着女孩看了，女孩们也自然不去看他，他已经到了年轻女子能够看穿你的年龄（他四十七岁了），超越你，甚至看得出你心怀鬼胎：老一套的不幸，也许，正是你离开的那一刻，到你鬼魂世界旅行的那一刻。你小声私语，再见，再见——愿上帝与你同在（因为我不能与你同在，我不能保护你）。但是米欧的状况不完全如此，因为他是一个引人瞩目的人，他知道这些，总体上也喜欢如此。他人高马大，虎背熊腰，健壮有力，是一个气场很足的人；他灰色的头发不再浓密和蜷曲，但依然覆盖着他的大半个头（令头发蓬松和定型的油膏被称为都市治疗剂）。他眨眼的次数比你想看到的更多。他的脸总是容光焕发——一种有才华的光亮，毫无疑问，但是是什么才能呢？往最差的说，也是讨人喜欢的那种。米欧的脸就如同一个人走向麦克风，给你一个足够挑逗性的演绎"猴子追着鼹鼠"时的那种模样。他的表情似乎表明：任何目的都貌似可信。

再者，他很有名，因此身上有一种华而不实和自我膨胀的东西，一种自我感觉良好的样子。但是，他是不张扬的有名，就像现在很多人那样：许多人很有名气（米欧甚至记得几乎无人成名的时光）。名气本身已经变得大众化，使得默默无闻变作是一种损失，甚至一种惩罚。没有名的人像有名的人那样为人行事。的确，在某种精神状态下，相信他所居住的岛上有六千万超级巨星……事实上，米欧是一个演员，是一个小心翼翼转行到另外一个领域而突然名声大噪的演员。这个世界为那些能同时做更多事情的人起了一个名字，他们称这些多面手为多才多艺之人。低调行事不张扬的风格进一步使汉·米欧更加光彩夺目。每隔五分钟就有人朝他微笑——因为他们想必已认出他。他也向他们报以微笑。

依然在去好莱坞的路上——我们将跟米欧一起散步，因为这将是他一段时期内的最后一次了。他把头靠在高街书店的门上，十分陶醉地确信，他的平装书（第一部短篇小说集《蜜汁》）仍然摆在"员工推荐"的书架上。接着，向右拐到德兰西大街，他经过一家咖啡馆，每个月的第二个星期三，在这里多才多艺之人与自称是原创锋刃派画家的四个老嬉皮士玩节奏吉他。他向左穿过莫宁顿街——一个更贫穷，但更安静的街区：尽管头顶上传来风吹树动的撞击声和左边远处墙外已经淹没的车水马龙的叮当声，他依然能够听到自己脚步落地的声音。这种天气被习惯性客气地描述为风暴，能把人撕碎和暴虐的气流，事实上，是一种风的竞技表演——地球试图摔下它的骑手。在街道上，公寓里的家具、翻滚的垃圾桶、自行车和车门（越来越多地）被掀开，卷进气流。汉年纪太大了，不适合赶时髦，在款式上标新立异，但是，现在他的裤子被风吹成了大喇叭或排水管。

在他前面，他认出的一个人影使他想起，或者使他的身体想起他的第一任妻子——像他的第一任妻子十年前的样子。珀尔不会嘴上叼着香烟，腋下夹着故事小报，她的衣服也不会穿得那么少，那么紧，显示女人的丰满。如果不是放肆的或者至少激烈反抗的态度，也不会双臂交叉地表示不满，昂起下巴表明，所有的借口现在都会考虑和拒绝……她站在一个中等大小灰色建筑物的阴影里，在等人，在她身后，逗留着一个小男婴，他手里摆弄着一根从黑色塑料袋里露出的棍子。当米欧转身穿过轨道时，他听到她说：

"哈里森！挪一下你该死的屁股！"

是的，非常遗憾，毫无疑问。但是，当他安全转过身来，米欧的笑容骤然消失。他是一个具有现代思想的好人，很开明，一个女权主义者（确实是女性当政者："给女孩子加油！"他会这样说，"我知道这是向世界呼吁，我们依然不够好，给女孩子加油！"）。但是，他仍发现很多事情十分可笑。无论如何，那个女人已经把她的意思表达清楚了，不能说她说话委婉。不，珀尔可能会用另一种表达方式……他现在能看到那座大厦了，有各种各样的圣诞节灯，扭动的理发店旋转彩柱。有时候，下降的飞机可能传递一个信息：一架飞机正在头顶上飞行——呈风琴般翼张，预示着厄运。

他停下来思考：又是那种感觉。他闻到了原罪的气息，充满着一团糟的低级趣味，似乎所有的逻辑都被抽空了。一个信仰缺失、充满恐惧和毫无创造力的粗俗世界。我们都在盲目飞行。然后他向前跨越一步。

汉·米欧去了好莱坞。

"晚上好。"

"还好吗？"招待员说，语气中似乎在质疑回答"晚上好"的人的心理。

"还好，伙计，"米欧平静地说。"你也还好吗？"他是这样一个人：身材魁梧，镇静自如，悠然自得。"怎么没人呢？"

"看足球，英国队。八点左右他们都会蜂拥而至的。"

那个时候他来不了，米欧说："你要把等离子电视弄进来，他们可以在这儿看。"

"我不想让他们在这儿看。他们可以到自己的电脑上看，或者到土库曼海德餐馆去看。比赛输了，他们可以乱砸它。"

挂在酒和苏打水瓶上方的黑板上写着鸡尾酒单，摆设和排列的样子与洛杉矶城里相似。由部分电影明星组成的人体模特潜伏于闹市区的大街小巷中。

"给我来一杯……"有一种酒叫布洛爵波，有一种酒叫鲍勃爵波，他想，就像公司的名字分别叫 FCUK 和 TUNC 一样。米欧耸耸肩，对他来说，他没有心思去考虑日常生活中下流和淫荡的事情。他说："给我来一杯雪特海德。不，一杯迪克海德吧。不，两杯迪克海德。"

手里拿着酒杯，汉走进能够鸟瞰运河的酒吧花园，最近几个月，在面朝西的凳子上，他经常跟罗莎一起，喝了很多苏打水和鲜榨的玛丽果汁，想了很多人生的问题。在他一个人抽着烟，喝着迪克海德酒，想着珀尔时，其思想中——有多少是严肃的——有多少是令人敬畏和庄重的……米欧刚刚把视线转向静止不动的绿色水道时，就撞见一只死鸭，头朝下，脚朝上的样子像一副撑开的眼镜架。在水中死了，惨死；他想他能够闻到水道上空弥漫的有年份的药味，诸如，在福克瑟洛克瑟被洒进水道之后，又有拉科达科或者愵科雷科之类的药味。

汉似乎独自一人在花园里。接着一个衣冠楚楚的年轻人出现在好莱坞边门的出口，耳边挂着手机，急匆匆地赶往街道。过了一会儿，他又停止不动，随后又似乎沿着边路往前摸索着走，在不远的地方，他正极力在水道栅栏前面站稳脚跟。他眉头动了动，算是对汉点头招呼的回应，接着，他清晰地说："我们所说的一切，我们的相互承诺，现在变得毫无意义。因为加思。我们两个都知道只不过是冲昏头脑而已……你说你爱我，但是我们对爱情的真正含义有不同的理解。对我来说，爱情是神圣的，几乎无法用语言来表达，现在你嘴上总是说，总是说……"他走开了，他的声音也很快消失在都市的喧嚣中。是的，那是其中的一部分，淫荡：羞耻心的丧失。

像那个死鸭一样，汉的第一段婚姻也死了，尽管曾经想使之永恒。他的离婚十分险恶，连律师都感到恐惧。似乎是两个人被带钩的铁丝捆在了一起，赤身裸体，面面相对，然后被扔出舱外。你在掉下去时挣扎着，踢腿，拼命乱抓：没有任何道德可言。当珀尔让他第三次被逮捕时，他站在公寓门口听对他的指控，他知道他们的婚姻已走到尽头。他已经走到了爱情的对立面——远远超越简单的仇恨。你希望你曾爱的人去死，你想让她乘坐的飞机坠毁，毫不顾忌飞机上的其他乘客——四百个傻瓜和失败者。

但是他们幸运地活下来了，他们依然活着，不是吗？汉心里想，他和珀尔甚至活得还不错。有意思的是，他们分开后都比刚结婚那时更富有了，倒是两个孩子，两个儿子失去更多，想到此，他为他们举起酒杯。"对不起，"他大声说，"对不起，对不起。"似乎是在跟在绿色航道中倒立的水鸟说着补偿一样。一只在半空中展翅飞翔的麻雀，齐足跳到他旁边的凳子上，在离他六英寸的地方，以怪异但温顺的方式，站在风口上，抖动着翅膀，发出咕咕的声音。

风停了——转向其他地方了。在西边，耀眼的晚霞形成了淫秽的图案，它像一个巨大的扑火现场，消防车、起重机、云梯、软管和竖管里的喷雾和泡沫以及消防员为遏制和控制地狱之火的魔仆。

"那是你的'鸟'吗？"一个声音询问道。

米欧承认孤单正在离他而去，他看着右边：那只麻雀还在凳子的靠背上跳来跳去，离他的第二杯迪克海德很近，像是在测试它的胆量一样。他抬头一看,一个满脸微笑的询问者,正站在十英尺之外的暮色中,他四方脸,有点立体感。

"是的,这就是我这几天所能摆弄的一切了,"他回答说。

那个人朝前迈了一步,在肚脐的一边竖起了他的拇指。认出了,米欧想,已经认出了。

"你是那个?"

料想他会握手,汉站起身来。麻雀依然没有飞走。

"是的,我是那个"。

"我是马洛。"

"……你好,"汉说。

"你为什么做这个,孩子?"

这一点清楚地表明,马洛是一个狂热的人,尽管他的表情带有幽默式遗憾。

更令人惊讶的是,汉也是一个狂热的人。那就是说,如同交换的力场没变一样,他并没有产生生疏感。狂热,一个胜利后稀奇古怪和不真实的字眼,自古就是一个词语分类错误——狂热的人除外。在错误已经出现的情况下,两个男人都知道,从这里开始,它属于内分泌腺问题:无分泌功能的腺状组织管理问题。

"我为什么要做什么?"米欧说着,向前跨了一步。他依然希望转移话题,但不想再说第二遍。

"嗬。"

他把它发成 où,像罗莎·米欧很久以前那样。他继续说:"我听说你变得有趣了。"

"那你肯定知道期待什么,"他说,他尽力使自己语气平静(他的话中有些许的尖刻)。"如果你想对我说点什么的话。"

"你去了,还给他起了名字!我指的是那个事情,对我来说,那是全部,对我——"

"给谁起名字?"

马洛吸了一口气,眼睛暴出,大声地对着他的耳朵说:"你会痛苦地记住这个的,小子。约—瑟—夫—安—德—鲁—斯—"

"约瑟夫·安德鲁斯?"

"不要说。你不要说。你给他起的名字。你把他放在了那里——你安置了他。白纸黑字。"

平生第一次米欧想到别的事情出错了。他内心的盘算也许可以做如下描述:我的五英寸与他的两英石[1]等值,在其他事情(时间因素)的差异真正为零。因此:将很接近。这个家伙似乎由于过于漫不经心和表演夸张而无法使之接近。他不可能那么好:看看他的衣服,他的鞋子,他的头发。

"你会痛苦地记住这个的,小子。"

但是在我们的舞台上还有另外一个演员。我要去好莱坞,但我要去医院。一个男人(因为是他,是他,一直都是他),一个罪人,一个胡说八道者,一个贪嘴的人,一个只喘气不说话的下流坏子从他身后奔来。马洛暴力,汉暴力,但从第三个

---

[1] 英制重量单位,相当于14磅或6.35千克。

玩家威胁的样子和他头顶上的光晕来看，你会发现人类曾经的约定已荡然无存：所有的条约，协议共识，所有的理解备忘录。他是脸色苍白，举止粗俗和不加遮掩的人，他的眉毛和睫毛从脸上脱落了，似乎被激光或者甚至喷灯点燃过。从他口中喷出的蒸汽达一臂之长，仿佛是从喷雾器中喷向这不太宁静的夜晚。

汉没有听到脚步声；他听到的是短棍举起来时的嗖嗖声和软鞋滑地的唰唰声。接着锋利的V形物戳在他的肩膀上。本来不是如此，他们以为他会转身，但是他没有转身——他身子转了一半，然后改变方向，躲闪了一下。因此，本来直接是要打断他的脸颊骨或者下巴骨的，却打在他的头上，那个滑稽的突出部位（在这种情形下依然受到严丝合缝的保护）藏着那么多高贵而娇弱的权力机关。

他倒下了，嘎吱一声双膝着地，以一种遮挡的方式被击败：他的女人、孩子都被敌人掠走。外力把他手中的迪克海德扔出很远。他听到了酒杯破碎的声音，他的膝盖碎裂了，紧接着酒杯被摔成碎片。整个世界停止转动，又重新开始转动——但是以另外一种方式。只有现在受到惊吓之后，麻雀才展翅飞走：麻雀中的小狗仔队。

天空在往下沉！

只听到"去死吧"，接着又是第二次狠命的一击。

天空在往下沉！我要去告诉……

现在似乎僵硬了，像一个暴君倒下的雕像，他倒在潮湿的人行道上，一动不动。

2. 哈尔九世

国王不在他的账房里，数着钱。他在孚日广场的客厅里，承受着一些坏消息的折磨。坐在对面扶手椅上的侍从武官名叫布伦丹·厄克特-戈登。他们中间有一张玻璃茶几，上面放着一张面朝下的照片和一双镊子。整个房间就像一张照片：几分钟过去了，两个人动也没动，也没有开口说话。

需要点动静来激活一下场面，有了，在冰冷的枝形吊灯中，一个音叉在硕大的玻璃体内做微小的排列时发出了砰的声响。

亨利九世说："我们生活在一个多么可怕的世界里啊！巴格尔。我的意思是，这是一个多么可怕的，恐怖的……的世界！"

"一点不错，陛下。您想喝白兰地吗？陛下。"

国王点点头。厄克特-戈登摇了手铃。更多的动静：可耻的尖叫声。用人洛夫出现在远处的门口。厄克特-戈登对洛夫没有不满，但是发现呼唤他的名字令人尴尬。谁喜欢一个仆人的名字叫洛夫[1]？

"如果您愿意的话，洛夫，请拿两大杯人头马珍藏来，"他大声喊道。

信仰的守护者——事实上他主持英格兰教堂（主教派）和苏格兰教堂（长老会）——继续说："你知道，巴格尔，这动摇了我的个人信仰。动摇了你的了吗？"

"我的信仰只不过是一株纤细的芦苇而已，陛下。"

不太靠谱的表达，出自这个长得像腹带的男人之口。他秃头、黝黑、红润，从他母亲那里遗传的犹太人头脑（有人说）。

"根基动摇了。这些人真是让人无法容忍。不。更糟。我认为这是某些可怕'帮派'的一部分？"

"有可能，陛下。"

"为什么……怎么会安排那些家伙假借上帝'授权'的名义发挥作用呢？"

洛夫又进屋了，在他走近时，十几个钟表一个接着一个地整点报时。厄克特-戈登天生就是一个务实的人，他想做更多的事情使国王易怒的"他"实现现代化。特别是在危急时刻，听起来像是战前。当布伦丹回忆起亨利作为威尔士王子，访问海边的纽贝根贸易联盟总部休息室时，他红润的脸颊一时变得更加红润了。王子在钢琴边演唱歌曲《我的老爸是个清洁工》："我的老爸是清洁工，他戴着清洁工的帽子，他穿着令人称奇的裤子，他住在市建公寓！"新闻界反应迅速地指出，真相恰恰相反：亨利的老爸是理查德四世，他住在白金汉宫。

洛夫继续朝他们走去，但还有一段距离，他极力使自己的脸避开白兰地酒杯，生怕酒会流出来。六点零五分左右，他离开了房间。

---

1 英文名 Love。

"原谅我,巴格尔,我内心一片空白。送到……?"

"照片已由人亲自送到我在圣詹姆斯的房间里了,用一般的白色信封装着。"厄克特-戈登现在从包里拿出这个信封。他把透明的拉链钱包递给亨利九世,他眯着眼睛,迷惑地看了半天。布伦丹·厄克特-戈登先生,绅士,右上角写着"私人信函,密级"。"没有随信便条。笔迹和多余的'绅士'暗示它出自粗俗之人或者外国人之手,或者是试图使我们相信如此。可以想象的是这种保护做法告诉了我们更多的含义。"

厄克特-戈登揣摩了国王的皱眉。亨利九世通常留着偏分的浓密的金色头发,盖过眉头。但是现在在皇宫处于混乱之中,他往上梳的一束额发已经塌成令人不解的刘海,使他的眼睛看起来似乎更加困扰和容易恼怒。亨利九世向他皱起了眉头,厄克特-戈登对此耸了耸肩,说:

"我们等待进一步沟通。"

"简直是敲诈!"

"我觉得是强取。很明显似乎不是媒体通常的做法。如果是的话,我们就应该从德国媒体上找到那张照片。"

"巴格尔!"

"对不起,陛下。或者从网络上找。"

亨利九世把手伸向桌子,示意一个什么东西被弄脏了。

"用镊子,陛下,如果您愿意的话。用镊子把它翻过来,陛下。"

国王用镊子把照片翻了过来。

他已经三四年没见过他女儿赤裸的身体了,再没有比这个更让他受折磨了，她已经变成了怎样的女人，在她还是个小女孩时，他曾跟她一起玩娃娃。想起这些情景，连同她梦幻般天真无邪的脸，她父亲双手捂住眼睛，痛苦不堪。

"哦，巴格尔。"

"哦，霍特尔。"

厄克特-戈登往那边一看，是一张十五岁的小女孩在白色浴缸中的玉照，手臂放在一边，双腿交叉，与六英寸深的水成一定的角度：维多利亚公主，裸体泳装，裸体紧身连衣裤勾勒出女性的轮廓。惹人注目的棕褐色线条——她似乎穿着幽灵般的比基尼——表明照片应该是夏天拍摄的。厄克特-戈登核对了行程记事本：公主过去所做的一切都显示她仍在度假，但是她已经回到寄宿学校六周多了，而现在已经快到十一月份了，为什么？他想，他们耽搁了？有关公主面部表情的事情让他忧心不已，更加让他烦恼的是：监护人的晋级……顺便说一句，布伦丹·厄克特-戈登的绰号是他名字的首字母，亨利九世的绰号是因为他在校园剧《亨利四世，第一幕》中，饰演性格很急的人霍特思博。

"你认为，"国王伤心地说，"公主和她的女朋友被人用相机玩弄了吗？"

"不，陛下，恐怕不至于，压根不可能。"

国王向他眨了眨眼睛。国王总是逼你详细地说明。

"肯定还有更多公主的照片。其他……姿势的。"

"巴格尔！"

"原谅我，陛下。那太不幸了。最要紧的是：看看公主的脸，陛下。那是一张她认为自己是独自一人的脸。我们应该感到欣慰的是她过去不知道，现在也不知道这史无前例的侵扰。对此完全无知。"

"是的，无知，无知。"

"陛下，您是否允许我让约翰·奥特瑞德行动起来？"

"是的。当然了，不要别人。"

亨利九世站起身来，随即厄克特-戈登也站起身来。他们步调一致，一个人时髦阔气，另外一个人精瘦。当中央窗户的巨大斜面窗洞终于被运到的时候，两个人都透过网眼、纬纱和经纱朝外张望。探照灯、起重机、起重龙门架、伸缩云梯：新闻界的消防员。时值王后出事的第二个纪念日前夕，国王要在早晨发表声明。在此之前他要飞回英格兰，回到他妻子床边。王后不在花园，吃面包和蜂蜜，而是穿着无袖长披风，痴迷于某种机器。

"噢，陛下。家族箴言。"

依次由祖父约翰二世、父亲理查德四世传下来的家族箴言并非官方性质。在拉丁语中，它可能是"干到底"，英语的意思如下：继续干。

"明天我干什么呢？艾滋病人还是癌症病人？"

"都不是，陛下。麻风病人。"

"麻风病人？……噢，是的，当然了。"

"也可以推迟，陛下。鉴于这个日子的重要性，我也不明白为何把它安排在首要位置。"接着，他诱人地提议道，"如果您允许的话，陛下，我将调用国王的专机，两小时后。"

"不，我最好按计划去看麻风病人。现在我在这里，继续干。"

厄克特-戈登对亨利九世访问巴黎的真正目的心知肚明，但他被迫掩饰他的吃惊。尽管当下危机严重，国王明显坚持前行（尽管时机糟糕，有凶险）。现在他蹙着眉头，盘算着一系列令人着迷的推断。

"看完麻风病人之后——接着干什么？"

"中午前您还在飞机上，陛下。两点钟在官邸有个典礼需要您出席：接受海德维人民的奖品。"

亨利九世又一次向他眨了眨眼睛。

"全国头部伤害协会，陛下。接着，您要去北方，"他说，多余地加了一句，"去见王后。"

"是的，可怜的人儿。"

"我让奥特瑞德不要挂断电话，晚上在圣詹姆斯跟他联络。我们必须在这件事情上避免给人消极的印象。"他摇了摇头，接着说，"我们要看看从哪里先开始。"

"噢，巴格尔。"

厄克特-戈登有个冲动的念头，想伸手帮亨利九世理顺眉毛上的头发，但是这会使国王感到十分吃惊和恐惧：被一个男人抚摸。

"我感到十分对不起你，霍特尔，真心实意地。"

国王离开去沐浴之后不久，布伦丹坐在休息室里，取下角质架眼镜，露出肿胀、警觉的褐色眼睛。布伦丹有一个秘密：他是共和党人，他在这里做的一切，他四分之一个世纪一直做的都是为了爱，一切都为了爱。开始是出于对国王的爱，后来是出于对公主的爱。

当维多利亚四岁时……英格兰家族在意大利度假（卡斯特罗或者布拉佐的一些地方），她被人带进来向同行的人说晚安——穿着睡袍、睡裤和饰有流苏的拖鞋。刚洗完澡头发朝后，很光滑。她走到纸牌桌前，踮着脚尖，亲吻了她的父母，然后跟另外两个随行人员奇佩和博伟特意打招呼告别。当他看到她最后不再说话，环视的眼神中最终没有包括他时，坐在稍远处的布伦丹，依然满怀期待透过书本往上看。接着她牵着奶奶的手，转身低着头走了。让布伦丹自己吃惊的是，他伤心地几乎要哭出来，感觉是彻头彻尾的失败——为何我那么在乎而你却那么冷漠？他热血沸腾……布伦丹意识到自己非同寻常地喜欢公主。它仅仅是美学意义上的喜欢吗？当他欣赏她的脸时，他总感觉到自己戴着最强大的眼镜——她日益丰满的线条对他而言就像硬币上的轮廓那样触手可及。但是这不能解释他在意大利舞会上受到冷落的状况，维多利亚去睡觉前没有说晚安：例如，为抵挡诱惑而愠怒哭泣。第二天晚上她说"晚安，布伦丹"，一句话又让他神清气爽地恢复了。这是爱，但是是哪种爱？她十五岁，而他四十五岁。他期盼这种差别消失，但是不可能消失。

现在布伦丹又在看公主的照片了，他看得既匆忙又谨慎。他为她谨慎，也为自己谨慎——因为有关他自己的信息可能出于此。当然最重要的是伺候她，一直伺候她……布伦丹整理了一下自己的包，需要做些准备工作，备车去奥利机场了，安排国王的航班去伦敦机场，出席跟约翰·奥特瑞德的工作晚餐。

快到孚日广场时已经八点了。在楼下厨房的山形地窖里，速溶咖啡的安全细节出了问题——还有玩的扑克牌，陌生的符号、剑和硬币，似乎来自另外一个世界。在楼上，洛夫正在休息室的一个远处角落处摆放桌子，前臂上搭着白色的餐巾。为两个人准备的。带着刚从浴室出来的清香，国王用手挨个摸着家具。在他的房间里，你摸着的每一件东西要么非常硬，要么非常软，极其贵重的硬，极其贵重的软。

这个房子是亨利九世的亲密朋友米拉波侯爵的房产。鲜为人知的是侯爵在孚日广场还有一套公寓……

现在钟敲响了，开始是接力式的，接着是同时敲响。

"洛夫，如果你愿意的话，"国王说。

楼梯底部过道处铺着地毯，靠墙摆着一个上置餐具柜的可移动食橱，大小如中世纪的壁炉。现在它开始转动，嗡嗡作响的轴慢慢地往外滑。情妇的曾孙女何子珍进来了。

当钟再次敲响时何开始宽衣解带。她花了不短的时间脱衣服。国王已经赤身裸体，无助地躺在躺椅上，像一个即将被交换的孩子。她一边脱，一边用衣服抚摸他，然后用衣服里面的胴体抚摸他。何抚摸他，他抚摸何。他坚挺，何柔软。何抚摸他，他也抚摸何。

突然听到砰的一声，是枝形吊灯震动了一下。

3. 克林特·斯摩克

"昨晚，克拉伦斯公爵扮演了周梅王子，克林特·斯摩克报道，"克林特·斯摩克写道，"是的，阿尔弗王子跟他时断时续的情人林·诺埃尔一起，用中国式的锅为一位吃饭讲究的中国人做了一顿美味佳肴。但是当摄影师带着调味汁闯入他们的私人房间时，甜的就变成酸的了。云吞一点私密，那对男女在紧张的追赶中带着男孩们逃跑了——我们会实时跟踪！回到肯佩尔会发生什么？阿尔弗会离弃吗？他会收起牡蛎，给她香脆的片皮鸭吗？或者他再一次决定抛弃林（他已经两次这样做了）？我们不愿看到这样的情形——那踢一下屁股如何，亲爱的，回四川？"

"这是什么？"玛杰丽路过时问道。

"图片标题，"克林特毫无生气地说，斜着身子让她看清楚。

克林特·斯摩克的屏幕上是蓬头鬼脸的阿尔弗雷德王子和满眼泪水及恐惧万分的林·诺埃尔，在交通繁忙的索霍区域，他们正试图冲出一大批图片摄影记者和警察的围堵。

"那场雨影响了她的发型，"玛杰丽说，现在她坐回了自己的工作台。玛杰丽已经六十了，但脸色红润，她正佯装成一个名叫唐娜·斯顿姬的妖艳模特。她也正假装成一丝不挂的样子。

"是啊,是有点像淹死的猫的样子,"克林特说。

用现代丑陋容貌拼具。克林特把他自己放在狗屎形象软件上(他曾见人这样叫过),脸颊刮得很干净(这暴露了斯摩克脸上的很多条痕和疤痕),双鼻饰环形状像一副手铐(链环挂在他长长的上嘴唇,特别像斯摩克舌头的皮式培养皿),极具现实主义的磨损绞索挂在斯摩克的脖子上(部分模糊,但很真实,给斯摩克又粗又肥的脖子上再套一条绳索),但是前面放着一台笔记本电脑的这个人,是一位十分出色的记者。克林特的金属箍应该检查:两个大雪橇在绳子和防滑靴的作用下横冲直撞。

"亲爱的唐娜:我是一个十九岁的妙龄女郎,腰细,臀圆,乳房跟你的一样大,"克林特·斯摩克写道。

"事实上没那么多,"玛杰丽在电话里对一个人说,"除了露臀泳裤之外,还有脚跟、脚踝链之类,就这些。"

"我想做的事情,"克林特继续写道,接着又返回去把字母 e 改成 y,"就是不穿短裤,但穿着我能找到的最短的迷你裙在鞋店里闲逛。我一直在等,直到一个小伙子在我面前坐在他的小座位上。你将看到他们的样子——"

说到此,他情不自禁地大声说:"听着,玛杰,他们会——"

"唐娜,"玛杰边说边把电话听筒顶在她的胸脯上。

"他们一定有人在女孩鞋店工作的,不是吗?"

她耸耸肩,点头说:"你会吗?亲爱的。好了,下午我们都有点低级趣味了,可能是生物规律的作用。"

"……流口水了吧,"克林特写道,"当我使劲一拉我的——"

苏帕门拉姆·辛格从门后伸出头,用河口英语[1]说:"喂,他在这里。"

当克林特拖着沉重的步子走进会议室时,出版商德斯蒙德·希夫正斜靠在昨天的《晨雀》的封面上,伤心地说:

"我的意思说,你看她呀。克林特:很高兴看到你,孩子。我的意思说,你看她。简直是畸形,畸形,或者是过分手术:冈希豪生式的异想天开。他们都是不幸的人,并且他们会看的。看看她的眼睛。我说过了,说过千百次了。让胸脯保持合适的尺寸:四十四 3F 级应该是标准。我说过了,我说过了。只有一段时间变小了,但是接着又一直在变大。现在就弄成这个样子。"

"核心的问题,老板,"克林特说,"是它使得报纸很尴尬而没人买了。我敢打赌我们正在丧失行手淫者。"

即使是在第一期面世之前,《晨雀》编辑部都惯用行手淫者来指代读者。它不仅用于具体的新闻特写(行手淫者来信,我们的行手淫者提问,等等),而且对于相关报业都是通用词汇,譬如,"行手淫者优先"和"想行手淫者之所想"以及"这是我们的行手淫者的真正兴趣吗"。现在任何人提及它的时候,大家早就不再会心笑了。

---

[1] 一种现代的英语口音,广泛流传于东南英格兰及东英格兰地区,特别是两个地点的交汇点泰晤士河沿岸及其河口。

"说得好，克林特，"希夫说。

"我们不会失去行手淫者的，"苏帕门拉姆说，"你可能发现在增长率上有点问题，但是我们并没有真正失去行手淫者。"

"转移话题嘛，"克林特提高嗓门说，"我们正在失去潜在的行手淫者。"

"我会让麦克雷跟踪数据的，"希夫说，"看看谁无论如何都一直将这些流血的'美人鱼'置于报纸中。"

没有人作声了，因为《晨雀》是集体合作而成。每天将从几十张几乎裸体的女人照片中挑选的刊登在版面上，实际上它是大家开心之余的即兴之作。不用说，所有的编辑人员都是男性。《晨雀》办公室唯一的女人负责在热线中扮演旗下的妖艳女孩和退休女工。

"我不知道，老板，"杰夫·斯泰特说——他是克林特·斯摩克成为报刊星级记者的唯一有力竞争对手，"您好像有点茫然不知所措。您去了就知道，是不是'把她收买进来'。"

克林特机智地（大声）说："有些人确实认为你总是做好事，因此就有了是否偶尔试试大胸女孩的想法，我们要去吸引更加专业的行手淫者而不触犯等级或者被记录在案。简单的做法是：把'美人鱼'从首页拿掉。"

"同意吗？"

"同意。"

"不管怎样，我们还有什么好抱怨的？"希夫说。通常情况下出版商有着小城镇校长的派头——被数字运算折磨到了忘我的程度(那么恼怒,那么瘦弱),但是现在他恢复了活力,用咯咯的声音说:"格雷戈里,做个好人,在饮料行业开辟一片天地,好吗?"

麦克雷进来了,坐在他的椅子上。他们都在听他汇报最新的销售额。黄色网站有几百万的点击量,新开辟的色情热线已经导致地方电话网瘫痪,每天一百九十二个版面已不可避免。接着就是收入数字……在《晨雀》,所有的利润都是共享的,但也有巨大的差异。但是即便是年轻的格雷戈里,一个微不足道的办公室小男生,也在盘算着买一匹赛马。

"现在,"停顿了一下,希夫说,"我们明天干什么?克林特。"

这一刻一如往常如期而至(到目前为止,空的香槟瓶被整齐地摆在出版商的桌子上,有沉淀物的泡沫在太阳的余晖里呈气体状,仿佛每个人都张着嘴要一起打喷嚏似的),也是《晨雀》的男人们尝试感觉做记者的时刻。《晨雀》上自然没有什么新闻,也没有全球性灾难能有本事把美女照挤出头版。即使是容量大的体育版面也只能刊登一些主要赛事的结果。其余都是女孩子们在豪门足球俱乐部爬门进出的消息,她们跟知名球员发生一夜情的报道,模特出道早期不计后果地跟知名球员结婚或者同居的照片,诸如此类,再加上一些高尔夫球员通奸、赛马选手是色情狂、拳击手是强奸犯的琐碎事。某些时事也会涉及,分布在版二和版四的下半页。

是杰夫·斯泰特先开腔说话,"沃尔瑟姆斯通行手淫者的案子,"他拖长着声调说,"我不是指沃尔瑟姆斯通读者。这是一个有趣的故事，它牵扯到我们的恋童癖患者之死的活动。有一个公共游泳池，对吗？带一个廊台？当他独自一人前往那里，当他正在观看九岁孩子们举行学校派对时，你知道，我们的老朋友摩普太太出现了。老家伙撒腿就跑，从楼梯上摔了下来，撞碎了他的头。为什么呀？他的裤子已脱至脚踝处。"

"因为他正在……？"

"一点没错。也是好标题：变态就变吧。"

"棒极了。我觉得我们就这样继续往下做，"德斯蒙德·希夫说，"从行手淫者的妻子们开始。"

回到电脑桌前，克林特又开始写跟穿着短裙的女继承人一起逛鞋店的事情。这个稿子以信的形式，写给读者来信专栏的作者，或者"癫狂大妈"，她每天有两个版面，均采用雇佣作家的稿件，写得十分出色，大段描写性的文字独一无二且图文并茂，文字后还常常带有三四个煽情或者讽刺的词，可能出自唐娜·斯顿姬之手。确实也有读者的来稿，但千载难逢，他们的稿件曾收到过《晨雀》读者来信专栏殷勤的回复。这些稿件戏剧化地描写情色文体的永恒困境，并不是它们不够淫秽，而是它们的普遍性不够——事实上是一种无法逾越的孤苦伶仃，并且它们都不是女人写的……带着沉重的心情，斯摩克在德斯蒙德·希夫提及的照片中做着标记，称之为"读者的鸟"，"理查德三世"是"鸟"的同韵俚语，如同"乳房"是——"布里斯托城"的同韵俚语。

"为什么你满脑子都是这些乌七八糟的条条框框？"玛杰

丽边问边整理着东西。她六十岁，他三十岁，这些不争的事实突然被双方意识到。

"提醒我自己有个鼻子。"

"恭喜！你为什么要别人提醒你有个鼻子？"特别是那个鼻子，她感觉有强调的需要（克林特的鼻子是由很多肉堆积而成，但没有受到软骨的影响）。"那个绳子有什么用？"

"为你准备的绞索，玛杰丽，"克林特用比平时更加温柔的语气说，"它是我的身份，现在不用了。"

他依然小声但严厉地对自己嘀咕着，直到五分钟后他的手机响了：警棍敲击着小牢房的门。

"是克林特吗？我是安德。"

安德叫安德鲁·纽，是斯摩克家族世界一个永恒的人物，与他建立了最牢固的关系，是克林特的推手。这个电话非同寻常。安德几乎不给克林特打电话，通常是克林特给安德打。

"安德，小子。我的天啊，怎么啦？她又发生什么事吗？

"天啊，听着。'哈里森！把你他妈的大屁股放进那个浴缸好吗？'糟糕透了。'安德！安德！进来！'你他妈的进来。我上次揍了他。抱歉，哥们。现在逐渐平静了。不像听起来那么糟糕……嘿，克林特，哥们。我想我们有一个新闻故事了。"

"你找错地方了。"

"是呀，但是你肯定有干系。"

"只是一般的交往而已，"克林特毫无保留地说（很大声。在餐馆里，坐在他旁边的人过去常常请他换个位子。那时他经常跟别人一起去那些餐馆)。"那就来吧,到底咋回事?"

"你知道那个家伙昨晚被人放倒了。汉·米欧。那个演员,演奏班卓琴的或者不管他妈的演什么。他们都叫他什么来着?"

"多才多艺之人。"

"我当时就在那里,哥们。千真万确。我看到他们把他放倒了!我就在下面的一条小道那里藏着。他只是坐在那里喝一杯,两个家伙压在他身上。他们不只是给了一下。不,给了两下。我想:说的就是那家伙。接着,他们又给了他一下。"

克林特坐在凳子上,看着《晚报》上有关袭击的报道,兴趣有点被激发起来。

安德继续说着:"好像是报仇,似乎是他出卖了谁,现在来报仇了。他们给我说过名字,说他出卖了约瑟夫·安德鲁斯……"

"嗯,这东西对我没用,哥们,除非牵涉到穿袒胸衣服的。你会到警局说这些吗?"

"对我他妈的也没啥用,对吧?没啥回报或好处。不,我曾想回击一下报纸。"

"嗯,不要那样,哥们。"克林特说,"不算什么了不起的故事,你还可能卷入……让我先赶走一个'咸猪手',一会儿给你电话。那个家伙叫什么名字来着——被出卖的那个人?"

"'哈里森!安德!安德!'"安德说,"哦,我的上帝。挂了,约瑟夫·安德鲁斯。"

克林特·斯摩克在一个乌烟瘴气的大楼里工作。它本应该在一楼的窗户外矗立一个温度计，如同理发店外面的旋转彩色立柱——但不是扭动的，而是抖动的。二十世纪七十年代这里是一个学校，为那些在公关领域有志于提升自己的年轻女孩提供结业前的培训。那么多的学生患有厌食症，以至于整个体内管道受到胃酸的蹂躏，这又连带引起呼吸系统的扭曲，导致"波涛汹涌般的断裂"。空气里因弥漫着各种气体、孢子和过敏物而变得浑浊。在《晨雀》工作的每个人总是打喷嚏，擤鼻子，咳嗽，打哈欠和干呕。他们知道自己感到恶心，但不知道自己感到恶心是因为在乌烟瘴气的大楼工作的缘故：他们原以为他们感到恶心是由于整天在楼里所做的事情……今天乌烟瘴气的大楼散发着橄榄绿的色彩，在绵绵细雨中，楼面到处是一块块的汗渍。

他用肩膀挤着出了大楼，嘴里叼着一支香烟。身高马大的男人：看着自动门在他旁边被急拉的样子让他心惊肉跳。身材魁梧，脸色苍白，犹如意大利面食般的橡胶色皮肤，克林特身子笨重，但力气很大。他总是利用他们的胡乱挥舞、跌跌撞撞，他们的出错或者踢空，赢得那些在路边、紧急停车带、加油处刺耳的斗殴。克林特参与的斗殴与公路法相关：用离经叛道来对抗权威解释。克林特是一个摩尼教徒。

"您能给点零钱吗？先生。"带着"无家可归"牌子的人问道。他的询问带有讽刺意味：他了解克林特，并且他知道克林特从来都不会施舍。

"嗯，谢谢。你为自己做得很好。原地不动：代人临时占用人行道。"

如果你在后视镜里看见克林特的吉普车，你肯定以为是一辆空中客车停在你的后面。他需要一辆大轿车，因为他每天要在里面至少待上四小时，心怀怒火地往返于靠近南端的富内斯路，在那里他有一个半独立式住宅。

现在，斯摩克独居一室。他发现跟女人开始一段关系是件不容易的事情，更别说维持一种令人满意的关系。他的倒数第二个女朋友跟他断绝了来往，其原因，除了克林特其他的缺点之外，她解释说，他的"床技一塌糊涂"。她的继任者，在她结束关系时，用了相同的词语（和单词）但不同的表达方式，她说他的"床技很恶心"，那是一年前的事情了。克林特·斯摩克：臭狗屎床技。它没有提高他的性自尊。从此之后，他依靠坐台小姐，在伦敦的各个酒店寻欢作乐，即使这其中也不乏各种摩擦。真实情况是，如果谈及情爱，他过去的风流韵事（面对它，伙计，他总是告诉自己：坦率地看待它），克林特·斯摩克有点问题。

富内斯路的半独立式住宅。一个滑稽的情景。他有钱迁至更远一点的地方。但是一年多没有女人光顾过这个房子，它已变得污秽不堪。令人称奇的是他本人却收拾得很干净（事实上只有浴室是房子里唯一不那么不堪的地方）。他已不能打扫这个"畜舍"了。他不能卖掉它。他只能把它封起来后离开此地。这个污秽之地还在发挥着某种影响，一种麻痹症，一种思乡病……并且房间里充满着各式各样的淫秽。

克林特把自己吊到黑色道奇锋哲（Avenger）车的驾驶座上。他现在重达四吨，最高时速一百六十英里。

几分钟前，克林特收到一个女人的信函，不是写给他的，而是写给《晨雀》的"癫狂大妈"的。这样开头："亲爱的唐娜：坦率地说，高潮到底是怎么一回事？我从没有过，我也不想要。"克林特亲自给肯特郡小镇的K回信说，他发现她的观点"最与众不同"。她已经回复：聊聊。啊，网恋，网上性爱，网上偷情；网上荡妇和网上姐弟恋；啊，网络做爱……通常出现的（克林特发现）全都是虚荣和沮丧，虚幻，无形：伪装的嘲弄。但是有些情况让他认识到K是实实在在的女人。

斯摩克系有坠子的脚踩上了油门。刚搬出陈列室没有几周的时间，锋哲车已经跟淫秽的半独立式住宅的卧室别无两样了，弥漫着新车和老人的味道。克林特准备超车，向旁边的卡车司机吼叫着。他心里暗自希望，在他呼啸而过时，前面列队漫步行进的学生不在斑马线上。

不久之后无家可归的约翰回家了，手里拿着"无家可归"的牌子。他睡着时，"无家可归"的牌子靠在衣柜上。当无家可归的约翰的妈妈正在做早饭时，它就靠在桌子边。

"你喜欢那个牌子，是吗？"她说。

"看上去不错。大多数家伙用圆珠笔写在纸板箱的碎片上。这让人沮丧，一点不错，他们甚至都把牌子带回家，随手一扔，第二天早晨再做一个。我不能那样做，我的牌子如同呼吸的新鲜空气。"

确实如此。约翰的"无家可归"的牌子是一个翻新过的有品位的"无家可归"的牌子。在金黄色木头上他刷上了一个黄色的太阳,一个皎洁的月亮和银色的星星,接着,在其下方写着"无家可归"几个字,大写带双引号:"无家可归"。

"你知道,我希望你别这样。"她说。

"这只是一个夏季的工作而已,妈。"

"那个牌子。"

"我的牌子怎么啦?"

"每个人都看到你吹着口哨,拿着'无家可归'的牌子和门钥匙从街道回来。你现在坐在这里喝茶,带着你的'无家可归'的牌子。它让我感觉这不是你的家。"

"我一会儿就把你放在家里。别傻了,妈。这当然是家。这个牌子只是我职业的一个工具而已。这就是我为什么出去成了超级巨星:最棒的。上周发了一笔财。"

"并且我听说他们在酒吧称你是'无家可归者'。"

他有了一个主意。他对牌子的估价,尽管已经很高了,还要往上走。"看看引号,妈。它的意思是我不是'真正的'无家可归。"

无家可归的约翰的母亲流露出忧伤恳求的神情,她歪着头,对他说:"你不会雨天也呆在外边吧,不会吧?宝贝。"

"不会的,妈。我会回家的。"

他会的。他把牌子举得很高,挡着雨。

2月14日（9:05，格林尼治时间）：101航班

在伦敦希思罗机场，他们把尸体放进斯格航空101航班的底舱——飞往美国得克萨斯州的休斯敦。尸体的名字是罗伊斯·特雷诺。二月十一日，当这个老上油工正在肯辛顿的一条街道上行走的时候，一个大幅面报纸大小的屋顶石板坠落下来，正好像镰刀那样削向他。他死在救护车上，躺在他四十三岁的妻子雷诺兹的怀里。现在雷诺兹坐在机舱里一个更显眼的地方，座位号是2B。她一边满含泪水地喝着第二杯巴克公司的软饮料，一边等着乘务长关掉禁烟标志那一刻的到来。

在这个飞行十小时搭乘三百九十九名乘客和机组人员的航班上，罗伊斯·特雷诺是唯一一个安康不受影响的人。

第二章

1. 转至创伤科

年幼的比利·米欧神魂颠倒地穿过急诊室,她每走一步,脚下的亚麻油地毡似乎都感受着她踩踏的重量一下。她穿着拖鞋,明明是脚跟先着地,但身体某处却仿佛踮着脚尖,也许是小腿吧。罗莎·米欧牵着女儿的手,看到周围的人像扭曲的雕像倒下、吊起、俯身、翻转,她有一种因急切和焦虑而产生的悬空感。还有那噪声,还有那气味。

已经九点了,罗莎才想起报警,并开始挨个儿给医院打电话。将近十点钟,她才了解到她丈夫因闭合性脑损伤被送进圣玛丽医院,初步诊断为轻度脑损伤——而不是重度。在此期间,比利已完全被母亲的焦虑不安所感染,所以罗莎觉得,她不得不带比利一同去医院。(小婴儿索菲已经熟睡几个小时了——她翘着小鼻子,平静得令人难以置信。)罗莎自己会开车,可现在她感觉像行驶在一大片黑冰上,轮胎抓不住路面,接下来有多种可能正竞相成为现实。但她未免有点杞人忧天了,因为今夜如同一条隧道,而接下来只会有一种可能——那就是医院。她意识到她内心还是平静的,时间也仿佛为她放慢了脚步。跟比利一样,她处于幻想而好奇的状态。她把车停到街对面的另一座大楼下,她曾在这栋楼里生下她的一对女儿。

接着她来到接待处,一些家属正在沉默中守夜,有些坐立不安,有些则摊开四肢地或躺或坐,仿佛航班延误了十二个小时。

在医院,她想:在法庭、在监狱、在教堂,没有这个或一个之分。这些机构有什么共同点呢?应该与决定命运有关……比利只进过两次医院:一次是在她出生之时,最近的一次是因为她喝下了半瓶扑热息痛口服液。那次送医也发生在夜晚。比利因而得出结论,只要她能熬到半夜不睡,就肯定会出现在医院。

现在她们被带到创伤科。

"脑损伤,"重症监护医生说道,"会导致一系列症状。我们通常说有三种程度的脑损伤。第一种轻度脑损伤在受伤的最初几秒钟立即出现,第二种中度脑损伤在受伤后一小时内出现,第三种重度脑损伤发生在受伤后的最初几天、几周甚至几个月。您丈夫亚历克斯遭受了轻度脑损伤。我的当务之急是防止他转向中度和重度脑损伤。看起来,他失去知觉大约有两到三分钟。"

"我以为昏迷超过一分钟就会……"

"三分钟并不是世界末日。虽然他不记得自己姓什么,也不记得自己的电话号码,但他在救护车里还是神志清醒的。他的血压正常,大脑也没有缺氧——缺氧就属于中度损伤了。他的呼吸有力而且稳定。如果呼吸道不畅通导致呼吸不规则或不顺畅,医生对病情的预测往往会较为严重。"

有些医生在施展权力时畏首畏尾，有些则敢想敢做。甘地医生（在罗莎看来，他英俊得足以让人产生邪念，但人到中年，也未免有点弯腰驼背，不比当年了）恰好属于后者。人们带着恳求的目光专注地听他说话，这令他感到欣慰，令他干劲十足。他们这样做是对的，怕他、爱他，是自然的事：他是死亡的阐释者。他施予的，他拒绝的……比利在隔壁的游戏室。罗莎能听到她的声音。这孩子似乎也在大口吸气，然后屏住呼吸，拼砌塑料积木时而倒抽气，时而叹气。

"亚历克斯在救护车里时相当清醒。我为他检查身体时他开始说胡话了。我没有灰心。他能听从医生的指示进行肢体运动，他的眼睛能对光源做出正常反应。仅一小时的时间，他的格拉斯哥昏迷指数就从九分升到十四分，差一分就达到最高分了。X光检查没有发现骨折。更欣慰的是，CT扫描显示出挫伤症状，但只是最低程度的肿胀。差点就成为重度脑损伤了。我给他服用了利尿剂作为预防措施。这种药会导致脱水，从而使大脑萎缩，"甘地医生说，并伸出手，握紧拳头。"他现在重症监护室熟睡，呼吸正常，受到全面监护。"

"那，这样就行了？"

"……女士，您丈夫的大脑受到了高速撞击。它的软组织与其容器，也就是颅骨，发生了冲撞。位于大脑前下方的是骨嵴，骨嵴有什么用处呢？没人知道！也许为了惩罚受伤的脑袋，因为大脑会在骨嵴——这台磨碎器上横冲直撞。结果，神经细胞可能受到损伤，至少造成暂时昏迷。这时候大脑，我们认为，就会试图弥补空缺，利用剩余细胞进行自发重组。这需要花一些时间,还可能产生各种副作用。头痛、疲劳、注意力不集中、平衡能力差、健忘症、情绪不稳定。什么是不稳定?就是易变。米欧夫人,下面四个词中哪一个能最恰当地形容您丈夫的性格:沉稳、随和、易怒、难以相处?"

"哦,随和。"

"未来几周您可能会发现他变得难以相处。您,还有比利……想不想去看一下您丈夫?我们刚给他注射了肌肉松弛剂。我建议您不要吵醒他。一小时前,我的同事试图用光照他的眼睛,亚历克斯可不大喜欢这样!"

重症监护室就像一艘潜水艇或年久失修的宇宙飞船:在黑暗隔间里,一些重要设备——心电图仪器、呼吸机——嗡嗡作响;在光与影之中搅动生与死。护士长面带微笑拉开门帘,她们鱼贯而入。

比利看到他的时候,发出了她独特的呜咽声,这是爱的表达,但似乎还带有悲伤。罗莎哽咽了一下,急忙弯腰把孩子搂入怀中。

护士们把病床的倾斜度调整得比她想象中要陡。他戴着笨重的颈部固定器,脖子周围的床单凌乱地窝成一团,不可避免地使人觉得他好像慢慢地从抽水马桶深处露出头来。他头皮上,用胶带贴着几根线。

"他为什么不是醒着?"

"他睡着了,"她悄声说。"他不舒服,他睡着了。"

突然,他睁开了眼睛,直直地盯着她。她吓得往后退了一下:这是怎么了?责备吗?接着他的眼睛失去焦点,眼皮慢慢变得沉重，在化学品的作用下陷入麻木状态。

"来个飞吻，"罗莎说，"让爸爸好过点儿。"

踮着脚尖，比利轻轻地穿过接待处往回走，她抬头看着妈妈，带着难以捉摸的满足感，说道：

"爸爸变了。"

"7个数字为一组，从100开始倒数。"

"100……93。86。79。72。65。等等。"

"很好。鸟和飞机有什么共同点？"

"翅膀。但鸟不会坠毁。"

"你能说出首相的名字吗？"

汉说出了他的名字。

"你能说出公主殿下的名字吗？"

汉说出了她的名字。

"我想让你记住三个单词。你能做到吗？它们是：狗、粉色、现实……好，是哪三个词？"

"粉色。猫。现实。"

他的状态就像身在二十一世纪：人们想从中觉醒、从中挣脱。这是一场梦中梦，而且都是噩梦。

那天早晨，罗莎在场，汉从重症监护室被转移到颅脑损伤病房。无论他缓慢地勉强走成一条直线，或仅靠扶手爬上一段楼梯，还是笨拙地梳头刷牙，抑或成功地爬上床铺，他都会获得（在他看来）有点羞辱性的过分表扬。能够很好地使用刀叉吃炸鱼条，又为他赢得更多的赞赏。这是一场梦，而他无法醒来。但他可以睡去，他这么做了，沉入无梦的酣睡。

下午，一切都变得有些明了了。病房里共有十四位病人，都被及时隔离开来。他们的思绪还停留在过去，身体却已挣扎着步入老年。那些通常机械到令人麻木的身体保养工作，在这里却被当作技能广为称颂。比如说，排泄。独自逗留厕所会赢得医务人员和所有知道如何鼓掌的病人的一阵喝彩。（索菲，甚至在十个月大时，就懂得如何拍手了：这无疑是一种啪啦啪啦的声音，她基本回回都能击中。）接下来，还有比上厕所更基本的技能——比如，当你不在厕所时不要解手。隔壁床上斜躺着一位七十岁的老人，他正在学习如何吞咽。有些人正穿着运动服，在不同的起点上、沿着不同的路线，步履维艰地走向木工作坊或理疗池。还有两三个像他一样的人，脑伤患者中的无冕之王——技艺精湛的牙刷和梳子使用者、撒尿大师、系鞋带和皮带扣的能手、举止轻柔的食客——多才多艺之人。

"你知道 N-E-O 吗？"

"米欧。尼奥。不。"

"近地天体。你没看报纸吗？恐怕这消息要把你挤出头条了。情人节那天。别担心，它会离我们很近，但不会撞上地球。"

情人节，他想，对这个女人来说可不是什么好日子。丰满的橘色嘴唇，毛茸茸的灰白皮肤，乱糟糟的橙色头发。而且，还有些什么……

"你能写一句话吗？写什么都行。"

她把笔和本子递给汉。和他谈话的是四十岁的心理医生蒂尔达·匡特。她现在相当兴奋。部分原因是她成功地哄骗一位老人拼出了单词"这个",还因为这位病人真的上了报纸,混迹娱乐圈,是个经纪人。蒂尔达并不是老派的追名逐利者,但在其潜意识里有一种互利的倾向:在分享他名气和曝光度的同时,她感觉自己的名声也在不断提高。在汉看来,他认为有一点至关重要,虽然个中原因他还不甚清楚,那就是蒂尔达·匡特是个女人。她说:

"'敏捷的红狐狸跳过懒惰的棕色狗。'嗯……"

"这是一种练习,"他说,"这句话里理应包含字母表中的全部字母。"

"对,你也崇尚打字机标准键盘啊。标准键盘?你知道,键盘最上行从左往右分别是 q、w、e、r、t、y、u、i、o、p。"

"哦对。不过我想我弄错了。这句话里不包含字母'v'。我总是忘记它,以前也是这样。"

"……你说你不记得了,呃……那次暴力事件。"

"我记得,我记得。不仅仅是过去几个月发生的暴力事件。整个过程残暴得令人难以置信。我告诉你我的感受吧。我想:如果我当时能找个老人坐在身边,也许那样糟糕的事情就不会发生了,哪怕推迟十秒钟也好。我也不会落得如此下场。"

她用全新的目光入迷地打量着他。她说:

"你在说什么?"

"我的离婚。"

"哈!"她说,一边做着记录。"我认为这是你第一次出现认知机能障碍。我的问题显然是关于'袭击',而你却答非所问。"

"那次袭击?不,我不记得什么袭击。"

"你还记得我让你记住的三个单词吗?"

"……猫。一种颜色:黄色或蓝色。哦,还有现实。"

外面,太阳升上地平线已经一小时了,光影婆娑,仍然在把一个东西展示给另一个:把另一个东西展示给这个,把这个展示给那个。他观察着影子的移动。在他看来,影子的移动速度和他姐姐办公室玻璃墙上挂钟的分针速度一致。这仿佛是一个重大发现:影子以时速运动……汉一直在想他死去的姐姐,丽达:他有十五年没见到她了,当他赶到医院的时候,她再也没有醒来。

他妻子来了,带着比利和小宝宝,还有伊马库拉达。

孩子们离开后,罗莎叫人把病床边的围帘拉上,然后爬上床,只穿着内衣。她的举动让他想起一个词,"妻管严"……他热切回应着她的温情、她的豪放。有那么一会儿,他仿佛精神抖擞,但他很快感到头痛得厉害、筋疲力尽、反胃、伤口周围隐隐作痛。此刻他真想置身于流水之中,让波浪替他做这事。

罗莎穿上衣服准备离开。汉好像睡着了,但她刚拉上塑料围帘,他立马坐直身子,急切地指着一直躺在邻床上的年轻人(而他似乎对受关注毫无感激之意),说道:

"这个家伙——他简直就是个马桶。不是吗,小伙子。

呃……你吃和说的功夫可真不怎么样。到目前为止。但你拉屎的本事无人能敌。天啊，他可真能拉。"

汉感到没人真正希望他记住那次袭击事件。当他们询问他时（医生、心理医生、易于满足的便衣警察），他告诉他们，从好莱坞到医院之间发生的事他一点儿都不记得了。他也是这样对他妻子讲的。但这不是真的。"嗯，我是马洛，"那个男人这样说。嗯，我是马洛。

无论是谁害我，他想（整天都在想），我定要报复。我要让他伤得更深，伤得更重。无论是谁害我，我定要报复，我定要报复。

2. 干了贝丽尔

五英尺八英寸的长度向四面八方展开（他基本就是个马桶样），马洛·贝勒小心地在手机上戳着号码（他的手机比一个火柴盒大不了多少，他只能靠小指的指甲按键盘）。他对雇主说：

"我真是分身乏术了。他妈的给这家伙当保镖？你刚转身去上个厕所，他就开始轮奸女服务员——完全独立完成……不，老兄。不，我只是打来抱怨一下。事实上，他今晚还算有所收敛，身上有伤，他不得不放慢点儿节奏。另外，那个记者来了，他冷静一些了……是吗？谢了，老兄，非常感谢。"

马洛电话里最先提到的家伙叫安斯利·卡尔，是个麻烦缠身的威尔士前锋。他曾经是当代最有才华的足球运动员，但现在已无可挽回地落魄了。他只有二十五岁。三年前他曾代表国家出战（三个月前还代表俱乐部出战）。马洛提到的那个记者叫克林特·斯摩克，在《晨雀》工作。

一名职业保镖99.9%的工作都包含一项活动：皱眉。在这儿皱，在那儿皱；这样皱，那样皱。你一定要看上去机警，那就一定要保持皱眉。哪天早晨，你醒来时会说：妈的，谁昨晚打我头了？因为你发现你的眉头淤青了一大块。但这不是打斗所致，全是因为皱眉……但卡尔与众不同。通常，保镖会保护其当事人免受外部世界的干扰。但对安斯利来说,你需要保护这个世界不受他的骚扰。马洛·贝勒受雇于卡尔的经纪人,此刻正站在名叫"粉红公鸡"的酒吧吧台前,像孩子一样揉着眼睛。叫他来不是皱眉的,而是盯梢的——但这仅仅是前奏,接下来工作会更费神。好奇怪,马洛想。安斯利目前还属于可控范围,到六点就会性情大变。半杯香蒂啤酒下肚,他就不是他了。眼神就开始打漂儿了。

他们坐在包厢里,安斯利和克林特,正在谈生意。安斯利的第四杯鸡尾酒看起来像个冰激凌杯,杯中还插了一把装饰的小伞。作为一名运动员,他还是值得尊重的,马洛在心里承认这一点。早些年(事实上,是另一个时期),马洛曾经是他家乡西汉姆联队的忠实粉丝:在去森德兰的长途大巴上分享中式糖醋咕咾肉;在国王大道上狂热地追星;频繁出入科尔斯特大街上的治安法院。接下来发生的事,却令他幻灭了。那是一个星期六,在厄普顿公园球场,中场休息时。两只吉祥物正在角落嬉戏,角落坐满了孩子。两只吉祥物胖乎乎的,穿得像球一样,一只是猪,一只是羊。突然间,猪狠狠地打了羊一下,羊重重地反击回去。看着它俩摔来滚去,一开始还挺好笑的。你以为这是在表演,其实不是。羊仰天躺着,像翻倒的甲虫一样拼命挥舞着四蹄;而猪此时用角旗猛揍羊。孩子们吓得连声尖叫,羊毛中渗出了血迹……那一刻,马洛为这赛后一架而感到热血沸腾,但他马上意识到,现在一切都结束了。结束了。也许跟暴力或阶层有关:他也说不清楚,但他再也不会打架取乐了。马洛最近当爸爸了,也许是这个原因吧。他后来听说,猪被羊爆了菊,而马洛认为,羊肯定早就预料到这个结果。

他看了看表(现在是七点十五分)。达赖厄斯十点要来换班了。

"过去两年来,安斯利·卡尔和《晨雀》维持着一种特殊关系,"克林特·斯摩克说,"对吗?"

安斯利没有否认。他身居头条的那些年,曾和不少畅销报纸大方分享过他的斑斑劣迹:饮酒作乐,戒毒经历,酒后驾车出车祸,酒店房间里的寻欢作乐,和年轻女演员的风流韵事。那时候,安斯利一耸肩一跺脚都能让整个国家抖三抖,但他已经风光不再了。现在,即使他的违法行为劲爆也没人当回事了。

"每个运动员的职业生涯中都会出现这一刻,"斯摩克大声并且非常严肃地说,"他不得不勒紧裤腰带,开始考虑家庭的财政状况。你目前就处于这一阶段,至少我们《晨雀》这样认为。"

不,他再也不能上场踢球了。早年他风光无限的时候,安斯利是所有足球运动员的代表:在颁奖典礼上,如果他转身,你甚至会在他的晚礼服背面看到他的名字和号码。姜黄色头发、小眼睛、大嘴。用部落的方言说,他顽强(也就是矮小)且好斗(也就是卑鄙);但无疑拥有一个足球运动员的特质。他也许才疏学浅,但他右脚的功夫绝对炉火纯青。后来,这家伙身材走样了。他虽仍具攻击性,但反应能力几乎消失殆尽。现在,通常情况下,球还没离开中圈,安斯利就已经被人用担架抬下球场了：试图攻击对手（或队友、裁判员）时受伤。《晨雀》最近深入报道了一次明星慈善赛上发生的"疯狂一刻"：开场的哨声还没落，安斯利就已经一头撞上六十六岁的前英格兰边锋鲍比·迈尔斯爵士，他俩各摔断了一条腿。

"我的时代还没有终结，伙计，"安斯利恶狠狠地说。"你知道我用什么保持速度吗？"他点了点太阳穴，"这里。我还可以大显身手，我还可以。"

"让我们现实点吧，安斯。你不可能再穿上威尔士队服了。你现在和蒂塞德的合同签了一年，到期后他们不可能续约了。你要有心理准备，接下来几个赛季，斯肯索普肯定会痛扁你的。"

"我可不是个娘们儿，老兄。而且我也不会为了……他妈的斯肯索普踢球。你知道谁正在打听我吗？尤文图斯。"

"尤文图斯？他们一定是在打听你的意大利面食谱吧。安斯，听好了。你曾经是，我再说一遍，曾经是，我见过的最令人激动的球员。当你把球耍弄于脚下踢向禁区时，天啊，你真令人难以置信。但一切都过去了，而这也是你受挫的原因。这也是为什么你总是中场没到就已经躺在医院里了。你必须相信，《晨雀》完全是处处为你着想。"

"人们，"安斯利略带酸楚地感慨道，"会永远爱安斯利·卡尔。他们爱他们的'碰碰车'，伙计。这一点永远不会变，永远不变。"

克林特伸出舌头舔了舔鼻环，那就像一朵蘑菇，只能看不能吃。他说："你完了，安斯，你是过去时了，你的时代一去不复返了。这种难以摆脱的脑损伤叫自我毁灭。你太胖了，老兄，你浑身是汗，看看你的胸部吧，就像参加了湿身大赛。你的结婚戒指每周都在变紧。这就引出我要说的第二个问题。"接着，他的施虐欲充分迎合了卡尔的受虐倾向，他向侍者做了个手势说，"雷蒙德，再给这伙计来杯酒。"

斯摩克顿了顿。今晚，他感觉自己少有的不在状态，这也许不利于他社交技能的发挥。在他宽松直筒的黑西服内兜里，藏着一封网友K写来的极具挑逗性的信。信的内容是回答克林特的一个问题："你认为性爱在健康的两性关系中扮演什么角色？"她回答说："无关紧要。我们全都疯了吗？天哪，我们应该分轻重缓急吧。性仅仅是睡前要做的最后一件事，是睡觉的前奏而已。这些讨厌的讲座都是扯淡。我发现睡前来点儿烈酒通常有助于睡眠，不是吗？"读到这里，斯摩克才后知后觉地意识到，和他保持最长久和最有成就感关系的对象都是酒鬼。换句话说，他喜欢和喝醉的女人做爱。他这样做大概有三个原因：一、她们会变得很蠢；二、有时她们会失去知觉（你就可以和她们享受真正的高潮了）；三、如果败兴，她们往往不会记得。毫无压力。人之常识。

我们《晨雀》认为你身上还剩一个重磅新闻。我们目前要做的就是最大限度地挖掘利用这个故事。我们策划了你让全世界都关注和倾听的各种方式。这就是你要考虑的：干了贝丽尔。

"干了贝丽尔？"

"干了贝丽尔，同唐娜上床。"

贝丽尔是安斯利青梅竹马的恋人。他们在十六岁那年举行了婚礼，两周之后安斯利就离开了她，在他历史性转会的第二天。最近，在一次基本由《晨雀》策划的仪式上，他俩再婚了：此举意在确认并巩固安斯利战胜酒精取得的伟大胜利。这个故事象征意义的核心在于贝丽尔，虽然在其他方面都普普通通，但她出奇的矮小。安斯利本人已经是超级联赛里最矮的球员了，可比起贝丽尔却显得高大威武。从新闻价值的角度来看，一个娇小的新娘会激起安斯利的保护欲和责任感；不像对待赌场和酒吧里的那些金发歌舞女郎，他通常不是为了她们打架，就是跟她们对打。

"听我说，"克林特·斯摩克接着说，"你找个时间安排贝丽尔到你伦敦的酒店房间见面。在此之前，我们会策划一次派对，你在派对上挑选一个《晨雀》的超级模特，比如唐娜·斯顿姬。你把她带回房间，正准备跟她上床，此时，你太太走了进来。唐娜落荒而逃，你跟贝丽尔干上一炮。"

"为什么是我干贝丽尔？为什么不是她干我？"

"因为她只有一英寸高。不，我说，她必须给你一顿好打。"斯摩克故作胆怯状，学着贝丽尔的样子说'你竟然跟那个模特上床！你为了另一个小妞背叛我！'类似这种话。我说，你还听得下去吗？所以，你把贝丽尔干了。"

安斯利的大嘴张得更大了，他鼻子和前额之间的皱纹更深了。

斯摩克说："我的意思是，所有报纸都会大肆报道的。我们会把唐娜的乳头和屁股排满一到五页，把贝丽尔哀怨的黑眼睛排满五到十页,此外,还要增加一个长达八页的插页,内容是主人公安斯利·卡尔的深刻反省。"

"多少钱?"

斯摩克说出了价格:一大笔钱。

"所有乘客快到飞机后部!"安斯利突然大叫道,"退后!谁也别靠近!妈的,这家伙得了庚型肝炎,他屁股上还绑着手榴弹!**哦天哪!这是伦敦塔!大本钟!老汤姆酒厂!白金汉宫!不,难以置信!哦,天啊,我们全都会……**"

此时,几个侍者匆匆穿过安静的餐厅,马洛·贝勒就站在那儿,手压在卡尔肩膀上,把他按回座位,环顾周围,皱着眉头。

这世上已经没有省心的人了,两小时后,马洛在去酒吧的路上郁闷地想(这是继汉·米欧事件之后,最近一件令他揪心的心理问题),到处都是疯子。嗑药的疯子。塔克·斯诺特:那个家伙。

来到酒吧,看到那帮酒徒后,马洛转过身去。达赖厄斯已经准时交班了。此时,达赖厄斯刚开始喝第一杯蔓越莓汁。斯摩克喝了三升矿泉水(他怕因为喝酒丢了驾照),而安斯利已经在喝第九杯鸡尾酒了。作为一个身高七英尺的基督复临安息日会信徒,达赖厄斯看起来成功地迫使安斯利吃下面包卷。

塔克·斯诺特,差劲得很。那场汉·米欧交易之后,马洛把佣金给了斯诺特(四百块现金),并对他说:"我不会再用你了,伙计。明白吗?"斯诺特只是抬了抬眼皮。马洛接着说:"跟我来这一套是吧?想想吧,'我把事情搞砸了,然后拿钱走人'?你知道什么叫尊严吗,小子?你知道什么叫尊严吗?"看:一点儿用都没有,全都是嗑药的疯子,就只会演戏。斯诺特说他以前是特种空军部队的,可现在随便什么人都说自己是特-种-兵。

现在,《晨雀》的斯摩克朝马洛走来,他奇怪地看着马洛,好像在盘算他西服的价格。

斯摩克本想轻声说话,但他的嗓门根本发不出轻柔的声音。他粗声说道:"你算是名人吧,不是吗?"

马洛首先要确定的是,他是不是被耍了。他几乎没听说过《晨雀》(如果看到它的内容,估计也会感到震惊的),但通过安斯利·卡尔这条线,他对克林特却很熟悉。而且,马洛曾经风光地给半裸的模特做过六个月保镖,当时各大报纸都来采访他,《晨雀》就是其中一家。看起来这家伙也没什么恶意。马洛变得友善了一点,说道:

"不知道名人的事情。我是个保镖,老兄。"

"但你曾经也风光一时吧,那个时候。让我们《晨雀》来做这篇报道吧。"

"嗯,是。马马虎虎吧。来杯啤酒。亲爱的。我本可以更进一步的,但我脾气不对路。"

克林特不动声色地翻了翻眼睛,说道:"但你结交了那些家伙。你在报纸上说,你跟他们混过。"

"是,我曾经也认识几个人。嗯,谢谢。"

"这个名字你听过吗?"

"说来听听，"马洛一边轻快地说着，一边仰头喝了好几口今晚的酒。

"约瑟夫·安德鲁斯。"

马洛猛地喷出一团酒沫，脸差点栽到酒杯里。

"哇哦，"克林特说，抹掉溅在额头上的酒沫子后，他用那白花花的手摇着马洛的背。"是的，你知道他们对汉·米欧那家伙做的事吧？我一哥们儿当时在场，全看到了。他说他们是为约瑟夫·安德鲁斯报仇。我想他会在报纸上大肆宣传的。"

完了，马洛想，这下全完了。

午夜时分，安斯利·卡尔喊人取来他的拐杖。

马洛已经上岸了，他看着麻烦缠身的足球前锋费劲地抬起身，穿过舷门，达赖厄斯紧随其后。在他们身后流淌的是泰晤士河，以及所有的克利格灯历史。头顶上，繁星点点，潮湿得足以挤出水，凝固了时空。

"真是烂醉如泥，"克林特在身后说。

"不，他一会儿就缓过劲了，到时候会想回到酒吧的。"十一点左右，安斯利如同洗衣机一般进入了柔和模式，但他随时会变得跌跌撞撞、浑身颤抖。马洛看了看手表说道："潜水艇秀就要上演了。"

安斯利吃力地爬上斜坡时，你可以听到他用低沉并且非常僵硬的声音说："第五层的所有人马上到第四层去。第四层的所有人马上到第三层去。所有人……"

一辆迎宾车隐约停在附近。马洛遗憾地发现，安斯利的路线使他错过了那个可怜虫，他就坐在灯柱下，腿上卧着一只狗……这个流浪汉并非无家可归者约翰，约翰是有家可回的；而这个人真正算得上停车场和商店门口的艺术家、垃圾箱的清道夫，他正试图熬过第三个无处容身的冬天。那是条短毛的西班牙小猎犬，他时不时地轻抚她，或喃喃自语，或跟她谈心。他们看起来比一对夫妻还要亲密：给人的印象是两个生命在亲切交流。那条狗就好像他的力量源泉，直接把他的男子气概从他瘫软的身体中呼唤出来。

"碰碰车"撑着灯柱说道："你想要五十镑吗？"

"……我当然想要五十镑了。"

安斯利拿出钱夹，抽出一叠钞票。

"……非常感谢。"

"现在，我想请你帮个忙，伙计。你能借我五十镑吗？"

"我不愿意。说实话。"

"实话？你知道我老爸对我说了什么吗？"

"什么？"

"什么都没说！因为他在我一岁时就死了。但我妈妈，我妈妈说慈善是从家里做起。但你没有家。现在猜猜看，"安斯利说，他的声音在颤抖，头也摇个不停，"老兄，你的尊严何在……？"

"我们……我们不都生来就拥有你的天赋。你是个神，没错。"

安斯利面无表情地转向克林特·斯摩克。"我坚持下来了，伙计。我坚持下来了。墨西哥医学院全国联合会的那次球赛！国王就他妈站在球员席上，满眼是泪！双子塔爆炸了！因为有爱，伙计，因为有爱！"

"没人能夺走你曾经的辉煌，安斯，"马洛承认道。

那条狗用饱含深情的棕色眼睛盯着这个足球运动员。

"嘿，"他说，"拿着，孩子。去他的安斯利·卡尔。所有人都退后！那不是一条狗！那是狂犬病炸弹！5到10号座位的所有乘客立即到潜水艇第二层去！要爆炸了！要爆炸了！"

接着，就像两个运动员真正试图赢得两人三腿赛跑一样，安斯利绝望地冲入茫茫黑夜，达赖厄斯紧随其后，先是慢跑，然后加速，最后向前冲刺。

克林特和马洛站在原地。马洛在想，当他回到辛萨拉的公寓时，她会是什么心情。当他关上车门，当他听着门锁发出的咔哒声，他会不会因为打扰了她而感到恐惧？当然，不是生理上的恐惧，但是恐惧。恐惧是一种情绪吗？

"你可以算算看，"克林特说道，"用他每周的工资除以他的智商。类似这种算法。"

"克林特老兄，"马洛有些激动。

斯摩克似乎流露出悔意。过去的三十分钟，这两个男人之间出现了力量的转移。克林特最初跟马洛打交道时，认为他就是一个没有大脑的傻子，不得不用拳头谋生。但男性的愤怒、男性的激情如此容易地转换成男性的暴力，使他对马洛另眼相看。克林特认为自己身强力壮，打架斗殴总是能赢。但是，马洛的暴力高效、专业，最重要的是理直气壮；这是克林特永远无法与之抗衡的。此刻，克林特感觉内心的恐惧变成了爱——

对马洛·贝勒的爱。

"克林特老兄。你是笨蛋吗?"

"不,马洛。我不是笨蛋。"

"那,如果你让我失望了呢?"

"咳!显然那将酿成大祸,不是吗。很显然。"

"如果你想知道后果有多严重,周末给你的伙计安迪[1]打个电话,如何?"

"好的,老兄。祝一切顺利,马洛。慢慢来。多保重,老兄。"

克林特·斯摩克钻进他那黑色道奇锋哲车的驾驶室时笑出了声。肾上腺素:真是个好东西。克林特一边放下脚(几分钟之内,思绪就将完全集中在驾驶上),一边开始在脑海中构思一封邮件,开头是这样的,"你想对年迈的红鬃马说些什么,尺寸重要吗?"

---

1 安德鲁的昵称。

3. 在王室专列上

国王没有在账房里点钱,王后也不在起居室内吃着面包和蜂蜜……

亨利乘坐王室专列前往南方。他的专列上有"办公"车厢、会议车厢、起居车厢、卧席车厢、餐车车厢、厨房车厢、乘务员车厢、保安车厢和观光车厢。国王正在"办公"车厢里,与公主进行每日一次的通信。跟他知道的几乎所有室内装潢一样,这个车厢内充满了浮躁不安的设计:任何一处都不得安宁。每个平面都深受装饰之苦:墙上挂满了画作和相框;平坦的表面摆满了古玩和小饰件;每块天花板都贴满了各色云图、丘比特裸像、麦当娜画报和裸体画。巨大空间的自由被剥夺,这列火车就像王室的处境一样:总有一股力量在压迫着你,让你无法随心所欲。

虽然列车经常出现长时间的延误,令人不胜其烦,但从理论上讲,这仍是一趟直达车。目前,只有国王知道接下来的安排,在剑桥边罗伊斯顿旁的火车岔道处会见布伦丹·厄克特-戈登,他声称带来了好消息和坏消息。

"我的宝贝女儿,"信的开头是这样的……"麻风病人,"他接着写道,"已经够糟心了,返程的航行更是一场噩梦。英吉利海峡上方的湍流,像往常一样,让人活受罪。着陆后，我直奔医院去看望脑伤患者，这简直是一种中世纪的刑罚。我不得不呆在那里，听那些几乎不能说话的人讲话，然后表示他们恢复得很好。然后，下午的时候，我坐专列去了北方。"

他停顿了一下。前往北方的旅程如同驶向抑郁、驶向黑夜、驶向严冬。起初，仅仅是发电厂肥硕的锅炉向灰色的天空喷云吐雾。接着，呈细缝状明亮的天空变成了模糊不清的黑色。有时，太阳会偶尔露个脸，就像矿工的头盔从烟囱中探出头来一样。下午三点十五分就如夜幕降临。最后汤格湾跟北海的悬崖峭壁融为一体。

"唉，妈妈还是老样子，"亨利这样写道，他潦草的字体随着列车的颠簸显得更加凌乱。"我不得不说，我现在非常讨厌出访。尤其令人难过的是妈妈的病情仍然没有好转的迹象，她和往常一样安详而又美丽。"他停下来，感到一阵战栗。"理发师仍然每天来照顾她，他们每周还为她做一次指甲，而且经常为她翻身。如果不是听见呼吸机那可怕的轰鸣声，你还以为她随时会睁开眼睛，像往常一样轻快地说：'哦爸爸，别光坐在那儿呀！我的茶点呢？'我经常说，虽然的确有植物人在若干年后苏醒过来的案例，但是我们必须坚强，做最坏的打算。我们的'团队'，亲爱的，也许会从三人减少到两人，但它仍然是一个'团队'，你和我，我最亲爱的人，你和我，我们两个人。

"媒体的存在……"

他停顿了一下，然后继续写道：

"……同时贬低并混淆人们的痛苦。我当然感动了，我当然震惊。但我必须把自己的伤口暴露在摄像机面前吗？在他们还尊敬你的时候！'不要害怕流泪，陛下'！这使人感到恶心。我越来越发自内心地觉得，记者是卑鄙的侵犯者，他们毒害所接触到的一切事物。"

他又停下了笔。巴格尔是怎么说的？"应该让公主知道，"厄克特-戈登说过，"可能有隐私泄露的情况出现。"不，亨利想：现在告诉她这些还为时尚早。他继续写道："我觉得，咱俩应该就这个话题以及总体的安全问题谈一谈，算是给自己打打气。我星期六（5号）会过来一趟，到时候我们可以找一家高雅华贵的酒店好好聊聊。"

信的最后他写下了爱称和亲切的话语。

接着，亨利叫来洛夫。

列车在罗伊斯顿开始减速。前方，在浓浓的迷雾中，岔道口若隐若现，旁边站着大眼睛的厄克特-戈登和一位侦探。远处，停着一辆黑色轿车和一位司机。列车还没停稳，布伦丹就跳了上来。

亨利九世说："我要先听坏消息，好消息不着急听。"

"令人沮丧的消息是，先生，那张照片，事实上，并非一张照片。"布伦丹按捺住内心的急迫，狡黠地说，"而是一张视频截图。"

他故意停下几秒钟，让亨利消化这个消息。国王的大脑一片空白，足足过了半分钟，才喃喃自语道：

"视频截图。"

"嗯,是的,先生。视频截图。"

布伦丹听到亨利的叹息声——透心凉一般的冗长,最后伴随着无声的呜咽。

"确切地说,是用5000型数码相机拍的,先生。"

"你知道吗,巴格尔:我希望这颗彗星或者随便什么玩意儿能把我们全都撞成碎片。"

"它不会撞碎我们,先生。如果它撞到我们,它将烧死我们。"

"那更好了。地狱之火。我们罪有应得。"

现在,布伦丹开始打量他的君主。这看似一个绝妙的问题:在如此窘迫、压迫和受限的生活环境中,你会认为完全容不得个人差异。但亨利就是公认的王室特例。不像他的父亲,理查德四世,和他的兄弟,克拉伦斯公爵,也不像他们家族的许多其他男性成员,亨利从未驾驶过喷气式飞机或直升机,从未操控过破冰船或扫雷舰,从未操练过军队,从未在潜水艇里睡过觉,从未模拟过偷袭行动,从未跳伞横跨山坡。他也没有显露过对家庭生活的热情:园艺、音乐、狩猎、恶作剧或东方信仰。亨利仅仅在牛津大学混了个地理专业的文凭,然后就开始他的社交生活了。即使在他登位之前,虽然他的日志里充斥着各种"职责",可他一如既往地尽可能逃避和推卸责任。但是,即使是最低限度的宫廷职责就已经很多了。布伦丹觉得,王室得以存在的主要原因在于它实在是太无聊了。你必须行动起来对抗这种无聊,你追求危险、刺激、紧张的状态。你沉溺于灵丹妙药或各种古怪念头——只要能打发时间就行。亨利是软弱的。他只知道忍受一切，所有的无聊，就像每天要服用的一剂化学药物。

他的前任，那个光彩夺目的文艺复兴王子，热衷于天文学、神学、数学、军事科学、航海术、演讲术、现代和古代语言、制图学以及诗歌。亨利则完全不同，他只热衷于看电视，或坐在电视前发呆。两年前，布伦丹曾经说过，时年五十一岁的国王因为无聊而越发苍老了。不知是什么原因，国王这种不可思议的好逸恶劳却使他广受民众爱戴，即使有种种恶习（失态、迟钝、难以置信的愚昧），他仍然很受欢迎。他们喜欢他皱眉、眨眼，喜欢他乱蓬蓬的头发。目前，他的支持率略有下降，往常都是百分之七十五左右。民众们不想看到他们的国王步履维艰地穿过医院走廊，或极度紧张地与伊斯兰教社区首领会谈。他们希望看到他在竞赛场上酣睡。

"我去过她的卧室，"亨利茫然地说，"那里还是一个摆满绒毛玩具的动物园。她还那么小，巴格尔……"

布伦丹伸手拿起他的钢质公文包，解锁打开。"先生，我们比之前有所进展。我想我们搞清楚地点了。"

"地点？"

"您请看。"

照片又被拿了出来——公主的胴体被遮盖住了。虽然意识到遮盖的用意，但有那么一瞬间，亨利还是感到雪盲症一般的恐慌。她到哪儿去了？被遮住了，像木乃伊，像鬼魂。

"我想我们必须开始拉网式地搜索王室的每一处盥洗室，

寻找那个浴缸，那面镜子，那个水槽，那种独特的布局。不过奥特瑞德手下的人已经大大缩小范围了。您看。在公主的左侧，香皂盒里放着一块香皂。"

布伦丹停下来，等亨利说话，

"你是在告诉我，这是王室唯一一处放有香皂的浴室吗？"

"不是的，先生。"布伦丹从公文包里拿出一个好像海报或丝质印刷品的东西，展开一看：二十乘二十的大小，如液面般光滑，全白。

"我能问问这是什么吗？"

"那块香皂，先生。更准确地说是香皂的部分特写：饰章。"

亨利盯着香皂上那满溢的泡沫。

"这香皂用了有一段时间了，可您还能看到上边的凹痕。一朵百合花。三片花瓣聚在一起。百合花形徽章。这是昂蒂布角王室使用的徽章。八月份时，公主曾与您一起在那里度了两周的假。我认为，她的隐私就是在那里被破坏的。"

"真是美妙的说法，要我说，这就是死罪，巴格尔。那么，接下来呢？"

布伦丹从未见过这幅情景：国王竟摆出了君主的架势。他说："如果您允许，陛下，奥特瑞德和我今晚就飞去尼斯。"

"准了……哦，我可怜的孩子。"

这两个男人静静地听着火车轰隆轰隆地缓慢向前行驶。布伦丹陷入沉思。维多利亚公主，理所当然，已经多次在全国引起骚动了。第一次骚动是当她还只有十七天大的时候：一位被解雇的保姆声称，她罢工是因为王后拒绝"按需"哺乳。六个月后，全国上下就公主是否应该断奶的问题分成两派，争执不下。诸如此类。能否允许她在室内不戴安全帽地骑儿童训练车？她是否应该在校外活动中吃快餐？她是否应该在倒霉的邓斯纳恩迪厅里穿"那条"超短裙？也就是在这个阶段（公主十一岁时），布伦丹开始发觉，自己对公主与生俱来的迷恋中隐约夹杂了些许淫秽。不，不是淫秽，是下流，但确是纯真的。当她十二岁时，各大新闻报道突然就两大问题展开激烈交锋：1）卫生巾；2）侧骑姿势——公主当然从未提及此事。你可以感受到，有一种情感在公众脑海中聚集、累积：维多利亚试图在儿童和适婚少女之间寻找平衡。太多的忧虑集中于公主那珍贵的童贞……布伦丹想，英国人和英格兰的关系就是乱伦和自恋，但最主要是潜意识的；在下边，一切都是模糊的，没有阳光，没有月亮，没有星星。

"她今天就能收到信，巴格尔。"

亨利走到他的书桌前，用一把象牙白的刷子蘸了一点水，封好了装有写给女儿信的信封，又用右手中指上戴的戒指盖上了王室的印章。

布伦丹收拾着他的行李。首先是放大的照片，大得荒唐，就像一块塑料桌布。然后是原本的照片。他很高兴看不到维多利亚的眼睛，她的瞳孔在眼睛左边的最上角，挑拨得他蠢蠢欲动。他想他知道公主当时正在做什么。她在聆听。

精美复杂的百合花形徽章,现在只能看到细节:那处饰章。怎么了,谁会知道呢?那么巨大的一块香皂,也许把他妈的全城洗干净也不成问题。

随后,王室专列穿过伦敦北部,继续向西驶去。

安迪·纽看到列车经过。他就在铁轨旁边(他新发现的藏身之处),他看见挂有窗帘的车厢,那徽章和徽号。他想:都是纳税人的钱!虽然安德本人算不上纳税人⋯⋯

他是个小贩子,卖点毒品和黄色电影。

而且,安德是个无政府主义者,街头游荡者,反全球化骚乱中垃圾食品店的狂热破坏者。两年前,他的同居女友切尔西为他生了个孩子:小哈里森。

一跃跳过大门,他向后边的斜坡走去,这时候他哥哥奈杰尔打来电话。对他来说,奈杰尔早些年还有点儿吸引力,但现在就如同其他混蛋一样,不值一提。

奈杰尔:"你没有再兜售那些脏东西了吧?"安德:"录像之类的:当然卖。言论自由嘛。但没再捣腾那些玩意儿了。"奈杰尔:"因为那东西要绝对禁止,绝对禁止。"安德:"绝对不行。"奈杰尔:"希望你说到做到。"安德:"无论如何都不行。"奈杰尔:"我真担心你,安德。在去曼彻斯特的火车上。"兄弟俩最近去曼彻斯特旅游了,去观看比赛,顺道看望爸爸。市政厅披上了绿色的网眼背心,出租车司机的无线电广播呼叫着前往不列颠山脊路、罗杰·洛基、欧克斯诺博、探戈三号和丁斯伯里中部。奈杰尔:"我们坐在车厢之间的过道上?好,也没别的地方坐。但我看着你,我想:你他妈的喜欢这样。坐在一堆垃圾中,喝着拉格啤酒。"安德:"你这样说有什么意义呢,奈杰尔?"奈杰尔:"我担心你,安德。"安德:"唉,你他妈的担心自己的税金去吧。"

他小声嘀咕地穿过小桥,一个声音从背后叫住了他:

"我说!打扰一下!年轻人!"

转过身,安德看见一个结实矮小的中年男人,穿一件白色条纹西服,扣了三个扣子,深色眼镜,博尔萨利诺帽。

"多谢,多谢。喏。劳驾您能否告诉我去……"

费了点儿劲,他从衣服内兜里掏出一个信封。他笑了。"您好吗?"他热心地问道。

"挺好。您呢?"

"我一生中从来没有感觉如此好过,谢谢,而且我非常享受现在的好天气。"

他有那种口音:比国王的口音还要正宗。

"我在找莫宁顿的克雷森特,您知道吗?不是莫宁顿的特雷斯,是莫宁顿的克雷森特……"

安迪很快告诉他该怎么走。

"啊。太感谢了。"

此时,随着手腕优雅地一转,这个穿西服的男人摘掉了他的深色眼镜——露出了安迪从未见过的最奇怪的眼睛。那么明亮而苍白:南极地区一般的碧蓝,被金黄的光环所环绕。有那么一会儿,安迪以为这家伙忘了带导盲犬出门。

"告诉我。你是安德鲁·纽吗?"

"谁想要知道?"

"我叫赛门·菲格内尔。"

他说自己名字的时候发出不同的口音：斯拉夫语。安德·纽发现那蓝眼睛变得邪恶而黑暗。

"你女人是狗屎，"赛门·菲格内尔平静地说，"你孩子是狗屎。"

2月14日（10:41）：101航班

副驾驶尼克·肖普欧：嘿，这还挺酷的……

工程师哈尔·沃德：你说什么？

肖普欧：看到了吗？第二个飞，跑道右侧。

机长约翰·麦克蒙纳曼：……嗯，嗯。古老的哈维兰彗星型客机。什么？1955年？它这是要去哪儿？

沃德：克罗伊登，也许？航空博物馆？

麦克蒙纳曼：……这是要一直等到我退休嘛。

肖普欧：是啊。我真想趁年轻尽早起飞。

因为天气原因延误了七十分钟后，101航班终于动了起来，加入了九号跑道的队伍。航空管制坚持要求每架飞机起飞间隔三分钟。但今天，毫无疑问，所有横渡大西洋的飞行器都必须在十一点整之前起飞。塔台决定紧急起飞间隔为一百三十秒。机长冷静地提醒乘客，接下来会出现轻微的"气流颠簸"；由于会出现湍流，他还将告诉乘客，他们会感觉自己更像在坐船而不是飞机，以每小时二百英里的速度在波涛汹涌的海面行驶。

塔台：101航班，准备离场。

麦克蒙纳曼：收到。

塔台：可以起飞。

10：53，101航班压低机头，继续寻找逃逸速度。雷诺兹·特雷诺系着安全带，直直地坐在2B座位上。她嘴里叼着烟，左手拇指按在打火机上准备点火。

肖普欧：V1……V2。升空。

飞机轮胎刚离开跑道，机长就熄灭了禁烟标志。

通常，飞机在爬升情况下喜欢逆风而行；但101航班现在面临的逆风，虽然还算不上风暴，但四十六节的速度，已经算是厉风了。因此，不管有没有出现湍流及其"漏斗"效应，机长立马面临着两大危险，一种凶险异常，另一种仅仅是非常严重。第一种危险是飞机可能会低于最小飞行速度，屈服于万有引力（其结果是飞机化为一个黑匣子，里面充斥着一连串的脏话）。第二种危险是抬升机鼻：这样一来，烈风会痛击机身的中部，使脆弱的飞机摇摇欲坠。101航班选择了抬升机鼻。雷诺兹借别人的余火点着了烟，身体向走道倾斜，朝机尾看去。隔舱门帘被卷到了头顶以上。她盯着一处过道，但那里挤满了人。她看见的女人们脸都挤得扭曲了：龇牙咧嘴，眉头紧蹙。其他人呢，他们如同孩子、如同牛犊一般皱着眉，正等待着死亡。

101航班目前的倾斜度是水平面向上二十度（可感觉更像

是偏离垂直线二十度），它以最大的力量，终于冲破了可怕的气流。

此时，罗伊斯·特雷诺棺材上的锁突然崩断了。特雷诺从棺材里跌落出来，足足滚了三十五英尺远，一头俯冲到一辆固定在墙上的印有马赛克图案的山地车上。特雷诺倾斜地抵在货舱门上，当飞机平稳下来，并继续以小角度爬升至巡航高度，他仍然差不多保持着直立的状态。

"穿越云层的感觉是不是很棒？"坐在2A上的男人说道，"我喜欢生活在云端。"

"是的，"雷诺兹说，"但不是今天。"

"不是今天。"

他正盯着她的腿看，带着非常挑剔的目光，至少雷诺兹这么认为，她欣赏自己的腿。现在，他正盯着她的脚。

"你不应该穿高跟鞋，"他说，"鞋跟会刺穿应急气垫滑梯的。这种滑梯还可以用作救生筏。你穿了紧身衣。"

"……的确是这样。"

"你不该穿的。它们部分是合成材料制成的，你知道的，"他说，"一旦燃烧起来，它们会融化并粘在一起。"

货舱内，罗伊斯·特雷诺的尸体好像自我调整了姿势。

它准备好了。

第 三 章

1. 信息公开

再次见到那位特护医师时，罗莎·米欧穿上了她（拥有的）最昂贵的衣服。一件定制的意大利黑色羊绒西装，配套的手套和提包，船形高跟鞋。她想向甘地医生发出一个明确信息：如果出了什么差错，她一定会告他的。这天她又本能地决定一展身材。因此她穿了一件收腰白衬衫和最具动感的白色胸罩。这身奢侈的丝质装束并非专为甘地医生而准备（她当时的目标是另一个人）；但也许那浅褐色的乳沟是在强调什么——对生命的坚定，生命……

甘地医生当然注意到了罗莎的打扮，并因此感到某种生理上的兴奋（吸引他的主要是那对饱满的乳房）；但他不像第一次那样享受这次会面。各种力量的对比已经发生变化，目前来看几乎是确定无疑的了。像过去那样多好啊，他那时多么受重视啊，当人们一无所知的时候——在信息公开之前。现在，你面对的不再是过去直冒冷汗、默不作声的病患，而是行为古怪、自以为是，带着伪造病历、佯装病情预测到处招摇撞骗的江湖郎中。因此，甘地医生认为，医生这个职业不像过去那么吸引人了，医生的工作满意度也日益下降。罗莎·米欧无疑受过良好教育，甚至可以说颇有声望，他从未想过自己会像萨杜恩那样看轻她。可现如今（他思忖着），伦敦城里随便什么"饭桶"都有个戴眼镜的堂兄或侄子，时刻准备着在网上搜个底朝天……罗莎敲打着键盘，搜索着一个又一个问题，各种各样的脑损伤，错综复杂的后遗症，甘地医生很快就变得毫无用武之地了。一股熟悉的闷热感向他袭来，当罗莎转身面向那白色窗帘时，有那么一会儿，这种感觉有所缓解：从她坚挺的胸部得出结论，那对乳头应该也很大。一股邪念在他心里油然而生，并一发不可收拾，乳头大有利于哺乳——即使不会加速实际的哺乳过程。

对罗莎来说，她一点儿也不喜欢在电脑前一坐就是几个小时，突击研究各种脑损伤问题。她读到这样一句话（"主动与您的伴侣建立全新的关系"）后，甚至立刻冲到杰里米·边沁便利店买了包烟。她一口气抽了七根，一边回想着刚才读过的片段，"您崭新的家庭生活""您崭新的社交生活"，等等。这是什么意思呢，崭新？她不停地想。（这是什么意思呢，您的？）我们总是认为，做好准备比不做准备好，但其实好不了多少；考虑到某些可能出现的结果，做好准备也没什么好的。女性最近取得了不少收获和成就，在很大程度上以男性为中心的社会里，她们已自然地取得了不少可喜进展。她虽然坚信自己将竭尽全力，但实际上，电脑屏幕上充斥着的那些（不，是很多）可能出现的后果，又使她知道自己无法也不能坚持到底。她并非无情之人，而是现代女性，仅此而已：来吧。可是接下来，罗莎又读到一句话，使她开始厌恶自己，抽泣起来，内心起伏难平。这句话是，"只有一个'特效疗法'，那就是爱"。现在,她换了个语气:来吧。来吧……

那天早晨,在病床上翻腾了三四次后,汉才看见他的妻子坐在床边的椅子上等着。她见状立刻说:

"我刚才还在了解你的情况。嗯,不是关于你,而是像你这样情况的人。现在,汉,我想这样说,不要陷入'两年'的误区。这完全是无稽之谈,会导致很多不必要的痛苦。他们都说,'两年后'你就会恢复了。这不是真的,汉。你康复的时间将远远比这长。可能是五年!可能是十年!问问你们互助组的人吧,你就会发现真是这样!"

汉花了很长时间才意识到,这件事本身就是"妇人之见",换句话说,"前妻编造的故事"。现在跟他讲话的不是罗莎,而是珀尔。她接着说:

"你知道吗,这样的事,会使你感激现在拥有的一切。我知道,我为所拥有的一切而感恩:一大笔钱,而不是赡养费。因为你确实明白,不是吗?只有百分之二十五的脑损伤患者能在事故发生后三个月投入全职工作。"

他坐直身子,两只手把凌乱的头发捋顺;他料想——珀尔的笑容促使他猜测、至少是证实了——他比之前秃得更厉害了。一眼望去,他的脸和额头好像布满了星星点点的颗粒物——好像有人趁他睡着时,在他脸上又是切面包又是涂黄油,结果满脸是被黄油粘住的面包渣。他很高兴珀尔看不到他的膝盖,因为他感觉到有股液体状的东西在两条腿的膝盖骨里流淌,像蠕动的肥虫一样。

"孩子们呢?"他问道,"他们来了吗?"

"他们在咖啡馆,一会儿就来……亲爱的,有个情况你最好做好心理准备,那就是你的智商会明显下降。这不会对你的演艺事业造成多大影响,但不大利于写作,不是吗?我不知道会不会影响你弹吉他。你知道我真正担心的是什么吗?"

汉等着她说。

"我真正担心的是,这将对你和罗莎的关系造成影响。当你们坐在一起吃晚饭时,你将不知道她在唠叨什么。因为过去你非常在乎她的想法,你曾经这样说过。如果你还和我在一起就没有问题了。就你目前的状态,我并不是说要盯着你,我们可以只盯着墙,打发时间。但和她在一起……"

在门边的角落里,几个患有脑损伤的年轻人正坐在电视机前观看为他们量身制作的娱乐节目:两个男人站在方形拳击场里,穿着亮闪闪的短裤,戴着牙套。

"你太安静了,汉。我猜是有点紧张,你想试着把一些简单的词语组织起来。"

"哦,我能说话,没问题。"

"那就说吧,别为那些长单词担心,你知道,那些两个或两个以上音节的单词:你早晚会说出来的。"

为珀尔说句公道话(汉在心里已默认这一点),应该记录在案的是,在得知那次袭击事件后,她给医院打过电话,对若干人吼叫过,作为儿子们的母亲,她要求给予全面、详细的诊断,她得到了,并以最温柔和充满希望的方式将结果告诉了孩子们。珀尔是位好母亲。也许作为前妻,她不是每个男人的首选，但她的确是位好母亲。

"最可怕的是，他们说——他们说……最可怕的是，他们说，对你们性生活造成的影响。"

据观察（一位女性在二百年前观察得知），一个女人只为自己优雅，而男人则漠视这一细微变化；另外一个女人则心存感激，很在意明显的贫穷和低品位。珀尔并非只为自己打扮。她为所有人打扮——包括她自己。今天，她穿了一件黑色皮夹克，闪闪发亮，走起路来嘎吱作响；一件雪白的羊绒衫；一件粉色花裙子，短得令人惊讶（外加一双迷人的短靴，也是黑色的；还有一双荷叶边短袜，也是白色的）。还有一件东西：她正穿着的一件东西。

他和珀尔从小就认识了，时断时续；他们的婚姻（他后来开始感觉到）如同失落的世界，似乎是退化的、充满兽性的，甚至是史前的——如同一片蜥蜴横行的大陆。有些事情，直到今天，他也绝对不敢告诉罗莎。比如说有这样一件事，在他和珀尔共同生活了十二年之后（虽然充斥着长达数月的冷战、临时分居、独自旅行、频繁的拳脚相加，还有无休止的通奸），他们的性生活却在持续改善——如果改善这个词足够贴切的话。到最后，其他的所有事都可怕至极；他们已经达到了（正如他们的一位婚姻顾问所说）"夫妻间偏执狂"的状态。两个孩子早已不再跪在地上央求父母分居。直到迈克尔和大卫开始第二次，而且是更加严重的绝食抗议（长达四十八小时），汉和珀尔才突然决定停火，并请来律师。但在此期间，他们的性生活却在不断改善，换句话说，不断地占去他们越来越多的时间。

"你们的性生活将会出现两种可能，"她说，"要么你对此毫无兴趣——通常会是这种情况；要么你只对这感兴趣。你认为将会是哪种情况呢？"

汉等着她说。

"让我们做个小测试吧。准备好了吗？"

他知道将会发生什么，他也知道应该朝哪儿看。他定睛看着：珀尔·奥丹尼尔又瘦又高（赤褐色的短发刺猬似的立着）；她屁股窄小，但大腿却自膝盖以上向外敞开；在她两腿之间的真空三角地带（呈大写的Y形），她的重心就在这里……关于珀尔的性格，有一点可以断言，那就是她总喜欢走极端。她最忠诚的追求者们都会立刻认同这一说法：她总是走极端。即使面对那些本身也喜欢走极端的人来说，她也总显得太过火。现在，在圣玛丽医院，珀尔又开始走极端了。大腿张开，脚踝交叉，她展示着这一地带。汉仍瘫倒在床上，盯着那里看。当然，他的前妻并没有犯性事上的低级错误——下边什么都不穿：她穿了些什么，但可不是随便穿了什么东西。他对这东西太熟悉了——珍珠白，镶有星星状的饰品。在收到离婚诉讼中期判决的那天早晨，汉曾把这东西整个含在嘴里，珀尔当时赞许地观看着。

"哪一个？"她问。"全无兴趣，还是只对它感兴趣。"

"两者之间，我不知道，我想应该是后者吧。"

"很好，汉。你选了个长单词：只对它感兴趣。啊！孩子们来了。"她站起身招手。接着，她从那个巨大的手提袋中掏出一份报纸，摊在他面前：上边有三张照片——汉、珀尔、罗莎。"她会要你好看的。"她说。

孩子们向他走来时，汉又一次努力坐直身子，靠在床头上。他颤抖着双手，又一次，打理着杂乱的头发。这张床，这整个小隔间，就像一个展示年迈和落魄的柜子，而且还是烟灰缸一般的颜色。迈克尔和大卫分别站到他的两边。他们并没有怀着严肃、忧虑或失望的心情看待他们的父亲，他们只是表现出接受；而他立刻从中获得慰藉。

大卫，较小的那个，在他脸上亲了一下说："我很抱歉，爸爸。"

迈克尔，大点的那个，亲了一下他的脸说："爸爸？哪个他妈的混蛋把你搞成这样的？"

"迈克尔，"珀尔喊道。

"算了，"汉说，他几乎都记得。"忘了这件事吧。"

但他确实记不起撞击那瞬间的感觉了。蒂尔达·匡特曾对他说过，人的大脑中有个恐惧中枢，一个深藏于大脑两个半球中的神经节，通常跟嗅觉有关，是恐惧和忧虑的控制塔。有时候，大脑会抑制住人最痛苦的记忆（她还说，军方科学家正在研制一种邪恶的药物，试图复制这种消除疑惧的效果）。所以，现在他的大脑在保护他不受记忆的折磨。其实他需要这段记忆，并一再地把它翻出来。他需要闻到那段记忆。

"别怕，孩子们。我很快就能出院了，"他说（这种声音和腔调，连珀尔都觉得陌生），"到时一定要让那帮混蛋好看。"

就像一个人从一种生活走向另一种生活一样，罗莎沿着一条玻璃通道走着——这条通道位于地面之上三十多米（一百英尺），把医院分成两个部分。现在，她正走出理论，走进实践。

她的焦虑，她的担心，现在汇集成一种针对纳特瓦尔·甘地——以及整个医生群体——充满诋毁的厌恶。作为一个二十世纪历史专业的学生，她了解苏联审讯小组进行的"化学实验"（相对于"物理实验"）；了解日本活体解剖论者；在1941年那个年代，德国医生可以随意处置不可靠和所谓已疯了的人，接下来的步骤就是众所周知的"野蛮安乐死"。医治才能——治愈——总是与其对立面相伴相生。只要有机会（看起来），这些把脉皱眉的人就会把儿童的头颅包在旧报纸里，夹在腋下，像大学生一样闲庭信步。

他们的确做过这些事。但此时，罗莎讨厌甘地医生（她的胸部起伏难平，她的鼻孔气得大张）是因为他拒绝为她提供保护，让她不再担惊受怕。对病情的预测是乐观的，但他仍不愿排除任何可能性。当他告知可能出现的消极结果时，他的脸上闪现过一丝享受的表情：他很享受这种掌握生杀大权的感觉。是的，在特护病房，他肯定常碰到这种情况。在他说话时，罗莎意识到自己在想象着，他的感官是怎样被训练得能够忍受这难以言说的氛围和这难以置信的恶臭。在她离开时，她禁不住安慰自己，这个医生和其他大部分医生一样，都将在退休后一周之内倒地而亡。因为一切都与权力有关，失去了权力，他们也将不复存在。

她按下按钮,心里有什么东西咯噔了一下。电梯吱扭作响时,她叹了口气。

"不,孩子们,"珀尔说,"爸爸很快就会好起来了,又会像以前一样生龙活虎了。是不是,汉。"

"……那当然。"

"他当然会好的。哇,她来了。天啊,她可真胖,罗莎!我刚才一直在夸奖你报纸上的照片!"

暴怒和烦躁,家庭暴力,悲痛和沮丧,缺乏洞察力和认识,大小便失禁,焦虑和恐慌,性问题,爱的缺失,应对爱的缺失,放手……罗莎向前走着,抬头挺胸。收腰的衬衫、运动型胸罩、浅褐色的乳沟:所有这一切——说不定——都是为了珀尔。

2. 高智商的白痴

以前什么可笑？克林特·斯摩克想。现在什么可笑？今后还可笑吗？

在病态的大楼里有一间安静的会议室。在其封闭玻璃窗的另一边，一只患结核病的鸽子默默地拍打着翅膀。主编大人坐在桌旁，双手捂着脸。

《晨雀》正面临着危机。德斯蒙德·希夫习惯玩失踪，经常来无影去无踪，可这次他坐了三十个小时的飞机从南太平洋赶回来，重整旗鼓。

他终于开口了，"我就是想不明白，怎么会发生这么严重的事故……你们当时都在想什么？"他小心翼翼、战战兢兢地看着面前摊着的报纸。"天啊！我是说，这又不是《自然》杂志……"

"当我看到第一篇报道的时候，"克林特说，"我还以为是在宣传巴特西猫狗之家。"

"是的，"杰夫·斯泰特说，"或者是有关罗马尼亚精神病院的'爆炸性新闻'。"

"目前造成的实际损失呢？"

"现在整个事件已经演变成人身攻击了，"麦克雷（麦克雷）说。"公众很愤怒。"

"我们正在失去他们吗,苏帕门拉姆?"

"从我收到的邮件来看,他们都正死于心脏病。"

"很好,真是太好了,"希夫说。"我们正在杀死自己的读者。"

苏帕门拉姆说,"就像黑色星期四。"

在黑色星期四之前的那个星期三,《晨雀》拼凑了一篇报道,调侃吉尼斯世界纪录,并开辟了一个新专栏,向史上最大最长的男性器官致敬。在同一页上,《晨雀》复制出一把长约三十厘米的尺子,(虚情假意地)向读者发起挑战,让他们来做一个令人反感的比较。为了寻开心——至少《晨雀》这么认为——他们特意把三十厘米的尺子重新编号,使它看上去缩短了一半。一大清早,麻烦就来了:黑色星期四的自杀事件。

希夫说:"比尔,这些版面都是你编辑的,你怎么会做出这种事呢?"

"当第一批人走进来时,"比尔·瓦尔诺说,"我还以为他们是来找厕所的。当第二批人进来时,我当时想,嗯,正如……正如我们看到的那样。"

"老实说,伙计,"克林特说,"我们这次真的是搬起石头砸自己的脚。但还有破局的办法,头儿。我能从马克思主义的角度分析一下吗?"

"当然,克林特,"希夫洗耳恭听地皱了皱眉。

"好的。主流严肃大报的目标读者是当权者和知识分子。时髦的通俗报纸针对中产阶级。低端的廉价小报则面对无产阶级。我们《晨雀》的目标读者是失业者。"

"说要点，克林特。"

"好的。当你开始领失业救济金的时候，你还能吸引谁？我们侮辱了我们所有的读者——虽说他们一点儿也不冤——但毕竟也是一种侮辱。我们说了，也证明了，我们读者的阴茎（如果有的话）简直如同来自布莱克·拉各斯公司。"

四天前，《晨雀》大张旗鼓地推出了一个新专栏，"读者的鸟"。死亡威胁就从那时开始出现。

"'你的脚踝会感到一阵温热'，"希夫半信半疑地读着，"'当你跟一大群顶级尤物翻云覆雨时，由我们血气方刚的……献上'"他靠在椅背上。"上帝啊，你快看看这个：左上角那个怪物。"

"有些家伙给我发邮件，说他们把报纸订在一起，以免不小心看到这些内容。"

"你应该看一眼我们没有登报的内容。每个故事都能让你折寿不少。"

"你必须做好准备，即便如此……"

"可选的并不多。我们已经在流失读者了。"

"三千七百万读者，"希夫郑重其事地说，"他们已经尽力了。那么，我们下一步该怎么做？"

"很简单，"杰夫·斯泰特说。"撤回报道。不加评论。"

"不行。你瞧，"克林特说，"那将是又一次侮辱。那不是他们想要的。"他指着四堆打印出来的抗议信。"他们也无法相信报道里的内容，但他们不是让我们撤回报道，而是希望我们告诉他们，事实并不是那样。"

"那还有解决的办法吗,克林特?"

"有的,头儿。事情还有转机。过几天,我们淘汰掉那些家庭主妇,把她们换成模特。"

"什么,用我们自己的姑娘们?有点太明显了吧,不是吗?"

"嗯,当然不是咱们的唐娜·斯顿姬。用那些落选者。如果一张熟悉的面孔时不时地出现一下……瞧,他们的反应并不那么理智,对吧?我们踹了他们的屁股。我们侮辱了他们。现在该拍他们的马屁啦。"

在有关《晨雀》的意识形态之争中,克林特·斯摩克总是足智多谋、富有创见。有时候,好像只有他对《晨雀》的典型读者有个清醒的判断。他继续补充说:

"他们会接受的。你可以在那一版登上电影明星,旁边附上一句'做你的美梦吧,蠢货',他们还是会接受的。我们还需要改善版面设计。去掉这些黏糊糊、毛绒绒的……洞口。看看右边中间这个。"

希夫把头向左偏了九十度,慢慢调整了下角度,然后猛地收了回来。

克林特说:"这幅图可以用来报道逼良为娼或者贫民窟住房问题。其实整个版面都给人这个感觉。不。我们需要的是穿着三点式泳装的美女。或许更好。如果你把她们放在豪宅前的车道上,我敢保证,我们的读者仍然一无所知。"

大家沉默了半分钟。

"谢谢你的建议,克林特,"希夫说,"那就这样办吧。

下面再谈几个小问题……好。其他所有的报纸都在报道那个近地天体，一个小行星还是什么类似的东西，当时我们决定完全不理会它，我确信我们的直觉是合理的。但是现在，我们身边发生了这么多惊天动地的事，如果不报道，会不会亏欠我们的读者？我想我们至少应该提一下重大的战争、瘟疫、饥荒，诸如此类。我知道我们的重点还是放在国内，但就目前的世界局势来看，我不得不说，我们在国际新闻方面做得不够好。"

"我同意，头儿，"斯泰特说，"我可以再去曼谷待上一个月。"

所有人都紧张地笑了。

有什么好笑的？克林特想。亲爱的读者。读者，我嫁给他了。T·S·艾略特：读者指南。虚伪的读者！我的同类，我的兄弟！

> 亲爱的克林特：你关于童年的评论打动了我。我也从未感觉到"融入主流"。我们有些人好像被孤立了。在某种意义上，我们"与众不同"。如果有一天我找到那个想要共度一生的人，他也一定会"与众不同"。

克林特最近在杂志上读到一篇文章，其中假设出现了一种新型人类：高智商的白痴。自作聪明、冷酷无情、漠不关心的高智商白痴，按照作者（一位女性小说家）的说法，对所有技术和文化改革的接纳态度都超级现代化，这种接受是坚定、严肃的。克林特如释重负，可以这么说，因为他发现自己对于新笔友写作风格的态度是动摇、打趣的，打趣、动摇的。从短消息的语言等各方面来看，他已经见惯了标准英语被糟蹋的样子，但还从没见过这样的。尤其是在相互了解和调情的过程中，也没见过如此美妙的语法。克林特了解语法。斯摩克先生和太太：都是教师。还是老嬉皮士。老的——现在已经死了——嬉皮士。死掉的嬉皮士。天啊：发生了什么？

当然，克林特并不是要吹毛求疵。克林特？对姑娘们挑三拣四？他已经太久没感受到女性的力量，他感到——好吧，她的那些话就像救命稻草一样。就像一根救命稻草。

他知道，他和女性世界之间的距离越来越大了。每天晚上，当他走进博尔赫斯大街上的电子情色产品天堂时——无尽的空间，不朽的精神——从某种意义上讲，克林特游走于各色女郎之间。但他同时也与她们渐行渐远。这一距离在不断拉大。

发生了什么？他到底散发出什么气息，到底发出了什么信号？他自认比那个家伙英俊多了（现在也有钱多了），那样的家伙遍地都是。你看他天真的女同伴和他走在一起，时不时亲亲他的耳环，拍拍他的头发，或者带着宽容的微笑，淘气地盯着他的黑色眼镜。

这感觉一定很美妙，他想。当你走在大街上，拿出电话：这样所有人就都知道了。"你好，亲爱的，是我。我正走在街上。晚上吃什么？"浪漫的夜晚。两个人的餐桌。偷偷往咖啡里加颗安眠药，放松一下。

一定很美妙。但从来都没妙过。即使当事情发展顺利的时候，他总感觉胸中像注了铅一般沉重，下沉。他太清楚了，她们都在等待——伺机而动。在床上，当然，那永恒的战斗就是让她们感受到：用你的力量去改造她们。就像书上说的，女人们都在等待那一刻：等待一位愿意上钩的、最强壮的男性，带给她受孕的质变。所以她们一直在等待、算计、比较——随时做好了委身的准备……

不管怎么说，这就是克林特不断告诫自己的（别再为她们伤脑筋了；她们全都一样；诸如此类）。但他的潜意识可不这么想。有时候，他会听从自己的潜意识。周日的下午，绝望、肮脏的住宅，他躺在床上舔着鼻环，有时候潜意识会对他说："我不知道，伙计。你会后悔的。我不知道，伙计。你会以眼泪收场的。"

对男人来说，她就像一根救命稻草：

> 我目前的理想型（我的确指"目前"）是那种"猛男"型。你懂的：周六泡在健身房，周日上午踢足球，下午打网球。还有保龄球！我喜欢他边喝啤酒边看电视——我当然要坐在他腿上！在床上，我们做爱的时候，他呻吟着让我大叫。我告诉他：我是不会任你摆布的！别把我当那种人！我想他以为大叫就等于狂野。但我不希望狂野。为什么呀，克林特，人们为什么喜欢用性爱来自我膨胀呢？

虽然他手中握着的这张纸就是一封打印出的邮件，克林特却凑着他戴鼻环的鼻子，似乎希望感受到她的气息。噢，他至少读了三四十遍吧。我绝不蹚这浑水，他想：没门儿。

问题是，我从来没法跟男人口交、惹男人生气。我不敢。得罪男人？所以我不得不继续一点点地惹毛他（这已经够严重了），直到他收拾东西走人。我不再像过去一样一刻不停地赞扬他。我拒绝擦掉他滴在马桶坐垫上的尿渍。我得为自己说话。我想说的是：伙计们，到"后院"来吧！克林特，我感到厌倦。说清楚点：我也厌恶"新好男人"，他们在床上太"细致入微"了。"你到了吗？""我够不够好？"太棒了！飘飘欲仙！幸福极了！人们为什么就不能做自己呢，克林特？太多的群居本能，太多的谎言，太多的虚伪。

另：为"读者的鸟"欢呼。简直给广大女性带来了强心剂：好家伙，我们有救了！

"你的来信就像一股清新的空气，"克林特揣摩着回信说，"你已经看够我在《晨雀》上的那张鬼脸了。我非势利小人，也没那个资本！但如果能在你的精辟言论旁配上照片就再好不过了。或者署名也行……"她还是没有回答"尺寸重不重要"的问题。

只有一件事困扰着他。市场调查一再显示,《晨雀》缺乏女性读者。所以问题仍然是:什么样的女人会读《晨雀》呢?

他停了下来,坐在桌边。克林特正准备写一篇文章。但他在桌边停了下来。

"……呃,那个,安德在吗?"

"你是谁?"

"呃,皮特。"

"不,他不在,"一个比往常小很多的声音说,"哈里森,当心,亲爱的。他们已经把他记为失踪人口了。不,别这样,亲爱的,真是个乖孩子。他们已经把他记为失踪人口了。"

克林特说他很抱歉打扰了。他想:天啊——可别是约瑟夫·安德鲁斯干的。然后:来个短暂地采访,让她高兴一下。接着:不。这些都忽略不计。或者:众所周知的——

"嗯,克林特,"希夫说,"虽然并不严重,但又发生了一件丢脸的事。"

"怎么了,头儿?"

"变态就变态吧。"

"哦。沃尔瑟姆斯通行手淫者。"

"一回事儿。但现在是一天一起事故,是吗?有几件事,克林特。你的'视频回顾'专栏里有个词真让我大吃一惊。在哪儿呢。"

他把那一页平摊在克林特的工作台上。副标题写着"布林克·鲍勃的视频回顾"。角落处有一张大头照。不是克林特，但是某种创意拼图：一双眼睛奇怪地斜视着，脑袋垂向一侧，舌头耷拉着，懒洋洋地举着一双毛茸茸的手掌。

希夫说："现在……在哪儿？这里。嗯，'当客串演员多克·博加德把他的"爱痕"喷洒在我们唐娜·斯顿姬丰满的乳房上时，请大家准备好手纸。'请问，什么是爱痕？"

"就是精液，头儿。"

"哦。哦。我以为我们常用的是'男性精华'。哦。好吧，那就没什么了。你知道吗，我们做的事情，有时候，真让我恶心。真的。安斯利·卡尔的事情进展得怎么样了？"

"奏效了。得等到他再次比赛，才能提高关注度。但目前看来还不错，不是吗，他又得了些新指控。"

克林特想起来希夫不懂足球。他继续说：

"他们现在要以踢假球为由逮捕他。说他上一赛季从一个马来西亚商人那里收了五十万，故意输给了流浪者俱乐部。我们的读者会恨他的：对足球的亵渎，头儿。也许在审判期间我们就可以把贝丽尔的事搞定了。"

"就按你想的办吧，克林特。你还说你正在跟踪报道王室事件？"

"我正在处理，头儿。"

"这使你很兴奋，不是吗？克林特。我们总是认为王室毫无意义，不合时宜。老王后帕姆呢，当然，高高在上。但她已经去世两年了，公主也如绽放的花朵一般慢慢成熟。在我们的整个读者群里，对她的深情和兴趣日益高涨，从麦克雷的形象就能看得出来。"

"那么，现在的问题是，维姬需要戴乳罩了，这使他们发现，亨利仍在粗茶淡饭过日子。他们认为现在是孤注一掷的时候了。"

"你这么想吗？"

"读一下星期六的斯摩克。一篇长评论。"

"标题呢？"

"国王正常吗？"

3. 亚瑟王神剑

他的处境荒唐可笑。

在他出生的那天，全世界的皇家舰队都礼炮齐鸣以示庆祝。下议院的丘吉尔说（二战时的情景仍历历在目），"我们向父亲和母亲，并以特殊的方式对小王子来到这个硝烟弥漫的世界深表同情。"仅仅几小时内，他就登上了世界各大报刊杂志的头条。在学校，他发现父亲的脸出现在买零食时掏出的硬币上，也印在他往家里寄信所用的邮票上。十二岁的时候，在他访问巴布亚新几内亚之前，这个小岛上的居民曾彻夜击鼓欢庆。他还是少年时，就已经代表国家出席夏尔·戴高乐的葬礼：他当时就站在甘地夫人和理查德·尼克松中间。接下来发生的事，成年、婚礼、谋杀——还有继承王位：确认、宣誓、涂油仪式、授权仪式、登基大典，效忠宣誓。

他的大小事件都是国家事件。他的处境荒唐可笑。他是英国国王。

此时亨利九世正住在南部赫特福德郡的格瑞特宫里，那是一个供热达三百个房间的套房。在此之前他和弟弟阿尔弗雷德王子，克拉伦斯公爵，在斯特兰德大街上的一个三星级餐厅的包间里共进了丰盛的晚餐。

"这儿的酒保,菲利克斯,简直太棒了,"他说,"他调了一款叫'蝎子'的酒,真是妙极了。啊,给你。来两杯蝎子!不:还是来四杯蝎子吧……现在给我说说,亲爱的。你会跟这个'琳恩'结婚吗?"

"你知道吗,老兄,我不会跟任何人结婚。"

"到底为什么呢,你这家伙?"

"因为我就是这么一个恶心的色鬼。我们都是。除了你。老兄。"

"……我们的蝎子怎么还没送来?"

阿尔弗雷德说的话在他脑海中挥之不去。当他一个人睡不着的时候,他就在家里(在火炉前,躺在一堆毛毯和几只小狗下面)等着巴格尔的电话,亨利想:是的,的确如此。但为什么呢?阿尔弗雷德王子从十三岁起就是个十足的淫棍(那时他强奸了他的第一个女佣),现在他四十九岁了,还一点都没变。他的父亲,理查德四世,在最近一次婚姻之前,一贯具有英雄般的征服欲望;他的祖父,约翰二世,曾经是臭名昭著的浪子。那亨利九世呢?

在他二十岁的时候,那时他还是威尔士亲王,他对性交就如同对马球或跳伞一样,丝毫不感兴趣。他整天忙于喝酒、社交,他有很多女性朋友。那么,是什么使他拒绝或不顾那些数不清的软磨硬泡呢?有些几乎难以察觉,有些则近乎夸张,她们无不极尽其能想方设法加入王室。原因似乎并不复杂,只是害怕努力而已。理查德四世为此感到担忧,在王后的唆使下,他安排了一位侍女来见王子——一位名叫伊迪斯·贝雷斯福德-黑尔的年轻寡妇。一天夜里，伊迪斯在汤格湾给亨利带来了个惊喜。那是个充满杀气的夜晚，亨利和四五十名猎手一起狩猎结束后回房就寝。当然，亨利本人从来都跟狩猎这事搭不上边。但他却勇敢地和伊迪斯·贝雷斯福德-黑尔协同作战。她让他压在她身上上下晃动，几分钟之后，在男更衣室有一种激情似火的味道，伊迪斯开了句玩笑。

接下来，王子做了一件让国王和王后都意想不到的事。他爱上了伊迪斯，或者至少是拜倒在她的石榴裙下。虽然媒体和公众认定，亨利同时还至少跟一到两个他常献殷勤的年轻貌美的姑娘上床，但随后的五年他总算是忠诚的。他每月大约去看望伊迪斯三次。她三十一岁，身材姣好，气质优雅。与他母亲没什么不同：粗花呢短裙，耐磨的鞋子。

在亨利二十几岁时，他开始为一位更年轻的朋友骚动不安起来：帕梅拉·诺斯阁下。他送给伊迪斯一栋房子、一次环球旅行、一笔养老金，然后就开始向帕梅拉大献殷勤。在王室婚礼举行后的第二天（白芝浩曾说过，王室婚姻是众所周知的最佳典范），亨利给他兄弟阿尔弗雷德王子写了封信：一切都进展顺利，真让人大松一口气。当我在阳台上拥吻她时，街上的民众完全为之疯狂，你看见了吧？其实，在卧室里差不多也是这种情形。我感到整个国家的期望都寄托在我身上，尽管是良好的祝愿，它们激励着我。最起码一切都进展顺利。你懂我的意思：我真的很棒！其实，在那天晚上，他怎么可能不厉害呢？民众的深情厚谊使他血脉偾张。

亨利王子刚满二十七岁的时候，理查德被炸飞在爱尔兰西岸的渔船上。当时在船上的还有国王的堂兄,也就是印度最后一任摄政王(和第一任总督)。如此一来,潜在凶手就有很多了:穆斯林、锡克教徒、印度教徒,等等,还有更明显且时间更近的嫌疑犯……这一时期,举国上下陷入悲痛情绪(并且这一情绪被放大了五千万倍),尽管如此,亨利却达到他情欲的顶峰。英格兰民众在一片激烈反抗和狂喜的情绪中庆祝国王的加冕礼;对亨利九世来说,这波热潮一直延续到他的"龙床"之上,随之而来的还有镀金的权杖、镶有四块宝石的皇冠、绣有百合花图样的紫色缎面头巾、吊袜带和吊闸门、还有金丝织的帷幔。他们第二次度蜜月期间,在皇家游艇上,这对王室夫妇坐在桌边,皇家海军陆战队乐队为他们演奏着浪漫唯美的混合小夜曲。就寝时刻渐渐逼近,亨利朝帕梅拉僵硬地微笑着。在性生活方面,国王的地位使他顺利过渡至三十岁(他甚至得到了"亚瑟王神剑"的绰号)。但直到现在,他们还在为造出一位继承人而"努力"……

维多利亚公主出生后,亨利的性生活不再受控于日历和月运周期:现在,它听命于预约簿。这种轮值的形式逐渐变成一种习惯。当然,是一种坏习惯。做爱还需要王室预约,就跟其他事情一样。男性,即使是王室的男性成员——世间的最佳典范——对此也无能为力。他无法控制它:期望——充满期望的约定。最重要的是,随着她年龄的增长,帕梅拉的确越看越像个男人。

一天下午,三点过五分,王后略带疑惑粗声粗气地说:"怎么回事儿,亲爱的?哦,天啊,真是没救了!"……他已经尽力了。在他半梦半醒的人生里,没有一秒钟和普通人相同,但至少,他的性无能的确是普遍存在的。每到此时,他都走下王室宝座,和他的男性同胞一样试图碰碰运气。到底是怎么回事儿?问得好。从这时起,每当国王在日程表上看到"下午三点:帕米[1]",他都感到一股无形的力量压在胸口,就像一副马具紧紧套在马背上;而这套马具迟迟无法松开,直到他幸免于楼上的噩梦。他努力在记忆中寻找这种恐惧的前兆,因为他坚信一定会有预兆。对了!在上次约会开始前的几个小时发生了一件事,也是经过预约的:他来到主人的书房,被狠狠地抽打了一顿。

事实上,这消极的顿悟——有关他生活的可悲现状——早在汤格湾就已埋下伏笔。

布伦丹·厄克特-戈登静静地听着。电话铃声停了,一阵费力的回响声;接着传来类似狗在抗议的呜咽声,仿佛受到了不公的待遇。

"帕普儿,走开。比娜。是你吗,巴格尔?该死的——该死的电话被缠在比娜和蒙克将军的身子下面。现在话筒上全是狗毛,还有一些……恶心的黏液,或是什么的。将军!走……你在哪儿呢,巴格尔?"

"我们从卡普出发,正坐车朝东北驶向尼斯机场,阁下,就快到了。"

---

[1] 帕梅拉的昵称。

在他右边,看到的是超市前院、酒店和加油站,地中海的海浪轻轻地拍打着礁石;在他左边,虽然看不到却能感受到,色彩各异的别墅、聚光灯、蟋蟀、洒水车。他的旁边坐着壮实、英俊、上了年纪的奥特瑞德。

"怎么样了,巴格尔?"

"我们找到了犯罪现场,阁下,由此又发现不少线索。我们还推断出强有力的证据,作案动机或意图不可能是……"

"别信口就把结论丢给我,巴格尔。而且不要对自己太沾沾自喜。我讨厌这样,巴格尔,这一点都不好笑。"

布伦丹感到自责:他没有掩饰住自己取证成功的兴奋之情。他说:"我真是太不应该了,阁下,请原谅。"

"算了。接着说吧,巴格尔。哦,请来瓶上好的红酒吧,可以吗,洛夫?再来点美味的点心?"

"我们上飞机跑道了,阁下。你能听到飞机的轰鸣声吗?……我们就要起飞了。"

"喂?喂?"

"阁下,请记住:作案动机、意图,与金钱无关。也无关媒体或敲诈勒索。去找……"

亨利拿着话筒又敲又摇,然后塞回到蒙克将军身子底下。洛夫回来的时候,他向他要了一副牌。

设想一下:扑克牌里的国王(K/13 点)和王后(Q/12 点)。那我们是什么呢?十点吗?还是两点?

作为一个禁欲者,布伦丹·厄克特-戈登算得上观察入微的朋友。而亨利，无论如何，都毫无想象力可言。他太过粗浅，一眼就能看透。

在"帕米日"这天——或者一个被称为"又一个可恶的三点钟"的日子（布伦丹听他这么形容过）——亨利整个早晨都会萎靡不振（根本无法进行连贯的思考），而且刚到十二点半，他就吵着要喝白兰地。三点差五分的时候，他拖着沉重的脚步走上楼，四点差一刻时返回……如果事情进展得不错，亨利脸上会呈现出一种（被占了便宜而）受尽委屈却隐忍不发的表情（有趣的是，在他脸上却看不出解脱）。如果事情进展得不顺利，国王干枯的脸上就会笼罩着骷髅般死亡的阴影。

因此，有天晚上在格瑞特宫的书房里，布伦丹正在看一份英国医学会预选提交的报告，他抬起头来，貌似随意地说：

"这真是人类医学史上的重大突破，你说呢，阁下？原力丸。让男人们惶惶不安的根源终于被医学的魔杖消除了。再也不会有战争了。"

"……你在那儿叨叨什么呢，巴格尔？"

"阁下，原力丸。一种提振男性雄风的药物。经过测试、获得专利，并且随时都能买到。需要的时候服用即可，阁下。只需一片，轻松搞定。再也不会有战争了。"

亨利茫然直视着半空中足有五分钟，缓慢而迟钝地眨着眼睛，像一只猫头鹰。然后他转过脸说："不，不。这种下三滥的手法行不通的。"

就这样吧。布伦丹该向谁抱怨呢？他曾经告诉自己，他受益于自己的禁欲行为。但那也许只是个人宣传罢了；而且，事情的另一面永远无法得到证实。事实上，那张他尽量不去想的床，其实一直有一位占用者，而那位占用者是个消极被动的男性。不，再也没有比他更优柔寡断的人了。在贞洁和淫乱（这也是他校园昵称的具体表现）之间，巴格尔选择了前者。所以，一切早就结束了：在他八岁的时候。

"在城堡里呆了四小时后，阁下，我对自己说：'嘿，好像有点结霜嘛。'我们检查了所有的二十七间浴室。每间都有白色的浴缸和香皂。但布局和背景颜色却与照片不符。这时，我想到了黄房子，阁下。"

"不错，巴格尔。"

"公主以前打完网球经常在那儿……沐浴、更衣，然后再去游泳。而那里，阁下，就是入侵事件发生的地方。正对着浴缸烘柜最上层的一块板条，有一部分被拆卸掉了。在热水箱上方的架子上，我们发现了一个沃特斯牌5000型数码相机。当然，光盘已经被拿走了。奥特瑞德还在现场，不出所料，他报告说现场没有发现指纹，注册号等也都被抹得干干净净。"

"那我们有进一步追踪吗，巴格尔？我不是很……"

伦敦市长官邸外，两人坐在安全专车里，亨利即将出席英国建筑协会周年晚宴（并将随后"讲几句话"：再接再厉……诸如此类）。有那么一会儿，国王好像屈从于他周遭的压抑环境：一辆摆满监视器的移动房车、发射机、耳机。就在他的下巴上，挂着一个麦克风，支架上夹着一个类似皮质安全套的东西。柜台上放着一罐保卫尔牌牛肉汁，在它的盖子上平放着一个污迹斑斑的汤匙。

"我们还有别的发现，阁下。但我们已经可以做出一些推断了：这一事件不可能有任何金钱方面的动机。一开始我想，嗯，这台5系列数码相机大约价值三千镑——他们把它带进来，但为什么不带走呢？而由此就很容易洗脱所有工作人员的干系，我正准备召集他们来质询的时候意识到这一点。"

"我不太明白。"

"服务员根本不可能知道相机的存在，否则他们就会上报或者把它偷走。不到一小时前，奥特瑞德突然传来消息，证实了这一点。普通的5系列数码相机轻便得令人诧异，可这台不同。这台相机，阁下，镶嵌了黄金……"

亨利用手捂着嘴难受地打了个嗝。"简直是可恶透顶。我的胃难受极了。我估计得盘着双腿演讲了。这些意味着什么呢，巴格尔？"

"目前的线索告诉我们，做这件事的人已经非常富有，他们想要别的东西，而不是钱。"

"除了钱我还有什么呢？我是立宪君主，显然，我没有权力。我有荣耀，是的。但没有权力。"

"荣耀是一种权力吗？"厄克特-戈登问道。然后他兴奋地对自己说，是一种负能量吗？

第二天早晨，亨利九世很不情愿地解决掉一杯柠檬茶（通常他都会吃上一顿标准的英式早餐：在所有常规搭配外，再加上很多排骨和馅饼），这时他收到了一封他私人秘书寄来的信：

> 仅供参考，阁下。这是我从城堡的访客登记簿上抄来的。请原谅行文不够正式。下面是公主逗留期间所有的来访者（按到达顺序排列）。
>
> 亨利·R；比尔和琼·苏塞克斯；布伦丹·厄克特-戈登；阿尔弗雷德王子及芝加哥·琼斯；奇佩和艾登德瑞；苏丹一家和霹雳州王后；博伊和艾玛·罗勃威尔；朱莉娅·奥蒙德；阿拉贝拉·蒙特夫人；约翰和尼古拉·肯姆博腾；乔伊·威尔森；穆罕默德·费德王子（和太太们）；汉克·戴维斯；卡塔尔埃米尔（和太太们）；何子珍。请注意：在某个时间，曾有四十七个次要人物光临城堡，包括十五个小男孩。

啊，何、何、何子珍……王后发生意外仅一年之后，亨利就开始和伊迪斯·贝雷斯福德-黑尔单独约会了。无论解释得多么随意（也无论有什么高贵的借口），随之而来的筋疲力尽、浑身颤抖和气喘吁吁的惨败结局足以向国王证明：过去的一切都已成为过去。伊迪斯仍旧是个寡妇，或者说，她宁可再次成为寡妇，她的改变远不止这些。比如说，她现在六十三岁了。但这次亨利没有提供生活费，并准备好了拎着拖鞋、踮着脚尖随时从现场溜之大吉。"这是最后一次，"他匆匆对自己说。"怎么回事儿，亲爱的？"王后曾这样问，粗暴地帮"亚瑟王神剑"弄了两下，然后就不耐烦地把它丢在一边。"哦，天啊，真是没救了！"的确。到底是怎么回事儿呢？

然后，何出现了……"我能告诉你一个秘密吗？"她操着一口纯正的英语走向亨利，此时他正在中国驻法国大使馆的阳台上抽着雪茄。亨利转过身来（发现他的警卫，梅特上校，突然不见了）。他的周围尽是陌生人，而眼前的这一位可谓更加异类了：浓密的黑色额发，无眼睑的眼睛略显不对称（一只眼快乐，一只眼哀伤），强健的牙齿略显随意地堆在嘴边。他像长辈一样慈祥地把浅黄色的头发微微倾斜……现在，需要说清楚的是：过去十二个月，全世界有史以来最美丽的女人（她们身后不乏亿万富翁哀嚎着摇尾乞怜）不断主动地向他投怀送抱。巧舌之妇总是甜言蜜语地向他吹着枕边风。国王的心里也许有过退缩，但他总是来者不拒，希望能为自己找到答案，但从未成功……何子珍踮着脚。他们眉目传情。他觉得好像有一只蝴蝶在耳朵里拍着翅膀，不，是两只蝴蝶；它们在交配。突然间，他的心随之（曾经那么迟缓、慵懒，显然曾那么虚弱）感觉像毛巾架一样紧绷起来。

潜意识里，在他的梦中，这使他担忧。性问题上的巧合：他自己，在城堡里，把异类的何揽入怀中；而穿过草坪，公主在黄房子里遭到"突袭"。

2月14日（11:20）：101航班

　　副驾驶尼克·肖普欧:如果命中注定会发生，那就来吧。天啊，我好累。怎么样，机长?

　　工程师哈尔·沃德:这家伙正对我说，他在去火奴鲁鲁的路上实在太累了，感觉就像喝醉了一样。还不仅仅是醉了，简直是烂醉如泥。

　　机长约翰·麦克蒙纳曼:我在AUN上读到，一架航班起飞后，机上的两个飞行员都睡着了，大概有两分钟。现在驾驶舱都是密封的，你是不会想……

　　肖普欧:空乘们尖叫着撞门。他们醒过来时，飞机都快到太空了。

　　麦克蒙纳曼:今天你可不想去那儿……你知道阿兹特克人叫彗星什么吗？"冒烟的星星。"我想可能是因为彗星后边拖的那条尾巴吧。会轮到你打盹的，尼克。可现在我得先离开几分钟。我想跟一位乘客打声招呼。

　　"飞机起飞得不大平稳吧？"他说。
　　"啊，我对你有信心，约翰，"雷诺兹说。
　　穿着白色的制服，手中拿着帽子，他弯下腰吻了她。坐在2A的男人飞快地看了机长一眼，赶快转过头来，透过舷窗向后死死盯着机翼。

"欢迎加入寡妇世界。你还好吧,雷尼?"

"我挺好。不,我感觉棒极了。肯定会有种失落感,到头来也许会感觉糟糕,但我们别再自欺欺人了。你了解他的。"

货舱里,罗伊斯·特雷诺的尸体(注满了蜡油和甲醛)在等待着,牙齿都被拔光了。

第 四 章

1. 人生阅历之大事

"被称为多才多艺之人的汉·米欧，十月末遭袭住院，"罗莎读道，"曾陷入犯罪和暴力的泥沼，而今他可能成为其过去的受害者。"

汉回家的第一天，就听到这样的报道。

"他的爸爸，梅克·米欧，是东区横行一时的流氓，曾因持枪抢劫、偷窃、诈骗、逃税、恐吓勒索和寻衅滋事而多次坐牢。"

汉听着这条新闻，这是他第一天回家。

"1978年，六十多岁的梅克·米欧因蓄意谋杀罪而入狱九年，后死于牢房。受害者是他的亲女婿，达蒙·苏珊，女儿丽达的丈夫。苏珊自己曾是囚犯，那次事故后一直坐轮椅，没有从被描述为'超乎寻常恐怖'的伤害中恢复过来，现在他依然在西塞克斯的收容所。"

"这些你都了解，没什么新东西。"

罗莎吸了一口气，脸色似乎变得难看起来……

"汉·米欧的第一任妻子，珀尔·奥丹尼尔，是一个戏院服饰供应商，"——哦，当然了——"她有着相似的背景，父亲和三个兄弟都因暴力犯罪而坐过牢，她本人曾因持有可卡因被指控过两次。

米欧继承了家族伤害亲人的传统，在伤害了大舅子安格斯·奥丹尼尔之后，就引起了警方对他的关注，年轻时就因一系列轻微犯罪而被指控，包括**实际人身伤害**。"**实际**人身伤害和**严重**人身伤害有何区别呢？

"嘿，伤害程度不同。严重伤害更糟，实际伤害则全是胡说八道。"

"尽管目前尚无证据表明，米欧最近遭受的攻击与他的过去有直接的关联，但是我们确信，暴力往往是加倍偿还，暴力衍生暴力。不管米欧的背景对于他在荧屏上或者文字中塑造底层人物形象多么有利，他也许会认识到，他在为过去遭受报应。"

"不是一个'过去'那么简单，它是天意。我的意思是一个缘由。"

"米欧与奥丹尼尔的婚姻五年前就结束了，家庭暴力是缘由之一。几个月之后他又结婚了，他的第二任妻子是某某某……"

"不，继续读。我第二任妻子是谁？提醒我一下。"

"'罗莎·坦南鲍姆博士，她执教于伦敦的国王学院，是大学出版社畅销书《暴君的孩子们》系列的作者。'十分引人注目。"

"怎么引人注目？"

"毫无纰漏。"

罗莎隔着沙发把磨损的大开面故事小报推给他。汉看到，文中加了插图以支撑主题。 珀尔的照片是在最令人遗憾揪心的闹离婚期间流传出去的：左脸颊淤青，上面的眼睛肿胀得闭合在一起（汉在同一次激烈的打斗中，鼻子被打断了）。至于罗莎，她站在街道的某个地方，惊呆了，看起来一副像是她要被人痛打似的表情。汉则以电视电影《99针》中一幅剧照呈现，扮演"军官"麦克泰维史：一只手握着破碎的瓶子，另一只手拿着羊角榔头。

"你不能说你没有……"汉说，"你不能说你没有被警告。"

她注视着他。他的脸上现在好像涂了一层东西——长期住院后活力和光亮锐减，但同时还有一种奇怪的狮子般的烈性：嘴角一圈满足的样子显示出他处于食物链顶端的一种霸气，流露出不惧任何捕食动物的神情。

"我要反驳他们。在媒体上。我要跟罗里联系，"他说，"我要表达我的观点。"

比利进来了，没有人陪着。在过去的一两个月里，她懂事很多，已经不需要大人陪着，可以自己在房间里乱跑了——这对她的心里成长很有好处。你会更频繁地看到她的眼睛充满着新奇：新的认知，新的综合，促进小脑袋发育成长。

"去拿一本书，宝贝，"罗莎说，"爸爸要给你读故事。"

"看看这个令人作呕的低劣小报，"汉说这话的时候，小报从他的腿上滑落到地板上，对此他毫不理会。"我被刊登在八十六页。眼下被报道是一件不错的事情。如果你上了新闻头版，那他们就盯住你了。如果没有，那就好。因为你他妈的也找不到它。"

罗莎确信：他以前从未做过这事——在比利面前赌咒发誓。

"我要读这个，"孩子说。

汉转眼看到书中有一大群装扮得五颜六色的大象，它们在华丽的餐厅等着吃东西。

"我是那个，"比利说，"妈妈是那个，爸爸是那个，还有琳达是那个。"

汉指着桌子那头，父亲坐的地方。"那个是谁？"

"……没人啊。"

那个不是任何人，只是一头穿着蓝色衣服的大象。

否认赤字，精力透支，疲劳管理：他们知道这些都会如期而至，并且他们会像智者那样去应对。

罗莎的产假即将结束（在德国有一个会议要参加），而且从伊马库拉达到巴西的行程日益临近且不可延期，但是汉，以目前的状态，哪里都去不了：似乎是不言自明。他整日懒散地跟孩子们在一起消磨时光，也试图为这个家做点什么，但总是没精打采，随心所欲。

两件事都超出了他的能力所及。

显而易见，不能指望他做任何事情。汉把突然闲下来的时间都花在厨房里（对烹饪技术又热心起来），使之变成了一个精神变态者的实验室，到处是融化的炒锅，黑乎乎的壶罐和烧红的平底锅。污物碾碎器吃力地咀嚼他丢弃的大汤勺，微波炉一边剧烈地震动一边翻腾。东西随手乱丢——溢出物,令人恶心的破损物。烤面包炉烫过他,咖啡研磨机飞溅他一身,即使是放在那里的冰箱也对他充满敌意。

房子里的其他地方到处是他留下的痕迹,就像是一个动物向另一个动物传递信息一样。袜子、背心和睡裤被扔在楼梯上和客厅里——还有弃物和味道。每次走到浴缸跟前,她总是发现里面有两英尺厚的残羹冷炙,上面漂着一层绿油油的东西。法兰绒布块、纸巾的碎片与黏液、耳垢缠成一团,小垃圾堆里净是头皮屑、指甲、残渣和果皮。更严重的是,当然了,若没有再三要求,他是不会记得冲马桶的:如果从前门进来,你感觉像是进入了富有乡土气息的多塞特郡的农家栏舍,或者是动物园,或者第三世界的一个男人浴室。现在,夜晚时分,他的腋窝散发出阵阵气味。

他们坐在桌子旁,手里拿着大茶杯和报纸。如果要描述气氛,罗莎会称之为假正常。他说:

"女孩喜欢沙拉。"

"什么?"

"女孩喜欢沙拉。这是男女之间的真正差别。女孩喜欢沙拉。"

"你也吃沙拉。"

"是啊,但是我不喜欢沙拉。没有男人喜欢沙拉。女孩喜欢沙拉,并且我可以证明这一点。"

她在等他继续说。"怎么证明?"

"当女孩很冷漠时,她们就吃沙拉。小伙子会要一块巧克力或者甜三明治，不是什么垃圾西红柿。女孩喜欢早上吃沙拉，直接从冰箱里拿。只有女孩才会如此。这就是为什么女孩令人讨厌。上帝，是电话声响吗？"

"是冰箱。"

"冰箱吗？"

"从未有过的声音。你注意到了吗？如果门开着就有响声，而你一直开着门。"

"别他妈再叫了！"他大声对着它嚷嚷。"我在想我是不是世界上第一个冲着冰箱说别他妈再叫了的男人？"

声音又响了：糟糕的吱吱声。

"喂，你！别他妈再叫了！"

"老是嚷嚷让它别叫了，为什么不过去把它关掉？"

"你去关。我的意思是你和它都闭嘴。"

"别这样冲我嚷嚷。"

"怎么了？来例假了还是怎么了？好，我要体谅。例假马上来了。你这是经期反应。"

争吵就这样你来我往："请努力记住你是谁，"罗莎说。

过了一会儿，他的头和肩膀都耷拉了下来，他说："这确实是我一直要努力做的……我一直在努力。你难以想象我是多么努力。你不知道这些。我可以告诉你，这才是真正操蛋的事。"

门铃响了。罗莎上楼时甩手把冰箱门关上。

我的房间，汉想……外面冰冷，但是我的房间温暖，而我的冰箱冰冷……

当罗莎回来时,她看到她的丈夫正在同时做两件事情。同时做多件事现在很罕见了。做一件事都相当困难。他仍然坐在沙发上,睡着了但流过眼泪。

与此同时,两个小女儿显露出她们的判断。

刚开始两个女儿见到他似乎有些吃惊,但总体上都很高兴。第一天在前厅,比利笑得那么开心,嘴咧开的样子甚至让他担心会出毛病:嘴角几乎被头发遮住了。他见到索菲时是第二天一大早:当他睁开眼睛看到她时,她还是那个样子。而比利在同样情况下,就会径直钻到父母中间,如同一个大写 H 形横杠(H 表示家,也许——还有横杠楔子的意味),索菲总是黏着她妈妈(又心有灵犀般地跟她不是很亲密)。索菲也是满脸笑容,即使二十分钟后他睁开眼睛时,她还一直保持着,还是过去那样的笑容,这让他睡觉时感觉很美好。索菲的笑容比比利更灿烂,真诚而令人舒适,更重要的是还有点主人的矜持。她原本以为他消失了,而现在他又回来了。他伸开双臂,抚摸她的胳膊。她血脉偾张的手腕使他感受到变故给家庭带来的温馨。

比利几乎没有多少变化。她允许被抱起来,拥在怀里,但没过一会儿又极力挣开。再过一会儿,当他蹲下来欢迎她时,她又转身走开了。接着她又张开双臂看着他。当他招呼她坐下一起读故事时(过来,读故事;天要塌下来了),他弯腰亲吻了一下她额头上分开的头发,她马上缩回去,摸着头说:"啊,爸爸。"——似乎爸爸只不过是一个被叫过的名字。她怯生生地走到他跟前，很尴尬地小声问他是否给她带了礼物。当他说要帮她洗澡时，她拒绝了——只是说他可以看她洗澡。他意识到，她开始把他当作一位能稍许引起她好奇心的家庭朋友。从某种角度上来说，虽然比利还是一个小女孩，但由于第二次分离的缘故，她似乎已经出脱成一个二十五岁的姑娘（有相当的优点）。展现在面前的是一个成熟、明白事理、有主见的面孔。在她明智的判断里，他是一个心术不正和笨拙的追求者，处于第七或第八的位置，毫无疑问，她决定将其记录在案。

索菲突然变化，索菲变化得很快。

在他回家的第三天，罗莎有一些家务事需要处理而不得不离开，留下他和孩子们在一起：这种情况从未出现过。索菲该躺下睡觉了（七点左右），当他听到从她的房间传出哭声时，他并未在意。她现在已经差不多快一岁了。她的哭声很明确，几乎都有目的性（她知道这些伎俩）。今天的哭声让他更加摸不着头脑和混乱不堪。为什么对他们而言，有时候从一种状态到另一种状态是那么艰难？是什么让他们忍受那么难的分离之苦？入睡后，他们似乎失去了对爱和生命的感知，醒来时，有时候他们无法摆脱梦的自由下落。

他走进去，打量着她，把她从黑暗的房间里抱到亮处。她看着他的脸——所有的伦敦人肯定都被这吸引住了。尖叫是一个笨拙的伎俩，更像是口哨声，刺耳地吹，对着他吹……她将头扭到一边，哭声减弱，僵直地挺着。缓过劲来后，又急促地一口一口地往肺里吸气；也许——顺着索菲的强烈意愿——她的父亲现在变得像罗莎或者伊马库拉达那样温顺。发现这并没有如其所愿,她又出奇地烦躁不安起来。接着,情况逐渐变得越来越糟。

在庭院的苹果树下,出现了关键的的间歇。他极力站稳脚跟,用力把她弄下楼,多半是通过他的臀部支撑,一边用手拉着扶梯这根生命线,一边把宝宝夹在腋窝往下挪。他们终于到了厨房,他用尽所有办法,但都没有效果。他用力把后门推开——清凉的空气,淡蓝的夜空,似乎让她恢复过来,过了一会儿,她能够看着他凝视的眼神。她的双眼:凝视着的样子,像在小池塘或者水流缓慢的小河上漂浮。气流和温度隐约地进行着较量。其中一个下层逆流看起来像是信任,他使劲全力向它游去,但是没过多久就放闸泄水,消失在其他的回流中。他放弃细声祈祷,在呻吟和颤抖中把她抱在怀里。如同珀尔的末日:共用一个胸的孪生姐妹现在不得不在手术刀下忍受分离之苦。大约一个小时之后,罗莎带领着比利到家了。不到十分钟索菲睡着了,可怜而温顺地趴在她妈妈的身上。

从此之后,他有时注视着索菲的眼睛,寻找一丝信任,但是他没有找到。现在,只要他一踏进房间,她就哭闹。晚饭时,宝宝跟他们一起用餐,她的座位如同一条中世纪的内裤,被悬挂在桌子边,汉的一只手一直摆出敬礼的姿势,避免让她看见他的脸。

罗莎呢?

"你会痛苦地记住这个的,小子。"嗯,他记住了那个。

"你去给他命名了!""给谁命名了?"

他记住了那个迪克海德,那个翻身漂浮在绿色航道上的死鸭,如同炮火连天的落日,还有狗仔队麻雀。("这是你的'鸟'吗?")你为什么这么做,孩子?你去给他命名!"给谁命名?

汉在一部关于脑部受伤的书中读到这些,人需要时间才能把经历化作记忆。不长——也许只要一会儿。打击得那么快,那么狠。没有时间把重要的名字变成一种记忆。也许(书是这样暗示的)失忆是一种脑反射——自我保护式的。大脑不想记住那一打击。

但是他想记住它。他像癫痫病人那样书写,手握不住笔,笔尖歪歪扭扭,四处乱跑,他回想起那个十月晚上的步态,嘴里用伦敦东区的语调说来呀,来呀(这样说,来呀的发音与德语押韵;在伦敦东区通常是看人打架才有这样的抑扬顿挫)。有时,他可以想起袭击者呼吸的味道,袭击者的荷尔蒙,像一条围巾缠着他的脖子。但是其他的都无从想起。如同对早期的宇宙进行探索,无限小的时间碎片因当时的暴力行为而显得模糊不清。你尚未达到大爆炸的程度——不管你做了什么。

按照要求,他在桌子上写日记。他们告诉他要记下一切。他记录了每一件事情:

十点醒。十一点起床。冷水洗脸。下楼(身体失衡两次)。宝宝在——哭闹。吃了燕麦粥。沏茶,烫了手。上厕所。花了很久时间找通讯录。给经纪人打了电话。坐在桌子边，写下这些。

他倒下时一直处于做好战斗准备的状态，他的脑海里记住了那一瞬间。但是现在他是一个残疾人：一心想着战斗的残疾人。

健康的人都在屋外，他没有去那里。即使去前院门口的邮箱（十五英尺的距离），也让他满脸抖动，处于极度混乱的边缘。

外面是他眼里所谓的世界。

"你介意我用录音机吗？我记得你上次不在意。罗里说你想特别强调这一点。"

"嗯，是的，我们来聊聊吧。但是——是的。我的意思是传递一个信息。"

"好吧……你是什么时候认识到你父亲……？"

"是一个恶棍。当我很小的时候，我母亲总说他在部队。他离开我们一年后妈妈说他在——我不知道——越南。'但是我们现在不在越南啊，妈妈。''但是你爸爸在，这就是我所知道的。'紧接着，就是从布罗德莫和斯特根维精神病院寄来的这些棕色信函。他回来时脸色煞白，于是我就心存疑惑。那前后，恶棍们找到新玩意：宣传。他们就做我现在正在做的事。接受采访。"

汉在过去的采访中提及此事，所用的词语和句子依然历历在目。但是现在他讲话时心里其他事情在折磨着。

"恶棍？不明白你的意思。"

"不，不是这样，他们都为此付出了代价。他们认为这是结束往事的好办法——你懂的，然后交给警察去办。但是你不能两边下注。你肯定不想惹恼一个加班加点正在变好的家伙。因此，我在新闻中读到他的消息，正装腔作势地说他们不能跟他开这样或那样的玩笑，然后离开舒展身子去了。他现在在哪里，妈妈，莫桑比克吗？不管怎样，你不要挑你爸爸的毛病，好吗？或者你自己的童年。"

"它们是你成长的一部分？"

"我是母亲的心肝宝贝，她也不安分，但是极力反对暴力。我是一个吝啬鬼，心理上。不要问我为什么总爱打架。我会去路边的酒吧，那地方的地毯总是把你的鞋粘掉。你要一品脱酒，一口喝下去，把酒杯倒立过来。那意思是说：我可以跟这里的任何人拼酒。有人去了，把我送进医院，住了三个月，就在我爸爸九点离开之前。妈妈非常恼火。我妹妹已经很野了。我直接就从公主般的比阿特丽斯学校到了利特汉姆顿南部海边这个简陋无比的寄宿学校。基本上是为有钱人家的辍学者而实施填鸭式教学。一两年都是如此，然后在西塞克斯郡学习文学和戏剧。我变了，变成了一个嬉皮士。但是我仍然打架。一个爱打架的嬉皮士能够成事。"

"在大学您很有女人缘……"

"那个年代他们中的每个人都有女人缘……即使起初她们不太乐意，女孩子还是会跟你上床。同辈之间的压力，就是这样。如果说我有点超乎寻常的话，那是因为我有保护她们的能耐。我被一帮挂着珠子和花围巾的家伙围着，但是当那些胆大妄为的老客派成员[1]向我逼近时,我说'我闻到了劣质黄油的味道'。或者走到这帮光头党小子面前,称他们是一帮小纳粹。如果你有胆量来一战,你就不需要一战,你也不需要退缩。女孩子们喜欢这样,不管她们嘴上说什么。嗯,看,伙计——我在变老。对不起,这是,这是我的状态。"

"如果你愿意的话,我能……你确定吗?最后一个问题。你能说说你父亲和谋杀未遂的情况吗?"

"我的姐姐丽达,愿她的灵魂安息,被她的丈夫施暴。我爸爸做了他,狠狠地暴打了他一顿,说他乐意为他坐十年牢,为此在所不惜。我要告诉你别的事情,和盘托出。让我在医院住了三个月的家伙是他,梅克·米欧。为什么呢?我进了院子,他就在那里,跟另外几个无赖死拼。我把他拖开,他打了我,致使我在医院住了三个月。一个星期之后,他又揍了我的姐夫,让他再也没有站起来,然后扬长而去。接着他又在格特瑞监狱打了长官,不久在斯庄监狱被狱吏弄死……

"不。等等……你看,我不愿意跟恶棍为伍,但是事情总是找到你头上。警察总是让人不齿。在美国,警察是工人阶级的英雄。而在这里他们是工人阶级的走狗。他们是流氓和叛徒。他们拿着富人的钱,在财产争夺中为他们当保镖。有人说贼也有道义廉耻,那是一派胡言。但是他们也有江湖规矩。现在,不管是谁在十月份把我伤了或者把我做了——我猜他们都认为我向警察告了密,这是我永远不会做的事情。当警察询问

---

1 英国20世纪60年代身穿皮上装和牛仔裤,成群结队骑摩托车呼啸过市的青少年。

我有关遭袭击的事情,我说什么也记不得了。如果他们再来这里,我依然会说我什么也记不得了。这不是事实,但是我还会这样告诉他们。即使他们用烧红了的铁钳烫我的屁股,我还会这样告诉他们。明白吗?我是这个世界上最好的人。你知道,在车里。走吧,亲爱的。不——您先请。但是如果有人……现在伤害我,我会蔑视他。告诉他:跟你有事,滚下来……你滚下来……"

即使睡觉时,他的脸也一直扭曲着。

接着在半掩的门后传来一阵窃窃私语,说要把生病的、不可预测的和有暴力倾向的人干掉。

当她的前夫来造访时,珀尔变得十足的冷酷无情。

"你想跟一个小男孩聊聊吗?我愿意马上帮你找一个。但是首先,汉,我想问问照顾你的人。我的意思是它在哪里?——'与你有关系的头部未受伤机构'。她会很伤心,汉,因为你已不再是过去的那个你了,这很自然。这就是说你们两个都不得不'放手''过去'那个汉·米欧——那个曾经在此能养家糊口的人。他走了,汉!听着:不要害怕哭出来。也就是说你应该谈谈过去的日子,把老照片翻出来,痛痛快快地哭一场。"

汉没有死。他不得不相信他还活着。现实如同一个早上醒来易碎的梦,你能感觉到做梦者的脆弱。在非暴力的柔性革命中你起来了,奋起反抗;你试图控制无聊的叙事——指向快乐或者远离恐惧。梦是脆弱的,做梦的人莫不如此。又一梦境出现,他被吞噬了。

"妈妈,"比利说,"我要喝营养水。"

她双手端着空杯子,把它放到厨房的餐桌上后,就离开了房间。

"营养水?"汉说。"哦,一个垂死之人发现水也是甜美的,空气也是清新的。但事情可能恰恰相反。"

腿上摊着报纸的罗莎一直盯着他。他们两人都知道现在交谈容易让他变得狂躁。他们当然谈论过此事,他已经变得狂躁起来。

"我简直难以置信你会这样说。你故意这样说的,是嘛,听起来像是禽兽。"

"是部落方言,会被理解的。"

"谁会理解?"

"相关人员。我骂人了吗?"

"一般情况下骂了,或者在访谈时?……没有!'小法西斯','讨厌鬼'。没有。"

"我现在怎样?……我的英语怎样?"

"你的英语?"她耸耸肩说,"语法成立。"

"原以为自己的英语还不错,肯定它受到清理了。茶水,"他补充说,"是垃圾,我要咖啡。你已经喝了第二杯哥伦比亚了,而我还在喝这些垃圾。晚饭吃啥?"

"鱼。"

"海鲜是垃圾。我要吃肉。"

"你不能吃肉,也不能喝咖啡。现在还不行。"

"那我还有啥盼头?晚饭前,我想喝一两杯淡啤酒。如果啤酒是垃圾,它确实是,那什么是淡啤?它甚至不是垃圾,是垃圾的垃圾。那又怎样呢?一盘垃圾,还有营养水。"

罗莎站起身来,走到厨房的长台面处,他跟在她后面边走边说。

"我应该闭嘴,是吗?因为如果一个女人不喜欢你了,她就不再喜欢你说的任何事情。对哈姆雷特挺合适,而她不再喜欢它了。"

"你知道我在想什么吗?不是你已经变成了畜生,我在想你本来一直都是畜生。"

"哦,太对了,千真万确。我他妈的头被人砸了,现在没人爱我了。女孩子不爱我了,你也不爱我了。"

"你又来了。你站得离我太近了。"

"不,我没有。"

"天哪,你真把我烦透了,走开,你猜是什么。"

"什么?"

"你的拉链开了。"

哦,是的,是的。最糟糕的事情将发生在楼上:在主卧房间。

2. 他的沃硫姆内斯

第一句话几乎让他向后翻了个跟头：

亲爱的克林特：你和其他男人一样吗？

此时，在富内斯路的半独立式住所，他躺在潮湿的帆布袋床上。

（我这么问是因为你问过尺寸的重要性。）若你跟别的男人没啥两样，不要担心。目前我"别的"男人是奥兰德欧，尺寸很大，为此他过度地引以为豪。相信我，克林特，你肯定不想要他妈的 21 大码。

他妈的……21 大码？他想，哦，大号的。

他们估计过高，我恨他们这样！对自我产生多么不好的影响啊：他认为他有 B 形膝盖。不是尺寸有多么重要，而是爱很重要。你也曾问过我的名字。我不知道为何一直感到那么害羞。突然间又似乎很亲密，若你想的话，此乃第一次献身之举。你想知道我的名字。嗯，是……凯特。我说出来了。"凯特""凯特……"你问及我的模样，先问过身材。第一个情人曾体贴地告诉我，说我的"乳头是垃圾"。另外一个斗胆地说"我有一个垃圾屁股"。

因此，她在感情上已遭受打击——操，也是倒霉——克林特写道。可怜的家伙。

（还没有哪一个年轻男人敢打包票声称我有"令人不堪的肉体"）事实上，这几年我身体发育良好，我为此感到沾沾自喜。我没有模特的气质，也不是大乳性感皇后：只是普通的适中体重，年方二十五岁，充满活力。

克林特想，完美的年龄差。

我的脸蛋嘛。我的眼睛清澈淡绿（尽管没有邪恶之光）。我的头发是沙色的，"飘拂的"。男人们通常都说我天生乖巧温顺，举止古朴：一种典雅女性气质。我身高5.7英尺，我知道你应该是个身材挺拔的男人，克林特。个头高很重要：那是魅力的不二法则。

克林特想，你是对的。你没错。你是正确的。知道为什么吗？鸟儿爱高枝：达尔文这么说。

不久前，我做了些编制目录的活儿，也曾是肯萨克斯公司玛拉姬的宾果女郎和颁奖典礼的主持人。你必须很漂亮很漂亮才能干那份差事。我甚至出现在你们八月刊的某页面上。不是你想象的那样！（告诉你那些十八岁的人，走着瞧。）一定……凯特。

克林特想，可以向上帝保证，肯定不是"读者的鸟"栏目。这时，门铃响了。

这件事对于多数住户算不了什么，但对于富内斯路24号来说一直是最危急的关头。曾经出现过他直奔楼梯的情形，将一面小镜子安放在外墙和排水管之间，眼睛从门缝里盯着前门台阶的动静，但依然按照事情的是非曲直处理。这种逍遥自在的处理方式一去不复返了。现在克林特爬过地板，把自己锁在卫生间里，在潮湿的地板砖上摆出胎姿状。门铃的莫尔斯电码：他抽搐扭曲的样子像一只被注射后的小白鼠。接着毫无声响，变得出奇的安静，直到悄无声息——突然，一个声响把他带到帕斯尚尔的巅峰：道奇锋哲车的喇叭声。

穿着没有系带的浴袍，Y形胸饰染成了灰色，如同印刷品上的污渍一样，斯摩克就这副穿戴在早上出了门。

"哦，我的车……"

这一天，大朵的云团浮在半空中，看起来很厚实的样子。在那死气沉沉的前花园尽头，道奇锋哲车一直停放在那里，喇叭长时间地响着。一个大块头的家伙在海边的一侧倚靠着它，一直在那里等着。

"那是我的车……"

现在看清楚那个走动的大块头家伙了。

"啊，起来，"克林特边说边举起他的手掌。"现在，朋友。不，你不是……我希望你不要总把谚语箴言挂在嘴上。我一直都是好人，绝对守口如瓶。我从来都没……"

马洛·贝勒把他粗壮的食指置于上唇。克林特很高兴地看到，他的举止无威胁之意：没那么激动，还算公正，就像上一次在库克滨克外的泰晤士河边那样。克林特沉思了一会儿，马洛的行为只不过显示出他有点不满，带来点麻烦……他是个新闻记者，全身上下都表现出从事新闻报道的范儿。有一天，在办公室，他在搜索引擎中打出被禁止的名字，他以前从未这样做过。一时间他感觉自己像科幻小说中的物理学家一样，害怕自己点击一下按钮，整个宇宙就会被遮盖掉。

"不是那样，"马洛说。

"那你为何在这里，朋友？"

"我是作为艾博尼伴侣公司的代表来这里的。"马洛说。

上帝啊，再别提伴侣。对有些人来说你永远别……完全是对她的伤害，克林特想。尽管——没问题——也许沃硫姆内斯药片的缘故，他做得有些过分了。

蕾哈博这个女孩曾经彻底地羞辱过他，这件事也让她从中吸取教训。她去参加了《晨雀》杂志的盛大晚宴（每月一次，在极负盛名的索霍餐厅的私人包间里举办），让他失望之极。

希夫当然在场，跟他的妻子希夫太太，麦克雷跟他的伴侣麦克雷女士，还有斯泰特和他的宝宝或宝贝们，以及苏帕门拉姆跟他众多次大陆信徒中的一个。

怎么吩咐，就怎么付钱，假装她是克林特的女友，蕾哈博对来宾解释说她只是一个伴侣，怎么吩咐，就怎么付钱，假装她是克林特的女友。

"女士们，先生们，"克林特说，"我想向大家介绍一个人，她已成为我特殊的伴侣。女士们，先生们，请跟蕾哈博打个招呼。"

"富有魅力，"希夫说，"坐这里，亲爱的。"

"亲爱的"就对了，克林特想，你不能称呼她们"宝贝"或者"甜心"，但是你完全可以称呼她们"亲爱的"。

"现在告诉我，亲爱的：你和克林特认识多久了？"

蕾哈博看了看她的手表说："一个小时十五分钟。"

所有的那东西都一清二楚了。

除了别的事情，这是明目张胆地违反合同。他们之前都预算过：这些钱是为两人共同的回忆而付的，这些钱是为触碰克林特手而付的，这些钱是为飞吻和含情脉脉注视对方而付的，这些钱是为每送一勺她的焦糖布丁而付的。

后来，他们一起返回宾馆，这属于自选项目但不需要额外付钱，克林特施展其所有魅力，诱惑蕾哈博脱掉衣服，去卫生间洗澡，准备，甚至许愿至少可以得到一笔相当可观的费用。接着，他把她所有的衣服夹在腋下，锁门走了。事情就是这样。没有任何抓头发、拧乳头的迹象，没有影响他与来自德拉克斯伴侣公司山鲁佐德的碰面。蕾哈博所能做的就是尖叫着从十五楼冲下来，直到一个路过者告诉了门卫。

紧接着在他独自一人的一两个夜晚，克林特一直在做跟蕾哈博约会的准备工作，吃了三次壮阳药和五次沃硫姆内斯男性药片。沃硫姆内斯男性药片是他开始服用的另一种网络药。根据说明书，它主要用于提高射出的量，达到"色情描写的程度"。效果不错。你也许对质量心存怀疑（颜色，密度，香味，等等），但是你不必争论量的问题。

克林特的错就在于此——还有蕾哈博的不满。首先，在酒吧喝酒的时候，克林特就不停地在纸巾上面摆弄着手中的笔，一边勾勒出大致的模样（一边眼睛盯着各种杂七杂八的东西），然后奔向你脚下的电梯，当钥匙插入锁的瞬间，令人沉重的时刻到了，天蓝色的地毯，有花色图案的窗帘……现在那家伙要以这些价格公平交易——蕾哈博正对他实施敲诈。因此，当这一刻来到之时，他就成了多克·博加德，蕾哈博就成了唐娜·斯顿姬。他的目标是她的胸部（正如之前协商过的，不是她的腹部以下），从没有想过要抽打她的喉咙、脖子和头发。

接着是蕾哈博的吵闹声，对着电话喊要吹风机和更多的洗发膏。晚餐他们迟到了半小时。他在出租车里严厉斥责了她。她是职业女性，不是吗？哪里来的傲气？像她这样的女孩应该是跟疯子、性变态者和不够格的人打交道的。她跟一个碰巧有点男人味的小伙大吵大闹？他说了一遍又一遍：她哪里来的傲气？这也许解释了为何最近遭人责骂的蕾哈博，一到餐桌前，就那么彻底地失态……

那种货色生出来的孩子会怎样？克林特想（这是他最近几天第二次想到孩子的事情）。他甚至还没有蹭到她的脸——有时候，故意生硬地躲开。在锋哲车砰的一声停在富内斯路上之前的五十五分钟，中间思绪稍微有点打断（如同恶棍一下子发怒一样，在事情突然失去控制之前），克林特一直想着他在蕾哈博的波斯人胸脯上涂抹的那件粉状运动式胸罩。

克林特和马洛，他们两个，现在坐在锋哲车里。为了取暖，也为了屏蔽车内的广播声，汽车发动机一直呼呼地开着（像割草机一样）；克林特现在穿着丝光斜纹裤和高圆翻领套衫，有些懊恼，弄了一壶咖啡。也许因为锋哲车里散发着异常刺鼻的脚气，两个男人都在专心地抽着烟。克林特也不明白其中的道理：大拖鞋，带有爪状物和防滑钉，还配有保湿灯芯材料的羊毛内衬和防臭除臭的鞋垫。他知道，即使他的半独立式住宅也没有那么大的味道。当马洛问他为什么他们不进屋，克林特说他家里有同居女友凯特。她妒忌心很强，若稍微听到一点这事的风声，她会杀了他。

"你家里有一个很好的女孩，你干吗还花钱在外面干这事？"

"是，嗯。"

"这不是第一次遇到麻烦，是吗？朋友。我怎么搞不明白你这样的人。还有你的同居女友。你们整天到处寻欢作乐？"

克林特说："没有，从来没有那样。"但是他一直低着头。

"嗯，那你要变好了。"

在过去十八个小时里，一份发票清单被第二次摆在克林特面前，但是发票上没有列出他喜爱的项目和昂贵的抚摸……"付一千英镑买衣服？"他仰首说，"我把衣服塞在走廊上的花盆里了，不碍事的。"

"从不在意衣服。小子，你要为所遭受的痛苦和羞辱买单，你是跟我来处理此事，而不是他的两个兄弟，伊泽特和沃特班，你应该为此感到高兴。"

"好吧，朋友。成交。瞧，别烦了，好吗？我想让你知道，马洛朋友，在其他事情上……"

克林特声音越来越小，两人陷入了沉默。接着，马洛说："好——那个。它不……我难以赞同，那个。"

锋哲车高出地面很多，马洛只好选择从车后部向前爬过去。在够得着支票的地方，克林特为马洛优美自然的臀部曲线而感到惊讶，从他大腿的中部隆起延伸至第三或者第四根筋骨。臀部最大：它是马洛活动的根基，每一个决定都与之相关。而克林特呢？尽管有男人的个子，块头也很大，但似乎是空架子，令人寒碜地褶在穿着丝光斜纹裤的屁股上（没有屁股并不意味着他没有缺点）。他照着镜子：他的屁股似乎属于一个收得特别紧的小男人。

"这里发生了什么事，朋友？"

"啊，在巴兹峒我从 A13 公路下来，直插弯道。这条牧羊狗突然向我冲来，我急忙躲闪……"

"一条牧羊狗？那不是狗，是只羊，看。"

"不，是条狗，白色卷毛。"

"什么，像只贵妇犬，一只在弯道的贵妇犬？"

"我不知道。不是绵羊，只是一条狗。"

"……你更乐意杀死一条狗而不是一只绵羊。"

"不明白什么叫更乐意。"但是，是啊，克林特发现他潜意识地认为一条狗不如一只羊。这没什么实际意义。同样地（也许）他发现，他并不确定这个或者那个女人富有吸引力还是没有那么富有吸引力。他能辨别跨页版面人物和性感男神的区别，但是他想，他一点也不笨，更能辨别两者之间的程度差异。

"为什么？因为羊是人最好的朋友？"马洛接着问。"他们有牧羊狗，没有牧狗羊，是吗？你这里有只羊，是吗？给你叼拖鞋？或者给你守后门？克林特：你要小心。"

克林特示意要离开马洛这辆旧的德式小轿车。我不明白，朋友，他自言自语道。我就是不明白……

雾已散去。海上狂涛巨浪席卷而下，不是一股，而是从左至右侧面直扑下来，如同火炬照耀下黑色火药的尾迹。

打赌就是那只羊，克林特想——打赌就是那羊……那只羊一直站在边沿，就像一个乡下人，很精明地（到目前）走在车道上，白色羊毛湿漉漉地，站在路边沿。

我车撞上去的时候打赌那只羊感觉到了。傻瓜。

"沃尔瑟姆斯通行手淫者，"德斯蒙德·希夫说，"终于从昏迷中醒来，我们竟然收到了一封来自塔肯霍恩、萨默森和奈斯的措辞强硬的信。杰夫，在你的报告中，你说他对露天游泳池的一群小姑娘挤眉弄眼，但是，依据这个，你甚至都看不到凉廊中的游泳池，它位于拥挤的庭院上面，那时候尚未启用。我想你肯定没有核实。"

"核实？"斯泰特说，"当然了，我没有核实。我从警察办公室的哥们那里得知的，头儿。从何时起我们要核实？"

"塔肯霍恩、萨默森和奈斯也跟我们唱起了反调。"希夫手里拿着一份剪报。"'若你经过福罗拉月牙地带十九号区，有人向你拍砖头，或者向你泼汽油，你就知道该往哪里扔了。'在重症监护室煽动对一个无辜者的家庭实施暴力。"

"无辜？他在公共场合手淫，"斯泰特气愤地说，"那也无辜吗？"

"这里说当他在揉搓疼痛的屁股的时候，摩普太太突然出现在他面前。她已经七十八岁了，几乎失明。"

"那他为啥要跑？裤子掉在脚跟。头儿，原谅我要离开一会儿，我去找我那哥们。"

看着斯泰特离开会议室，克林特露出精明的表情，他也想离开这里——去过期报刊室。当克林特手里拿着拿铁咖啡和奶油鸡蛋卷，回到自己的工作台时，他看到了凯特刚来的短信："你是一个纠缠不清的家伙，一点没错。我第二天上了你的报纸。"她说出了年月。"在'病案簿'特写，与'吸毒女'相对应，你会找到哪个是关于我的：三个重要人物的名字是布莱特、费迪南德和苏。去看看吧，告诉我状况如何。"啊，是的，病案簿，克林特毫无同情心地想。现在他注视着这个女

人,并且越发感觉到,他的命运将跟她缠联在一起。他说:

"不是对杰夫无礼,但是我一直在想,我们为什么老是纠缠于性欲倒错者这种事情呢?"

"请继续说,克林特。"

杰夫·斯泰特回来了,一脸无辜且要辩白的样子。

克林特耸耸肩说:"他是手淫者。"

"谁是手淫者?"

"沃尔瑟姆斯通行手淫者。"

"你的意思是他是一个读者?"

"不是的,头儿。我是说,他是一个手淫者。"

"他确实是一个手淫者,"斯泰特说,"我的哥们说,他们从他身上搜出了一些'情色物品',他把它藏在地下室,防止被人发现。"

"你说的有道理,"克林特手臂交叉地说,"除非发现他的膝盖上放着《恋童癖患者月刊》。"

希夫说:"我不太明白你的意思,克林特。"

"他不是恋童癖患者,只是一个手淫者,《晨雀》杂志站在手淫者一边,手淫者才是我们要关注的。"

头儿看上去陷入了困境。他发现,克林特大部分与生俱来的才智需要他花几天的时间才能理解。"如此我们应该……支持他?不,不,克林特,我觉得你对我们……我们真正意义上的手淫者不公平。我们当然有理由怀疑他是一个恋童癖患者。你忘记了手淫者对击垮强奸犯运动的强烈反响。"

"头儿,你总是这样说,但是正如麦克雷经常指出的那样，击垮强奸犯运动的反响是无法探测的……我们倒应该追究摩普小姐。"

"因为她使他昏迷的缘故。"

"还有让他戒掉了手淫的习惯，向她的前窗扔一块砖头。"

此时，德斯蒙德·希夫陷入了噩梦般的沉思，他的额头突然持续地冒汗。过了十秒左右，他才缓过劲来说："……高见，我想这样很好，确实令人感动，上帝增强贞节观使我们猛然醒悟和关注——还有，嗯，我很想听听你的想法，克林特，在线上我们应该增加库德布鲁街悲剧的内容，那么上帝将怎么做？顺便说一句，苏帕门拉姆，我想你的时事短评越过了品味好的界限了……'朋友，趁她激情满怀时快上'我想克林特在第二天的社论中会做出更加灵敏和适当的反应。它在哪里呢？'该对帕姆釜底抽薪了。'"

克林特双手叉腰地站在混乱的过期报刊室，九百多期《晨雀》堆放在歪歪扭扭的书架上。挑完三十本相关的七月刊，他的肘子处已经变得黑乎乎的了。

像其他所有黄色小报一样，《晨雀》载有病案簿特写，与问题版专栏相对应。但其问题版专栏又与其他的不同，通常是一般问题（我们的爱情结束得太快）和特别问题（回家发现我的丈夫跟我爸爸睡在一起：详细报道）的结合。《晨雀》的问题版不是报道问题本身，而是对稀奇古怪欲望的满足。它是有关室内情色之事，多数是由克林特·斯摩克撰写。另一方面，

《晨雀》的病案簿转向接近主流：十几张照片里配有文字叙述和思想表达，戏剧性描写那些喜欢穿内衣的年轻人的困惑。

需要延迟，需要均势，克林特翻出他的手机，拨了恩斯勒·卡的电话。

"对，"经过提示后，陷入麻烦的射手说，"我做了唐娜，接着又干了贝丽尔。"

"相反，朋友。"

"我干了贝丽尔，接着又做了唐娜。"

"我的天啊，你做了唐娜，又干了贝丽尔……不一定是唐娜，介意吗？"

"那'阿姆菲'怎样？"

克林特记得"安瑟"，时髦金发少女，最多十六岁。非常受欢迎：穿着露臀泳裤，跟她妈妈一起摆姿势。

"现在，朋友。'安瑟'怀孕了，歇手不干了，她妈妈三十二岁就当外婆了。"

"那好吧。唐娜还会做，我也会做唐娜。"

"要唐娜，"克林特纠正道。

啊，对——是这样：布雷特、费迪南德和苏。克林特离开一会儿……当你第一次进入一个护送机构，你会受到同类女性的接待：她给你一个"手册"就走了，留下你一个人——这就是权力。在那厚厚的集子里，每一个微笑，每一个乳沟，每一个高高耸立的蜂窝式发型，代表了不同的特点，付费尽管也不一样，但都承诺同样的结果。此时，克林特正注视着凯特，愿意摆出更加谦恭的姿态。如同年轻时由人安排第一次男女约会的情景，悄悄地在拐角偷看一眼，要么径直走上前，要么转身离开……克林特眯起眼睛，瞟了一眼，眼光落在她身上后大吃一惊。他用后脑勺撞墙，一会儿呻吟，一会儿大笑，一会儿又叹气。没有时髦女人或交谊舞后的妖艳，但有妩媚可爱的羞涩，就像淹没在人群中的一张寻人启事一样。他能看到吗？他能看到吗？当然了，朋友，他能看到。他跟她，牵着手：女士们，先生们，我想让你们认识一下我很特别的朋友，向……问个好。"

克林特回到自己的工作台，调好台灯角度，移动放大镜来仔细查看。这是一个既例外又特别能引发兴趣的病案簿：一个常见而普遍的三角恋困境。在病案背景的开头，你看到苏与情人布雷特住在一起。苏正在刮厨房地毯的污渍，满眼泪水，穿着短背心的布雷特紧握双拳地站在旁边；穿着杰克联盟牌内裤的布雷特正看着他头顶上方的足球，而苏则在熨烫衣服；接着，布雷特手里拿着台球杆和行李袋，告诉苏他正要出发，为他的酒吧打台球。费迪南德进了家门。你看着费迪南德，你认为——你知道：雪莱。拥有飘逸的头发，手捧鲜花，满口溢美之词的诗人和梦想家：你的眼睛像闪烁的星星……苏两次被扒掉衣服。第一次交欢，布雷特从她后面插进，脸上还露出敌对的神情——但是她脑子的想法已经使身体黯然失色，"天啊，我真希望布雷特曾听说过前戏。"第二次交欢，她仰面躺着，两腿叉开，她的端庄受到费迪南德的完好保护，双腿夹着，堵住流出东西的样子又使她的脑袋冒出别的想法："嗯，布雷特想只有同性恋才能这样，但是我觉得很美妙。"背景材料的后半部分表明，苏一个人坐在亚麻色床上，肘子撑着膝盖，双手捧着脸颊，眼睛盯着天花板："我知道布雷特有他的缺点，但是费迪南德好得让人难以置信，我应该选择他们哪一个呢？"

自我形象差，没错，克林特想。作为事后的补充想法，他浏览了一下每一个病案簿结尾都有的"智慧之言"。唐娜·斯顿姬建议苏，忘了费迪南德，跟布雷特在一起。

脸上露出微微一笑。当然，她只是在表演。但是犹如那圆滚的眼神，满不在乎的下唇：你不能认为她会给你带来不幸，损害你，瞧不起你……别发愁：一切会好起来，亲爱的，你会好的。是的，你肯定行。

3. 库德布鲁街

"为对付这个我们需要一支陆军,先生。"

"一支陆军?别讲蠢话了,巴格尔。"

"只是轻装而平静地出席,先生。现在处于最……徒劳的形势。原谅我这么悲观,先生,但是我看不出任何好的结局。"

"我也一样。但是不要再让我重新考虑了。我难以拒绝露露的任何事情——对此她也心知肚明,这就是麻烦所在。不管怎样,她是我的侄女,并不是故意要陷入这个困境。我们只好继续应对。"

"先生,我认为现在不是讨论中俄协约后果的好时机。"

"我猜第一个后果就是我不得不放弃何子珍。如果他们两个闹翻的话,你认为我还能把她弄回来吗?"

"只想提醒您陛下,没有任何事能影响人们的心情,如同买车需要支付费用一样。"

"我知道,谢谢你,巴格尔。啊。"

洛夫进来了。他耳朵的轮廓,在其身后落日余晖的映衬下,显得更加清晰。行了老式鞠躬礼后,他说:

"先生,准备好了吗?"

"进来,洛夫:我马上就来。今天几号,巴格尔?马耳他热。不。昆士兰热。"

"委内瑞拉马科脑炎，先生。"

"哎。那在家里会怎样呢？"

"大脑和骨髓病毒会传染，先生。"

亨利九世站起身来，四周打量一番，"闺房不大会，是吗？现在巴格尔：我希望，你不会因节俭而被责骂了。让布雷斯和亨利过来，快去侦察一下，他们怎么说就怎么花钱。然后从法国套房里弄些好家具来。"他环顾房间，内心泛起一阵阵厌恶之情。"这个地方对我祖父来说很好，但是对我而言不是很好。巴格尔？"

"是的，先生？"

"我犹豫是否要告诉你这些是因为它会让你精打细算……我只用这个地方一次。你明白我的意思吗，巴格尔？"

"非常明智，先生。"

"它将是一场灾难。"

"绝对是一场灾难。"

"但是，我不想做一个下流坯，也想得体地跟她告别。是的，得体，巴格尔。意思是说她一进门就表明姿态。如果她在这个房间只停留十秒钟，那就更有理由使之体面……不是很多男人必须使情感服从石油价格的。我是其中的一位。坦率地说，有点难受。"

"我把它视作您众多自我牺牲中的一个，先生。"

"何不会惹麻烦。她不会惹麻烦。"

国王的私人秘书总体上同意这点。当然布伦丹几个月前就调查过何：中国长期驻巴黎大使的女儿；做了九年斯堪维尼亚国首脑的情妇；也许需要一个"留窝蛋"[1]。布伦丹知道，她也得到了"留窝蛋"。

"抱歉让你在这么多事情上受拖累，巴格尔。这不是你的工作，但尽量使其轻松点。"

布伦丹独自留在被弃用的阳台上。这不是他的工作——但是他的工作是什么呢？丑闻管理，丑闻控制。丑闻就像不同高度和体积的周期性浪潮。眼前要处理的事情是露露——路易莎，即奥蒙德公爵夫人：虽然潮水尚未形成惊涛骇浪，但其内部已暗流涌动。刚才，国王与何子珍情事的曝光将会遮天蔽日一时——然而涌动的潮水不会停止，在席卷村庄之前都不会停止。至于针对公主所形成的浪涛：那将是一千个喀拉喀托火山所聚集的能量。

背靠着条纹沙发，布伦丹现在感到很兴奋，一种奢华带来的感觉，它与眼前的处境毫无关联：约翰二世俗气的——当然令人沮丧——幽会处让他想起了皇家专列一事，在此之前亨利曾无数次讨论过。他内心涌动的悠然惬意源自寂静——一种卡车大小的割草机呼啸而过之后的寂静，如同一头鲸鱼掠过海面消失在远方。这种寂静在微弱而欢快的鸟鸣声烘托下，使他能够聆听内心，感受温暖。

当维多利亚四岁时，她没有说晚安就上床睡觉去了，布伦丹感受到了——全身心都感受到了。当维多利亚十四岁时……

---

[1] 指留放在窝中以引诱母鸡或其他家禽把蛋生在窝中的真蛋或假蛋。

那是她加州之行的最后一站；娱乐消遣结束了，现在等待她的是乏味，皇宫的乏味——晴朗天空下绝对的乏味。从下午的后半段到临近结束，他意识到公主不会在那里出现了，意识到她已派出了一位使者，送出了一张影像，跟真人一般大小的照片，让自己的灵魂在面对陌生人微笑时蜷缩在某个黑暗的角落，仿佛十四岁还不到工作的年龄，他曾这样想过……后来，布伦丹曾谦卑地让她选择这个或者那个后勤保障细节，在快到揭牌或者授爵的现场时，她要决定对谁点头，对谁鞠躬。公主用舌头舔着嘴角，举起中指和食指，向他做出 V 字形或者 W 形："不管什么"。他又感受到了，所有的，全身心的。有时候，十三岁、十四岁、十五岁的女孩脸上会露出惊恐的表情：眼睛陷入了各种面孔的包围之中。我要去哪里？从孩提时代，公主出席公众场合总有一种强烈感情的震颤，显得有些焦虑，但并没有包含失望的情绪。眼下她看起来像动画片里激动而热情的森林精灵。尽管如此，她将毫无疑问地迈向人生的下一站，变成一个成年女性。

他想保护她，但是现在他很消极，他很无助。他想，眼下还有一个皇家丑闻。布伦丹真想远足二十英里，但取而代之的是，他从包里拿出手提电脑，开始尽其所能来了解发生在库德布鲁街监狱里的骚乱。

那个月初，奥蒙德公爵夫人南下，经过泰晤士河到达米尔沃，在多格斯岛一家有名的洼地庄园，为新开张的商场和健身中心剪彩。典礼之后，负责公爵夫人安全的工作人员从满载的三排座客车下来，迅速登上人行道，意外地撞倒了一辆机动自行车，骑车人名叫吉米·欧尼恩，瞬间被撞得半死。多格斯岛毕竟是多格斯岛，当欧尼恩被证明是一个职业犯罪者（多次关押，有谜一样的案底）的时候，危机迅速升级。那一天（从他挂包里的掠夺物和工具来看），他明显是在从一个地方赶到另一个地方作案的路上。两天之后，商场和健身中心被洗劫和烧毁，公爵夫人的办公室表达了在库德布鲁街矗立大理石匾的意向，来哀悼欧尼恩，公爵夫人会亲自来揭匾（纪念社区有用人员，詹姆斯·帕特里克·欧尼恩，他不幸死在此处）。与此同时，库德布鲁监狱在激烈的骚乱中显露出来；里面的人在小教堂屋顶做了底座，眺望着欧尼恩的纪念碑。

库德布鲁骚乱（现在知道）与吉米·欧尼恩没有任何关系——尽管他不可避免地在高墙后面蹲了一两年牢房……因拘押犯迪恩·布尔的怨恨而引起，他十几岁的女朋友戴安娜探监时，他开始怀疑她的忠诚。"当一个年轻罪犯做好了再坐几年牢的准备时，"一个老犯人在迅速聚集人气的库德布鲁网站上上传这样的博客，"你可以预料情感关系就会变得紧张起来。"迪恩害怕戴安娜在下一次探监的时候会告诉他，她不会为他再等二十三年。他判断正确。他也做好了准备。布伦丹呻吟着，叹了一口气，接着继续读。

迪恩穿过普列克斯玻璃分隔墙，先是用金属椅子，接着用一个玻璃片攻击戴安娜的脸部。现在：所有库德布鲁监狱的囚犯，包括迪恩·布尔，都认为他将面临追加刑期的惩罚并不得豁免。迪恩现在二十一岁，释放时就五十五岁左右了：这很公平。激起怨恨的是他受到了狱吏的暴打。因为如同所指出的那样，迪恩收手之后恢复了理智，表现出明显的克制，在被警棍击倒之前，扔掉了手中的武器（嘴里嘟囔了一句"看看这周五酒吧会发生什么事情"），举手投降。特别爱空想的人现在在教堂屋顶上来回走动（他们把查封的手提电脑和手机卡在那里），他们争辩说，处于恋爱中的迪恩别无选择，还有什么比搭上十二年的青春年华更珍贵的信物？更悲观的人认为：那不是问题的关键。需要超越的是"私事"，严格地说是迪恩和戴安娜之间的私事。接着从医院小隔间传出话说，他们为他进行了残酷的、持续的热烘……

布伦丹想，亨利九世亲自陪同公爵夫人到吉米·欧尼恩的墓碑前拜谒，实际上想展示对侄女钟爱有加的姿态。令人烦恼的是（且与不可思议的事情联系在一起）时机尴尬：早上跟何子珍约会之后亨利就直接去了库德布鲁街。

在那一天布伦丹意外收到一个要传给国王的信息，事关公主。

何赤着脚，由梅特上校陪着，在黄昏时分走过狭长的暗墙。在接近约翰二世的幽会地点时，她独自一人穿过灌木树篱的最后一段。在那个爱巢，有一个"留窝蛋"（两个装饰性斜挂肩带的火蛋白石），还有将手放在嘴唇上告别的国王。

亨利一下子从椅子上站起来，留神听：何的脚踩在阳台的地板上……从前，她让他看过她曾祖母穿过的鞋，当时她是一个军阀的小妾，住在黄河和黄海汇集处的山东，看起来像三岁孩子的短统靴。女人的脚以传统的方式被挤压缠裹，这样会极大地增强她的性价值（何解释时亨利很吃惊）。裹着脚的女人在走路和站立时，给人一种"杨柳摇曳"的风采。接着何子珍模仿她祖母跐脚走路的痛苦模样，国王张开双臂迎向她。为什么？为什么他要拥抱柳枝？是那个情景引起的，何的脚踩在木板上的声音，她曼妙的造型，她柔软的身体，潮湿脚底所沾的草茎更加激发他的情绪，向他扑面而来。

现在她赤着脚，显得更娇小了，当他把她搂在怀里时，他也相应地显得更高大了。他在她耳边轻声细语，何也低声回应，何说她都明白。

她第一次通过声音和耳语诱惑他。何认为触觉、味觉、嗅觉和视觉都能在情色表演中激发性情，发挥它们应有的作用，那听觉呢？在她看来，用酒吧女郎或者……的动作意义貌似合理，实则被误导的纠偏之举。没有棍棒和石头，下流情话是没有棍棒和石头的施虐受虐狂行为，显而易见国王不属于那一类。何子珍在枕边有悦耳的呻吟声，旁边还放着日本艺伎的道具。亨利没有追问详情（它看起来像是悬浮在液体上的球中球），也没有感到丝毫的不便。但是他感觉到（取决于她把他置放在齿轮的位置）在穿越热带沼泽地的影子时，他要时而漫步，时而小跑或者冲刺。有一次在另一间办公室，为让国王爽到极致，她的动作很大，发出了震耳欲聋的呻吟声……还有一次，他倒在皇家游艇的甲板躺椅上，被这种响声所惊醒：在游泳池，溅出的水声和大口大口地喘气声交相呼应，贝斯湾里接二连三的暴风骤雨。他看看海面，强壮的鲱类海鸥在巨浪的拍击下就像麻雀一样狼狈。

现在他躺在祖父的阳台上,显得很无助的样子,像一个正在被改变的孩子。不一会儿(他想)我就会进入何的身体,她叹气的样子是那么美妙。那就是一切:亲吻,叫着名字,对"她"咬耳嚼舌。这就是你所说的,这就是何的声音。

"我没有料到在我的住处会遇见陛下,"洛夫边说边伸长着脖子和额头,"上帝知道我们有很多怪癖。但是,先生,我想那腔调……"

"我认为你做得很对,洛夫,"洛夫心神不定的语气,烦恼而恍惚的神情促使布伦丹·厄克特-戈登这样说,"并且一贯如此。"

"谢谢您,先生。"

布伦丹和其他随从从格瑞特宫出发,钻进了他们的车厢。国王则跟福斯特上校及手下坐上一种铠装行卧两用汽车先去库德布鲁街了。

"奇佩?"布伦丹喊道,"我是不是还有五分钟?"

"在外面,"奇佩·爱丁德瑞边回答边看手表。

他跟着洛夫穿过活板门,扑面而来的是更阴暗、更温暖的氛围,空气里弥漫着汗渍、肥皂和卤肉饭的味道。布伦丹吸了一口,继续朝前走,进入了下层楼梯处……在理查德四世在位时,家仆的薪酬更加糟糕,以绝对最低的原则(荣耀等同于权力,等等)支付,但是英国王室一直具有家臣的氛围和特质,在木质活板门后面的家臣中更是如此。布伦丹心里明白,所有的仆人都憎恨他们的主人。即使是对洛夫而言，主人来时表现得忠心耿耿，他也能从中感受到这种憎恨。这种憎恨，如同老鼠的味道，能够被觉察到。布伦丹在凝视洛夫左耳时感到放心了：耳蜗中有铁质填充物。

他们走进棕色客厅，里面整齐地摆放着直背靠椅。此时洛夫伸展着手指，煞有介事地戴上了白色手套。布伦丹脑海中闪过一个念头，他要接受一位庸医的体检。带着迷信的表情，洛夫朝他的肩膀瞥了一眼，看着那张低矮的桌子，上面放着最新款的电话机和令人难堪的古色古香大块头答录机。

"你完全受那新玩意儿摆布。我想这是最后的电文了。"

白色的手指颤抖地滑向开始键，洛夫弯腰退出了房间。

不可能忽略或者加紧办理，布伦丹感到奇佩变得越来越不耐烦，因此他不得不耐着性子听餐饮服务员与街头小贩乡巴佬式的教导和各种提问，以及一个卧床不起的亲戚没完没了的抱怨，他希望洛夫能够帮助他从疗养院转到救济院。突然，那种特别低沉而失真的声音让布伦丹认为，老机器正在垂死挣扎，即将彻底没用了。

"提请国王关注。上个月的最后一天，有关公主的材料跟那个公开的、大家任意看的东西连在一起。请注意：皇宫应该坚持，并且应该继续坚持，那个材料是伪造的。伪造的，伪造的。只不过是数字合成的。只是光和法术而已。"

布伦丹熟悉这种从传动装置发出的雁叫似的噪音。他从机器上敲开双卷轴，把里面的东西翻了过来，在完全不知情的情况下，假装为里面装的东西所震惊。接着他大步穿过走廊。活板门打开了，待他出去后又关上了。

临近中午时分，亨利·英格兰从国王航班的F1号直升机上下来，匆匆忙忙地从米尔沃足球场的条纹草坪低头穿过。考虑到纪念吉米·欧尼恩（亨利的办公室已开始哀悼他的死亡，使用了通用的推脱之词：精力旺盛的一生，尽管正当年，却被夺去了生命），他穿着缎面羊绒大衣，一套黑色休闲套装，系着黑色绸质领带。在众多便衣的护送下，他步行穿过洛夫林奇路，来到朱诺庄园前广场，加入了集会人群。在那里他受到了议员、地方政务代表、双手颤抖着的教区执事和居民的迎接，身上挂满勋章享受抚恤金的干瘪老兵也站成一列，他们穿着磨损的深红色紧身短上衣，似乎准备着最后的决战。欧尼恩的灵堂已备好，摆放在一个角落，周围是人群、记者、警察、配备掩护装置的士兵和陛下要求建造的监狱城垛。一辆接一辆的轿车向库德布鲁街驶来，发出了此起彼伏的嘟嘟声，以示对囚犯们的声援和支持，跟教堂房顶上刺耳的嚎叫声遥相呼应。

听到这些，亨利轻声地说："为什么不把他们弄下来？"

"他们期盼天公作美，先生，"议员说，"世界最好的警察，天气不错，还有最好的狱吏。当然了，现在有点不合时宜地暖和。"

国王也许嘟囔了一句，说"不合时宜"一词已失去威力。哪个季节并不重要。现在天空蔚蓝，高压云层涌动。亨利已经习惯于幻觉膨胀：自己就是联合王国（加拿大、澳大利亚，诸如此类），同样大小，一模一样。现在他睡眠不足，没吃早餐，性生活频繁，但也有孤寂感：他感觉整个天空都是他的殖民地，处于蔚蓝云层涌动的中心。

奥蒙德公爵夫人路易莎，乘坐一辆灵车般的豪华高级轿车抵达现场。她身着黑色外套和短装上衣，戴着一顶有黑色面纱的帽子，掀开面纱亲吻了一下国王。他们分开站立在那里，亨利感觉自己的嘴角有点潮湿，同样，她用戴着手套的手指饶有意味地划过他的手掌。她告诉他，能来真是太好了，语气中带有一丝恳求和愠色的味道。亨利从她感激的言语中，觉察到性爱的意味。六岁时他们一起玩过扮演医生的过家家游戏。在他跟伊迪斯·贝雷斯福德-黑尔的那几年里，有一段时间，早上一睁开眼他就很想她。在王后出事不久，他们就秘密地在一起共进晚餐，第三道菜还没有上，那种呆滞而又淫秽的眼神就在他身上显现出来。现在，他眼睛盯着她强有力的脚踝，她短粗的黑鞋。站立得那么稳当，像帕姆一样。亨利想到了何子珍曾祖母的鞋。不，他不想看到女人像风中的杨柳一样。但是当他们合二为一激情交缠时……即使在床上，脚离地面：他们有点慌乱，但会"继续做爱"。他们不会像何那么频繁。他们从未挑明，从未沉溺其中。

她说："啊，最好往前站一点。"

"的确。"

在队伍行进到库德布鲁街时，布伦丹·厄克特-戈登和奇佩·爱丁德瑞加入人群。小河两边尽是黑压压的人，逝者被放置前面，弯曲的监狱墙宛如船尾——里面的人都围在索具旁。为了增加其效应，亨利九世参加仪式一事没有列入预定安排，或者被帆布遮盖起来了。起初,人群的骚动声突然克制起来,囚犯们的猫叫声、震耳欲聋的狼嚎声也短时停止了——从严格的法律意义上来说,他们中很多人的自由都取决于陛下的开恩。但是时间不长。当布伦丹站在亨利·英格兰和奥蒙德公爵夫人路易莎身后时,他环顾左右,试图看清楚聚集者的面孔:他们都为吉米·欧尼恩而心碎。死者没有家人,没有朋友,没有认识的人,甚至没有从犯。只有社区为他感到愤怒和伤心。在那一张张充满仇恨且不妥协面孔的远处,布伦丹看到的是拥挤的一排排街道,延伸到库德布鲁街口时变得很窄:只有一个转角商店,一个理发店的旋转灯柱和人行道角落处张贴的标语。他想,这里的尘卷和扬起的垃圾都会飘到别处,跟监狱本身及其重力不无关系。空气里弥漫着卑贱鬼魂的气息——他们因街道事故、被人用大头棒袭击或者床垫起火而无意义地死去。

他们暂停行进。公爵夫人向前迈了一步,使自己镇定下来,面前是一张裹着黑布的桌子,上面放着麦克风和花圈。在三十英尺的地方,没有戴安全帽的欧尼恩超速骑着偷来的踏板车,被一辆转向的三排座载客车撞飞,弹到库德布鲁监狱的红墙上,最后以每小时四十英里的速度,重重地摔在膝盖高的路缘石上。这里放置了一块匾,公爵夫人将敬献花圈,以纪念死去的吉米·欧尼恩。

"大家好,祝福现场的每一个人,"奥蒙德公爵夫人路易莎开始对安静下来的听众发表讲话。"我们在此聚会,跟我们挚爱的吉米·欧尼恩道别……'他已经超越了夜晚的阴影,妒忌、诽谤、仇恨、痛苦以及误以为是快乐的骚乱，都将不再打扰他，折磨他……不是为欧尼恩哀痛……天堂最里层遮盖布烧尽之时，欧尼恩的灵魂，如同一颗星星，在他住处的上空闪烁着光辉，并化作永恒。'谢谢你们。现在敬献花圈，请默哀一分钟。"

哦，不，他们不会的，亨利想。你看到处是他们制造的噪音。小教堂房顶上可拆卸的东西早被他们扔进了院子里，他们留下的尽是噪音，并且会利用它……即使是在猴子发出的咕噜声之前，囚犯们曾提醒他是灵长目动物，具体地说就是无尾猕猴中的叟猴——他在最近的一次航行过程中对直布罗陀十分警觉：单足跳、双足蹦跳、蹲伏、龇牙咧嘴、啃、抓……重创后一致的咕噜声，让他想起五年前参加的一场国际足球比赛的情景：一万个人齐声狂热地喊"上帝拯救国王"，声音让人热血沸腾。但是当比赛开始后，球却落在对方球队黑人队员的脚下？当女人味十足的公爵夫人匆忙走向那面墙时，现在这些拘禁者的噪音（如同大双管低音乐器发出的颤音）仅仅是含蓄的性暗示。在走到欧尼恩的灵位时，她当然虔诚地低头鞠躬，但她的肉体似乎被其击倒，呈现畏缩的样子。身着羊绒大衣的亨利本能地朝前迈了一步，手肘外翻，两手叉腰地站立在那里。

布伦丹发现，他躲在国王身后，极力压低他的胳膊，避免双手叉腰的姿势。

现在小教堂陷入了短时的迟疑和静寂，而这一刻使亨利意识到一个基本的事实，拘押者是人，不是黑猩猩，或者狒狒（不，更不能被人充满恶意地随意比作任人摆布的木偶）。尽管他们穿着背心，敞胸衬衫，以及风吹日晒的粗布喇叭裤，个个皮包骨似的，但他们是人——有权利的人。一种很有趣的权利，这种权利：能够召唤国王的权利，让他站在那里倾听民意。看到他们陶醉其中，如同淘气的孩子，亨利的脸上露出了会心而难忘的笑容——回应他的却是野蛮的吼叫声。恢复镇静之后，他那牧师般的眼光落在了公爵夫人身上，她正对着欧尼恩的纪念牌行屈膝礼，一分钟默哀开始……

尽管在卧室兼起居室的房子里，发现了令人不安的东西（偷来的东西，假护照，养老金本子，五花八门的女人内衣，她失踪鹦鹉的残骸），吉米·欧尼恩的女房东也参加了那一天在库德布鲁街的聚会——诚然，主要是为了一睹公爵夫人的芳容。（她以前见过国王，但意想不到的是从她旁边走过……）在默哀的一分钟里，从未见过的狂风暴雨般的脏话一浪高过一浪，似乎这些人都事先排练过似的。公爵夫人禁不住向后退了一步，仿佛不相信自己的感官：吮我的，舔我的，喝我的，吃我的。一分钟默哀之后我们得到了什么？他们停止了？一分钟默哀：我们都十分震惊。接着她离开了，脚在颤抖。

露出屁股，露出屁股，为男人露出你的屁股——嘿嘿！

我不得不说，这是他们给她最好的欢迎！

"在别处你也会遇到这帮人，"布伦丹·厄克特-戈登说，"有一套格格不入的道德系统。"

"是的，巴格尔，但是我们对他们那一类人也很粗暴。你知道，那个家伙是被撞的。"

"……我想今天那里的人更多的是支持你而不是反对你，先生。但是囚犯们……"

"是的，他们是囚犯，巴格尔。"

这是君主政体的特点：没有能力否决臣民的任何事情。有强烈的愿望纠正他们，如有需要，还可以通过强制措施，是这样。但是没有谁愿意否决他们，就像没有人愿意否决自己一样。在法拉利F1撞击的制式下他快耗尽了，然而国王令人费解地认为，性不是折磨（特别是何的呻吟声不是折磨）。两人极度亲密，都相信肉欲。囚犯和他们的喊叫，也是性，也是折磨。囚犯们是迪恩·布尔行为的捍卫者，也是迪恩·布尔言语的声援者……

"你是从不同的角度那么说的，巴格尔。"

亨利和厄克特-戈登暂时住在铁圈球球场外面绅士俱乐部的私密公寓里（国王要在此主持午宴）。在隔壁房间，奥特瑞德正忙着接收从BBC公司寄来的录音机，似乎只有全国广播公司还会用很古老的机器。第二次交流：亨利知道主题。他两次起身，踮着脚尖去了浴室。

"谁能保证，先生，但是它可能是一个正面的迹象。啊，谢谢您，奥特瑞德。我会跟您保持联系。"

两个人离开房间去了另一个装饰差不多的地方：银光闪闪，晶莹剔透的格调，深棕色的饰板带有老式龇牙咧嘴的图案，像帝国时期的面罩。亨利警觉地在旁边观看着，只见布伦丹走向那个笨重的新玩意儿，开始用手拨弄着它的按钮。他们听到洛夫患病亲戚恳请告别的声音，接着听到："提请国王关注……"

看到亨利皱着眉头,布伦丹有针对性地说:"如果这不是一种假象,那就可能在侵入者的阵营里,隐藏着一个摇摆不定的人,如果不是朋友的话。"

磁带继续播放。他们听到刺耳的声音:"准备好,准备好新闻,准备好公主。"

"哦,上帝,巴格尔。这真的要发生。"

2月14日（12:01）：101航班

空乘服务员罗伯尼·戴维斯:有人要回家吗?

机长约翰·麦克蒙纳曼:哦,你好,罗伯尼。

戴维斯:给你。罗伯尼的特制果汁。

副驾驶尼克·肖普欧:谢谢。

麦克蒙纳曼:嗯,里面是什么?

戴维斯:秘密调制法,猜猜看。

麦克蒙纳曼:啊……橙汁。

戴维斯:你是从颜色判断,对吗?

肖普欧:还可能是,啊,越橘汁?

戴维斯:再猜猜?

肖普欧:利尔特?

戴维斯:差不多。可乐,无糖的。

工程师哈尔·沃德:加点浓朗姆酒味道更好。

戴维斯:对,是的。

沃德:一点伏特加。

戴维斯:是,一点没错。

沃德:或者一点杜松子酒,也许不错。

戴维斯:是的,也可以。

沃德:或者一点淡味朗姆酒……

戴维斯：对对。

沃德：不好意思。

麦克蒙纳曼：……他去哪了，我们的扳头（航班工程师）？

戴维斯：正令人讨厌地跟肯奇塔忙着呢。

肖普欧：不要责怪他。

麦克蒙纳曼：你可以责怪他。看看雷达，尼克？天气咋样？请求升高。啊390。罗伯尼？把它们放后面去。女孩子们也一样。

戴维斯：好的。

空管：我听到了，101航班。

肖普欧：请求允许爬升至390。

空管：……确认。390，101航班。

银色机身转向太阳，升高时一阵侧风猛击右舷：上面的强气流试图抓住她，接着又像肥皂从手中滑落那样放了她。侧面移动使得装罗伊斯·特雷诺的棺材从轻轻支撑它的两辆山地自行车上滑落下去。罗伊斯面朝下地摔在地上，接着因剧烈震动使之滑到三号集装架口处。随着爬升越来越陡直，机身突然倾斜把他抛掷到低位分隔层，侧面翻转成自动上仰的模样，身子顶在一排滤毒罐上，上面刻有 HAZMAT（危险物品）的字样：B 类和 C-3 类爆炸性推进剂和战斗机弹射座椅火箭发动机。

第 五 章

1. 主卧室内

"珀尔？是我。"一定会有这么一刻（他想），当你不能再对你的前妻说：是我。一定会有这么一刻，我变成另外一个人。你必须放弃。"呃，孩子们在吗？"

"汉。汉，我正在读一本书，里边有一处印刷错误，太搞笑了，"她兴奋地说，"我迫不及待想告诉你，因为我觉得这有助于调动你的幽默感。顺便问一句，你还有吗？我是说幽默感，因为书里说你连这个也会失去的。这本书是讲疯子的。错误出现在'创伤后精神病'这一章，小标题是'性行为的改变'。真的吗？"

他的两个儿子都有手机，当然。当时给他们配手机，是为他们的安全考虑。孩子们就像贴有电子标签的罪犯：他们外出后，你可以追踪他们、监督他们。但事实上，他们在外边却总是遭到袭击：袭击者试图抢他们的手机。当汉出门的时候（他现在经常强迫自己出门走走），他总是被手机搅得不得安宁：那些不见其人的说话声，在你身后或身旁此起彼伏，用如此没完没了的方式证明人类对联络，或对淡化自我意识的渴求。这些声音是来自寂寞人群的声音，他们渴望聚在一起……对于见到珀尔，汉从来都没什么兴致，因此他总是试图拨打儿子们的电话，得到的往往只是一条留言提示音（而且几乎没有回复过），在此之前是高达四十八巴的愤世嫉俗的音乐，刺激着你像疯子一样手舞足蹈。对于那些自言自语、真正的疯子来说，你倒应该给他们每人发一个手机，这样他们就能一边走路一边自言自语，也不会有人认为他们疯了。

"'脑部受伤的男性的性能力'，"珀尔说，"大多数脑部受伤的人都是男性，汉，因为总体上讲男人更爱动手，也更冲动……就是这里'脑部受伤男性的性能力可能会受到阳痿的影响'。im-portence，多了个r。你不觉得非常可笑吗？说的跟真的一样，不是吗？我刚才都笑出声了。"

"嗯，好吧……"

"孩子们都出去了。我会告诉他们你打过电话。"

他是她孩子们的父亲，而珀尔是个好母亲。她嘲笑他的男子气概（他有时候能感觉到），因为她需要知道他身上还有多少——如果他阳刚之气不足，那么也许她的儿子们也会如此，这可是她不想看到的。更具体地说，她希望激起他报复的欲望。在有关报复的问题上，她是个彻头彻尾的原教旨主义者。显然，他也是如此；他以为自己不是，但其实他是。珀尔会明白的（罗莎不会明白），报复是他必须具备的东西。他浑身的所有感官都想要它、都需要它。即使在他最虚弱、奄奄一息的时候，他都确定报复之心将会出现。没有别的可能性。只要是活着、一息尚存、尚未死去，他就离报复越来越近。

"我吗？"他有一次对罗莎说，"我不会伤害一只苍蝇。"曾经，这也许是真的，但今后不可能了。现在，每天至少有一小时，他会手握苍蝇拍和喷雾器，试图伤害它们，试图杀死它们：苍蝇。黄蜂，如果孩子们不在家，他不会去招惹；蜜蜂，他会充满敬意地饶它们一死；蜘蛛——食蝇者——是他的老熟人，他的敌人的天敌。苍蝇，他会穷追猛打：它们越肥大越多毛，他越迫切地需要弄死它们。有些苍蝇似乎武装了起来，它们看起来好像二十二世纪的攻击机。有时它们会摩拳擦掌：是在期待什么吗，还是为它们激起的报复心而沾沾自喜，丑陋的报复？这种丑陋刺激着他的神经。当它们摩拳擦掌的时候，看起来就像在磨刀霍霍。

如此肥大多汁的生物是不能用苍蝇拍来武力解决的；那种恶心会从手掌传到胳膊直到胃里。"超级强效，你会看到它们必死无疑"，喷雾剂上的广告这样说。而他真的观看了全过程。它们扑扇着翅膀嗡嗡叫了几秒钟，似乎想立刻摆脱那致命的一击。接着，一切都结束了，就像年龄：伴随而来的各种苦楚。它们的翅膀耷拉下来，腿上紧绷的须也像阴毛一样卷曲。他们是微型的老年人，但不会像我们那样死去。在医院，甚至在行刑室、在墓室，人类不会用身体反复敲打玻璃窗或镜子，然后啪嗒一声掉在地上，愤怒地发出嗡嗡声，最后仰面朝天，靠脊柱旋转。

话说回来，它们在这里干什么呢，这都什么季节了？大气对它们做了些什么，让它们苟延残喘？它们是行尸走肉——已经死了，已经死了。

自从那晚发生事故，圣乔治大街上几乎见不到游客了。三四个肩膀宽大、下巴冻得发紫、穿着闪亮外套的人跟汉一起坐了一小时左右。他不断问人家，他是不是"得罪"了谁，是不是谁对他有"意见"而他不知道。宽肩膀耸了耸肩，紫下巴严肃地摇了摇头。他们没再来了。他有一些演员朋友、导演朋友和制作人朋友；这些人无法鼓起勇气正视失败、痛苦或屈辱（汉对此表示理解，因为他也算是其中的一员）。他的作家朋友也许会有不同的态度，但他没有这种朋友，因此作家也就不予考虑了。以前跟他一起弹吉他的人们：他们一时间还会过来，并且一直会来。孩子们总是会来。

第三周的星期二，罗莎做了一个实验。在她有点想要放弃的时候，她读到书里说，"研究发现头部受伤的人往往更容易与老年人沟通，因为老年人同样无法跟上生活的快节奏。"好吧，她想：可这对老年人来说意味着什么呢？接着，她坐到桌边，双手抱头，咬着下嘴唇，突然她看见了理查森一家：将近七十岁，热爱运动。她在电话中和玛戈特聊了好久。玛戈特很配合，强调自己对各种极端的无聊、尴尬和忧虑都有免疫力。事情进展顺利。

他们四个人坐在楼上的客厅，米欧夫妇和理查森夫妇。早些时候，比利和索菲被叫出来展示给客人，她们刚洗过澡，还穿着睡衣，头发厚厚地盘在头顶，此番展示大获成功。罗莎时不时地起身端茶倒水（一整瓶霞多丽葡萄酒，外加汉的各种淡啤酒、苏打水、果汁和汽水），当男主人独自面对客人时，他那晚的表情变得麻木，嘴角向下耷拉着，目中无人，昏昏欲睡，心不在焉。玛戈特·理查森，也叫玛戈特·德雷克斯勒，是伦敦大学学院（UCL）现代历史专业的荣退教授，正对世界形势高谈阔论，尤其提到克什米尔问题。

"西方有责任，"她拿出讲课的架势说，"在次大陆建立一种冷战文化。第一步就是设立热线，然后是军备限制会谈、禁止核试验条约、危机管理渠道，以及其他必要手段。我们发动这种战争已经有四十年了，我们知道该怎么做，而他们不知道。但宗教问题随之而来。边界的一边是国教印度教，另一边是伊斯兰教。想想看吧：核圣战。"

"巴基斯坦，"汉·米欧说，"就是扯淡。"

"在医学上他这叫持续言语症，"短暂的沉默后，罗莎解释道，"你不介意我这样说吧，亲爱的？发生过像汉这样事故的人会沉溺于某些词语或想法，比如说'扯淡'。"是的，她想："扯淡"，及其为数不多的同义词。"还会有一点诙谐癖，或不合时宜的幽默。天啊，他们多喜欢这个词'不合时宜'啊。会过去的。"

"但是巴基斯坦就是扯淡。印度是印度，但巴基斯坦纯粹是扯淡。他们就是在地图上胡乱拼凑了一翻而已。'巴基斯坦'是一个，嗯，一个缩略词。它还可以是'卡比斯坦'，或者'阿卡比斯坦'。完全是扯淡。"

玛戈特急忙说："汉说的有几分道理。'巴基斯坦'的确是个首字母缩略词。如果他们失去了克什米尔，他们就会失去'卡'。因此就会变成'阿比斯坦'。"

"反正叫'扯淡斯坦'就对了。对分裂我搞不明白的是……对巴基斯坦我搞不明白的是，他们把一个国家分裂成两个,这样必将走向战争。而当时广岛事件刚过去……两年,还历历在目。你不必成为……他叫什么来着?科萨·诺斯特拉……"

"诺斯特拉达穆斯。"

"诺斯特拉达穆斯……"

当汉侃侃而谈的时候,罗莎打量起刘易斯·理查森来。和许多杰出女性的丈夫一样,他的任务就是持续、默默地表示赞许。当玛戈特说话的时候,他脸上的皱纹隐约透露出些许鼓励、爱慕与骄傲。罗莎回忆到,曾几何时汉也是这样:对她无声但坚定的支持。沉默的尊重——消失了。

"在那个,呃……女性问题上,"他继续说,"他们出现了倒退。在北方,如果你被强奸了,你猜惩罚是什么?你将被强奸。你知道吗,亲爱的,"他对罗莎说,"书上说的不对。不是老年人使我感到放松,而是年轻人。比如男孩子们。因为他们也不知道自己是谁。"

罗莎拨了一下眉毛上方的刘海说道:"瞧我这一天过的:五点起床,照顾索菲起床。比利去学校大约呆上五分钟。然后我要陪她俩玩到两点,接下来的三个小时教她们学习。而我课上要讲的慕尼黑事件还一点儿没准备。估计我今晚要加班备课,直到索菲明天早晨起床。"

"哈,"汉命令式地说,"别忘了还要伺候我。"

一阵沉默之后他说:"那颗彗星什么时候来?"

"我讨厌太空,"罗莎平静地说。

汉说:"彗星来自天堂。"

但也许是来毁灭我们的。

与此同时,在主卧室……汉出院回家的那天晚上,罗莎略带惊喜地发现,带着医院仿漆布的余温,他就迫不及待地爬到她身上。事后,她称赞他、安抚他,接着就是告白。她想:怎样才能更……自然呢?第二天夜晚,第三天夜晚;第二天早晨,第三天早晨,这种事一再发生。平静下来后,他躺在那儿颤抖得像个引擎。罗莎想象着这个引擎。它应该属于大型车辆,固定地锁定在高速挡位,变速杆不停地抖动着,试图避免熄火。

"它们怎么说?"比利问,在厨房,她跟伙伴一起玩耍。她的伙伴拿出一副卡片,卡片上说"只需说不"。

"它们说'只需说不'。"

"对什么'只需说不'?"

"它们没说。它们只说'只需说不'。"

罗莎刚开始试着"说不"。真的有效,但只持续了半个小时,他就开始跟着她满屋子团团转。

当她屈服了以后,当他在床单上移动她的身体调整姿势的时候,她经常觉得他俨然变成了她的私人教练;其他的时候,他就像一个食客,有条不紊地享用一场饕餮盛宴。这样子折腾了大约一小时之后,他似乎决定要收尾了,便会突然间变成一条静止不动的竹节虫,片刻之后他又继续进行,如同一个人想奋力挤过一扇上了锁的门。罗莎记得汉曾经调侃一般地说过:"他把她给搞了"。是的:那就是她所得到的。她唯一感觉被撩起性欲是当他兽性大发的那次,她敢说自己像被强奸了一样,而产生这种感觉并不是她的错。但这一想法或多或少地立刻引起一种逆向思维——不能算政治性,更不算学术性——比如说:难道我拿到两个学位、研究历史,就是为了在山洞里被人强奸吗?起初她假装性高潮。后来她开始假装偏头痛。现在偏头痛变成真的了。

"我们不能今天下午去宾馆吗?"他不停地问,"就去一两个小时?"

她笑着拒绝了:工作、孩子。但事实证明这一回应根本无法转换话题,因此罗莎试图说些奇怪的话。有个念头一闪而过:汉的回归说明他远远没有恢复正常。

"宾馆的卧室还行,但我不喜欢宾馆的浴室。我不喜欢浴室里的镜子。"她说。

在换话题之前,汉说,"……但我们不需要进浴室。"

当然,她跟蒂尔达·匡特谈过了,还有其他人。有一个专门的名词描述他的症状:创伤后求雌癖。这与下丘脑和睾丸素的释放有关。蒂尔达说有一种药可以给他服用(或放在他的咖啡里):环丙氯地孕酮,别名色普龙。

一天下午,她正坐在桌边,他从背后探出头来。

"那是什么?"他问。

"一些邮件。"

"那这是什么呢?还有这个?"

"色情图片,"她说。

他二话没说,连滚带爬地溜到位于街对面的地下室房间——两小时后又溜了回来，浑身一股公共游泳池和电线短路的味道……但是当晚熄灯后大约五秒钟，他又悄无声息地压在她身上。

最糟糕的是，这一切都还不是最糟糕的。再也不是了。

汉每时每刻想和他老婆上床有两大理由：她是他的理想型，她就在那里。但他也随时随地想跟其他所有女人上床。如果他能说服罗莎停止工作，把孩子们托给别人照顾，穿着内衣，把空闲时间用来涂抹润滑油，那他就心满意足了。但罗莎是不会这样做的……他笨口拙舌的，感觉像在玩捉迷藏游戏一样，于是他摸索着穿梭于高楼林立的城市，来到以露天集市而闻名的伦敦枢纽旧城区。到目前为止，他还没有看到哪个女人的洗澡水是他不愿意喝的。而且他意识到，她们也想要他。不露声色间，她们淫荡地向他暗送秋波，用她们的嘴、用她们的睫毛、用她们的舌头。她们为他穿衣打扮，甚至愿意为他受皮肉之苦——她们脑海中的那些小心思就像楔形文字一样浮现在他脑海中，告诉他到时候该期待些什么。但这一刻是不会到的，因为他无法确定（而这可是件大事）这些女人（大多年轻力壮）不会伤害他。他可以确定的是，罗莎不会伤害他。

有时候发痒（比如说上唇发痒）比任何疼痛都难以忍受，也许是因为它需要立刻用手指压制住。但汉做不到，他是心里痒，心灵痒。这种感觉来自于复仇的欲望，因为复仇可以减轻那难以忍受的羞辱。因此，当他在晚上侵入罗莎的时候，他是这么做的：从中寻求解脱。隐约之间，他感到某种历史的错误最终得以纠正，就好像他的上帝——尽管莫名其妙地瘸了——再次战胜他敌人的上帝。

高潮。

罗莎整整一天马不停蹄。陪着索菲整夜未眠（现在看来这反而是好事：汉站在楼梯那里等了几个小时），六点半起来跟女儿吃早餐，这时她第一次出现痛经的迹象。接着她来到学校，备课、完善、上课。下午三点，她要从盖特威克飞到慕尼黑，并在一场题为"吉莉·拉包尔与爱娃·勃劳恩"的大会上视译成德语，宣讲上午的课程内容。会议结束后，她将搭乘最后一趟航班返回曼彻斯特，恰好还能赶上去伦敦的最后一班快车。她希望十二点半能到家。

当天傍晚，她的丈夫突然冒出一个想法。他意识到还欠自己两杯酒：两杯酒、四支烟（以及长达半小时痛苦的叹息忆往，如果他还能忆起点什么）。"我根本没喝到'白痴酒'，"他大声说，"当时我正准备为儿子举杯，就……"这对他来说是重要的一刻：一段崭新的回忆，正是这一刻将他推向地震的中心，促使他去做一件搁置已久的事：重现十月二十九日……他看着伊马库拉达给女儿洗澡。傍晚六点他穿上外套。"我走了，我。"他边说边打开前门。天黑了，比往常黑，太阳西斜。天要掉下来了，汉·米欧想。国王在哪儿？狐狸在哪儿？

他来到主干道：右手边是那个花园（婴儿车般的普罗姆斯山），左手边就是市郊了……花园路溜冰场、卡姆登水闸、卡姆登大街，还有交通信号灯的黑色灯柱。每天的这个时候，你会看到身穿西装的人们赶着回家,他们一只手提着公文包,另一只手用塑料袋提着一个人的晚餐。我也会这样吗?汉问自己。不仅仅是对女人,他现在看男人的眼光也不一样了,打量他们、评估他们、畏惧他们。当珀尔在电话里说,她哥哥——人高马大的安格斯——正热切盼望着一场复赛时,汉感到自己像灯泡一样脆弱。此刻,他看着走在街上的这些男人们(你总能看到他们),发现他们正在做施暴前的准备工作(并通过其他方式),他知道自己找不到答案了;可如果要复仇的话,他将必须找到答案……他在佳购便利店买了盒烟。就连店里的条状照明灯都好像要打他的头。

汉在卡姆登大街上的书店门口张望,发现《蜜汁》已经不在"员工推荐"一栏了。他来到德兰西街,路过那家咖啡馆,他曾经每个月的第二个周三晚上都在那里弹吉他。接着他左转来到莫宁顿街,站在树荫下,列车在轨道呼啸而过。"哈里森!挪挪你的……"有时候,一架飞机划过天空,发出警报一般的声音。现在天上有四架飞机,但都远得听不到声音。飞机飞过留下的尾迹,就像用粉笔在天空做下的记号。它们记录着我们,打量着我们……一块厚重蓬松的棕色云团在一盏盏街灯上面蔓延开来,就像一只大棕熊或黑猩猩准备发起进攻,但颜色里多少带了点摇滚范儿(或许是化学元素混合的结果吧),就像弹性绷带的卡其色。

好莱坞到了,他走了进去。

他对酒保(不是上次那个人了)说:"喂,给我一杯……

'迪克海德'哪儿去了？"

"新菜单。"

"好吧，给我来杯'雪特海德'。不：两杯'雪特海德'。那个，'迪克海德'跟'雪特海德'有什么区别？"

"'迪克海德'是一种本尼狄克丁甜酒。"

"那么给我的'雪特海德'里搀点儿甜酒吧。因为我实际上是想要一杯'迪克海德'，或者两杯'迪克海德'的。"

"你也可以点一杯'迪克海德'和一杯'雪特海德'。"

"好吧，那我们就要'迪克海德'吧……"

铺了砖的露台又一次被遗忘了；不是遗忘，而是废弃了。没有死掉的鸭子头朝下漂浮在浑浊的运河上，也没有火灾般壮观的落日场面。他的那只鸟儿呢（"那是你的'鸟'吗？"），他那操着伦敦腔的小麻雀？……六个星期过去了，书上说他应该能够走出"虚假意识"的阶段了——虽然他认为"多疑"这个词比"否认"更适合他目前的状态。目前，他逐渐领会到贫困的真正含义，按计划他将进入深度忧郁的阶段。但汉从来都认为自己是个贫民，他害怕的是贫穷状况的持续恶化。是什么阻止了他的家人放弃他？难道他们看不见——就像他现在看到的——所有禁令具有的未受察觉的弱点？他为什么要欺负罗莎呢？为什么要用性武器折磨她？为了把她绑在身边，不让她离开；还是拖延时间，趁她还没离开赶快找个替补；抑或惩罚他自己，他自己，只是一场宣泄？他突然发出的呻吟声逐渐升高，一个过路人停下脚步，他可能觉得汉·米欧要吐了。

几分钟过去了。他意识到，他目前的状态使他从生理上想起了姐姐的死亡,及其对他个人生命力造成的重大影响。当时(然后大约有一年的时间)他想:我们永远不会永世长存。因为他人之死会把我们杀死……突然间,他感到脖子后边的空气一阵搅动,然后听见一阵怯懦的尖利叫声。他转过身……是她,是她(他十分确定就是她):那只狗仔队一般的小麻雀,叽叽喳喳地按着快门。鸟儿在他身边跳上跳下。

"到底发生了什么,亲爱的?你看见了。发生了什么?"他大声说。

与那只冷酷的鸽子(对它来说,飞行只是最后一招)不同,这只小狗仔在空中保持着姿态,高傲地显示出与众不同。在她开口之前的一瞬间,她盯着他,眼神中露出不动声色的疯狂。汉的内心猛地一震,不禁打了个冷颤。他想起来了:"你将记住这种痛苦,孩子。你竟然提到他的名字。白纸黑字。"

白纸黑字……

"祝福你,"他说。

这可是新情况,意味着他在自己写的什么东西里记下了他敌人的名字。因此,在那本用颤抖的手记录下生活点滴的日记本里,应该也有他的名字:上厕所、吃东西、跟比利说话、找钥匙。

那个重要的名字就在《蜜汁》里。

他现在开始喝"雪特海德"了。有那么一会儿,他感到十分愉悦与自豪。

情绪波动,肌体故障(比如口齿不清、步履蹒跚),动辄哭啼，夸张的纵欲行为，言语行为中散播的悔恨的种子……汉的这些创伤后遗症使他想起了什么：醉酒。因此，在好莱坞又多喝了几杯之后他意识到——也许是醉醺醺地意识到——在他的新天地里，喝醉也许会使他头脑清醒。为了证明这一假设，他匆匆离开，往卡姆登大街和肯特镇路的野蛮酒吧走去。

"现在的伦敦，到处都是拥挤、拥挤，"一位身材纤细的爱尔兰年轻人瘫倒在土耳其岬的吧台前。"回到家呢：从都柏林往外走出一英里，一整天连个恶棍的影子都看不到。"

汉把双手紧紧抱在胸前，低下头，伸着下巴，喝起第三杯"伦敦之巅"。我们都有罪。我们还做了些什么？这酒吧里有好多恶棍，呼吸着、思考着、梦想着。并不是所有人都能走路、说话、听见或看见，但我们所有人都能喝、能尿、能吃、能拉，无论何处。汉又从吧台后边的酒保那里要来一夸脱"伦敦之巅"。

他挤到台球桌旁的一群混蛋中间。感觉不错。张牙舞爪的女人没有惹他，龇牙咧嘴的男人也没有吓他。他们同病相怜：他们是一伙儿的。一些人走掉了，新来的就顶上。每个人都带着酒。就这样持续了很久。于是，他告别了这群蠢货，继续前进。

不久之后，他出现在卡姆登大街上一家爵士吧的厕所里，这里人头攒动，他低头看表，这才惊奇地发现已经是凌晨两点了。但这一发现并没有干扰他正集中精力做的事：再次试图解开皮带。他的当务之急是什么？刚才喝下去不少浑浊的自来水，汉的当务之急是看自己有没有种，连屎带尿地拉在瓷便器上。事实证明他没这个种,可是他拉的屎却充满阳刚之气:咖喱羊肉、烤猪肉串、烟熏鸡肉披萨、西班牙青椒塞肉。从小隔间出来,他心里老想着该回家了——时来运转。墙上挂了一台机器,只需投入一枚一英镑的硬币,就能吐出一大把最普通的古龙香水:这可是遮掩酒吧气味的绝妙之物。他有好多一英镑硬币,于是就把自己完全浸没于这甜腻的廉价芳香中。他的烟老早抽完了,但是没关系,因为他已经买了一大堆廉价香烟。

找了很久之后,他终于找到了出口和新鲜空气。他停下来在排水沟里吐了一摊(然后更加起劲地嚼着最后一根雪茄那浸湿的烟屁股),然后起身回家,同时带回去一个清晰的计划(他刚才撞上一根灯柱,转了一圈):一个强取配偶权的详细计划。

所有这一切都还不是最糟糕的。最糟糕的事与比利有关。

2. 茶壶风暴

"哦，在我走之前，阁下。我今天早些时候跟马德里的几个朋友聊了聊。你还记得那次丑闻吗，大概五年前，阁下，关于巴托洛梅国王的？"

"你能提醒我一下吗？"

"当然了，阁下。当时有一段视频被广泛传播，录像里国王正和当地马球选手的老婆做着些什么勾当。"

"当地的什么？……噢。噢。我以为你在讲西班牙语。然后呢？"

"当时法院下达了封口令，媒体基本都遵守了，一年内整件事基本就被大家遗忘了。"

"一年？你说这话是想让我高兴吗，巴格尔？另外，托洛算不上真的……他根本不入流。那件事只能算另一个……另一个乡下丑闻。"

"这话倒也对，阁下。"

"维多利亚将会成为英格兰未来的皇后，巴格尔。全世界的眼睛都盯在公主身上呢。"

"没错，阁下。"

"哦，天啊，巴格尔，我还能说什么呢？不，现在别告诉我，不然我会辗转反侧睡不着的。我想你已经把明天上午毛拉的预约推掉了?"

"当然,阁下。一点之前您都没安排。希望您睡个好觉?"

"我是睡不好了,不过还是谢谢你。你也晚安,巴格尔。"

亨利九世瘫坐在舒适的马桶圈上。每隔几秒钟他就挺直身子,好像急着想问些什么,然后再一次瘫坐回去。

"镇定点,"他说,"是的,很痛苦。饶了我吧,老东西。哎呦。"

亨利八世曾指定托马斯·赫尼奇爵士专门为他擦屁股,托马斯因此享有了全程参与国王排泄的特权(手握潮湿的法兰绒布伺候在侧)。但亨利九世却孤身一人。

"噢!要我说。那是,那是……"

他肠胃里的小不适现在越发严重了,因为某个难以启齿的部位染上神经性湿疹,痛苦不堪。国王现在不需要荣获爵位的那位外科医生告诉他:"继发性感染肯定难以避免。"亨利已经很清楚了,一般来说,屁股(这个部位)随时可能爆发灾难。你怎么可能保持泄殖腔周围的清洁呢?有趣的是,你也没法给屁股放假;屁股是永远闲不住的,即使当你坐在上边的时候。走路是最惨的:底部会传来一阵阵蚂蚁爬行般的刺痛感。躺在床上只会挑起灼热感,这时候蚂蚁爬行的痕迹就变成了马蜂窝了。

"现在我不同意,你听见了吗?私了!犯规了!啊,它来了——"

伴随着一声令人耳鸣的轰响，如同一把中型手枪发射一样，亨利终于拉出来了；然后扯了长达百米的厕纸，至此他完成了从衣橱到坐浴盆的优雅转换。现在那讨厌的刺痛感有所减弱，仿佛是从内部彻底地挠了一遍那样爽快。几分钟后，他转回头希望（当然不是很有建设性地）他能成为亚拉巴马监狱最英俊的漂亮男孩……那个衣橱也是老古董了：无论从体积、重量还是附带的小齿轮上，看起来都像太阳系仪一样古老，或者像一个暗含机关的装置。坐浴盆是一个蹲坐式的大理石水槽，上边布满曲折的纹理，这玩意儿在任何老医院或精神病院都大受欢迎。

亨利此时躺到浴缸里好好浸泡一翻。他对个人卫生标准的要求近乎严苛，而这对英格兰人来讲并不寻常：王室的奢华从不会延伸到浴室，那里往往冷清而又空旷，乱七八糟地堆着洗衣机、羽毛球网和一篮子小猫咪。当然，他在其他方面也都固执己见。比如，在镜子下边的搁板上一字排开的洗漱用品中，你不会发现类似指节铜套那样的锋利小玩意，而理查德四世以前会用它来挤牙膏。亨利视节俭为大敌：他可是一个出手阔绰的人。服务了近半个世纪的佣人，在即将退休的时候，通常会收到一个缀有字母组合图案的茶巾、浴室地垫、免费参观温莎城堡鲁本斯室的优惠券。亨利即位后，他们更是收到了二十箱陈酿香槟，或者一辆崭新的车子。他还会加倍支付各类薪酬，然后在天文数字般的透支丑闻曝光后，他再耸耸肩随意地将薪酬减半。他这大手大脚的肆意挥霍，全仗秘密销售普拉多美术馆的私人画作作为支撑：这里倒卖一张提香的作品、那里倒卖一张德拉科洛瓦画作。亨利噘着嘴说:"如果他的礼物预算不超过六位数,那么就算不上过圣诞节。"听到这话,布伦丹·厄克特-戈登仿佛听见了死囚押送车轮子的嘎吱声,还有拳击场外圈编织针的摩擦声。

可以说,当国王在蹲厕所的时候,他是在跟自己的臣民打成一片。他走下神坛,和每个人做着同样的事。首先他混入人群。接着他来到贫民窟体验生活,戴上一次性手套在患处涂上弗莱彻爵士提供的药力强劲的洗液。与此同时,一股无法控制的想法突然涌上心头:这次他几乎不可能请维多利亚——救死扶伤的天使,他身上任何一处小刮小碰、小痛小痒的信仰治疗师——亲吻他的伤口以减轻痛楚。

最近几天以自由落体的速度过得很快。现在,在他们进来之前,他还有三小时的清静——本来很短的一段时间顿时变得仿佛久远起来。坐在桌旁,喝着中国茶,他玩起了单人纸牌游戏。十一点过去了,丝毫没有影响他玩游戏的高涨情绪;十一点半、十一点四十五过去了……他不得不承认,当分针滴滴答答、毫不留情地全速驶向正午时,他感觉受到了轻微的打击。尽管如此,还有五十九分钟:无尽的时间。三点差十分的时候,亨利开始了第二十七局单人游戏。还有十分钟——不,十一分钟!好久好久。红色皇后、黑色国王、红色国王、黑色皇后。六分钟;五……他妄图申辩说还有三十秒才到时间呢,此时响起了敲门声,洛夫悄无声息地出现在门口。

布伦丹善于保守秘密。皇室的劳斯莱斯专车刚在车队就位，国王（草草熬过了这一天）就果断从侧兜里掏出一本叫《消遣智力游戏：二十四》的纸质小册子、此刻他沉浸在扑朔迷离的填字游戏中……布伦丹总是感到诧异万分：他的雇主花在《消遣智力游戏》上的时间和他花在加勒比蓝色泳池边以及阿尔卑斯山地的时间竟然一样久。曾经有一个漫长的夏天（他们游访了新西兰、澳大利亚、非洲和密克罗尼西亚），在此期间布伦丹重读了亨利·詹姆斯的作品全集，而亨利却整天对着《消遣智力游戏：十九》生气皱眉、涂涂抹抹，还经常手忙脚乱地把小册子粘在一起。在肯尼亚的一间树屋里，他们啜饮着鸡尾酒，一种强烈的不安感油然而生。

亨利说："我这书里有个好笑的笑话……嗯，有个年轻人在监狱里关了好长时间。他有些担心要怎样打发那漫长的……时间。有个人告诉他，在他们推来的小推车里有好多拼图游戏。他拿到一本拼图。就是托丽当年玩的那种——等一下，我跑题了。你知道的，木质的，大约有十二片。他，嗯，完成了拼图，并对他的狱友说：'我完成了！'他的狱友说：'是的，你这白痴，但你花了十个月。'然后这个年轻人说：'哈，可包装上写着三到五年呢。'"

他们同时伸手拿饮料喝。他们同时低头看着什么：在他们之间的桌子上放着《消遣智力游戏：十九》；桌子旁边柔软的猪皮沙发上放着《卡萨玛西玛公主》。

"你选了一个好特别的颜色，巴格尔。"

第二天亨利又出现在走廊上，蜷缩在角落中钻研《消遣智力游戏：二十》。

这时布伦丹注意到前排座位上的两个脖子，去掉眼镜就如同两件展品，一个长而细（最资深的司机罗兹），另一个短而肥（梅特上校）。梅特的脖子也被晒成褐色，麻麻点点的；几乎找不到一处平整的地方，就像刚下过雨的沙地。

"哦我说，我简直太聪明了，"亨利欢呼道，在填字游戏右下角一个竖着四字母的部位填上答案。他专心研究这个字谜已经超过一小时了。又过了十分钟，他终于把字谜放到一旁。"简直玩不下去了，"他说，"这些字谜真讨厌。我们看会儿新闻吧。"

罗兹和梅特的脖子此刻从视线中消失了，因为国王熟练地按下一个按钮，放下一块黑毡布帘。然后他从扶手里拿出遥控器，对准电视屏幕，娴熟地操作着电源键——就像在进行着一场博弈（布伦丹这样感觉）。只听屏幕嘶啦一声，打开了。

"好了，"他说，"现在我认为我应该得到一杯饮料。"

亨利拿着白兰地坐回原处，他双手紧握大酒杯，就像女人端着一杯很烫的东西。经过特殊处理的车窗外，蓝色的清晨风云突变，瞬间变成了狗舌的颜色，此刻往南的高速公路上川流不息，金属与橡胶摩擦得咝咝作响。当亨利继承王位时，大约有四分之一的民众仍旧相信他是上帝钦点的人选；好吧，可他那患有神经性湿疹的部位却又使君权神授颜面扫地。病痛初次侵袭他是在帕梅拉发生事故后的一周。弗莱彻爵士很快得出结论，但亨利却不以为然，他仍旧为眼前迟到的顿悟而苦恼不堪（"哦不，帕米。但至少这意味着……至少这意味着……"）。折磨他的不是事故本身，而是要把这个坏消息告诉公主，这是个难以想象的艰巨任务。亨利从来不愿意让公主失望，哪怕是再微不足道的事情：比如他不让她再游最后一次，不让她吃第三支棒棒糖，或者不给她讲第十一个床头故事……他都会几个星期寝食难安。现在他有两天的时间（并且封锁消息），因为公主偷偷溜上了去阿留申群岛的邮轮。与此同时，手持镊子和喷灯，神经性湿疹将他身体最低端断裂带上的神经末梢暴露无遗。当他在格瑞特宫的图书馆告诉她这个消息时，他感到坐立难安，不由自主地扭动着屁股。现在，正视困难、坦然接受吧，他带着她沿着溪流来回走着，走了好几个钟头，跟她聊啊，聊啊，聊啊。

布伦丹说："上帝啊，你看见了吗？"

"他……不见了。"

电视上：一条街上，购物的人熙熙攘攘，行色匆匆。突然，其中的一个人消失了，在这世界上留下一个洞，死亡随即从中挣扎而出。

过了一会儿，布伦丹说："恐怖主义。这就是我们刚才目睹的，先生。简直就是恐怖主义的表现。"

亨利看着他，示意他接着往下说。国王的专车，夹在小客车车队中，一起驶离了主干道，来到了威斯敏斯特大教堂的鹅卵石小路上。

"忧虑、焦虑、不安，担忧，"布伦丹这样说着，他意识到了亨利的拖延战术：汽车熄火前，不准谈论维多利亚。"你被一只你本来就害怕的野兽追赶，当追赶开始的时候，害怕变成了恐惧。当追赶结束时，恐惧变成了颤栗。颤栗发生在野兽逼近你的时刻，当它就在那里。"

但是教堂迎接的人没有出现，他们前面还是道路。

"继续，巴格尔，"亨利板着脸说。

汽车在凹凸不平的石子路上颠簸前行，布伦丹说："引爆炸弹者……对他们来说，死亡并非死亡，生命也不是生命，而是幻觉。有一种东西叫做人口炸弹——出生炸弹。出生炸弹，死亡炸弹。"

车停了下来。

"这只是一种表达方式，巴格尔。"

"咳，先生，我建议您发言仅限于我们认为即将成为常识的东西。"

"请说明白点儿。"

布伦丹换了个说法。

"嗯。很不错的小地方。请你四点五十分来接我，巴格尔。"

在国王的专车与教堂的双开门之间，散放着好多把雨伞。

亲爱的维多利亚公主，

或者，我能叫你"维多利亚"吗？我想你肯定对生活中无休止的铺张和排场烦到牙痒痒了吧。我们这里可不讲那一套。我真诚的邀请你来我这里转转，随时欢迎。不要拘束！我们不喜欢客套。

我们的开饭时间一般比较早。吃的都是我们英格兰人世代享用的普通但地道的食物。我们的房车里隔出了两个房间。只要我母亲上床了,就能绝对保证隐私。

接着我们就可以在沙发椅上放松一下,喝点啤酒,互相了解。一开始,我会吻你,哦,慢慢地、轻轻地、温柔地、小心翼翼地。只有当你说时候到了,而不是在此之前(据说这完全由你决定),我会掏出我的

布伦丹打了个哈欠,停了下来(还有好多页没读完呢)。他坐在休息室里,腿上放着公文包,仔细审查着一批又一批寄给公主的机密信件:这些信件她从来没见到过。一开始他想,真有敌人的话早该露出马脚了,但他现在不这么认为了,他坚持觉得仔细审查总能有所发现。当然,给公主写信的人不是那些主张变革者,而是一群手淫狂、猥亵下流者和阳痿的性虐狂。即使是那些最暴力的信件,有的的确非常暴力,似乎也暗含着一种迟钝无力的呻吟:一种受辱的停滞状态。这种人是不会带着黄金去法国的……

他放在桌上的手表嘀嗒嘀嗒响。他准备好了。他一边把信件塞进文件夹(机密信件),一边问自己:明知是浪费时间,为什么他还要做呢?他承认自己沉溺于那种幻想,认为自己可以保护公主、干涉公主。刚才做的事,就是他的工作吗:他那保护公主的幻想?

梅特上校戴着牙套,脸色红润,引导他来到橡树画廊——当然,为了迎接国王的到来,画廊当天下午早早就关门谢客了。亨利和维多利亚坐在房间尽头(大约有六十英尺开外)的

长沙发上。洛夫和他的助手撤走了吃剩的茶点。布伦丹走了过来,看到此番景象,他不禁想到:父亲和女儿可以整天、整星期呆在一起,就像现在这样,懒洋洋地靠在沙发上,看着电视,或者打个盹,咕哝几句,时不时来了精神,玩会儿"我是间谍"的游戏。国王并未改变,但这个秋天,她长大了不少——在他看来,她在保持与父亲之间的距离方面更加张弛有度了。

"见到你真高兴,布伦丹。"

"这是我的荣幸,女士。公主已经品尝过肉桂卷了?"

"哦是的,我吃了好多。"

"解馋了吗?"

"哦是的,意犹未尽。"

布伦丹心想:我总是晚一步——不是晚了一年,而是晚了半个赛季。他说:"请原谅,打扰您了。"

"请原谅,我女儿正在谈伊斯兰教的问题,"亨利说。当然,国王以他自己的方式表达着对宗教的虔诚:严格遵循着非普世的英国国教祈祷书。"就像在跟讨厌的毛拉说话一样。"

"哦,噗。爸爸生气了,因为我说穆斯林教徒似乎比基督教徒更讲感情。他们非常团结,我认为这很吸引人。"

"公主是感觉被麦加'吸引'了吗?"

"天啊,不。我不认为我有任何信仰,我只是说这些事挺有意思。"

亨利不再向往亚拉巴马监狱了。他突然想到一种贵族专属的罪名:专为理查德二世"娇气病"所设的烟雾拨火棒。还有篡位者博林布鲁克前往基督教圣地[1]，希望用火与剑来洗清罪恶……有一次，奥蒙德公爵夫人告诉亨利，十五岁的孩子们就是十五岁的样子，他应该感到庆幸，公主热衷于宗教而不是厌食症。

想到这些，他略带沮丧地建议说："你最好再去吃点肉桂卷什么的，亲爱的——别再想着麦加了……"

布伦丹看着公主，皱了皱眉，只见她带着一种满足的空虚感摇了摇头，然后她朝他嫣然一笑：由下而上——从嘴角开始，经过鼻沿，延伸到眼部，在眼眶上停留下来……布伦丹把自己献给亨利，但有时候亨利使他感到，他在为一些转瞬即逝、华而不实的事物浪费生命：比如在一间死气沉沉的餐厅，托着一块嵌有字母的黄油，为一群大汗淋淋的官员服务。但对公主就不同了，他爱她。这是哪种爱他也不清楚，就是爱而已。

"注意时间，先生，"他边说边用手指了指手表。

"是的，是的，巴格尔。请原谅：布伦丹。那女人们呢，啊，亲爱的？如果我让你的余生都只穿一件，呃，黑色的袍子，宝贝，我想你会茫然无措的。"

维多利亚朝前坐了坐，像在洗礼仪式上一样来回搓着手说："但是想想西方妇女们因为容貌所受的痛苦吧。不断的担忧，不断的比较。这也是强加于你的。这是愚蠢的虚荣心强加于你的。如果永远不再需要为此担忧该有多好啊。哦，给点隐

---

[1] 译注：巴勒斯坦。

私吧!"

"好吧,我们可以下次再谈这个,亲爱的,我有个令人不安的消息要告诉你。"

一分钟以内,布伦丹感觉这世上所有的生物几乎都要心血管衰竭了。他盯着国王,心想:你感觉不到吗,老兄?你听不到吗?

虽然从未伤得这么重,但维多利亚的正直形象早已被戳穿,变得支离破碎了;她从小就反应激烈,容易暴怒。这里毫无帝王的尊严可言,相反,确有一些非常寻常百姓的东西——每个女人都跟她一样皱着眉头、伸直脖子。类似这种场景,布伦丹或多或少都有所准备。那么现在呢?只见她父亲愣愣地盯着天花板,坐立不安,犹豫着该怎样收尾,最后勉强蹦出那段预先设计好的开场白("看起来有些妄图趁火打劫的人准备故伎重演了")。维多利亚叹了口气,表情都僵住了。但当亨利曲折迂回地谈到那几个关键词("城堡"、"黄房子")时,她露出了与她脸不相称的大白牙,逐渐低下了头,就像移动的秒针一样。此时布伦丹能够感觉到公主的心跳,紧贴在他的耳边。然后是她的脉搏——缓慢敲打的铜锣——完全与他的脉搏融为一体。

"嗨!亲爱的,很快就会过去的,"亨利故作镇定,却又左顾右盼,就像一个人试图踢中一个移动的目标。他几乎都仰面朝天了。

"我们只需要努力渡过难关,"他生硬地补充了一句。

"不要小题大做,全体动员起来吧。"

布伦丹心想:她想要消失。她受不了这一团乱麻似的混乱状态。但那就是她想做的。她想要消失。

"真是个特别好的小地方,"国王大步流星地穿过大教堂拱门后的隧道,他这样强调着,仿佛布伦丹、维多利亚和其他所有人都喋喋不休地持不同意见似的。"我不知道你怎么想,巴格尔,但我认为她表现得相当不错。"

他无法回答……刚才在橡树画廊呆了半小时,周围的环境逐渐变得清晰明朗起来,仿佛一幅幅幕帘被从高悬的天窗上扯下;现在演员们出场了,他们走进闪闪泛着蓝色微光的融雪中。小镇就位于悬崖脚下,等待着,像只小狗一样抖动身体,把自己弄干。此刻需要一种精神——振作起来;而所有这一切,他知道,所有这一切对于公主来说都是毛毛雨……

她背对众人站在那里,她的贴身随从(前院现在挤满了安保人员)站在小路和花床之间的一小块草坪上,她刻意与他们保持一定的距离。看着她弯腰驼背的沮丧身影,他再次体会到十五岁是什么滋味:当你感到痛苦时,你身体里的每个细胞都痛苦不堪。她穿着一条黑色牛仔裤和一件短皮夹克,而令他感到奇怪的是,这个年轻姑娘虽然烦恼缠身,可只有她那紧绷的臀部最好地表达了她所经受的压力与痛苦。

布伦丹继续往前走。他转过来走到她面前,原以为会看到泪水,但看到的却是双再正常不过的蓝眼睛。不过眼周涂满了化学制品,就像她的嘴,尽是痛苦的化学品散发出酸臭的气味。

因此他做了一件从未做过的事：他拥抱了她，并且说："你大可放心，无论发生什么事，他都会原谅你的，毫不犹豫。我也是一样。他会永远保护你。我也是一样。"

"原谅我？"她说。声音平静而有力，他想了想，放下她的手，退了回去。

在专车里，国王娴熟地抖动了一下手腕，打开电视机，心满意足地回到座位，准备在回去的路上看斯诺克比赛。"哦，力道完美……他们看起来太……他瞄准黄球了吗？"

大约过了一个小时，布伦丹才回过神来，或者至少开始正常思考。如果运用一下想象力（他对自己说），维多利亚的反应或许很容易解释。我们在浴室里都做些什么？肯定都不是什么值得骄傲的事。也许是发挥身体的排泄机能，也许是使用卫生棉，或者是其他什么更私密的事。曾经有一位女性朋友告诉他，年轻女孩们把手持式淋浴头叫做"雨人"。而且，她才十五岁。请记住：当你准备认识自我时，会做出很多与十五岁的年龄不相称的古怪举动。

"中了。现在他要来对付蓝球了……哦不，打得太远了……犯规击球！"

那个拥抱：简直太不合适了，绝对不能再犯，却已然成为无法改变的事实。他回想起她呼吸里散发出的可怕的酸臭气味，她那僵硬的身体，以及作为回应他那几乎停止跳动的心。全身的血液：全部的。

"我们到了。嗯，我很高兴事情就这样解决了，巴格尔。我承认最近这件事一直在我心头挥之不去。我希望一两个星期内，整件事都会成为过去。"

布伦丹开口前飞快地想了一下。他对自己说，你这个傻瓜，你这个傻瓜。难道你没发现她充满了恐惧吗——害怕这一天、害怕这一刻的到来？他说。

"我不这样认为，先生。事实上，我建议掉头直接回圣拔士巴。必须马上把公主从学校接回来，并且与外界隔开——我建议把公主送到尤厄姆村。如果那份违法的材料真的在三十一号公之于众，那么我还提议我们听从呃，听从我们情报人员的建议，从一开始就坚称材料是伪造的。我知道这是孤注一掷，但是机不再来。与此同时，我们必须想出一套方案，把对唐宁街的危害降到最低。先生，这将不仅仅是一场茶壶风暴。"

"镇定点，巴格尔。你是不是知道什么隐情？"

"目前还只是推论，先生，但我认为较为合理。公主当时并不是一个人在黄房子的浴室里。"

这将是一场在世界范围内各大海洋里掀起的狂风暴雨。

有个想法：上帝啊，她如此需要她的母亲。

3. 车内云雨

双层的锋哲车停在埃索石油的标志下等着。布瑞克咖啡厅。驻足购物连锁店。抽烟的人习惯了开到这里停一会儿，就坐在车里，或者在手提电脑上收发邮件。你有一百二十四条新消息。人们来来往往：这更令人欣慰。你给爱车加满油，在自动取款机旁抢到一个停车位。高兴的话就到店里逛逛，点个披萨什么的。在埃索，你几乎总会被要求拼车。在打电话的女人、在前院灯柱下独自等待的女人，你可以看到她们等待时的姿势——除了等待什么都不做；她们就那样站在停车场，手里拿个皮制小铅球：等着她们的狗大便。你可以摇低车窗，说一声："需要载一程吗，亲爱的？上车吧！"但随便拼车的年代已经一去不复返了。手机：增援的工具。你们可以在马路边简短交谈。打发时间。感觉好像不那么拘束了。真好笑。她们一定在想：我爬进那辆车，穿过玻璃窗，进入他的镜子世界：这里的一切都扭曲变形，他因而获得了权力。他会变形。每个人内心都住着一个反人类。那辆饱经风霜的轿车停在郊区的小路上，没有熄火，汽油、冷却剂、黑色的发动机，挡风玻璃上倒映出树木枝叶的影子。

克林特的晚报里有个栏目叫"艺术家印象"，专门报道公主的浴室事件。你知道：就像诉讼案件一样。那位艺术家并不是什么优秀的艺术家；那种印象也不是什么好印象。理想情况下（照片中似乎剪掉了她的四肢），公主的肖像可能会被某个社区妇女印在寄给客户的贺卡上。委身放在"艺术家印象"一栏里，是因为受到了屏蔽消息的指令。为时已晚吧，克林特想：就好像等马逃跑后才想起插上马厩的门。地球上的每个人都关注着外国报纸、网络，当然还有《晨雀》（那天上午的《晨雀》就只报道了这一件事）上登载的那张截图。官方的说法是，整个材料都是伪造的：特殊软件、假冒影片，"毫无真实可言"。否则，就是哪个狗仔在厕所蹲守了一个月……克林特想不明白的是，谁会从中受益。这又是为了什么呢？克林特：绝不要跟年轻的女人较真。处女的话还有几分道理，我敢说她们更有感觉。而且她们不知道你其实表现得很糟，因为她们没有参照物。

你有一百二十五条新消息。其中一百二十条都是商业广告：邀请克林特去裸露一下生殖器，挣点小钱——方式和目的真是千奇百怪。有三四条是难以察觉的职业女性从聊天室发来的调情信息，她们显然都在追逐着下一个潜在商机。克林特眼前浮现出好多粗野、轻佻的女子，嘴里永远在咕哝和算计。当然，她们可能是任何人：临时凭空编造一个身份罢了。网上说这里的内容大约有百分之六十（平均来说）都是假的。那你呢，伙计，他对自己说：你能保证你的信息都是真实的吗？……然后，那封邮件来了，那声音似乎能穿透他的孤寂：

克林特：你好吗，亲爱的？你上封邮件里显得有些情绪低落,所以我给你来点口头前戏,让你开心一下吧。你上次问我对肛交的看法?嗯,如果能快点完事的话,我举双手赞成。

天哪:她太完美了。还说缓解压力呢。跟这女人在一起,期待简直可以降低为零……但真是太好了。真的。再好不过了。因为受伤的是你,亲爱的,没有任何人能帮你解决问题。全靠你了,伙计,全靠你自己。

在返回富内斯路半独立式住宅之前,克林特在加油站给锋哲车加满了油。三三两两的人们正天花乱坠地谈论着性与汽车,但是瞧瞧这个:简直是加油站的机械化妓院。每个加油泵旁都站着一个男人,手握笨重的喷嘴;只见他掀起油盖,露出滑动的孔眼,然后一边往里注入能量,一边看着闪烁的翻转数字。

水滴从有棱纹的屋顶上滴落下来,发出不均衡的啪嗒声。这不是雨:是汽车在挥汗如雨。

"那么这'脏弹'里有什么?"
"放射性医疗废物,头儿,还有癣菌、西尼罗病毒、液态坏疽,还有一层疯牛病毒。"
"那这伙人叫什么?"
"呃,纯种军团。"
克林特想:有什么好笑的? 还那么好笑吗? 曾经好笑吗?
"而且他们还故意炸飞自己。"

"不,头儿。那是意外。炸弹在机场的停车场意外爆炸了。"

"那么谁是他们的头领?"

"嗯,你知道的:那个没蛋的家伙。"

"事实上,头儿,那家伙有蛋的,"克林特说。"有记录为证。挺可笑的。就像希特勒只有一个睾丸。"

"就是他去了脱衣舞俱乐部吗?"

"那也不是真的。"

希夫看上去有些失望。"反正我们肯定会大篇幅报道这件事。那他接近脱衣舞俱乐部了吗?……无论如何,我们必须紧盯着机场的种族现象不放。这是克林特今天写的稿子:'在安检口,我们看到了什么?有个老奶奶衣服上的花边正被人扯着细细搜查,而此时一位叫做乍得·邦巴的沙丘寄居者(即阿拉伯人)却头戴家用清洁布、肩上扛着火焰喷射器堂而皇之地从旁边经过,后边还跟着他的三个最好的朋友:海嘉酋,海德纳普和德鲁格朗。'"希夫用手指着报纸。"这才叫做社论。任何人哪怕只有一点点像阿拉伯人,我们都让他永世不得翻身。"

"那个'穿长袍的娘们儿'呢?"坐在一旁的唐娜·斯顿姬问道,"我写了一篇,可你一直没刊登。"

"是啊。那个'穿长袍的娘们儿'到底怎么了?"

"'穿长袍的娘们儿'?那篇稿子被撤了,头儿。"

麦克雷看着会议记录:"'出于对读者个人信仰的极大尊重……达成一致,不再继续刊登。'"

"我们以为他们会往我们头上扣屎盆子。"

"嗯。那起王室丑闻呢？敲诈者的诉求并未真正送到国王手中对吧？"

"没有，人们发现它被随意丢弃在停车场。"

"但它的语气，完全肆无忌惮。开头怎么说的？"

"'你好，奴隶！上帝，掌控着云彩……'"

"对，对。但'奴隶'！我是说，简直难以置信。这地球上除了梵蒂冈，还没有一个制度比君主制更古老。同样古老的还有那些耍蛇人、城堡杀手……"

"哎，就是这样，头儿。这就是异教徒的看法。在他们看来，"克林特耸了耸肩，"我们就是臭狗屎。"

几乎从不骂人的希夫着急了："但是说国王是屎，我是说，如果他是臭狗屎，如果我们的国王是臭狗屎，那我们成什么了？我们应该……啊，但宗教是个非常奇怪的东西，你知道吗，这也就是为什么我们对它总是敬而远之。当然，我本人就是天主教徒，虽然只能算部分信教。我们还没有搞明白，对吧，麦克？我们对《晨雀》典型的读者了如指掌，但他们相信什么却仍然是个谜。"

克林特说："简直是谜中谜，头儿。"

"我们的样品变化多端，"麦克雷继续说，"我们能确定的只有一件事。"

"是什么呢？"

"他们都厌恶修女。"

"……好吧，我很高兴我们讨论得如此热烈，简直成了没有硝烟的战场。现在，我们能否腾出一点版面，至少提几句中俄问题呢?"

在米格街上的波士顿酒店,斯摩克正坐在 2011 号房间抽烟。七英尺高的达赖厄斯是基督复临安息日会教友,他正赤脚躺在沙发上,读着基甸版《圣经》:《启示录》……在 2013 号房间,安斯利·卡尔按计划应该先勾搭上唐娜,再干了贝丽尔。

"'言语无法表达我所承受的痛苦',"克林特在键盘上敲击着,"受伤的'碰碰车'卡尔昨晚在接受《晨雀》的独家采访时表示,'当今职业足球运动员所承受的压力是常人无法想象的。众所周知,我曾与内心的恶魔展开过漫长而又痛苦的斗争。足球无关乎输赢,只关乎荣耀。哦是的,我曾经誉满天下。在英超联赛与漫游者的对抗中获得亚军。在伊万泰克斯数据系统杯与曼联的对抗中获得冠军。在伯纳乌进行的四分之一决赛上,为威尔士踢进他们的安慰球。'"

"'老天知道我受的罪已经够多了。在病房和监狱里度过的那些难熬的日子。我在'鬼门关'走过一遭后,随之而来的是鲍比·迈尔斯爵士惨死的消息,以及接下来劳民伤财的民事诉讼程序。曼联被降级。你看:酗酒、女人、打架,这些我都玩过。可是,在任何情况下,高潮也好,低谷也罢,磕磕绊绊也有,始终对我不离不弃的是谁?是我的青梅竹马、现在的新娘:小贝丽尔。'"

"'时不我待,'"达赖厄斯回应道,"她就在那里:那是耶洗别[1]。'你所看见的十个角和那兽都要憎恨那淫妇，要夺走她所有的一切，使她赤身露体；它们要吃她的肉，用火焚烧她。'"

"太棒了。"

"就要来了，老兄。近在眼前。'那时候，大地剧烈地震动；太阳变黑，好像一块黑麻布；月亮整个变为红色，像血一般；星星从天空坠落在地上……'"

"哦，你说那个啊。那颗彗星。你的人上次就报道错了。他们是不是宣称彗星要落在加利福尼亚，你的人？"

"不是我的人。我的人根本不会呆在这儿，老兄。这里全交给你了。"有那么一会儿，达赖厄斯暗自发笑。"你以为美国很强大吗？尝尝这个大家伙愤怒时的威力吧，老兄。要来抓你了……"

"这其中有何意义呢？仅仅是无形的自然力吗？"

"不是无形的。彗星就像我一样，老兄。肌肉。这是上帝的肌肉。"

这房间——这宾馆——都是后现代式的，但是那种黑暗、呆板的样式。那一堆炮铜色的家具几经分辨，好像是冰箱、电视和保险柜。克林特的工作台上凌乱地摆放着几件小玩意儿，其中有一个不规则卵形体的对讲机（由《晨雀》的单亲父亲德斯蒙德·希夫提供）。他按下开关，里边传出安斯利含糊不清的男中音，还有唐娜高亢的女低音。

---

[1] "耶洗别"这个名字在西方语言中喻指无耻恶毒的女人。故事出自《旧约·列王纪》。

……它们俩都是。一只是呃,杂交种的贝纳,另一只是阿尔萨斯狗米柯。想知道我为什么喜欢狗吗?

告诉我吧,亲爱的。

狗不会在你摔倒之后还踢你一脚。

那倒是。

狗不会对你唠叨。狗不会把你他妈的榨干。狗不会给你说屁话。

但它们会给你狗屁。

是,可是……是,可是……狗不会——

"天啊。好吧,至少它们到点就上床睡觉了。"

"他有多长?"达赖厄斯问,"他应该像猪一样狼吞虎咽。唐娜·斯顿姬?"

"'我很喜欢看《晨雀》每年举办的最深乳沟大赛(第19-26页),'"克林特继续敲击着,"'每到这个时候可以喝点小酒、大笑几声,放松放松。午餐后举行了复赛,最终角逐出大赢家唐娜·斯顿姬,大家都举杯为她祝贺。情绪高涨。人们都难以将视线从唐娜的乳沟上移开。还说硅谷呢!过了一会儿,有人建议我们到酒吧喝几杯。这时候,我脑海中根本没有想任何龌龊的事。我是一个幸福的已婚男人。另外,小贝丽尔说好了七点要来找我。'"

"'喝了几杯后,唐娜建议我们到餐厅吃点东西,再喝几杯。也许是我天真吧,但当唐娜提出大厅太嘈杂,希望到我房间喝杯水时,我根本没有多想。我们来到了二十楼我的房间。我不知道她说嗓子发痒是否在耍我。但有一件事确定无疑。我们进门后不到五秒钟,唐娜·斯顿姬就用沙哑的声音说——'"

——我对二号传了个穿裆球,接着向罚球区飞奔。守门员试图封堵我,可我越过他,把球撮起来背身将球踢进。二比二平。人群沸腾了。八十七分钟的时候,吉布赛往左踢了个长传球……

"快到时间了。"

"是的,好吧。唐娜把握着时间呢。"

克林特现在越来越激动,他已经在键盘上快速敲击了十五分钟。"'最后,'"他写道,"'她微笑着从我湿哒哒的睾丸底下探出头来。都不需要她说第二遍,我已经迫不及待地开始脱她的衣服。万分激动中,我完全忘记了……'"

"还差五分钟,"达赖厄斯说。

……中场休息前来了个强力头球。中断后没多久我就——

我们到哪儿了,道奇?红隼初中吗?

红隼初中?不,亲爱的,这是下九。……过后不久——

到这儿来,亲爱的,我们最好开始吧。

……我，呃，我不在意。

你说什么？

我倒不在意。贝丽尔就要来了。对一个男人来说可能有些尴尬吧，让自己的老婆看到自己的屁股裸露在半空中。无意冒犯。

我也不介意，亲爱的，但这并不取决于我们，不是吗？你看……解开你的……如果我……快点解开……

"他自己的衣服都没脱！"达赖厄斯喊道。

"她会帮他的。唐娜·斯顿姬？她会帮他勃起。她会准时出现的。"

现在他们通过对讲机，隔着墙都能听到她的脚步声了：唐娜，好戏就要开始了。

在安斯利·卡尔给克林特留下的深刻印象里，贝丽尔是一个守时到有些病态的女人：尤其在她应对类似伦敦市中心、公共场合，以及安斯利·卡尔庸人自扰的时候……克林特走进那扇门，开了条小缝。从手里拿的小镜子里，他隐约看到空荡荡的走廊。他把头探了出去——他的头就像剃过毛的驼峰。波士顿酒店最近按现代风格重新装修过一番，但看起来还是一个老旧、脏乱差、具有火灾隐患的宾馆：走廊迂回曲折，看不到尽头，像置身于鸦片馆一样。克林特等待着。八点差五分，贝丽尔·卡尔的身影从一个小黑点逐渐放大。她好小哦；而且已经一副神不守舍的样子了。真可笑：虽然她越走越近——但身影并没有越来越大。他想，她应该很害怕……她娇小的身躯仿佛是刻意表现出一种谦卑的姿态；而她的步伐，同样，也显示出内心的犹豫不决，仿佛有一只无形的手在后边推她，嘲弄她，责备她。

满脸严肃的克林特回到 2011 号房间。"慢慢等待吧，"他小声说，"首先会有一阵哭闹。然后，砰！"

他们低着头，嘴角露出好奇的奸笑，这俩人正听着再熟悉不过的声音。当然，之前都是在电视上听到：唐娜·斯顿姬那如同新生婴儿一般颤抖的、撕心裂肺的嚎叫——如此生动地在床上上演。

他又等了半分钟，然后走上前打开了门。他往左看看，又往右看看。

"你这个小贱人，"他说。

第二天，克林特走进会议室，迎接他的是长时间的起立鼓掌。可这掌声中却没有丝毫凯旋的意味，倒不如说，其中表达了一种经过深思熟虑的、坚定的团结姿态——也就是说，虽然取得的成绩是斐然的，但他们也付出很大代价；也就是说，无论结果多么难以预料，他们仍然愿意拿出专业的无畏精神和聪明才智尽力一试。

"好吧，谢谢了，伙计们，谢谢你们的精神支持。谢谢，头儿，非常感谢。我早就知道昨晚不会平静度过，但我……'干了贝丽尔'是我的心血，我不会搞砸的。没有危险。"

这是德斯蒙德·希夫定下的规矩，一份报纸达到一定的热度，就要放在一旁晾个一两天。他现在一副从战壕里爬出来晕晕乎乎的表情。"你能给我们讲讲昨晚究竟发生了什么吗，克林特？"

"好的。贝丽尔临阵脱逃了。是的。看起来她走到门边，听到唐娜喊破了嗓门——她就跑了。"她一直跑到走廊的尽头，渐渐变成一个小黑点，然后就消失不见了。"那就这样吧：备选方案。我把'碰碰车'从唐娜身子底下拖出来，拉到隔壁房间。我说，'道奇？你知道你现在应该怎么做吗，伙计？你应该进去把唐娜好好修理一顿。'"

"当我看到密密麻麻的晨报标题时，我差点都阵痛了，"希夫说。**我为什么要修理唐娜 * 作者：安斯利·卡尔 * 全球独家 * 碰碰车在酒店享用性爱盛宴后陷入狂怒**。"我为什么要修理唐娜呢？"

"'打唐娜？''碰碰车'吃了一惊，"克林特说，"'我为什么要打唐娜？'我说：'不是让你打唐娜，你只需要做做样子：听我的口令，你就故意吵闹，砸砸家具，剩下的我来搞定。'他说：'但这是为什么呢，伙计？'我说：'如果你是在寻求刺激，那唐娜将会害你赔上婚姻。'当然我脑海里已经在重写这篇报道了，比如：'当我意识到刚才狂野的三个小时可能意味着失去小贝丽尔时，我内心的愤怒自然转向了那个勾引我走上邪路的人。'诸如此类。然后我给玛吉·菲茨马瑞斯打了电话。"

克林特的同事们都目不转睛地听着，他们的脸干燥、灰暗。甚至连苏帕门拉姆看着都像伏尔泰了。

"我让玛吉带上她的小化妆箱立马赶到波士顿酒店来……

看着她工作感觉好极了。如果你打开报纸,头儿,看到大腿内侧的淤青了吗?接着我们又打造出黑眼圈和撕裂的嘴唇。我让道奇开始发飙。给他一分钟的时间,然后我就叫保安。接着我听到一两声重击,别的没什么了。我朝门里望去:只见安斯利倒在地上,唐娜正穿着裤子,用一个玻璃烟灰缸砸他的头。他伸出右手向她挥去,她也同样挥舞着右拳。接下来就是善后处理了。"

"安斯利喝酒了吗?"

"喝酒?他大概从中午开始就没清醒过。而且你猜怎么了,他没毒打唐娜,也没有上她。他们只是聊了聊他的狗和红隼初中的事情。唐娜叉开腿骑在他身上,做给贝丽尔看,但这只是小儿科而已。"

"嗯,我是从未做过,"希夫说,"恭喜你,克林特。你把这个复杂局面处理得很好,目前效果不错。杰夫?"

"明天,"斯泰特说,"刊登唐娜的故事。"

"关于什么?"

"呃……就说她十分敬重安斯利对贝丽尔的一片深情。她绝不会提起控诉。在享受了他的五星级服务之后,任何事都显得微不足道了。听着:你见识过他的尺寸吗?"

有一个词能用来形容。你别担心。哦对了,有一个词十分贴切。鄙视。

更衣室里的男人们会嫉妒得喘不过气。嫉妒得喘不过气。

你可以叫他们精神病医生、精神分析师,或随便什么称呼……都取决于你，伙计。这取决于你。

有人曾告诉他，他的床上功夫很烂。有人曾叫他性无能。一开始他还不明白，试图跟她们针锋相对。他敦促她们减减肥、把屁股整好，再回来试一次。渐渐地，他有点明白了。"噢，克林特只能这么大吗？"——而这尺寸，已经是克林特服用了原力丸的结果。开玩笑，是吗？夜半时分：报复。"天啊，"当她解开胸罩后他说，"如果你有了孩子，这里估计该惨不忍睹了。真的，会下垂得越来越厉害的。""喂。把你的戒指取下来，天哪，"在足足进行了一分钟前戏后她说。"戒指？什么戒指？那是我的表。"但他渐渐有点明白了。尽管笑去吧，他边解裤腰带边咕哝。赶快笑够吧。她们说："对不起，亲爱的，但我感觉不到你。"她们说："我感觉不到你，克林特。我试过了，但你不在那里啊。"不在那里！那些叫做"看不见"的极小的虫子：它们还是会咬人的。而克林特呢？看不见，也感受不到。他不在那里。如果他不在那里，他能在哪儿呢？

更衣室里的男人们会嫉妒得喘不过气。嫉妒得喘不过气。有一个词能用来形容：鄙视。

你有一百二十五条新消息：其中一半是提供神秘的处女，还有怀孕的老太婆；另外一半是提供阴茎增大术——这些所谓的法术克林特全都试过一遍。

轻松迎接任何女人的挑战……你将掌控全局……保守秘密……由医学博士特罗费穆·弗瑞克尔研发……为什么要满足于……发挥你最大的潜能……在波利尼西亚发现的药草……"我感觉太爽了"（德国，PL）……纯天然的清香将女人们带入……五千五百万满意顾客……组装活塞……固定式负载弹簧……推拉式手枪扳机……"我已经增长到十二英寸了,我要向十四英寸努力。"(美国,RB)。

为何止步于此呢,伙计。为何不去冲击二十八英寸?为何不去冲击五十六英寸?我们就像埃索石油前院的那些男人们一样,钢制喷嘴,闪烁的数字,汽车滴下的大颗汗珠。

克林特家里随处可见伸腰伸背器械,瓶瓶罐罐里装着昂贵的春药,滑轮组、菱形架、药膏、雪茄盒满屋子都是,塞满了大皮箱、手提箱、纸板箱和十加仑容量的袋子。没有任何非洲产的整形器材能如此变着法儿地使他蒙受屈辱;底下那个部位,克林特已经用尽了一切整形方法,就是没法增长。也有一些暂时性、令人恐惧的阴茎增大术。但你是绝不想用这些方法的……

最后,当然也有最彻底的解决办法。克林特有一次(出差期间)甚至到了克里斯特·埃克兰德医生位于斯德哥尔摩的手术等待室;他用了十分钟填了表格,然后突然冲出门外。到目前为止,他听说了太多关于"术后生活"的可怕故事……如何羞耻——羞耻又是如何引起更多羞耻。羞耻来自于接受、来自于维持,那件事:鄙视。

我不知道,伙计,但这取决于你。他们都谈论着各种各样的精神病医生……克林特一直很害怕这类调查:他担心他们还会发现别的什么……但你不能沿着这条道继续走下去了。你必须敞开心扉,让他们进来。

"今天绝对是好天气,"希夫说,"伦敦将会比迪拜还热。

我们这里崇尚的是咖啡馆文化。就像在欧洲大陆上一样。"

克林特说："他们说跟气候有关的大新闻是冰河时代。要来了。经过呃……一万年的好天气，铲除所有的拱形建筑物，伙计们，然后是长达九万年的冰冻期，沉潜待发。"

"……这样说来，全球变暖也许不是那么糟糕的事情了！"

"是的，他们是这样说的——是的：但是，如果你在暴风雪开始之初就弄湿了裤子，你就不能长久地保暖。头儿，你看起来心情很不错啊？"

"哦，是的，的确不错。我今天没法不高兴啊。"

所有人都把头转向大屏幕。这里正循环播放着公主的那段四秒钟视频。在场的每个男人都至少看了几百遍了，但当他们再看的时候，全场还是陷入沉默。第一秒：公主仰卧在白色浴缸里，有节奏地用左手舀水浇在脖子上。第二秒：她停了下来，好像在听什么；水的泼溅声，这会儿停止了。第三秒：她突然坐了起来。第四秒：她把头扭向右边，身体转了九十度，翘起的屁股使水溅了出来。接着黑屏。

"对我们来说，这简直是逼着我们印钞票啊，"麦克雷说，"如果封口令继续有效。他们自己也能下载视频，但效果是不一样的。我们的读者需要的是保存、收藏。而这恰恰是我们要提供的。"

"你先别激动，麦克。"希夫双手抱着脖子说，"唐娜·斯顿姬在贝勒法斯特开了一家堕胎诊所，就在今天中午……当然引来了不少抗议者，当地电视台都在报道此事。唐娜看起来容光焕发。"

苏帕门拉姆说:"她的黑眼圈和裂嘴唇呢?"

"完全看不见。"希夫声音嘹亮,"我们尽可以说她化妆了。"

"什么,化妆后再化妆?"克林特说,"我知道你为什么一点都不担心,头儿。毕竟,愚人节再有三个半月就要到了。我们可以解释说是擦枪走火了。"

希夫仰头大笑。他伸手到桌上拿一份文件夹,说道:"塔肯霍恩、萨默森和奈斯寄来的,没别人。我们现在似乎面临着图片说明是否激起,嗯……'手淫行为'的法律问题。"他手里举着一叠剪报。"'性感尤物让你勃起了吗?卷起袖子,老兄,大干一场!'还有这一段,来自于媚眼鲍勃的视频评论,克林特。'这次你需要一整盒纸巾(来个最大号的)。我并不是说你会哭鼻子。'"

"塔肯霍恩、萨默森和奈斯,"克林特说,"他们不是代表了沃尔瑟姆斯通的行手淫者吗?"

"是的。你看,这里说:在那个重大日子里,人们在公共澡堂争相传阅的那份'色情材料'就是《晨雀》。因此沃尔瑟姆斯通的行手淫者……"

"那也还是读者而已!头儿,你简直是在抢我的饭碗。干脆,从明天开始我休一个月的假好吗?"

"当然可以了,亲爱的孩子。可问题是,作为新闻报道来说,所有这些都不重要,因为每个人都佯装说我们不是一份报纸。嗯,我们一定要改变这一局面。"

希夫站了起来。大家都等着听他的高见。

"要迟到了，要迟到了，"他叫唤道，"有一个非常重要的约会……"

"在哪儿呢，头儿？"

"唐宁街 10 号。奉国王之命。"

"他们会封你的口。他们会封你的口，头儿。"

"也许吧，也许吧。呃，我们明天有什么安排？"

苏帕门拉姆摊开一份样刊。上面写着：**"珍藏版 ＊ 小公主逐帧动画 ＊ 未来的英国女王 ＊ 出镜遭轮奸？？"**

"嗯。等我的通知。也许需要调整一下语气。"

"如果你实在觉得不妥当，头儿，"克林特说，"我们还可以再加一个问号。"

当他回到工作台正跟旅行者聊天时，网络虚拟，一封邮件来了，写道：

迈拓克公寓，49 栋，7 号

亲爱的克林特：终于，右旋苯异丙胺药喝完了！他真是不解风情，他根本没有意识我已经不跟他讲话了。但他注意到我不再泡茶给他喝了。"你为什么不再给我泡茶了？"我回答说："你可以自己泡那该死的茶！"但是他倔得像头驴。有一个词形容他：固执。他仍旧要求每晚做爱，但我想到了一个新方法：不洗澡。让我们看看他能忍耐这恶臭多久吧！……现在一个崭新的未来将展现在我面前，全新的明天，克林特。我希望全身心地投入另一个人的怀抱——一个不再距离你一千英里远的人,我最亲爱的朋友。在我们初次约会的时候,无论何时,如果我们想要拥抱,为什么不呢!但接下去不需要发生任何事,我们可以单纯地睡上一觉,第二天早晨,我会给你泡茶!尽管如此,我还是希望你能去一个遥远的小岛旅行:去反思、去思考、去沉思。我将会在这里等你,像修女一样,等待着做你的新娘。好吧,亲爱的,我亲吻你的手,启程吧,去寻找光明!K8。

所以在启程之前的那个周日,克林特开车来到7号:就是来侦察一番,没准儿还能瞥见什么。车子堵在公园大道上,他向窗外望去,看见一个俊俏的女人,他觉得可以称之为性感,尽管她手里推着一辆双人婴儿车。只见她突然停住,走到两个婴儿前边,弯下腰,关切地说着些什么。妈的:如果他开一辆普通的车,而不是这辆锋哲车,他就能看到她的裙底了。克林特开走了。

"再说一遍。他怎么了?"罗莎·米欧说。

"他把我抱得太紧了,"比利说。

"再说一遍。伊马库拉达哪儿去了?"

"在厨房,跟爸爸在一起。我去爸爸住的地方找他,看到房顶上有只狐狸。"

"你透过天窗看到狐狸了?透过玻璃吗?然后呢?"

"我无法呼吸。爸爸抱得太紧了。"

2月14日（12:25）：101航班

2A 的男人回到座位上。2B 的那个女人，雷诺兹·特雷诺，说：

"你为什么要一直走来走去？别太紧张了。你让我也紧张起来了。"

"我这是防患于未然。"

"放松点。喝点东西。飞机很安全。比走路安全多了。"

"这要看你怎么算了。如果按每单位乘客英里来算，的确如此。可如果按照旅客的平均行程算，飞机的安全性就跟骑摩托车一样。"

"……我看你在机舱里摸索着前前后后地走，你为什么要一直走来走去呢？"

"我这样是为了闭上眼睛都能找到紧急出口。如果舱内起了烟。那时候我就得跪在地上爬行了。因为底部的氧气稍微多一点。还要避免闪燃。百分之二十二的航空事故是由火灾造成的。"

"有道理。"

"仅次于钝挫伤。"

工程师哈尔·沃德：啊，这下好多了。我简直焕然一新了……如果，我听说，你能从空中乘务员的年龄来判断一架飞机的"健康"状况，那说明你状态良好。

副驾驶尼克·肖普欧：那是因为他们不到三十五岁就都死了。这可是CigAir老兄。

沃德：上周飞了K航班……当值的那个人，叫什么来着，肯奇塔（Conchita）？好家伙。哦，天哪，我可以对她下手。

机长约翰·麦克蒙纳曼：工程师，请注意你的言辞。不准在我的地盘撒野，孩子。

沃德：对不起，机长。

麦克蒙纳曼：没关系。嘿，尼克。你看油压表。你看空速表。啊，的确。我们要失速了……尼克？哈尔？你们看到了吗？启动反推力系统。

肖普欧：上帝啊。肯定搞错了吧？

麦克蒙纳曼：妈的，肯定搞错了，否则我们这会儿就该翻跟头了。如果这是假的——那么还有什么是假的呢？

三号货架上，罗伊斯·特雷诺的尸体不断自我调整着姿势。他的下巴现在卡在一个印有"危险品"标志的罐子上。估计得遇上一次严重晃动，罗伊斯才能变换下一个姿势。

他的红木棺材又重又硬。就像过去一样，他已经成为历史。但罗伊斯仍然表现强硬：对过去强硬。

第二部

第 六 章

1. 十二月党人

穿着一套油光发亮的黑色运动服,他下午出门去了。崭新的运动鞋、黑色墨镜、古铜色的皮肤、银色的大背头:在药店,他刚从这里走出来,人们都叫他教授或英国人。但他是十二月党人:大步流星地朝他生命的最后一个月奔去。他看上去风度翩翩,脸上的皱纹显然与什么古老的东西有关,或者是他在研究什么古老的东西——伊特鲁里亚陶器,古希腊的B类线形文字。

但他却置身于一个现代化的社会:录影带租借、饮料贩售机、无线电广播室。这个十二月党人中等个头(而且目前,有往低处发展的趋势);在这个老人都穿得像儿童的国家——美国——他看上去一点都不突兀。久久地看着一架飞机爬上蓝天,阳光慢慢和飞机触碰,亲吻它、笼罩它,光芒四射。十二月党人的装扮也和这飞机一样光鲜亮丽——闪着黑色的光芒。套装之上,使他拥有英俊的、殉道士般的脸庞。套装之下,是他黑底白点的运动鞋。大街上好多车在等待着,虽然排成一条线,但各不相同,就像一队机器部队。

他步履谨慎,但并不显得虚弱无力或犹豫不决,没关系,倒也无妨,幸好:一辆庞大的房车突然冲出车道,十二月党人条件反射地向后一跳，双手猛地抽出口袋，看起来像飞鸟一样，试图维持平衡。但他却发出了像马一样的声音：一声嘶鸣，前腿高高立起。

怎料那司机毫不示弱，他把手机夹在下巴底下（他那一头金发真美啊，在阳光照耀下熠熠生辉），对着十二月党人难以置信的恼怒眼神，呛声说：

"去你妈的。"

清空道路后，这辆大车急速向前冲去，现在倒带重放一遍：十二月党人突然冲到急速行驶的汽车前方，车轮在他膝盖前六英寸处紧急刹住，发出刺耳的声音。司机愤怒地狂按喇叭、转弯、掉头、飞驰而去，车里播放着节奏感强的音乐和布鲁斯，不时传来几句"混蛋"。

十二月党人停了下来，嘴里默默念叨着什么，然后继续向他的德国轿车走去。

几天后，他坐在游泳池边的一张直背椅上——就在游泳池和一把电锯旁边。池水经常没头没脑地动一下，可人没动，他静静地坐在那里，头朝后仰着，筋疲力尽。他周围都是草坪，有茅草、水糠草、旱雀麦；洒水器不断地往草地上喷水，发出蝉鸣般的嘶嘶声……他猛地站起来，开始走动。他现在穿的是度假服：高尔夫短夹克、蓝色宽松马裤、白色帆布平板鞋，还系着一条西部牛仔的多功能腰带。腰带上有两个空套筒，但手枪皮套被改造后，可以容纳两瓶细长的喷雾罐。一瓶喷雾罐专门用来消灭空中飞的各类蚊虫；另一罐专门用来对付蚂蚁。

首先，他要用一个小时跟会计谈点儿事。然后需要一个小时跟花匠聊聊。他在一个有顶篷的露天平台上吃了午饭，擦了擦嘴，站了起来。一只黄蜂迂回着向他飞来，就像一个老眼昏花的左撇子，已经不大记得他的步子，以及那些笨拙的假动作。他用左手朝空中猛地抓了一把。黄蜂朝上空飞去。因忧伤、柔弱和年轻而毛发竖立。它们虽然和你一样正慢慢步入中年，但它们也同样曾经年轻过、娇弱过、色彩明亮过。他没有留下来看它们跳跃、爬行、盘旋而上。

他来到马厩，跟一位叫罗德尼·韦的大块头年轻人说了几句话。

"罗德尼。"他用一种"怎么没有提醒我"的语气，皱着眉头，高傲地问道，"多久了……？"

"周一开始的，先生。"

"今天星期几？"

"星期五，先生。"

他点了点头，又向旁边使了个眼色。

他们经过进口谷仓后部，下了几级台阶，进入一间废弃车库的前厅。罗德尼打开内门后，他摇了摇头。

起初，里边仿佛传出某种大型动物大口喘气的声音，过了一会儿，听起来又像是一种小动物在呜咽哭泣。

"这里没你的事了，罗德尼，"他说。

他向前走了几步。房间深处的角落里，有一个年轻人被赤裸地绑在一把古典式餐椅上，头上套着麻袋。这个年轻人的胸部抽动不已，他的呼吸声急促猛烈——一波未平一波又起。

十二月党人提起一把脚凳，嘟嘟囔囔地把脚下散落的各种小工具踢开：烤肉叉、凿子。

半小时过去了。

他站了起来。拎起蒙在年轻人头上的麻袋。他慌张地扫视了一下房间，然后低下头来，摸到随身带的喷雾罐，一瓶在左边，一瓶在右边。

年轻人的金发不见了。

"睁开眼睛！看呀。我……操？"约瑟夫·安德鲁斯说。

"你快带上这小兔崽子，把他塞进他妈的邮袋，然后去……然后去……"安德鲁斯喘了一口气。"把他丢到贵格采石场去！"

"没问题，先生。没问题，"罗德尼·韦说着，关上了内门，"你当真吗，老板？"

"嗯……给他几小时，整理一下思绪。算了。他住哪儿？"

"朱砂山，老板。"

"恩。你就告诉他那里是贵格。实际上你把他带到他妈的朱砂山，然后把他扔出他妈的小货车。直接扔到路上。不用手下留情。一……二……三……。砰。嗯。鲁丝给奎尼打电话了是吗？"

罗德尼点了点头。他们走上台阶，来到室外。

"她说：'妈？你也许不想听，但我要跟阿迈德结婚了。'然后奎尼说：'什么？你敢跟那个阿迈德结婚，你就永远别再踏进我家一步。'‘但我爱他！'就这样。六个月过去了。有一天电话响了，是鲁丝打来的。‘妈！快来把我带走！噢，他对我都做了些什么啊！'‘你瞧，'奎尼说，‘罪有应得吧。'‘好了，妈妈，别闹了。'‘冷静点，亲爱的。我马上就坐出租车过去。你在哪儿呢？'"

"那是主教大街上的一个该死的大清真寺。奎尼穿过层层大门，终于抵达门口。她按响门铃，管家带她穿过五个接待室。毕加索。伦勃朗。塞尚。鲁丝坐在沙发上，嚎啕大哭。奎尼走上前去抱住她，'鲁丝，到底怎么了？告诉妈妈。我保证你和阿迈德一定会处理好的。'"

"鲁丝说：‘妈妈？噢，他对我都做了些什么啊！我刚来这里的时候，我的屁眼只有五便士大。'‘然后呢，亲爱的？'‘可现在呢，足足有五十便士大。快带我回家。'奎尼环顾了一下房间说：‘让我们把事情搞清楚。你因为四十五便士就要放弃这一切，是吗？'"

"啊，她来了。有名的小姑娘来了。"

2. 科拉·苏珊

她来了：科拉·苏珊。

她要穿过一百码的草坪。从远处看，她就像一位柏拉图式理想的年轻妈妈。但她的孩子们呢？透过喷水器洒出的水柱，你希望看到孩子们，围着她，在她脚边玩耍。这一定是她走得如此缓慢的原因，如同在梦境中（总是深一脚，浅一脚），为了跟上孩子们的步子。但是，没有孩子……同往常一样，她穿着一件棉质白裙子，戴着一顶宽大的草帽。草编包的肩带挂在她的左肩上（这里边是不是放着毛巾，尿布，卷起的袜子，上边还沾着口水——为了紧急情况下给宝宝擦嘴？不：这里没有孩子）。她的凉鞋发出的声音不那么整齐：过了一会儿，等她靠近了，声音渐渐消失了。科拉·苏珊的头发又长又直，发质柔软，亮灰色，提醒着人们灰也是一种颜色——跟所有其他颜色一样。她三十六岁了，五尺一寸高。

"坐吧，亲爱的。帕基塔给你倒好酒去了。我有个坏消息要告诉你。"

她摘下帽子，还站在露台上。她身上散发着一种难以抗拒的母性气息，但她不是母亲。她那浅灰色的眼球，清澈见底，丝毫没有为孩子操劳留下的痕迹。她的嘴透露出某些刻薄、某些克制；嘴唇并不外翻面向整个世界，而是向内收敛着。然后就是第二大女性特征——胸部，那著名的胸部。它们是另一种生物的双眼，完全是另一种生物，具有科拉·苏珊不可能拥有的特质：正直、天真，甚至纯洁。不能让孩子们毁掉这一切。这一切都事出有因。

帕基塔给科拉端上一杯红酒，瓶子留在托盘上的冰桶里。约瑟夫·安德鲁斯喝的是"蜜汁"（从英国大批量出口至此）。每隔几秒钟，他都慢慢地伸出手想去摸她，有点像个医生，摸摸手肘、摸摸手、摸摸手腕。

"是你父亲的事，亲爱的。该怎么说呢？他不在了。他去世了……虽然并不意外，但他毕竟是你的父亲，科拉。来吧。以前你——以前从没有人告诉你真相，亲爱的。只有你奶奶讲过一些，亲爱的，她是怎么说的？"

"奶奶是这样说的，"她口音纯正，富有教养，"爸爸因为脚受伤掉下山崖，妈妈改变信仰去往以色列。我就跟奶奶老苏珊来到了加拿大。这部分应该是真的。"

"……梅克·米欧杀了他，科拉。你外公杀了你爸爸。"

她静静听着，吸气、呼气。

"苏珊家和米欧家的关系从来就不那么融洽。我这不仅仅是指你父母的婚姻。我知道梅克·米欧对达蒙·苏珊都做了些什么。他拔出了手枪：谋杀未遂。你知道多少……？"

"哦，亲爱的，求求你了，都告诉我吧。"

"这就对了，科拉。这样才对……你父母早在订婚前就大打出手了。他们就是那样的呃，一种关系——打打闹闹。后来有一天，真不巧，你妈妈打电话给梅克，告诉他达蒙对她耍流氓。简直肆无忌惮。"

"什么意思?"

"坦率地说,亲爱的,他从肛门弄了她。"

科拉不动声色平静地说:"他也同样从肛门弄过我。"

"我知道他这样干过,亲爱的。"说话间他再次握住她的手腕。"如果梅克当时知道达蒙曾这样对你,他是绝对不会放过他的。这些龌龊事也就不会发生了,我敢保证。"

"那时候还没有手机。丽达在工棚留了口信。梅克在工地上割了一段高压电线——真危险啊,这需要技术——但他可是个老练的贼。他打回去问:'他做了什么?'但梅克此时已经动身去斯托克了,那里的矿工正在举行大罢工……反正,他天刚亮就到了。"

"斯托克·纽因顿,弗拉罗果园。"

"他天刚亮就到那里了。你父母还在熟睡呢。睡在同一张床上。所以,我不知道:肯定是和好了吧。暂时性的。你外公走上前去,扯开窗帘。你知道的:太阳都晒屁股了。不幸的是,梅克还穿着工作服呢。带有铆钉的厚重皮靴。手上戴着加厚型长手套——为了割电线。哦,还有他的头盔。一转眼,他已经骑在达蒙身上了,用戴着长手套的手臂卡住脖子,撞击他的头部。这时丽达向梅克冲了过来:看起来好像她改变主意了。见此情形,梅克起身把她锁到了浴室里,打了她几下,真不幸——她可是他的亲身女儿,科拉……"

"达蒙倒在自己的血泊中,打着滚。'哦妈的,哦天啊。'嘴里这样骂着。梅克问:'你的鼻子怎么样了?''我的鼻子？我都要瞎了，老兄！'接着，他开始试图，嗯，你知道，试图跟他'讲道理'。他说：'哎，梅克老兄。听着，嗯，我没有怨言。你这样做是公平的。我的确做得过分了。你给了我个教训。这就算完了。到此为止。'梅克说：'你的做法算是激情犯罪，伙计。'当然，多年来他都在盘算着怎样好好教训达蒙一顿。'这不算什么，伙计。这不算什么。'"

"梅克把达蒙拖到地板上，他自己坐在床上。接着他打断了他的两条腿。跳起来打的。然后，梅克开始为所欲为了，看到达蒙下边那玩意儿歪向一边，你外公狠狠地踢了上去。要知道他穿着工作靴，踢个不停，太惨了。达蒙没再发出任何声响，这时候，丽达恢复了知觉，她在隔壁尖叫不止。但梅克完全没当回事儿。"

"当他把他完全打散架之后，他扯着他的头发，把这一摊烂泥拎起来，抛向窗外，太可怕了。"

"当时窗户是开着的吗？"

"很遗憾，并不是。"

"我试图回忆起那座房子。他们在二楼，是吗？"

"也不是，他们在三楼。"

"我记得那里有片草坪。房子后边只有那片草坪。"

"如果是那样就好了。实在是太不幸了。就在前一个星期，达蒙刚好在草坪上做了个假山。所以，他正好掉在假山上。那就是他的结局了，头朝下落在石头上。他在重症监护室呆了将近一年。当然梅克也免不了牢狱之灾。当然了，他可以加以辩护，减轻处罚。'法官大人，我之所以这么做是因为他从肛门干我女儿。'但他不想令女儿受辱，因此他什么都没说。不久，苏珊奶奶就把你带去温哥华了。你从此就从米欧家消失了。"

"那妈妈呢？"

"你怎么不喝酒啊，亲爱的。你妈妈嘛，她到处做点零工，不久就和一个叫托尼·奥格斯的住在了一起。但他很快就因敲诈勒索被判七年。接着泰迪·安布罗斯出现了，她开始和他鬼混。有一天，有人在'颠倒世界'外发现了泰迪，他被大卸八块装在麻袋里。你妈妈滥交了一段时间后，重新振作起来，和伊恩·索罗古德交往了一段时间。怎料他在警方拘留期间，自己把头卡在了锁头装置里。你妈妈和弗兰克·波多姆发生了一段风流韵事。接着，托尼·奥格斯刑满释放，立马把弗兰克·波多姆给做了，一星期后又进了号子。于是你妈妈故伎重演。基思·罗姆和她发展得不错，直到获刑十二年。她皱了皱眉头，立马和西隆讷尔斯·卡特雷斯混起来。当他'恃宠而骄'，要求她听命于他时，她立马转身投向罗常友的怀抱。但她天天酗酒，而且一发不可收拾。跟你坦白讲吧，科拉，她的名声可不大好。他们后来都叫她'肛交凯丝'。这名字真可笑。我一直搞不明白这'凯丝'是从何而来。你感觉怎么样，亲爱的？"

"哦，还过得去。"

"你真是个坚强的女孩，科拉。你一定要坚强。有时候我都不敢相信——我在你身上看到了坚强。好吧，你父亲虽然算不上个好父亲，但他还是你的父亲。你的亲生父亲，亲爱的。

达蒙已经那样做了。达蒙是达蒙。他玩弄你，这事无论如何不可原谅。但你们仍旧是一家人。至于梅克·米欧，他做出那样轻率鲁莽的行为……现在，我认识的科拉·苏珊绝不会对此坐视不理。她一定会想要报复什么人。他们家族目前就剩下一个人了。汉叔叔。"

"汉叔叔。"

"前几天我已经小小教训了他一顿。不过跟苏珊家的事没有半点关系。"

"是吗？"

"他他妈的告发我。然后又在报纸上公然否认。还有呢，他竟然叫我老刺儿头……"约瑟夫·安德鲁斯摇了摇头，露出土老帽般不信任的笑容。在他们面前，桌子上放着一份绿色文件夹。他伸手拿了过来。"你看这里：'……十月份不管是谁对我下手……他们认定我向警方告密了。我必须说绝无此事……他们可以把烧红的铁棒插到我屁眼里……谁对我下毒手，我告诉他，有种你现身……'现在，博弈开始了，"他摩拳擦掌。"当然，就像他说的一样。但这年头，都是在博弈。我从他身上看到了梅克的影子，科拉。你身上也有梅克的影子。"

"钱怎么说。"

"嗯，钱的问题。赫柏的钱，把你榨干了吧。你肯定会回去参加葬礼的吧？……看一下这个。那另一件事呢？"

"完全出乎我的意料。"

"天啊，我们为这事付出的代价是不是有点太大了。简直是要命了。"他把爪子一般的双手握在一起。"就来个双杀

217

吧。这样吧，亲爱的，如果事情进展顺利，我把我的那份也给你。我双手奉上，亲爱的。上帝啊，那种满足感。太棒了。科拉? 我们好好干一场。"

绿色文件被装进草编袋，科拉·苏珊亲吻了约瑟夫·安德鲁斯，穿过杂乱的草坪。还是那梦幻般的步态—— 一脚深，一脚浅。

3. 学员

　　大约在东北二十英里处,克林特·斯摩克和同事一起在一间摩尔式的小棚屋里安顿下来,当地人称之为庞德罗萨(美国黄松木)。和其他人一样,克林特住处的墙上挂着米开朗琪罗《创世记》的巨幅复制品,正对着那扇大型落地玻璃窗。克林特在键盘上敲打着:

　　　头儿:已经安全抵达。酒店简直棒极了。我的同伴,凯特,尤其对车道两边的那些小矮人雕塑感兴趣。还有商店。你已经拿到封口令了,希望能开心一点。

　　是啊,克林特想。按照杰夫·斯泰特的说法,希夫并非被召集去唐宁街,而是被带到外国报业协会(FPA)的一间闷热的地下室,和他一同前往的还有不列颠群岛上所有电子杂志和色情杂志的那些投机者们。王宫里一个双姓的人来告诉他们,有关公主的那些材料都是假的,请他们乖乖把嘴闭上。希夫回到《晨雀》报社,流下了骄傲的眼泪。
　　我想你正经历着一场财务危机,但这就是我:愤世嫉俗。不管怎样,我们仍然能够追踪报道一些与小维姬有关的其他问题嘛。我有一两个主意。这是我按要求改好的有关沃尔瑟姆斯

通行手淫者的社论：

过去一个月，埃塞克斯郡发生了一起令人悲痛的事件。

一个受了伤的无辜男人——我们可以很自豪地宣布他是《晨雀》的读者——因为在罗瑟希德监狱得不到治疗而痛苦不堪，在他饱受折磨长达两天两夜后，才终于被允许保释出狱。

他目前面临着公然猥亵罪的指控。

所为何事呢？

健康专家早就研究发现，定期造访拇指街对男性健康至关重要。

每个男人都清楚，痛痛快快地手淫一把可以减缓压力，为接下来的一天做准备。

没有什么比美美地睡上一觉更好了。

试想一下。

在公共浴池空闲处的隐蔽地方，这个人一丝不挂，正照例在他的日报里寻求安慰，也就是你们现在看到的这份报纸。

有谁会突然出现呢？一个手拿拖把和水桶的老女人。

恭喜你，亲爱的！

你搞砸啦！

迷迷糊糊中，又被衣服挡住了视线，他在潮湿的石阶上滑了脚，才伤得这么重。

可他不知道的是，他的苦难——对，他的大灾难——还远没有开始。

我们要对他说，我们没有把他忘记。

我们要对他说，我们一定会与他同在。

我们说：为这位沃尔瑟姆斯通行手淫者打气加油吧。

克林特觉得他的浴室总体上不错，但还没来得及使用。现在他掀开马桶盖，跨坐在马桶上。过了一会儿，他发现自己逐渐失去人格，仿佛将要经历一场足以改变人生的疾病。他朝左边看去。那个脸盆：真小啊。他又朝右边看去。一个卷纸架，用来测量厕纸的长度：按比例递减。而他跨骑的这个罐子：像个便盆。你擦屁股的时候，看起来就像……是啊，对比足以说明问题。一点一滴都有所帮助。

他悠闲地溜达回工作室。迅速地洗澡、换衣服：脱掉了一身的航空装备（闪闪发光的轻质运动服），换上了一身整洁的正装。五点半将有一场开幕酒会。见见你的——客户？同事？宾客？宣传册上是怎么称呼他们的：居民？不，是学员。圣塞巴斯蒂安男性紧致抽插学院的学员……墙上挂的复制品正对着落地窗。唷！快看画中的亚当。拜托，你好歹要为他稍作遮挡吧，怎么能让他赤身裸体就见人呢。

米开朗琪罗是在嘲笑吗——嘲笑大天使米迦勒？还是上帝在嘲笑？

4. 尤厄姆村

"*Qi*？Q、*i*？不不不。q 后边必须跟着 u。如果你确定不改了，我当然要挑战你……胜利！……我们说到哪儿了？嗯，Q 和 i。这是什么意思呢？啊，你发现了吗，所有的 q 后边都跟着字母 u。对吧，多奇怪。'一个人的生命力，在体内自由流动，将确保这个人身体和精神的健康。'……咳，上帝保佑。现在是什么情况？我被扣分了。真讨厌。你这样组合了两次：两个 qi 和一个 if。在一个三分词里。"

"六十九分。"

"六十九分了？现在减去十三分。我还要变一下字母。字母包在哪儿？"

"对不起，爸爸，我能离开一会儿吗？"

"噢，别走啊，亲爱的。我们才刚开始。再坐一会儿，至少喝杯美味的热巧克力嘛……"

一分钟后，亨利说："你会怎么做，巴格尔？我努力想帮她振作起来，反而让她更加疲惫。我也疲惫不堪。而当我试图引导她说出真相……"

"给她写信，先生，"布伦丹说，"写信。"

国王很晚还没有睡意，听着爱尔兰海的声音。尤厄姆村坐落在威尔士半岛的西北角,在长约一英里的单行长堤的尽头。这样的地理位置,外加常年的恶劣天气,无疑打消了所有入侵者的念头——实际上也阻止了所有游客的到来:凡是在尤厄姆村呆过的人,没有一个愿意回来的。亨利,坐在桌边,穿着外套,感到耳朵随着钟楼每刻钟的报时声而震动。疾风在夜晚开始实施谋杀,突然袭击,令人窒息……

我最亲爱的宝贝,

我为你心痛,真真切切。我从未见你如此沮丧。即使在你母亲发生意外后,你的年轻活力也能帮助你继续往前走。可现在,你每天昏睡十六个小时,几乎不吃任何东西。(而当你醒着的时候,你一头扎进《古兰经》、《奥义书》、《塔古姆》,或其他什么玩意儿里。)我非常希望你能同意和爱德华爵士聊聊,仅此而已。

亲爱的,我不知道到底是什么使你困扰。我只是大概知道一点。当你痛苦不堪的时候,这种无知深深折磨着你的父亲。我发现我不是为什么特定的事情而烦恼,而是为所有的事。我甚至都不敢闭上眼睛,因为我害怕看到那些画面。我恳求你告诉我,我最亲爱的,在黄房子里到底发生了什么(到底是谁让你那么吃惊?),我相信你说出实情后一定会如释重负的。而且,即使你是和某个漂亮的阿拉伯男孩打闹嬉戏,那又如何呢?

那帮贪得无厌的人。我们官方的说法是,所有材料都是假造的。而你和我心里都明白,那些材料——至少有一部分——并不是假的。在这一点上，布伦丹比我更加肯定。尽管如此，敌人并未提出异议，更别提驳斥我们了。这可以算是个好现象（它使事件稍微平息了一点）。布伦丹说，对方的沉默说明他们手中没有证据。还有一种令人振奋的可能性，如果你愿意跟我聊聊的话，我就告诉你。

我把这封信从头至尾读了一遍，写得马马虎虎吧！有些部分还是不错的——虽然整体而言烂透了。我渴望表达我对你毫无保留的爱，以及我对你不幸遭遇的同情，但我在信中却显得自私和傲慢。这是我性格的弱点！

亲爱的，你是我的唯一、我唯一的宝贝，我恳求你：让我们共同渡过这一难关吧。我真想伸出手，实实在在地帮你分担一些肩上的重担。记住：我们现在是两个人。

5. 2月14日（13:10）：101航班

机长约翰·麦克蒙纳曼：我们的工程师怎么样了？

副驾驶尼克·肖普欧：睡着了。

麦克蒙纳曼：我要让他去把电脑修好。刚才我本可以切断电源，采取直接法则的……你知道他们在英格兰遇到的屋顶瓦片吗？灰色板岩的那种？

肖普欧：像大砍刀一样。

麦克蒙纳曼：这一次，你能看到它撞过来。伦尼以为是一只死鸟。快速旋转着向他冲过来。在这儿。

肖普欧：天啊。

麦克蒙纳曼：……罗伊斯·特雷诺只有在今天的这个状态下，才能乘坐有烟飞机。

肖普欧：他死了。

麦克蒙纳曼：死了。对他来说就像执行任务。伦尼说他最喜欢做的事——记住，是最喜欢的事——就是告诉别人把烟熄灭。如果有机会让别人把烟熄灭的话，他会半夜起床，叫一辆出租车，去做这件事。好笑的是，四十三年来，伦尼每天抽一包烟，可他却浑然不知。如果他知道了会杀了她的。杀了她。我想她这么做是为了抓住他的把柄，让他无法离开。为什么人们不离开呢，尼克？他们离开不就好了吗？

肖普欧：我也不知道。

麦克蒙纳曼：成瘾人格……我不喜欢这个高度。空气太稀薄了。我不喜欢这里的物理环境。最高飞行速度与失速之间只有几节的距离。就像在黑冰上滑行。等一下。是风切变：感觉风就在我们背后打转。就像……呃，让所有人回到座位上，尼克。还有空姐们，让她们把手推车固定好后也坐下来。这是第三次了，我能感觉到它的到来。这是晴空湍流。这次我能感觉到。

四分钟后，101航班以重力速度下降了一千码：每秒三十二英尺。

罗伊斯·特雷诺的棺材从三号货架上滑出来，顶朝下落在地上。很快又正面朝上翻了回去。棺材的一角砸在了一个印有"危险物料"的罐子上。罐子里喷出令人作呕的浓稠状粉色液体，随后液体开始连续渗出。二十五分钟后，那一摊浓稠的粉色液体将会开始冒烟。

6. 自我辩护-1

约瑟夫·安德鲁斯在他楼上的办公室里。两块倾斜的玻璃和地板组成一个等腰三角形。透过玻璃可以清晰地看到他脸上的每个雀斑、每根鼻毛……他手里拿着个扩音器：就是以前民谣歌手用的那种圆头、有线的老式话筒。每当他松开或按下暂停键的时候，都会发出轻微的咔哒声。

"（咔哒。）我想告诉你我的故事。毫无保留。你来做裁判。你来做裁判……（咔哒。）……哎，我到哪儿了……？请继续。继续。（咔哒。）

"众所周知，监狱的牙医给我打针的时候，我非常善于忍受痛苦，我觉得有义务跟他聊一聊。

"所以他起身去看他的牙医了。然后这群混蛋在牢房里对我下手。意料之中。我的脸就露在外边。牙医回来的时候（咔哒），他那该死的下巴被绷带绑了起来（咔哒）……好吧。他们肯定对他下手了。我穿着紧身衣，头被夹具固定着，一根锯条把我的嘴撑得老大。噢，那个牙医啊，他把我嘴里的脓疮好好地清理了一遍。哦，天啊。他们都在观察我会不会退缩，但我完全无动于衷。（咔哒。）

"（咔哒。）陛下的监狱里施行的各种惩罚措施我都逐一尝试过。最低限度的饮食、剥夺睡眠、背砖块、PCFO……在医院里，他们罩住我的眼睛，还不让我上厕所。他们在我的咖啡里射精。眼罩不算什么——无非是走路找不到北罢了。但不让上厕所……如此下去一个星期，你就会憋得想要杀人了。我尝过九尾鞭、桦条鞭的滋味。人们都说我挨打时还吹口哨，这可不是真的。但一般抽到第十三鞭时，我会美美地伸个懒腰，这动作会激怒狱警，最后重重地再来五鞭。一直打到你哭为止。我是绝不会哭的。桦条鞭是最惨的。鉴于它在你屁股上留下的痕迹，会对男人的尊严造成极大的伤害。我是说，九尾鞭无非是在你背上挠几下而已，可桦条鞭会把屁股抽个稀烂。

"这些还算是官方惩罚。他们在我的茶里撒尿，往我的食物里吐痰。他们把我塞在木箱里，关了整整五个星期：这又是他们的特权。但真正让人无法忍受的是：找碴儿。有一次，我妈专程到达勒姆来看我——她路上花了两天时间——还有一小时就轮到她了，他们却故意把我转移到了斯顿姬韦斯监狱！他们就这样挑战你的极限。这群人生来就是为了看其他人受难的。比如，他们要点小手段就断了你跟别人的联系——然后你会看到那种奸笑。你看到他们脸上的那种表情，你就知道必须要好好收拾他们，迟早的事。当然，他们也会收拾你。这就是严酷的现实。(咔哒。)

"(咔哒。) 我想告诉你我的故事。毫无保留。无论对错，由你来做裁判。

"我这辈子什么都做过，年轻的时候，还是个狂热的拳击手。我最初在柏孟塞澡堂打了十一场，赢了四场。这听起来也许不算什么，但我从没输过！事实上，对手都被我击倒了，而我总是不幸地被取消比赛资格。当那个家伙被担架抬走的时候，我没有像胜利者一样高高举起双手，而是跪在拳击场的地板上，不依不饶地让他知道我的厉害。我的攻击性非常难以，呃，疏导。在第十一场比赛中，我给裁判留下了一个死人。就这样，我被禁赛了。（咔哒。）而YBPA的经理沙克尔顿先生永远不会知道是什么打了他——我那一拳打得太巧妙了。（咔哒。）那次事故后我别无选择，只能走向犯罪道路了。

"我第一次触犯法律是因为持有攻击性武器。不是防御性，哦不。攻击性。警察把你叫住，然后就开始了没完没了的对话。'喂，这是什么？''你看像什么？''你为什么带着刀？''我总是随身带着。''用来干吗？''我总是随身带把刀。''我知道，但为什么？''因为我总是随身带着。'等等等等，诸如此类。我当时才八岁。所以社区出面，把我打发到少年犯教养院。青少年管教所我也坐过。甚至在我打拳击的那段日子里，我也因为打砸抢，被数次关进本顿维尔监狱。打砸抢的目标：如果你喜欢的话，可以定义为橱窗里的胸罩。然后就到了三十多岁。战争爆发了……别误会。我们还是很爱国的。在我们的军队与纳粹恶魔作斗争的时候，我们衷心地为他们祈祷。但你不可能为当权者穿上军装。绝不可能。（咔哒。）如果某天夜晚，一个士兵向你走来，那你这个胆小鬼后半辈子都会后悔的。（咔哒。）因此在战争年代，你要随时准备着被征召入伍。1944年，当我在沃姆伍德·斯克拉比斯监狱快要三年刑满的时候，黑衫党党员奥斯特瓦尔德·莫塞莱先生和他的妻子戴安娜小姐正好被扣押在那里。我们原本计划在放风期间对他下手，但他看起来竟然相当通情达理，我们就决定放他一马。

"战后的世界雨过天晴，但也随之进入财政紧缩时代。我们不得不伪造定量配额本，否则就是一场恶战。然后在你出生那年，我的事业第一次取得实质性的进展，我也遇到了第一个正儿八经的女人。有喜有忧吧。（咔哒。咔哒。）这个词可真好笑：鸟。出自于'粘鸟胶'，和'时间'押韵。粘鸟胶是涂在树杈上捕鸟用的。手指都是黏的，你看：偷窃。但事实上，是鸟撞上树，而不是树抓住鸟，所以这胶水没什么效果。'鸟'还有'女人'的意思。'理查德'也属于这类词语，'理查德三世'与'鸟'押韵。（咔哒。）同韵俚语：全是扯淡。（咔哒。）但我也听说'鸟'这个词起源于'新娘'。管它呢。

"那次在机场干了一票。希思罗机场——两个词——在那个年代。机场将连夜运送一批钻石，外加十六万英镑的现金——现在来说也不是小数目。按计划我们要把保安弄晕：在他们的咖啡里放巴比妥。但我用他妈的铁棒（咔哒。）轻轻推了一个保安（咔哒。），其他人都一跃而起，把我们包围。他们是'幽灵战队'！好吧，我不知道，他们肯定以为是一群学生的恶作剧呢。同伴们没有指望我，金杰、道奇、吉姆莱特、惠普欧、奇克，还有约克尔，我们比他们想象中要可怕得多。我们冲出来后，一大堆警察正等在那里，接下来又是一阵混乱的厮杀。我觉得我运气挺好的。我滑到一辆警车底部，抓住排气管。你知道的：一旦碰到红绿灯，我就能溜了。怎料他们鸣起警笛，一路畅通无阻地驶向巴特西警察局——大概有十五英里。当车停下的时候,我的胸和前臂已经粘在排气管上了。他们不得不切断管子把我放下,然后把我铐起来,到现在我身上还留有疤痕。幽灵战队的一个成员上了病危名单,当时杀死警察可是一级重罪。我甚至让我母亲去医院给他送了一篮葡萄——送给一个警察。但那算是一种嗯(咔哒)一种嗯(咔哒)一种奇怪的自相矛盾吧,当你玩过我玩的那种游戏,你就能明白了。

"我的十四岁完全在监狱里度过。那时候,如果你受过一次鞭刑,那你为接下来的不端行为所受的惩罚就会有所减免。所以,我在温森格林监狱服刑的第一个星期,就开始思考:我可以袭击典狱长,然后获得九尾鞭。我好好收拾了典狱长:在菜园里,先用螺旋腿从他身下扫过,接着用铁锹抽打他的脸。狱警用警棍把我痛打了一顿——有得,有失——正准备对我实施鞭刑的时候,下议院的内政大臣的质疑传到了这里!我被关了几小时禁闭,但最可怕的是,那天上午他们取消了我的九尾鞭。从那以后,我多次闹事,他们甚至一直试图认定我患了精神病!

"从十四岁(那是1949年)入狱,直到刑满出狱(那是1963年),我发现自己的处境有些尴尬。刑满释放的人一般都会经历这一阶段:如果不是立马又被关进去的话。我姐姐波莉当时正和庞谷·卓韦同居。不久之前,庞谷突袭了诺埃尔,捅了他一刀——诺埃尔此前抓过他!也就是说:诺埃尔曾把庞谷送进监狱。这事,对我来说……不过,庞谷可不会善罢甘休,对吧?他在监狱里蹲了三个月,这罚得有些重了,因为那时候带刀行凶无非也就罚款十个先令。庞谷在监狱期间,他弟弟休又袭击了邓肯——诺埃尔的父亲。所以邓肯的侄子塞西尔·欧·洛克在'颠倒世界'把休一顿痛扁。庞谷他妈的出狱后,他(咔哒)妈的……啊,妈的(咔哒)他用玻璃割伤了塞西尔,接着就到处找诺埃尔报复。而诺埃尔正端着短管霰弹枪等着他呢。庞谷膝盖往下的双腿都废掉了,波莉就跑来投奔我了。那时我刚出狱不到一个星期。本来我完全不感兴趣,但她告诉我,诺埃尔是因为庞谷捅刀子抓的他,这可把我激怒了。结果就是,我因为严重过失杀人罪又被判刑八年。

"我再出狱时已经是 1975 年了——在此期间,我因为参与所谓的温森格林监狱'严重骚乱'又被加刑三年。此时我想说的是:我受够了!你应该知道,一个男人必须随着时间不断地适应和改变。因为'严重身体伤害'而被增加的两年刑期反而给了我更多时间去思考。出狱后不久,我就想策划一场谋杀(咔哒)我他妈的做到了(咔哒),这案子最终因为证据不足而不予受理。我在监狱里蹲了十八年。不,孩子,我对自己说。现在是时候揭开崭新的一页了。踏上一条完全不同的道路。我离开英国,移居到西班牙的阳光海岸科斯塔德尔索尔。接着便展开了我与'蛇头基思'漫长的、结局是惨痛的交往。(咔哒。)

"请注意。(咔哒。)你私下并不认识我,但我的名字你也许听说过。我不知道——你平常读书吗?我,我从来不读。看起来我好像没时间。不:其实不是时间问题。你看,在监狱里,这只是他们蓄意陷害你的另一种手段。'喂,你的书哪儿去了？肯定被蛀虫啃了。'然后就是那种奸笑。接下来你当然就会揍他们，他们再揍你。大家互相争夺地盘。我在监狱里从不碰书。一点都不信那玩意儿。我听说这里有些家伙有他妈的牛津大学的学位。我从不赞同读书是因为，一旦他们读了几本书，就变得充满宗教气息。那些疯子把一家六口人分了尸，仍然能背着手到处乱转。别相信那东西。如果我看到哪个犯人拿着本《圣经》，我就想冲上去痛打他一顿。我知道失去自由、被监禁是什么滋味，但我的思想就是我自己的。就像克雷兄弟在他们的书中所说：'花朵就是上帝在向我们微笑。'如果这还不能送你去厕所的话，我就不知道其他方法了。

"有一天，装书的小推车来了。从我面前经过的时候，我看到有一本的书脊上写着《约瑟夫·安德鲁斯》！我的第一反应是：肯定是谁又擅自搞起恶作剧了。有人竟然不经我同意就，呃，写起我的传记来了。我对着狱警大吼一声——我记住了，那蠢货名叫亨利·菲尔丁。当然，不久之后我就冷静下来。《约瑟夫·安德鲁斯》是英国首批小说之一，早在1742年就出版了。我戴上眼镜读了起来，书中的语言我不是特别理解。但一开头有些东西，关于一个好人比一个坏人更有……影响力。还有那些充满智慧的语言……

"数年之后，我接触了另一本书，共有三卷，名叫《汤姆·琼斯》。一定是关于那个歌手的传记，我想起了他那首著名歌曲《没什么不同寻常》。但不是的：这是同一个家伙——亨利·菲尔丁——写的另一本书。我一直都是汤姆·琼斯的狂热歌迷，直到今天，我还会坐飞机去听他的演唱会。《没什么不同寻常》是他最畅销的曲子,但我最喜欢的是《家里的绿色、绿色草坪》。

"我请你想一想。如果你愿意的话:家里的绿色、绿色草坪。"

咔哒。约瑟夫·安德鲁斯把他的誊写员叫了过来,曼弗雷德·库尔比什里:穿着吊带裤,微秃的头发就像马蹄铁一般,嘴和眼睛跟牡蛎一样湿润。他看上去仿佛从未离开过伦敦——甚至从未离开过麦尔安德街上的这个赌博公司。一脸酒鬼的模样,满脸通红、坑坑洼洼。

安德鲁斯朝他点点头说:"接下来还有,但你可以动手把这些誊写下来。还有,那些粗话就不用记了……罗德尼去哪儿了?"

"陪苏珊小姐去机场了,老板。"

"当然,当然。"

约瑟夫·安德鲁斯皱着眉头,紧盯着他桌上摊放着的一个绿色文件夹。他发现,科拉在其中一页剪报上划出一个人名。他扶了一下眼镜:珀尔·奥丹尼尔。嘴里默念着什么,他脑海中浮现出她父亲的模样:奥西·奥丹尼尔。一个好人、一个老实人、一个有原则的人:从不跟狱警们说什么废话。记得有一次,光天化日之下,他赤身裸体地来到协会。那还是在斯顿姬韦斯监狱的时候。这里刚发生过一场暴动——不知是谁挑起的。谁也没对奥西和他的私处说什么,连狱警都一言不发。只是在当天上午给了他二十四下桦条鞭,因此你也就不计较了,机智地把头转向另一边。

7. 我们俩

　　布伦丹·厄克特-戈登抱着手提电脑躺在床上。图片是奥特瑞德传给他的，准备采用"等值面绘制和容积成像"的方法复制关于公主的那些影像资料。真大胆，仿造的第一批截图跟原图完全没有区别——至少肉眼看不出区别；而公主沐浴的那段四秒钟视频，显然伪造得非常巧妙，连浴缸里水的旋涡都异常逼真。但试图改动敌人最近提供的资料，例如把人像从动画中切出来，就明显难以成功。此时影像技术遇到结构限制了。布伦丹感到自己体温上升：他内心的那位诡辩家正意识到，防御过程中出现了第一个重大障碍。他又一次想到：如果敌人连时间和地点都一清二楚——城堡、黄房子……——那原本以为是场恶作剧，就将变成活生生的事实，将会被调查，而媒体……

　　那天早上，有人匿名上传了一张新图片，是公主的半身照。图片经过放大处理，画质相对较差。但仍有一个细节浮出水面：她不是一个人。她身体上方并非一处阴影，而是隐约有个人，在配合着公主的动作。她双手交叉搭在自己肩上，身体对着那个假想的人，不断变换着角度，她的表情……有一点是相机无法捕捉到的：公主脸上复杂的表情。她看上去很吃惊，甚至有些震惊，但又不是惊吓或者惊恐；她看上去紧张焦虑；

她看上去稍微有些虚弱。是她那双惹人怜爱的双眼透露出礼让、礼貌和礼仪的气质；这是机器无法复制的。

布伦丹在睡衣外边套上了他所有的毛衣，起身去找国王。他在更衣室里找到了他，坐在空荡荡的壁炉前，用手捂着脸。亨利头都没抬，用手指了一下茶几。那是个高尔夫球吗？不，那是一个纸团。布伦丹难过地看着国王展开皱巴巴的纸团，下嘴唇因为用力而微微颤抖，接着他叹了口气，闭上眼睛，把纸递了过来。征得国王的同意后，布伦丹打开了电暖炉。在开始读信的时候，他真不喜欢那个冒号：

亲爱的爸爸：

现在是"我们俩"了，是吗？妈妈听到这些一定会非常高兴的。但她听不到了。也许我应该告诉妈妈黄房子里发生的事，即使她会比你更加震惊。但我不能那样做，对吗？因为现在仅仅是"我们俩"了。

你饱受折磨令我非常难过。而我呢，我好得很。全世界的人都在关注你，其实是件好事。我一点都不害怕，但跟朋友们交谈以后，就开始害怕起来了。空气里仿佛都是我的气息；连风都好像在呼喊我的名字。但这空气和风受到了污染。我醒着的时候，跟你坐在一起的时候，没有吃东西的时候，洗澡的时候。现在，连洗澡都让我深感恐惧。那干净的洗澡水就像是从污水管排出来的。

我真想远远、远远地逃离这个叫做"世界"的地方。

在信的末尾，我能引用几句你来信中说的话吗？"整体而言烂透了……这是我性格的弱点……亲爱的……让我们共同渡过这一难关吧。"

怎么样?

"我甚至都不敢闭上眼睛,因为我害怕看到那些画面。"

哎,尽管闭上眼睛吧。没有什么是你没见过的。

我的出生不是自己选择的。不是自己选择的……

维

"我真是瞎了眼,像只小猫一样,"亨利沙哑地说,"我什么都没发现。巴格尔,如果你在梦中做了一些非常可怕的事,醒来却完全不记得,你觉得这样可能吗?"

布伦丹坐到他旁边。他想说些什么来安慰他的君王。亨利推测出一种可能性:"如果……如果她当时是在跟某个漂亮的阿拉伯男孩厮混可怎么办?"下次再告诉他应该会比较好吧,告诉他黄房子的那个访客并不是个孩子,而是个成年人。

8. 动动脑子

　　头儿：今晚我就把专栏的样稿发给你。我建议署名"黄狗"（配上一张咆哮的流浪狗图片）。如果有人问起来，我们就说这是讽刺作品，出自乔纳森·斯威夫特（我文中举的例子都非常宽泛，所以不会有人投诉的）。就像《一个温和的建议》里，斯威夫特让饥饿的爱尔兰人民食用自己的孩子。你看，洛杉矶正在酝酿一个关于维姬的劲爆新闻，所以我们可以就此引申，还能防止出格。新鲜出炉了一个名叫"洛丽塔公主"的视频。大获成功——这时间点选得多准确啊。我们可没法那样大肆宣传。以后再说吧。天气还是这么恶劣。你看报道说，英格兰东南部有三个人在暴雨中淹死了。我就喜欢听这种新闻。克林特。

"嘿蠢货。五乘以八是多少？"
里奇说："……五十。"
"哦，是吗？那五乘以十呢？"
里奇说："……四十七。"
　　周围传来一阵狂笑，克林特也在其中。他在圣塞巴斯蒂安男性紧致抽插学院听课，一起的还有其他九名学员。里奇赤裸着站在房间尽头的讲台上。他出奇地"天赋异禀",老天没有赋予他任何功能(他的头和身体看起来像是后来硬添上去的:就像非要在卡车上绑个驼轿和华盖),他应该是个真正的弱智。事实上,他是正在受训的明日色情之星。学院院长约翰·沃根之前雇用过智障,但很难找到合适的,他们总是弄伤自己,或者不断骚扰帮忙的人。夜晚在泳池边野餐的时候,沃根曾从洛杉矶市中心雇用过一个白痴扮成校长,他赤身裸体地在餐桌之间来回踱步,摆出一副学识渊博、无所不知的样子;那位明日色情之星也得站在旁边,傻乎乎地吃着热狗和汉堡包;而其他学员则坐在一旁,一边吃着烟熏鲑鱼和干酪沙拉,一边看着好戏。

"喂,白痴。《圣经》里,亚当和……?"

里奇答:"……艾薇。"

"嗨,蠢驴。总共有几条戒律?"

里奇答:"……九条。"

克林特也不甘示弱:"喂。谁将统治地球,贱人?"

亲爱的克林特:哇!你去加利福尼亚为《晨雀》报道"洛丽塔公主"的事件了吧!我们这里也刚开始卖,但只能在成人用品商店里买到,所以他们这样说:我得去叫我兄弟(嗯,随便什么兄弟吧)帮我买。所有人都在谈论这个视频:他们都说视频中的女演员绝对是我们维姬公主的双胞胎姐妹(她只有十七岁)。你看她和马夫还有外交官表演着那些淫荡的绝技，更不用说和宫女上演的 69 式了！那就是我，克林特：一个宫女……哇！看到那屁股了吗？我从没去过美国，但我读过一些书。那里有印第安保留地，还有 t-p's 和好多图腾柱？还有那些西班牙辣椒和玉米辣椒肉馅饼？给我回信，亲爱的。离开奥兰多我简直太开心了。我欠你个大人情。今晚我和父亲呆在家里。安安静静的！快回英国来吧。我想是时候了，你觉得呢？K8。

克林特在小棚屋里悠闲地想，在聊天室遇到的大多数女人都是虚拟的。她们并不在那里，不是真的：她们只是个人习性和矫揉造作在电脑程序中的反映。但这一个呢？一个真实的人，热情奔放的性格，很有幽默感。她还是一个良家女孩，知道自己的位置，不像有些人……

克林特掰了掰指关节，坐到桌子前，打开电脑。他深吸了一口气，突然间获得了一种不同寻常的灵感：那句话怎么说来着——得到神明的启示？

黄狗日记

● 有个修女被一辆偷来的车撞了，她倒在斑马线上血流不止。

现在，在我们把平角裤丢进滚筒烘衣机之前，让我们还原一下现场。

警察公开承认，开车的小伙喝过酒。

事实上，他体内的酒精量超过规定四倍。

因此，他如果能注意到撞了她，就已经是个奇迹了。

这就是那起"肇事逃逸"事件。

那她呢？

她三十岁，是"上帝的新娘"。

也就是说，她将毕生投入"普济众生"的事业，因而永远地合上了双腿。

快给我递个呕吐袋。

医院传来的消息不是很好，因此至少一两年内她将不会抛头露面了。

那其他人怎么办呢？

我们还不得不面对你这张脸，亲爱的。

看起来你就是缺乏那种男子气概。

所以你去公共场合的时候，记得把头发整整，老脸上也涂点东西吧，我的妈呀！

● 有个所谓的"助理裁判员"（我们那时候就叫"边线裁判"）被运动员踢死了，这是在光明球场上演的一场东北德比战，管理者和观众做出了有争议的决定，其实他们真正在乎的是足球。

是的，在乎。

在─乎，对吗？

是的，视频回放消除了各方质疑，红牌是必不可少了，考虑到事故造成的终结职业生涯的伤害，黄牌肯定远远不够。

但是泰恩赛德的比赛,他们可别他妈的瞎闹了。

如果你连……

克林特继续写着。稿子发出去后,他坐到沙发上,打开电视和录像机。他对《洛丽塔公主》充满期待。但学院禁止放映普通色情片:作为课程的一部分,你只能看他们提供的片子。实际上,学院的色情片和普通色情片没啥区别:比如说,那演技完全没有真实性可言。你不得不怀疑,那家伙刚脱光衣服,女人就发出充满感激和敬畏的喘息声。她出现了:看到那扶不起的阿斗就要昏过去——简直像个倒立的惊叹号。然后是下一个动作,那里,你看。她在干吗呢——剔牙吗?克林特本来应该重点关注接下来三十分钟的舔阴动作,但他却不由自主地伸手去够遥控器。当他终于插进去时,你不得不完全抛弃以前那些怀疑的念头:你看她不停地扭动、颤抖,而且哼起了瓦格纳的曲子。公平地说,学院色情片里女人的尺寸是他见过最小的了。她们不是儿童或者侏儒——就是特别地小。真正的侏儒色情片……

"动动脑子"是学院的校训。班里的大部分活动都由一位名叫季米特·库斯特的退役色情演员进行监督。她现在是一个受人尊敬的活跃分子和治疗师,她会教你怎样使用学校发放的仿真女性生殖器。很快,他们就精通口交之道了。可以肯定的是,当季米特教他把自己的阴茎看作一个没有指甲的中指时,着实令他意志低迷了一阵;但随后她就让他精神鼓舞,因为她不断吹捧他的肛交技巧,小号的男人理应为自己更容易进入后门而自豪。他本来应该在小棚屋里勤加练习的。那东西上有个"快感测量仪",当快要到达肚脐部位时,你的身体就会开始发热。

别人问起来,克林特就说治疗见效了。当然了。毕竟,人无完人,万事都是相对的。在泳池边享用裸体早午餐的那帮家伙们:大部分都脚下生风。但也有一些学员在讲习班上泪流满面地哭诉他们射精量少的屈辱经过。克林特急忙插嘴说,他在这方面碰巧经验丰富,接着便不无夸张地讲述了他在戒毒所的英雄事迹。

他正在狭窄的卫生间里刷牙:这脸盆比烟灰缸大不了多少。当他想到在爱都对艳星进行了一场采访时,脸上不禁飞快浮现出一种不自然的假笑。好期待《洛丽塔公主》:希望这辈子能见识一次像样的阳具。期待我们维姬的双胞胎姐妹。期待见到凯特:那位侍女。

9. 新婚颂歌

到目前为止，那张纸已经被揉得皱皱巴巴了，每次他拿起来，那些褶皱都好像在对他眨眼。通过这些褶子你能看到另一个世界——至少看似如此。这封信放这儿有一个星期了；当时还发生了狐狸事件。

亲爱的汉，

如果说昨晚你强奸了我也许并不准确，但我可以说你的确差点得逞。我知道这个问题你肯定不愿意听到，可我必须要问。你还记得什么吗？

凌晨两点二十分你打开灯，突然朝我压过来，硬把舌头塞到我嘴里，把手伸到我两腿之间。你身上除了混合着雪茄、啤酒、咖喱、呕吐物和屎尿的各种味道之外，用你自己的话说，还散发着廉价男妓的那种恶臭（你曾经帮我在出租车解围——那是，大概，一年之前的事了）。我握紧拳头打你的头，狠狠地捶了大概有八九下。对不起，可怜你的头了。然后我冲出屋子，跑上楼，把自己跟爸爸锁在一起。你跟着我上了楼，疯狂地砸门。爸爸竟然从头睡到尾，对发生的事一无所知；可比利被吓醒了，她坐在伊马库拉达的门外哭了起来，伊马库拉达也醒了。她说，当

时她房间里如果有电话,她肯定会报警的。

你大声吼叫着,要求我履行"夫妻同居权"。我想这算是规律吧,无论哪一方开始要求对方行使某项婚姻"权利",就意味着这段婚姻走到了尽头,你说呢?我不知道,也许只适用于卧室内的事吧。过去五年来,我们彼此做过太多出于责任、义务或誓言而不得不做的事,但我从未感到我们是在主张权利。

我们的婚姻还没有结束。但是汉,我最亲爱的——你真的吓死我了。我知道也许有些女人乐意生活在恐惧中;但只要是正常的女人将一秒钟都无法忍受。我能告诉你那种感觉吗?那是一种渴望,无比强烈的渴望,渴望什么东西远离你,撕心裂肺地渴望结束些什么。

我们的婚姻还没有结束。还没有结束。昨晚对我们来说是一场灾难,我们需要万分努力才能恢复。我知道,在关乎内心或其他方面,谁愿意付出努力呢。但那就是摆在你面前的路,从你跟蒂尔达·匡特开始夜以继日的康复理疗之时就开始了。

我认为事情是这样的。你的过去已经过去了,你从中逃脱或破茧而出了。多年来,你逐渐克服了偏见,换上了目前这副理性的态度——还记得我曾说过,你比我还像女人吗?甚至于有一点道貌岸然。你受伤之后,起初我以为你只是倒退了一两代。可我现在觉得,你倒退的远不止那一两代,甚至都有些返祖了。你的态度和意见不再是单纯的态度和意见了。它们是信仰,而且是原始的信仰。如果,今天,你要向我展示你的过去,你五年前曾经这样做过,你将不会向我展示崇拜街上的克鲁泡特金俱乐部,或者伍尔夫老妈妈手下的站街女,或者是一个叫"颠倒世界"的酒吧。你将会向我展示你的山洞——或者你的树屋。

还有两件事。你对比利的态度跟以往不同了。我不是说你试图强加于她的那些不可思议的规则和计划(你要求她每天处理苹果的方式,我敢说任何人都做不到:把苹果给她的老师吗?还是给你?或者吃掉?)。不,事情比这严重得多。还记得之前吗,每次她做"运动"的时候,或者当她运动的时间过长或过于频繁,你都会感到尴尬或生气,你会说"哦,快停下吧,比利"或"到你自己房间做去"。可现在呢,你被她的运动深深吸引了。你甚至拉了把椅子坐在一旁观看。对你来说,这是质的变化。我能说什么呢?你让我全身冒鸡皮疙瘩,老兄。你他妈的真让我起鸡皮疙瘩。换个角度来看。如果女人让男人起鸡皮疙瘩,那和男人让女人起鸡皮疙瘩是完全不同性质的。女人(书上说)极少会对她们的孩子表现出性欲(更极少会试图强奸她们的丈夫)。你是个男人,有种东西可以随时供你使用——男人的迟钝。

变回来,请变回来吧。哦,求你了,求你了。请你变回以前那个大块头、沉稳、行动缓慢、充满活力、积极向上、给人安全感、深情的男人吧。在此之前,记住你必须做到,我们将只有一种亲密方式。还记得我们最喜欢的那个词吗：婚礼颂歌。（我刚才又翻了一遍，忍不住热泪盈眶。）我对你忠诚，你对我忠诚。我们现在拥有的只有忠诚。你把它拿走，我们将一无所有。忠诚就是我们的婚礼颂歌。婚礼颂歌。

信的最后一段讲了一堆生活琐事，比如他的旅行箱、路对面那间公寓的钥匙、伊马库拉达已经帮他铺好了床、冰箱里也留了些食物，诸如此类。刚读到这封信的时候（那是一天后下午的一点半），汉的第一个冲动就是把房子砸烂，损失价值约五万五千镑。五万五千镑应该差不多了。可是厨房里呆着的比利、索菲和伊马库拉达足以打消他这个可怕的念头。相反，他问伊马库拉达，"一个男人如何强奸他的老婆呢？她是他的老婆。你理应要和我性交。罗莎跑哪儿去了？哪儿呢，哪儿呢，哪儿呢？"他站在那里，举起紧握的拳头……

他试图还原受伤那天晚上发生的事，回忆的结果是找到一张在附近的印度餐厅使用的信用卡收据、前臂上的临时纹身（应该是为了进什么下流夜总会或小酒吧）、土耳其岬酒吧的啤酒垫，还有一张廉价古龙水的优惠券。另外，在笔记本里，他写着："白纸黑字！！（我听人说的。）"除了长达四天的宿醉，这些就是所有的证据了，可对他来说毫无意义……一个头部受伤的人无法记住那些导致他头部受伤的事情；这也许是大脑的应激机制，保护你免受重现的痛苦折磨。汉在想，那么酒后的健忘是否也是一种自我保护：如果你执意要完整地回忆，那么昨晚的记忆会令你立刻产生想死的冲动。为什么要想起那个令你失去一切的时刻呢?

他现在住的公寓是个花园公寓——一间地下室。即使在夏天都阴森森的。而现在不是夏天。汉站了起来，走到厨房，厨房稍微亮堂一点（但也冷一些）。有那么一会儿，他感觉看到一个人影，在通往那个被人遗忘的、失宠的后花园的石阶上移动。那不是人影。那是一个黑色的垃圾袋正在转移重心：袋子紧贴地面，一点点翻转着向前滑动，就像一个生病的流浪汉，穿着油布雨衣，默默地、缓慢地爬行。

汉强迫自己每天至少读两遍罗莎的信。而信的倒数第二段（哦，求你了，求你了），他几乎每小时都会读上一遍。他目前的心理状态非常危险，但信中所说的他完全同意。就是那种亲密，那种绝无仅有的亲密感：无论罗莎做了什么，他都相信她对他忠贞不贰。罗莎说的不对，他本人想要的是背叛——他比以往更加热切地渴望背叛。但他同意她所说的：忠诚是他的生命线，失去了它，他将会像落水的人一样，抓不到救生索。

她第八天打来电话。

"喂?"

"是汉吗?"

"嗯?"

"我来了，"电话里传来舒服的声音——有教养、没有口音。"我遵守了诺言。我现在躺在一家宾馆房间的沙发上，房间挺大、挺暖和的。我打扮得像个小女孩一样。我是说，身上穿的显然都太小了。尤其是这个小内裤，太可笑了。那你什么时候能来呢?"

"请问你是哪位?"

"我是谁?我是卡拉呀。傻瓜。"

"我认识你吗?"

"哦,别装了,"科拉·苏珊说。

第 七 章

1. 我们会悄然离开

独自一人在路边的地下室生活了几天以后,汉·米欧逐渐意识到一件事。以前,他生活在一个全是女性的房子里:其中两个是女人,还有两个以后也会成为女人。可现在呢?现在他跟一个男人——他自己——住在一起:他感觉被剥光了衣服,完全暴露在外。汉记不得具体的诗句了(即便记得住,以他今日的心性,肯定也会认为词句缺乏男子气概),但他体会到亚当堕落后的痛苦:"……松树、香柏树啊,遮盖我吧,用你的无数枝桠将我隐藏吧……"他已经堕落了。他是个九月党人,不是十二月党人,他觉得被逐出一百码开外的(步行只需一分钟)那个满屋子女人的家已经很久了;但罗莎已经把他送上一条更加漫长的旅程。

一只脚踩在马桶垫上,汉在剪脚趾甲——趾甲都裂了、卷了。大脚趾的趾甲上有条裂纹;他修剪的时候,旁边几个趾头都发出挑衅的咔嗒声,可只有小脚趾没有发出任何声响,看它多乖巧啊,多谨慎啊。小脚趾的趾甲悄悄地来了。

看着从商店买的速冻肉饼包装袋上的说明,他注意到每个单词之间都有一个"&"符号——就像电视里儿歌歌词上出现的蹦蹦球,帮助孩子们一起唱。

光着身子从镜子面前走过，他仿佛看到了玻璃中的一个鲁本斯。肠道和肛门处那种浓稠和紧缩感，让他感觉到自己至少有几百天没排便了。即使在厕所蹲上一年也没用，这不是汉的错。但他的这一年到哪儿去了呢？这一年真实存在吗？

睡醒了，他搓了搓脸，感觉脸被枕头压出了褶皱，就像决斗后留下的疤痕。他刚从那个混乱嘈杂的厨房之梦中挣脱出来——瓶瓶罐罐、咖啡渣，还有倒扣的垃圾袋。他想，好在梦醒后就不用清理厨房了；也不需要走出梦境，因为你还会期待把它找回来。但这次的梦只关乎一个男人。所以别让那个房间消失了：你还要回来的。当他站在冰箱旁边吃午餐时候，那道决斗的疤痕仍然挂在脸上。他在花园的玻璃门里看到了自己的身影。简直像吸过毒一样：被洗了脑、偏执妄想、一无是处。

从直背椅子上站起来，他发出一声呻吟。重新坐回去，他又叹了口气。无论做任何事都会令他一声叹息：弯腰、翻身、擦眉毛。可老人们——他们不会动不动叹气。他们训练自己不要叹气，效果不错。我们会悄悄地来，就像那个小脚趾。我们将悄然离开。我们不会发出任何声响。

第四天，罗莎终于允许他回家跟女儿们待上半个小时。她给了他一个兄妹式的拥抱就走开了，但这只是一种策略：她会时不时地往屋里看、假装经过、在楼梯和楼上拖着步子走来走去。这是在演戏给伊马库拉达看，她那东张西望的眼神表明（至少汉这么认为），这个家庭内部的不和谐尚未传到圣保罗的贫民窟那里……比利跟他最亲近，没过一会儿，她就同意被汉抱在腿上讲故事了；可罗莎随即出现，厉声呵斥他俩坐到沙发上去（而且要肩并肩）。虽然索菲看到他的第一眼就嚎啕大哭，但她恢复得也快。后来，只有他咳嗽的时候她才会哭。汉最近咳嗽得有些频繁。可他的咳嗽不是无法控制的本能反应，而是有特定的目的和方法：把潮湿喉咙参差不齐的边缘打磨平整。

对于罗莎，他试图表现出悔悟的样子，但无法做到他理想的那样，因为他没有悔悟的感觉。他愿意就"强奸你老婆"这句话的语法错误和令人悔恨的类型展开理性说服工作。但是，"说服"毕竟不同于"信服"，他知道这样做肯定会导致一番争论，甚至来个最后通牒——你老婆就是你老婆。另外：众所周知，对于一个一不小心喝醉了的男人来说，破例纵欲一次也是可以理解的，这完全不是男人的错。当然，汉还是在努力。努力使自己理智，哪怕至少装得理智也行。比如说，对于罗莎，他总会产生要（或命令）她到卧室的欲望，可理智告诉他决不能这样做。要控制或压抑住这类强烈的欲望以及内心的委屈令他浑身颤抖不已，有时能持续一分钟之久。有一次他正在默默颤抖，被罗莎看到了，还以为他是在忍住不笑呢。

但是一切都进展顺利，他的造访开始变长、更随意、更放松。罗莎巡逻的次数也慢慢减少了；伊马库拉达有时甚至会允许他短暂地与比利独处；而他很快也有机会看孩子们洗澡了……观察女儿们现在成了汉日常生活的一部分，就像他每天早晨要去蒂尔达·匡特那儿理疗，以及到公园路健身房上课一样；但是观察女儿们好像不应该变成例行公事吧。的确，这样做会诱发幻觉，栩栩如生、反复无常，这样太危险了：他从不知道接下来会发生什么。为什么看她们吃东西会令他产生如此原始的快感？为什么她们在浴缸里戏水的声音对他来说如此重要？为什么她们会经常令他想起色情片：淫荡地扭曲身体、用手指揉搓自己私处、咂嘴咽下脸颊上滴落的精液或者爱液？为什么他总是希望她们死掉，日日想、夜夜想？

有一次，索菲因为下午没睡觉，很早就开始哭闹，最后终于在六点差一刻时睡着了。汉离开的时候请求罗莎让他最后再看一眼，她同意了。他走进房间，伸出手掌平放在她的脊背上，毛毯下的那个小身体看上去毫无生气。这种永恒感随着她的起伏呼吸而转瞬即逝。然后他听到自己内心的那个恶魔被悄悄驱逐了。

"她睡着了，"他说。他穿着外套，站在楼梯下小客厅的门边，罗莎正在看新闻。"睡得很沉，"他补充道。

"嗯，好。她五点就醒了。"

罗莎坐在椅子上抬头看着他。看着她的脸：灯光下，那瘦削的脸庞，让他想到了饥饿、想到了饥荒。

"告诉我，"她说，"为什么只要你在房间，比利就不'运动'了呢？她在我和伊马库拉达面前都会毫不忌讳地手淫。为什么在你面前就不做了呢？"

"也许因为我是个男人。"

"可她以前也不介意啊。你使她有了自我意识。然后就是那只狐狸。"

"我跟你说过那只狐狸，雌的。真的没什么。我只是把她抱得太紧了。"

汉正在小棚屋里收拾浇花用的软管,比利走了进来。他们听到天窗上发出一声刮擦声,然后就看见头顶上方出现了一只狐狸。他们只能看到狐狸肚子的那一面,还有尾巴和皮毛下掩盖的脊椎和刺。比利大叫起来("快看!"),汉一把将她抓到怀里,狐狸紧张得转了一圈,定在那里不动了。他原以为这动物会兽性大发——低声吼叫、龇牙咧嘴之类的——而不是现在这副害怕和紧张的模样。这种紧张任何人都无法忍受。然后它就逃跑了,爪子从玻璃上划过,比利吓得紧紧抓住他的手。

"我只是把她抱得太紧了。我的膝盖也受伤了。"

"是啊,她跟我说过,'爸爸也伤到膝盖了。'"

他向后靠了一点说:"只要涉及到女儿们,我也不知道,我总是会过度紧张。就好像把她们弄丢了,刚找回来一样。而且是在晚上。这变成我生活的一部分。我在努力。我在努力。"

"过去的一个星期,你表现得不错。"

"是吗?你能这样想就太好了。我知道我还有很长的路要走。我的制导系统……总之,晚安。"

她转过头去看电视了。他也随之看去。他下意识地想瞄一眼这个世界变成了什么样子:汽车或卡车烧焦的底盘;推车上躺着一个缠满绷带的人急速通过医院走廊;一个女人在哭泣;屏幕下方是字幕……而他眼里看到的就简单多了:一个美军部队——步兵、海军陆战队士兵——黑压压地穿过黄沙漫天的飞机跑道，每个人都最大限度地配备装置，仿佛他们是单人乐队一样。他想，海陆陆战队的圣战。他脱口而出：

"永远忠诚。是的，永远忠诚。"

"你知道吗，"她说，眼睛直直地盯着前方，"你比以前，呃，油嘴滑舌多了。听你说的话。你以前可是个循规蹈矩的人。我喜欢那样的你。"她抬头看着他。"我想念他。不过，你说的对：永远忠诚。永远忠诚。"

"新婚颂歌。"

"……新婚颂歌。"

但只有当他晚上一个人在家的时候，跟小女孩的好戏才真正上演。他躺在那里辗转反侧、浑身颤抖，仿佛看见她们受伤、受害、被带走，看到她们皮开肉绽、骨头折断、脑壳撞上水泥地或钢管。他闭上眼睛后看到的东西，促使他猛地坐起身、翻到一边、蜷缩身躯，然后又翻回去。他想：有东西要袭击她们，可我无法保护她们，我无法保护她们。然后出现了她们的脸，害怕、恐惧、惊恐，这画面使他惊厥，使他翻滚、抽搐、颤抖……他听说有一个女人，亲眼看到她女儿被人砍杀，却感到一种"前所未有的平静"。而他也是一样，只有当脑海中闪过那一系列画面，当她们残缺不全的尸体躺在他面前，他才会产生睡意；他感觉自己（若即若离地）漂浮在平静的湖面，就像吸过毒一样，往极乐世界飘去。我无法保护她们。她们属于我，而我无法保护她们。那何不杀了她们？何不奸了她们？

你可以像动物一样生活，而且现在他认为他明白了，为什么动物会吃掉自己的幼崽。为了保护它们——把它们重新放回身体里。

我看见一个小女孩从窗边走过。是她吗,还是我孩子的灵魂?

2. 古怪的姐姐

她第八天打来电话。

"那你什么时候能来呢?"

"请问你是哪位?"

"我是谁?我是卡拉呀。傻瓜。"

"我认识你吗?"

"哦,别装了,"科拉·苏珊说。"等一下,有人在敲门。门开了!……放在那儿就行了……谢谢,谢谢……香槟。庆祝我的到来。冰箱里还有半瓶,但我不喜欢那个牌子,而且半瓶也不够喝,你说呢?好了。我印象中咱们已经说好了。"

"对不起,'卡拉'?"

"是的,卡拉。天啊。K开头的。"

"呃,等一下。问题是大概一个月前我发生过一次意外,然后我——"

"意外?什么样的意外?"

"头部受伤。我的记忆已不是从前那样了。"

"你不记得有个叫卡拉的女人吗?这太让人失望了。你本来对我非常合适呢。很遗憾你发生了这些事,你可能不再合适了。"

"合适什么?"

她叹了口气说:"那我就从头讲起吧。我是一个非常富有、年轻、健康、美丽的女商人,我崇尚无爱之性。我承认,我很娇小,但我的身体棒极了,我有健美的身材和棕色的皮肤。我每年会来伦敦两次。本来我们说好了,你某天下午到我酒店来,你可以对我做任何事。完事后我会坐上飞机,飞到距离你五千英里的地方。直到下次相会。现在我恐怕得另觅他人了。我刚看到香槟的价钱。我喜欢花钱,可这简直疯了。"

"我呃,我觉得我不可能同意做这种事。"

"是吗?可你当时对这个主意兴趣可大了。"

"那是什么时候的事?"

"那是在珀尔家的一个夏天……不过你可以来一趟,至少打个招呼吧。另外,汉,你不应该试图消除一下潜在的危险局面吗?万一我发神经了,打电话到你家去怎么办?"

"你在哪儿?"

她把地址告诉他。他说:

"我想我们最好另找个地方见面吧。"

"可以。我们可以在大堂见。我要到周五才有空,正好你也有时间仔细考虑一下。"

"周五……行。明天我要去接我的儿子们。"

"很好。你真的不记得了吗?你不记得说的那些有关我胸部的话?……你不记得它们了吗?这真令人担忧。不过,汉,这对你来说也许是好事。我敢说你看到我的那一瞬间,什么都会想起来的。"

科拉穿了一身黑，紧身衣、T恤、衬衣，还有黑鞋子、黑丝上衣、挂着黑面纱的黑帽子。她现在面临一项艰巨任务——法式盘发：将所有头发聚拢到一侧，然后向上倒拉拧紧，最后用若干小夹子从上到下将扭发固定。她本来在卫生间弄头发，很快就转移到隔壁了。卫生间那面令人困扰的镜子——奇怪的角度和高度——让她觉得镜子里好像有双眼睛在盯着她。

她以前在书里读到过。乱伦的受害者都认为自己拥有某种魔力。他们真的有。所有的婴儿、所有的幼儿都相信他们能施展魔力：那些一岁大的孩子，如果你不小心激怒他们，会从婴儿床里吃惊地抬起头看着你，心想你们如何躲过他们的咒语。长大后他们就放弃这一信念了。可那些乱伦的受害者，这些女孩儿们，这些古怪的姐妹们，从未放弃信念。因为她们相信拥有魔力：她们只要说一句话，就能让一个家庭凭空消失。

科拉之前在互助组和康复项目遇到的那些女人们还坚守着另一个理念：那就是她们可以引诱任何男人。对她们来说，这话并不假，只要那男人有暴力倾向或精神不正常；只要那男人是强奸犯、瘾君子、皮条客、流浪汉……科拉也坚信她能勾到任何男人，而且至今她从未失手过。但对于汉·米欧的计划就不仅仅是勾引了，她还要帮他老婆答疑解惑呢。她现在还没想好该怎么做。她早晚会想到的。

再过五分钟她叫的车就要来了。她拨通电话说："你好，我想找珀尔？……珀尔！你不认识我，但我是你丈夫的老情人……大约八年前。对：那时候你们还没离婚。"科拉把电话从耳边拿开。"等一下，等一下。他对我也坏透了，如果这样说你能好受些的话……那么——那么，我想我们能不能不计前嫌，一边好好聊聊，"她继续说，"一边吸上几口。"

科拉迅速穿上外套。出门时路过为殉道者摆放的传统插花，她强忍着没有吐出来。

3. 混蛋国王

"这个又是怎么玩儿的?"他问儿子们。

"你的教名加上你家的街道名,就是你做电影明星的名字,"迈克尔说。

"然后你宠物的名字加上你家的街道名,就是你做艳星的名字,"大卫说。

汉说:"我没养宠物。"

"那你最后养的宠物是什么?"

"一只狗,叫小软蛋。"

"好吧。那你的艳星名就叫软蛋·圣·乔治。"

汉继续说:"软蛋一点也不软。一点都不。它是一只黑白相间的阿尔萨斯狗,特别难对付。我小的时候就在想,也许这就是软蛋总是怒气冲天的原因。因为它的名字。"

他们又回到刚才的阅读。迈克尔和大卫正在读体育版新闻。汉正在读他自己:《蜜汁》……他们三个人正坐在天堂码头的快餐店里,周围布置得像幼儿园一样。还有顾客衣服的颜色,英语字母的颜色,粉的,灰的,最后还有太阳系的颜色。他想,他们为什么需要这么多颜色呢?隔壁桌子,一个白人男子向一个棕色孩子递了一个装满百事可乐的奶瓶,他那苍白的手和手上淤青般的纹身,似乎从这次交易中获得了极大的满足。他黑人妻子的笑容——也使他备受关注。

"'红隼初中骑士奖章的获得者中',"大卫念道,"'爱情骗子安斯利·卡尔已经名誉扫地了……'他们估计他接下来会去查尔顿。当然是出狱以后。"

"查尔顿?他们简直是废物。"

"卡尔才是废物。查尔顿也是一样。他是废物,他们也是废物。"

"卡尔是废物。可查尔顿没有那么烂。"

"扯淡。他们没有他那么烂,可他们仍旧是废物。"

"孩子们,孩子们:你们真该换换脏话了。比如说'废物'这个词。我是说,'扯淡'还算是有点意思,意思相对复杂一些。比如说:为了蒙骗别人而说的胡话。可'废物'呢。废物就是废物。作为一个词来说,'废物'简直是太烂了。"

"这就是它的奥妙所在。'废物'棒极了。"

"是啊,'废物'很酷。"

"我告诉你们什么才是废物,"他说,把他正看的书拍在桌子上,"这狗屁玩意儿才是废物。"

"……什么意思,爸爸?"

"别问了。等你们长大点,我再告诉你们。"

他们出来后进入英格兰的最后一片领地。岩石、滨螺;脖子上沾满油污的鸽子,凄惨鸣叫的海鸥;暴风雨过后的大海,波涛汹涌,令人心烦意乱。码头上的一切——游戏厅、坑蒙拐骗、短斤少两的咖啡厅和酒吧、碰碰车、魔鬼火车——整幅画面都是由一个庞大的贫民窟家庭（其实十分富裕）设计的。这就是他整个童年的回忆。

星期四的早晨阳光明媚，蓝天白云。他给了两个孩子每人大约一百英镑，然后独自一人坐在"歌剧"和"天堂"两个码头之间的岩石上。水手们说，这暴风雨一天来了两次——如果浪涛"重新考虑"的话。有点像在他面前即将发生的事情，尽管海面现在看来很平静；但斗志已经重新燃起。惊涛骇浪之后，海面渐趋平静，他们扑通一声，趁机撒网捕鱼。

汉思忖着自己正在放松心情的原因。此刻对这个地方的记忆涌上心头，历历在目。读《蜜汁》（已经快看完了）似乎确实给了他不少启发，不管代价如何。但是，不对，肯定是因为孩子们，孩子们。仅仅是他们的男性气质，他们不检点的说话，他们把皇冠酒店的房间糟蹋得不成样子？不，是他们对他目前状态毫无保留的接受——还有一个事实，他们绝不会指责他。他们也正经历着一个抛弃自我、进化转变的过程。和他们的父亲一样，他们无法完全记得自己曾经的样子，也无法预计自己将来会变成什么样子。他们根本不知道自己是谁。

迈克尔和大卫在山崖边的海滨大道上找到他。远处的云朵看上去就像一块块陆地：非洲、美洲。海浪正在努力（争取一天内完工）把他坐过的那块岩石拍成碎片。波涛汹涌，惊涛拍岸。海浪激起的泡沫仿佛在冷笑、在微笑，在冷笑、在微笑：这是"歌剧"的幽灵；这是"天堂"的幽灵。

"维姬回学校了吗?"汉问。

他们坐在出租车里,在去车站的路上;车子在广场拐弯的时候,他们正好可以清晰地看到坐落在摇摇欲坠的悬崖上的圣拔士巴雕像——显而易见,用不了一两年就会跌入海中。

迈克尔说:"没有,据说他们把她藏到乡下的哪个地方了。可是为什么呢?干那事的家伙——已经把她累垮了吧。"

大卫说:"她已经消失四个月了。她不敢回去。"

"还有更糟的呢,"那个上了年纪的司机说,"干那事的家伙:是我们的黑人弟兄。他还让她染上一种疾病。"

迈克尔说:"……如果他还是个孩子,他肯定是个混蛋冒牌货。"

"混蛋一世。"

"混蛋国王。"

汉在火车上打了个盹,他的思绪开始飘散开来。他希望得到的、他以前拥有的,除了报仇之外,就是有尊严地恢复家庭的本来面目。会实现的。会做到的。他认为他会在罗莎面前好好表现,扮演那个曾经的自己。另一方面,他的头一会儿从沉睡中抬起,一会儿又垂了下去,就像电线杆上两条平行的电线不断地变换高度,另一方面……他的思绪一会儿向后,一会儿向前,他想到了那个酒店房间里的女人。成名的乐趣:带有少年男妓亲笔签名的传单;保加利亚剧团在募集捐款;而且,时不时地(已经很久没有这样了),会有一个女人向你投怀送抱。他知道,这些女人远非善良、可靠之辈,她们毕竟是女人。被人需要的感觉真好,即使对方只是个骚货……当然,事情很大程度上取决于她们的长相。他决心忠诚——永远忠诚;他不会下手。当然,他也许会去呆一小会儿,看她穿着裤子兜兜转转。然后再悄悄地溜走。

4. 科拉拜访珀尔

"关于汉·米欧,我只有一句话要说:他充满诱惑。请进。那是电视。每次上电视他的标准都会直线上升。哦,随便放就行。胸不错嘛,亲爱的。这也是你的东西吧。还有这腰,还有这屁股……天呐,他肯定感觉像过节一样。估计连你的肠胃都会令他兴奋。那是啥时候?肯定是不小的奇迹。当时——多大?二十九?三十?——你肯定更加迷人。不,我觉得你现在更好。不好意思,家里太乱了。你应该去看看男孩们的房间。他们从学校回来,把他们所有的衣服都试了一遍,扔得到处都是。你真是太好了。我非常喜欢。"

科拉在餐厅的大桌子上腾出一个地方,放上那个装着大瓶香槟的高级购物袋,然后拿出装有白粉的鼻烟盒。

"哦,请继续。"

科拉朝客厅扫了一眼,家具上悬挂毛毯、围巾,凌乱不堪的衣物像是被暴洪冲过一样,混乱地堆在一起,这表明珀尔是个藏不住事的人。她带来的礼物太多了——不是不喜欢,而是实在没有必要。珀尔的面容也透露出类似的信息:苍白的脸颊和前额、抹着赤褐色发胶的头发、非天然的珠宝饰品、褪色显旧的夹克和一条短裙。那条短裙吸引了科拉的注意力。她发现这是珀尔全身最富有吸引力的地方——健美的大腿、有型的翘臀。一种致命的震颤感突然涌入科拉的脑海：如果哪天珀尔不再穿短裙了，这对她来说将是世界末日。来珀尔家的路上，科拉坐的出租车遇到了一个老妇人（科拉以前不太留意街上的老妇人），她弯腰低头在地摊上挑选商品。这个老妇人在斑马线等着过马路，司机放慢车速停了下来；在像病螃蟹一样抬腿走路之前，她面带怀疑讥讽的神情，瞪了司机至少二十秒钟，仿佛伦敦的出租车撞斑马线上的老妇人是路人皆知的事情。科拉想：穿短裙试做那些事吧。

当科拉谈起男人床上的那点事，尤其提及汉·米欧的时候，珀尔把双脚放在桌子上，她已经抽了七根烟了。

"泡沫太多了，你不觉得吗？"珀尔说，"把手指伸进去搅一下。就像这样，把泡沫赶走，就能喝得快点了。唷！我还没罩上桌布呢……呃，他呢，不算是个恋物癖者。不像有些人。我知道一个家伙，每次听到冲马桶的声音，都会扭伤脖子。还有一个家伙，必须戴上面具才能做那事，而且我还得装扮成另一个人——你知道吗，每次都要扮成不同的人。我说，哎，这次不扮了行吗？他说，我喜欢同性恋的样子——否则我做不了。汉。汉喜欢花边内裤，还有其他所有带蕾丝花边的东西，没有例外。和他在一起，是关乎权力的问题。他想要征服你。所以，你知道，你需要抵抗，假装没有任何反应，装作没有兴致，然后就任由他继续干下去。直到你……他就喜欢这样。哎，你能有什么办法呢？要么让他们掌控全局，要么任由他们把自己锁在厕所里：哭泣或者手淫。把手指放进去搅一搅。"

科拉此时聊到了汉目前的状态,令她高兴的是,她发现珀尔的傲慢中有一丝慌乱:她接下来会暴露更多的秘密。

"当然,现在一切都结束了,自从他的头被打了以后。"她的声音有些颤抖,这从不由自主地吸鼻子可以看出。"实际上他一直都挺敏锐的,但现在全完了,他什么都不记得了。罗莎——我现在跟她挺友好,至少在电话里。罗莎说,有一次他大半夜突然跳到她身上,她不得不把他踢出房间。她说他现在就像一个十四岁的弱智儿。所有人都束手无策。而且还有更糟的呢。"

科拉探过身去。带着正当的恐慌神情,珀尔接着说:

"罗莎曾经问我……我在跟他办离婚时曾告诉律师,汉喜欢玩弄儿子们。当然这完全是我瞎编的,算是穷途末路之计吧。有一次罗莎问我这是不是真的。因为她认为他在玩弄比利——那是他们四岁大的女儿,据说是个性感的小甜心。记住,她并没有确凿的证据,只是他看她的眼神。哇。这件事我本不该告诉任何人的,但你知道一直憋在心里的感觉。现在一吐为快。"

"哦,跟我一起很安全,"科拉说,"嗯,你的花园看起来棒极了,在我走之前能带我逛一圈吗?"

珀尔斜靠在前门边上说,

"喔:新鲜空气真让我清醒了不少。你看她,就像一朵小雏菊。我们还没来得及聊聊你和汉的事呢……好呀,什么时候呢？太好了……哦，你要开始搅拌了，不是吗？把它拌匀。我说他将会是个非常幸运的男孩。大约半小时吧。他对她简直是自投罗网：一着不慎，满盘皆输。有进展了记得告诉我。我会打电话给罗莎，跟她八卦一下。或者你自己告诉她？"

5. 没什么不同寻常

　　星期五，汉7点就起床了。他和女儿们一起吃了早餐，还有伊马库拉达，为稍后离开她们做点补偿——而且还有可能出于某种原因，在酒店耽搁了而回不来。他先去蒂尔达·匡特那里做了心理治疗。接着他去了健身房，比平常练得都要卖力，时间也更久些；他的教练多米尼克要求他在举重练习凳上额外做了几组杠铃推举练习。回到公寓后，他正准备脱掉臭乎乎的背心，突然自言自语说：别洗了，就这样去，这才是最真实的你……作为折中方案（不过这可不是他平常的习惯），他用冷水冲了大概十五分钟。蒂尔达·匡特曾经说过，他们现在采取的治疗方案是自我鞭打法：也就是提前赎罪。地狱不仅仅会热；地狱其实也很冷。

　　毋庸置疑，他肯定是本着类似的精神，决定开展一项拖延已久的计划：他一直想写点什么。哪怕写几段（他对自己说）、写几百字也好，描述一下意外发生后他心中的困扰。他写了四十五分钟，停下笔读了起来。跟他担心的一样，信中并没有太多对他目前状况的沉痛渲染。其实这只是另一个症状：言语障碍症。他意识到，他的注意力总是无法集中，因为他一直在想性交的事：下午的性活动。到目前为止，所有已知的性交动作、技巧、姿势、花样对他来说都不足为奇。截至现在，是一种无杂质的恋衰癖——对低级趣味的挚爱。汉坐在棕色书房的椅子里，情绪低落。

他苦笑着拿起《蜜汁》，想要把它读完——或者看完最后，也是最长的那个故事"蜜汁"。

读了十二页后他站起身说："约瑟夫·安德鲁斯？"

当时，玛拉基·巴利从二百码的距离径直向他走来。恩，这么说也不准确：他顺路还要办点别的事。只花一分钟。玛拉基今天要完成两项任务。他不喜欢第一项任务，也不喜欢第二项任务。但他还是要去完成它们。他穿着破旧的皮大衣（那宽大的皮带就像圆桶上套着的铁箍），来到艾伯特王子路西侧人行道上一个卖热狗的小摊旁边。

"做一个。多少钱？……天呐，你还真舍得开价，伙计。洋葱？不要，就那些呃，配料就行……"

卖热狗的男人是一个中年的拉斯特法里教徒，嘴里的牙都快掉光了，一张老脸饱经沧桑，他哄骗玛拉基说："你必须要吃洋葱，老兄。可以壮阳哦。"

"我阳气十足得很，伙计。你看那根香肠：简直像个生化武器。你知道我是谁吗？你知道我为什么来这儿吗？"他想，我为什么要来这里？占用我的宝贵时间，而且我还在这儿恐吓热狗摊主。这根本不算个摊位。他妈的就是个推车……"他们怎么不吃这玩意儿？"

"可他们在吃冰激凌！"

"冰激凌、热狗：有啥区别。"

热狗男人就这样站着，手拿抹布和抹刀。

"听着,你不想把脸贴在烤架上吧,你不想这辆车压在你身上,这些洋葱落在你头发上吧。一只耳朵灌上番茄酱,另一只灌上芥末酱。"

"我也曾年轻过,老兄。"

"是啊,我们都曾年轻过。我很抱歉。但我一会儿就回来,到时候如果还让我看见你,我可饶不了你。"

玛拉基继续向前走,经过圣马克教堂,来到圣乔治大街。

他按了门铃,等着。就在门打开的时候,他听到路边传来一声激烈的呵斥:"喂!"他朝周围看看,又往后看了看。然后他双脚换个位置,双手抬高到肩部,弓下头。路人还以为玛拉基在劝架呢——帮一对夫妻找到共同点。要么,他就只是单纯地想把二位拉开。

"绝对罚重了,根本不适合我。绝对罚重了。啊,太好了,"玛拉基说,他点的茶端过来了。他们两人站在公寓的厨房里,围着桌子,玛拉基还穿着外套,手里拿着根烟。"他交代我:'替我打烂他的嘴。让他好好尝尝滋味。我要打得他无法进食。我看他还敢不敢说我的名字。'看他说话的语气,我还以为你举报他,害他被逮起来了呢。原来你只是把他的名字放到一个—— 一个故事里啊。你还好吗,伙计?"

"没事,伙计……"

汉站在桌边。他能感觉到一种强烈的暴力气息仍旧围绕在他身边阴魂不散:痛苦与现实的淫荡杀手。他看到陌生人在他家附近转悠,然后他认出了他。汉走到街上,准备接受任何……玛拉基有一种独特的说话方式,他会咬紧嘴唇,高抬眉毛，然后不住地点头，一会儿向左，一会儿向右：一会儿这样，一会儿那样。汉现在看着他竟感到一丝平静，甚至有些欣赏，仿佛在向什么东西一步步靠近。他说：

"我根本没做那种事。"

"不，少扯了。这里白纸黑字写着呢。"他拿起带来的那本杂志。"'猛击'这一章。书里其他地方还有好多。约瑟夫·安德鲁斯。"

汉·米欧不能算是个文学作家，但他在《蜜汁》里罕见地使用了一些修辞方法。故事讲述了一个中年保安，年轻时曾在美国娱乐圈打拼。"他在拉斯维加斯呆过一年，为约瑟夫·安德鲁斯工作，"他说。《蜜汁》最后提到，约瑟夫·安德鲁斯退休后回到洛杉矶。故事就完了。

"我不是在指约瑟夫·安德鲁斯，"汉说，试图解释清楚。"我指的是汤姆·琼斯。"

"汤姆·琼斯？"

"那个歌手。你知道吧：《没什么不同寻常》那首歌。我指的是汤姆·琼斯。"

"……好吧，这他妈的很特别。那你为什么不直接说汤姆·琼斯呢？"

"这是一种呃，算是一种戏谑。汤姆·琼斯、约瑟夫·安德鲁斯：他们都是亨利·菲尔丁小说的名字……所以你不能再说汤姆·琼斯了。"

"……可你他妈的也不能说约瑟夫·安德鲁斯啊，天呐。"玛拉基显然被这种轻率举动吓到了，他平复了一下自己。接着他皱着眉头低声说，"'被任何人爱都没什么特别的。'"玛拉基的眉头皱得更紧了，他接着说，"'每天我都能摸到我家绿色、绿色的草地'……我十四岁时看过《汤姆·琼斯》这部电影。那是我看的第一部电影。我当时想：开始吧。没完没了的狂欢和咒骂。里边充斥着俱乐部、女人，和她们的——都堆到这里了。"

汉在一旁听着。他一开始就很清楚，有些事玛拉基会告诉他，有些事不会。

"他现在改名字了，约瑟夫·安德鲁斯。他对这事很敏感。他倒也应该保持警惕。"玛拉基此时上下打量着自己。"你也算付出代价了，不是吗？已经付出代价了，而且代价过于惨重。我跟你说，这个主意怎么样：做了斯诺特。"

"做了斯诺特？"

"做了斯诺特。就是那个在你头上打了两拳的家伙。我要做了他。"

等一下，汉想：我也许需要练习一下。他本不该问问题，可他还是说了："我有种预感，这事还不算完。安德鲁斯。"

"预感？嗯，我希望你是错的。但你确实把他激怒了，伙计。他可不是个善茬，约瑟夫·安德鲁斯。我父亲曾为他工作过三十年，直到他被对手打瘸了——普鲁塔克兄弟。我父亲一副惨相地——胳膊扭曲、脖子歪向一边——去找独腿乔。乔对他说：'好吧，普鲁塔克对你下狠手，我们也不是吃素的。'他给了他六十英镑，在他屁股上踢了一脚，他就一瘸一拐地离开了。这时，玛拉基摇了一下头，眉头紧锁。'我现在能想到的就是梅克·米欧。我听说他们之间有点过节。你的身体怎么样了?'"

"我身体恢复得差不多了。但不是以前的我了。"

"那嗯,家里呢?"

"还在试用期。"

"那你……你不要放弃。因为那才是最重要的事情。你肯定懂得。在你这个年纪,老天,如果没有老婆,你简直就是个天大的笑话。还有你的孩子们。"

汉突然坐直身子说:"我必须去这个酒店见这个女人。"

"噢。好吧。"

玛拉基慢慢站起身,严肃地看着汉,"那你知道可能造成的后果吧?"

6. 纸片人-1

到酒店来找我,她专门叮嘱他。汉此时感到一个巨大星球的吸引力。水晶月亮、玻璃球、空间散开的远景、旋转楼梯上的金色屋顶——简直是亚特兰蒂斯宣传册上的场景。再朝下看,铺着大理石的街道上店铺林立:理发、按摩、修指甲、修脚、香水、珠宝,还有高级时装。所有这一切都与心灵无关,对吧?你感觉到———种美好生活的巨大压力。而这还是在你看到吃的、喝的、软毛巾、白床单之前。

他到前台问了一下,然后被带到一排电话前——这些电话肯定是路易十四的朝臣用过的吧。"卡拉吗?"他说,"是我。"

"我的套房里有酒水吧,"她说,"上来吧。"

"不,我的意思是,还是你下来吧,如果可以的话。"

"什么,就穿这个吗……我开玩笑的。等我一分钟。"

可不止一分钟。他在喷泉边站了一会儿,远离电梯旁边的青铜器,躲开一车车推过来的各种化妆品。此时汉在脑海中想象着她,在楼上,试了一件又一件。当然,他也假装"希望"她不要太诱人。但现在他自己都无法确定,她的长相——更别说穿衣打扮——对此会有什么影响。蒂尔达·匡特一点都不美(别人收礼物的时候,她肯定是独自一人落寞地站在角落),

可汉却觉得她非常富有吸引力。而且那天早晨，他还发现自己出神地盯着伊马库拉达的阿兹特克气质……

又来了一辆车（他盯着车里伸出来的深红色双腿），又闪出另外一个身影，行色匆匆的样子，似乎与日转星移毫无关联。而她没有染上这种慌乱。其他路人默默散开，她从中缓缓走来。好像身边的小孩们延缓了她的步伐——你朝她旁边看，下边看，在找这些孩子；但根本没有孩子……汉做着他看到比利做的一个动作：他踮着脚尖，身体微微后倾，靠稍稍抬起脚尖才能保持身体平稳。她没有染上这种慌乱，也不喜欢酒店的甜品。凉鞋、草袋、朴素的白裙。当然，她的身材跟酒店同化了；他一开始想，她肯定是穿了最小号的束身衣，才会把腰塑造得那般凹凸有致；但她走路时身体那个部位抖动的样子表明，她没有穿戴任何东西。快走近时，他发现她完全没有化妆，心中顿时涌起一种无可比拟的亲密感。他认不出她。但事实上，他的身体知道他们以前见过面。

他点了点头。她踮起脚尖，在他的嘴角亲吻了一下。

这句话汉已经不安地练习了好多遍，可此时说出口还是感到紧张："这是我三十年来的第一次约会。"

"第一次？那是对你来说吧。我认识你。你认识我吗？"

然后他说："你，我不知道，你是……以前见过。"

她说："这后边有个非常棒的酒吧。"她伸手拉起了他的胳膊。

他再次"希望"酒吧灯火通明，最好人满为患：要是那样就"更好"了，她就没什么机会做他不"喜欢"的事了。他猛地闪进玫瑰厅，仿佛来自赤道地区的海滨。足足过了一分钟才意识到，这里一个顾客也没有。一次瞎子约会，也是一次聋子约会：周围的黑暗挤压着他的耳膜，他跟着一个白色小精灵向深处走去：红色天鹅绒装扮的妓院。面无表情的侍者突然出现，点亮蜡烛后随即消失不见了。现在他们的脸映衬得忽明忽暗——但周围还是一片黑暗。在这种氛围下，懒洋洋地乱来一次似乎不会显得特别唐突。一次愚蠢的约会：一次愚蠢的约会。她说。

"好了。真正意义上的'似曾相识'，还是通俗意义上？通俗意义上，'以前见过'意思就是'以前见过'。比如说'我们看到圣人俱乐部连续两年赢得奖杯，产生了一种似曾相识的感觉'。真正意义上'似曾相似'的意思是，你之前从未见过我，你只是感觉见过。那你是哪种？"

"后者吧，我想。我告诉过你，我的记忆出了点问题。"

"当然了，应该是非常通俗意义上的'以前见过'。事实上超级通俗。我们一会儿再说这个。哈。"

汉的眼睛逐渐适应了黑暗，竟然发现那个面无表情的侍者非常年轻：他似乎要推荐一杯牛奶。

"我和你点一样的东西，"她说。

这下更有理由来点烈酒了。事实上，他会不惜任何代价喝上一杯。他会不惜任何代价——但也不是任何代价。眼下他能看到一条明显的分界线：一边是他拥有的一切；一边是他失去的一切。牛奶，是的，或者水，还是水吧——水是生命之源。他问侍者有没有鲜榨橙汁，侍者说有。

"橙汁？"她说，"我可不喝那东西。请来一大杯杜松子马提尼，配柠檬片。噢，别喝橙汁了，至少来杯浓缩咖啡嘛。"

"好吧，就来杯浓缩咖啡。"

"两杯……我读过你的书，它真……"

他很高兴——脑子里兴奋异常，一不小心就脱口而出了，"见鬼去吧，是吗？对不起，我不该这么说。但你明白我的意思。"

"你是说你讨好读者。嗯，书里有种谄媚奉承的感觉。你在左右逢源，谁都不想得罪。而且你似乎虚构出不少浪漫的男女情节。这是我的观点。就好像所有的敌意都消失了，你我和平共处地喝着牛奶。还有一个问题。书里有一章的标题是个女孩的名字？对了，'伊维'。在长达三十页的穷追不舍后，主人公终于把伊维搞上了床，以我之见，真该庆贺他自己没有描述细节。比如，'不，我不会告诉你谁把什么放到哪儿了'，等等。这是什么？骑士精神？一种进化？作家这么做对吗——逃避问题，装腔作势？我这么说不大公平，因为并不是你一个人这样做。看起来'和谐性爱'是一个作家不好把握的主题。也许是唯一的主题。不：还有梦幻。可为什么要有呢？嗯。不好意思，我得尝尝这杯美酒。"

"他们说，"汉开口了，"他们说作家不代表任何人说话，只代表自己。那些怪癖暴露出来了。它们不再呃，普遍适用了。"

"为什么怪癖不能有普遍性？难道就没有我们都喜欢做的事吗？"

"很好笑。我虽然不经常描写性，但每当遇到一个角色，我问自己的第一个问题就是：他们在床上是什么样？"

"是吗？不好意思：'他们像什么'还是'他们喜欢什么'？"

"两者都有吧。或者，两者本来就是一个意思？"

"那么，如果你要把我写进小说，当然我不建议你这么做，你会如何开头呢？"

"你为什么不建议我这么做呢？"

"因为没人会相信像我这样的女人。或者没有女人会相信。除非她自己也是受害者。受害者就会相信。"

"什么的受害者？"

"等一下。我知道你又在逃避问题了。话说回来。和谐的性爱这个主题，一定能找到合适的处理方法。完全采用另一种形式，完全进入另一个领域，毫无保留。"

"色情文学。"

"色情文学……色情是个令人恶心的词，不是吗？它简直是全世界最恶心的事了。可色情片一点都不恶心。在业内，我们叫它行业。你如果身在其中也要这么叫。我就身在其中……我之前说过，你也许曾经见过我，从非常通俗的意义上讲。我入行有一阵子了，当时加入这行是有原因的，但是我呢，拍了大概有一百多部片子吧。色情片。卡拉·怀特。三年来，镜头上的性行为就是我性生活的全部。色情演员跟非色情演员有所不同。我们看色情片时，会略过性爱直接快进到技巧部分。那真的很变态。"

"……那你入行是什么原因呢?"

"我告诉过你。你真的不记得了吗?"

"什么时候?在哪里?"

"那是在珀尔家举行的夏季派对:8月31日。跟往常一样,混乱极了。当然,罗莎不在,还记得吗?我们聊了两个小时,然后进花园做了那事。"

"我们做了什么?"

"我会讲到的。现在我告诉你原因。这一度是陈词滥调,现在变成一种误解:女孩子为什么要拍色情片呢?因为她们被自己的父亲强奸过。在我六岁到九岁那几年,我父亲每天都会强奸我一次……嗯,奇怪。太奇怪了。看来你完全记得。"

"为什么要这么说?"

"当我第一次告诉你这件事时,你为我感到愤愤不平。可现在呢,你看你只是眨了下眼,很悠然的样子。"

"不是我记得你告诉过我,而是……"

"你不再认为这种事令人震惊了吗?天啊,你真是被人撞了脑袋,对吧。那么好吧,我们来想想。这事骇人听闻吗?有些父亲——不仅是那些粗鲁的乡巴佬,还有证券经纪人和政客——有些父亲真的认为乱伦是'自然行为'。我制造了你,我当然就能碰你,你的第一个孩子应该是属于你父亲的:就这样。这是返祖现象。因为摆脱乱伦、抛弃乱伦,是人类进化史的一部分,就像摆脱发情期。"

"什么?"

"发情期。女性发情。从来没有哪个人类社会不忌讳乱伦现象。但父亲与女儿之间的乱伦从来都是最薄弱的环节。《圣经》里有各种各样的禁令。'不可暴露你父亲姐妹的下体；她是你的姑妈；这样做是邪恶的。'但其中没有一条禁令是关于父女的。"

"父权制度。"

"嗯，是的。不，男子气概。母子乱伦很少发生。整个文学作品里也就出现过不到二十例。而且《圣经》里所有的限制都是针对男性的。由男人去做，因为男人是高等动物……身材。男人块头大。由男人去做，因为男人高大……如果你想编造一个理由，那就不要回顾过去。"

她俯下身抿了一口酒，用手分开银灰色的头发。很明显她说的话非常奇怪。可为什么他一点感觉都没有呢?

"看看未来吧。我们，我们这些受害者们，我们一点都没有被如今的社会吓到：常态已经终结。我们知道现在已经没有道德秩序可言了。所以，尽管去睡比利吧，带她走向虚无。"

"就是这样吗?一切都毫无意义。"

"其实非常简单。"她笑着说，狡猾地露出一排牙齿，"我住的地方到处都是小诊所，卖淫、性无能、吸毒。他们会教乱伦的父亲净化心灵——让他们可怜的妻子打扮成小女孩的模样。"

他想到了比利，想到了索菲。"校服、连体衣和尿布。"

"也不光是这些，无非是大部分男人喜欢的那些东西。相信我。你只需要穿上非常非常小号的衣服就行。我给你打电话的时候说，我穿得像个小女孩；我这么说是因为，这再普遍不过了。我不知道，它能帮你缓解压力。想象一下娃娃脸吧。这不仅仅是种升华，更有一种喜剧的调剂效果。如果你穿的东西连腰都遮不住，还有什么事能正经起来呢。"

"你发现？嗯，卡拉，请让我想一下……是的，我以前见过你，而且肯定不是在电影上。"

"你怎么知道？"

"因为我不看色情片。"

"你的意思是，你是说你从来不看色情片。喔。那你可不能算是现代好男人，还写了《蜜汁》……不公平。你完全落伍了——你甚至还对色情片持否定态度。虽然尚需时日，但色情片正在大踏步奔向主流。业内总在说这事多体面。每当迪米特·奎斯特或托瑞·菲特新开一家超市，他们都会觉得很体面。因此，你必须说手淫也是件体面事。他们就是这样说的，'手淫很酷，'我那天读到的，'打飞机棒极了。'"

"打飞机是扯淡。但等一下。"

他的确看过色情片，就在受伤以后。一开始他挺喜欢看，但内心并不赞同；可现在他非常喜欢看，而且也赞同、支持、祝福它。不过这仍旧对他的状况没有帮助。因为即使是看色情片都需要记忆；可他的记忆出了毛病。水流、压力、温度：如果这些改变了，如果记忆无法驾驭它们了……产生了心理反应，却无法得到舒缓。就像他之前的情色生活都丢失了，可他浓烈的欲望却汹涌澎湃地朝他涌来，涌入现在，涌入现实生活。

"哦，别对手淫太苛责。"她伸出手搭在黑绒桌布上。

"被人遗忘很不爽。这使你感觉受到冷落。"

"不是这样的。在我被人袭击的三周前,那是比利的四岁生日。"他突然停住,然后继续说,"我午饭时去接她,一般我不做这事,她真是兴高采烈。她对老师说:'我可爱的爸爸来接我回家了。'你知道吗:就想向全世界炫耀。我当时说,我这辈子都不会忘记那一刻,可现在我什么都不记得了。比如我小女儿的生日。索菲的生日。我都忘记了。我已经忘记了。它不在这里。我想说你令人难以忘怀,但我可能还会忘记你。"

"那就让我好好提醒你一下吧。我能离开一会儿吗?等我回来,你会发现我变了个样子……要做的就是——穿上非常非常小号的衣服。非常非常小。零号。不要看着我走开。你看着我走开,我会难为情的。"

就这样,他看着她走开,然后用手捂着脸坐在那里。

7. 纸片人-2

　　科拉·苏珊弯腰站在大理石台面边，对着卫生间里的镜子涂抹淡妆。

　　近期，业内有一个叫兰迪·里弗斯的男演员，一直伪造隐瞒艾滋病的健康证明——行话叫工作许可证；他感染了五位女演员。这件事曝光后，一大群人怒气冲冲地到处找他。他们找到了他，却决定任他自生自灭。她听说是因为兰迪当时的情况已经没法再糟了，也就没有搞他的必要了。

　　科拉倒没有把汉归入这一类人，但在珀尔家的那一次，使她想起了兰迪·里弗斯。在珀尔家：这个说法不错。珀尔即使在不喝酒、不吸毒的清醒状态下，都会把所有事毫无保留地和盘托出。同样，汉是小狗式性交和法式湿吻的忠实拥护者。但事情并非如此。她了解这些，而他表现出的抗拒竟如此强烈：不稳定、充满困惑，但却固执不变。因此，勾引他现在变成了一个事关她自尊，甚至自信的问题；这对于她的个人信仰——她内心的日月——至关重要。而另一件事，那种更可怕的惩罚方式，如果一定要实施的话，她决定晚点再说。

　　她从后边走近，把双手放到他的肩膀上说："我想再来一杯同样的酒。如果你也要一样的话，我会反感的。"

　　"那我就要你要的……你化妆了。"

"有区别吗?"

"看起来年轻些。不,成熟些。不,不那么自然了。就像这个地方。少了种亲切感。我现在一点都不记得你了。"

"没关系。你知道吗,两杯鸡尾酒就到我的极限了。真奇怪,男人对喝醉酒的女人非常苛求——除了在卧室。他们不喜欢邋遢的女人。除了在卧室。男人很喜欢醉醺醺的女人,他们以为这样可以少负些责任。但前提是你得把握好时机。"

他们的饮料来了,她开始抚摸他。一只手放在他胳膊上,一只手放在他手上:手碰手。

"你有些偏见,对我们行业,不是吗?刚开始的时候,我觉得自己天生就是干这一行的。天生的。"

"因为你和你父亲。"

"嗯,有一点,但我主要是指身体上。"她把手从他手上拿开,掰着指头说,"第一,好吧:父亲。第二,我什么都告诉你对吧?第二,我的呃,阴毛,我天生就几乎没有阴毛,跟她们现在一样。现在每个人都这样了。这是不是也算一种进化?就像男人不再留胡子?第三,我虽然生下来尾骨上没有亲吻的图案,但我却有一个玫瑰状的胎记。我只需再在肚脐或舌头上穿个环,就算装备齐全了。第四,我的乳房。它们看起来像假的一样。它们看起来像假的是因为不对称。它们动起来不假,但感觉很假。感觉。"

到目前为止,他还没有盯她的胸部。恰恰相反:倒是那对乳房一直盯着他。现在他开始盯着它们,它们也回敬了他。"感受。"他能说什么呢——说他"宁愿"不去感受吗?相反,他停顿了一两秒后说:"我不知道假的乳房是什么感觉。"

"你知道的。你摸过我的。"

"我摸过吗?但你的不是假的。"

"但它们感觉像假的。你感觉一下。"

他感觉了一下。她捉着他的手腕,深吸了一口气。

"就像你把手摊开伸出车窗,去感受窗外的气流……有些乳房就像每小时三十英里。有些是五十英里。我敢说我的大约是七十英里,已经达到限速标准了,"她说着放下他的手。"我说到哪儿了?哦对,第五,我很小。"

"你说什么?"

"这还不显而易见吗?我只有五英尺高,像个纸片人,大概只有八块石头那么重。我使男人显得很大。最后一点其实和在珀尔家发生的事情有关。我会向你详细解释,之后你就会清楚了。我想我要再喝一杯马提尼。你也许得把我背回房间了。"

在屏幕上,演员们只有剧情需要时才会眨眼;当汉决定做演员的时候,他花了很多时间练习不要眨眼。"别瞪着眼睛了!"他妈妈总是说。"我没在瞪眼睛。我在练习不眨眼。"现在,在这个豪华的酒店里,汉试着不要眨眼。因为他每眨一下眼,就能看到他俩赤身裸体躺在她的床上……是的,地球不停地转动,时间在一分一秒地流逝。他仿佛感觉到地球停止转动的声音,就像电脑关机时的最后一声——微弱的弹跳声、遥远的猫叫声……

"那大概是凌晨一点。客厅里还有些人在硬撑着,但大部分人都已经走掉了,除了你,说来真怪。你并没有喝酒,但派对上还有不少别的玩意儿,比如雪茄、可卡因之类的,我不知道。我们说好在花园见面。你知道穿过拱形花架来到花园的墙角边,那里有个小棚屋或者温迪屋,它并不属于你家的财产,但穿过树篱就能到达?"

"我们叫它猴子之家,"他声音低沉,"这小屋是隔壁小女孩家的。但她们长大了,已经不玩了。"

"是的,我们溜了进去。当时感觉好幼稚,我们一开始嬉闹了好久。你知道:扮演医生病人的那种游戏。然后事情就发生了。哦,没什么大问题。一会儿抽下来,一会儿顶上去,你温柔地抚摸我的全身。听着,有那么一会儿……我觉得好累,因为要一直踮着脚尖,我说这不公平,你比我大太多了。然后你就用一只手把我举了起来,这样我就跟你在同一高度了。你用另一只手把我固定住。但你用一只手就把我抬起来了。"

"怎么抬的?"

"怎么抬?就是用我双腿之间的那只手啊。"

床上有太多只猴子在蹦来蹦去。一只摔倒了,碰到了头。它们去看医生,医生说:禁止猴子在床上弹跳……汉的下面硬了起来。它还在那里,就像一块坚硬的软骨。

"上楼到我的房间去重构、重演那一时刻吧,"她说,"也许会帮你找回记忆……汉,我想我也许有点吓到你了,就是刚才说的乱伦和色情的那些事。不稳定的东西,奇怪的东西。但你也看见了,我的身体和心理都非常健康。而且我很娇小。我知道,发生过意外的人往往会变得非常脆弱。可我不会伤害你。我这个样子——她耸了耸肩——怎么会伤害到任何人呢?而且这是你应得的,汉。你吃了不少苦头,这是你应得的。你不愿意的话就不需要动手。你只需要看着我穿着内衣表演就行。零号。然后你就悄悄溜走。"

他的记忆把他带到这里;现在也许他的记忆可以带他离开。对于汉来说,刚才在大厅里的那一瞬间就是性爱的一见钟情;但他仍然相信他有能力抵抗它——抵抗罪行的发生。他感觉浑身像有毛毛虫在爬一样,慢慢汇聚成一股力量,奔向一个地方。他就像捕猎中的鳄鱼一样,等着、盯着;他已经等了太久,盯了太久。与此同时,他又感觉飘飘欲仙,迫不及待地向另一个飘飘欲仙的身体飞去;有种成仙的感觉。其他的人,其他的事,这个世界;所有的一切都快要消失了……然后涌来一段回忆。一段回忆,就像一束火焰,顿时把他带回现实中。

他记得在他受伤的那天晚上,他正准备离开家,去好莱坞、去医院,他曾对他的妻子说:我对你没有任何隐瞒。他记得他当时说这话是发自内心的;他记得他说的是实话。所有男人都有不能告诉老婆的秘密:某些信件、某张照片、某个像幽灵一样窜到主卧室的客人。但是穿着裙子的卡拉:应该算得上秘密吧。最后几分钟汉在心里希望她说的都是真的:他的确把她举起来过。因为这样做是值得的,而且如果你已经做过一次,再做一次又有何妨呢?

"然后,明天一早,我就会坐上飞机,飞到五千英里之外。"

他突然说:"如果你不是我的朋友,那你是什么?你知道约瑟夫·安德鲁斯吗?"

她似乎有点吃惊,但她很快坚定而又冷静地说:"知道。你书里的人物。我想那是对亨利·菲尔丁的嘲讽吧。《蜜汁》。非常棒。"

"谢谢,我也这样想。所以你不是我的敌人?"

"哦不,我是你的敌人。拜托。你在想什么呢?你以为我……我在房间里装了针孔摄像头吗?然后明天一早会有人把录像带送给你老婆?我们就从电梯里开始:得等个没人的电梯。看看这个地方。你能感觉到它,所有的一切都在告诉你好好享受。我要给你一个现代的诱惑:一个没有任何后果的诱惑。上来吧。一切都是你应得的。"

他想,这无疑非常诱人,他不顺从就太可笑了。她说得对。这家酒店都想让它发生。他面前的桌子上,两个鸡尾酒杯就像女人的两条大腿,而杯中残留的杜松子酒就像女人腿上穿的丝袜……如果拒绝了这顿盛宴,等待他的就只有他老婆了——还只能是想想而已。而且罗莎远在天边,而卡拉近在眼前。

汉点了点头,她立马叫人结账。

"在字典里,"她一边从包里拿出钥匙,一边平静地说,"诱惑的第三个意思是冒着激怒神灵的危险。那就是你刚才做的事。对于性诱惑来说,这简直不值一提。现在,我要你看着我离开。"

"等等。我怎么——"

"照我说的做，打电话给你的经纪人。现在我要你看着我离开。现在改变主意已经来不及了：就现在。我要留给你一个视觉难题。我母亲非常娇柔，但父亲也是如此。我就继承了他俩的共同特质，柔情似水。怎么样？腰碰腰，胸碰胸，互相抚摸。看着我这样特别阴柔的人走开，你心里会想：走开的是我的女人。"

她在他面前站了起来：透明的白色衣服底下是池塘和洼地。她转了一圈，肩膀上露出浅黄色吊带。她发出银铃般的笑声："太好了。父亲们总是有些荒谬的想法……"

透过她的肩膀，她看着他。他期待能在她的眼神中找到厌恶之意，但她的脸似乎要破碎和崩溃了，如同比利的威力一样。

"你知道吗，如果你想和你女儿发生性关系——她肯定会同意的。她还能怎么办呢？她别无办法。对于爸爸来说，女儿就是囊中之物。父亲们总以为他们如果下了手，女儿们会转过来扇他们一巴掌。并且说：我不是那种女孩。你把我当成什么了？"

然后她就走开了。

原始人就应该那么做，不是吗？当他听到树枝的声响，动物或者敌人的呼吸声，就会立刻消失——即使面前躺着一个发情的女人。想要交配的欲望遇到了最强大的阻力，让位于要活下去的欲望。

还有一个十分古老但未必那样原始的事情阻止着他。她非常熟悉，一种亲密的熟悉；两种意义上她都被看到过。他当然不知道，可在她的脸后边是他母亲的脸。还有他的姐姐，还有他自己。他以前肯定见过她：他二十岁时她十岁，他十六岁时她六岁，他十二岁时她二岁，他十岁时她还是个婴儿。

切不可裸露你姐姐的女儿；她是你的侄女；这样做是邪恶的。

8. 又不知道了

"能给我倒杯饮料吗?"

"当然可以。你想喝什么?"

"热巧克力。"

"这就来了。"

"这本书我还没读完就睡着了。现在我从头开始读,又不知道了。"

她总是这样说:"又不知道了"而不是"不记得了"。他明白她的意思。

"让我们坐下来好好读。"

他跟比利单独在厨房里。伊马库拉达推着索菲去普罗姆斯山玩去了。罗莎在家,在楼上的什么地方。现在他给比利的感觉不是父亲,而是一个值得依赖的叔叔……汉做着他父亲曾做过许多次的事:一边温柔细腻地照顾孩子,一边对某个男人动着杀心。

"你会比我先死吗?"

"恐怕会的,亲爱的。"

"妈妈会比我先死吗?"

"恐怕会的。"

"索菲会比我先死吗?"

"希望不会。"

"我会比她先死吗?"

"我不知道,亲爱的。我们来读书吧。"

汉整个早晨都在寻找他敌人的踪迹。搜索工作——虚假而又乏味——从街头书店里的"犯罪悬疑"区开始。大量的黑社会曝光史和回忆录(主要是抢劫犯和打手)书后都会有一个索引;而这些索引里竟然大都包含一个名字:约瑟夫·安德鲁斯——机场抢劫案、两次较长的刑期、杀人嫌疑犯,以及重大税务欺诈案。他惊慌失措而且不无失望地发现,安德鲁斯跟他父亲至少相距半代的时间:他现在应该已经八十多岁了。回到公寓后,他在搜索引擎里敲下这个被禁止的名字。过了一会儿,屏幕上出现了一份不够严谨且简短的个人介绍,甚至还配了一张新闻照片。照片里呈现出一个具有校长风范的人物,灰色的头发油光发亮地向后梳着,手里举着一杯香槟,坐在游泳池边的塑料躺椅上;一个混血少女坐在他腿上,穿着比基尼泳裤和湿哒哒的 T 恤。这是在巴西,二十年前;然后什么资料都没有了。

"我们能骑会儿马吗?"

"好吧。上来吧。这就是孩子们骑马的方式……他们走……他们走……他们走。这是女人们骑马的方式。她们跑,跑,跑,跑。这是——"

"我要便便。"

"是吗?那好吧。"

"快点,我憋不住了。"

他完全不假思索地遵循着惯例。他帮她解开裤子上的金属钮扣，把她放在马桶坐垫上；然后他退了出来，等她召唤他去擦屁股。在此之前他并不十分享受这一过程：现在四五十年过去了，擦自己的屁股开始渐渐失去魔力了，擦比利的屁股也是有过之而无不及。可现在他发现自己非常愿意做这件事。这一事实又使他产生了另一个念头：他知道了，他明白了为什么有些动物要舔自己的幼崽。

"爸爸？"他听到她说。"人们搬家的时候，他们不会把房子搬走。他们会把其他的东西都搬走。他们会搬走他们的地毯……他们的床……他们的桌子……他们的玩具……他们的毛毯……"

他站在楼梯旁边的过道里，面对着那个斜挂的镜子。对着镜子，他无聊地打量着岁月留下的痕迹：眼睛下方越来越厚的赘疣；头顶隐约出现的湖面（每年、每个月洗发露擦在头上都越变越凉）。是的，他在想，真遗憾，真悲惨，约瑟夫·安德鲁斯竟然已经八十五岁了。他的人生几乎已经没有毁灭的余地了；另一方面，他会多么容易、多么突然地死去。

"……他们的铅笔……他们的冰箱……他们的书……他们的电视……我好了，爸爸。"

他走进来。这种味道使他愉悦——屎粑粑的味道……当他朝她弯下身，擦拭、冲水的时候，他并没有感到眩晕，反而感到心神不宁。

"我屁股好酸。"

"一点都不奇怪。想想你都对它做了什么。站到这里来。"

他把她放到台盆上。最近几个月，比利的体重日益增加，就像东西表面的涂层。他现在已经能透过 T 恤，隐约看到她胸部的雏形；肚子那里仍然像婴儿一样鼓鼓的。汉的心中涌起一股想哭的冲动，但不仅仅是想哭的冲动；这一定与他半夜徒劳的辗转反侧有关；仿佛是某种粗俗可耻的冲动，就像用鼻子在圣诞卡片上磨蹭一样。

"你需要在上边擦点乳霜，"他说。

他到走廊去叫罗莎。他上了一半楼梯又叫了一声。"罗莎！来帮忙！"然后他听到楼下浴室传出的哗啦声，她应该在玻璃后边冲淋浴，赤裸着身体。

"我不会伤害你的，"他说。

他洗了洗手，把手擦干……她敏感的眼睛恳求式地打量着他，睁大、清醒、饱满，他以为这是信任感增加的表现。

比利松了口气：已经是过去的事了。但她正越过他盯着什么，当他回过头来，他看到了罗莎——毛巾包着湿漉漉的头发，睡衣凌乱地披在身上——正从楼梯上注视着。

9. 前往其他目的地

　　罗里·麦克沙恩过去挺喜欢跟汉·米欧打交道。他曾邀请他到家里来过几次，开始他是跟珀尔一起，后来换成了罗莎。但现在汉的事业显然无可救药了，罗里不得不调整内心里对汉的定位：他属于那类需要迁就的人。估计今后再也不会给他带来什么好消息了。

　　"罗莎怎么样了？"

　　汉不再皱眉，仿佛是自言自语："我到家里去转转，她就叫来了那个呃，警察。你能相信吗？你到自己家里去，然后你自己的老婆竟然叫来了他妈的人渣。你能相信吗。"然后他又开始皱眉了。

　　罗里想汉是不是喝醉了：因为他的言语中包含着一种敌意，而且也不再是之前那副自认倒霉的样子了。可他后来又想，也许这就是你被人打破头的后果：萎靡的精神状态、目光呆滞，愁眉不展。不过，罗里还是小心翼翼，不想激怒他。

　　"现在有资金进来，"罗里说，"我查了一下，看见有些钱进来。"

　　"我还是有点积蓄的。这不是问题所在。我还是有点积蓄的，老兄。"

　　"是的，你说得对。如果你不介意的话——当然如果你介意,请一定告诉我——我想问问这钱从哪儿来的,你的这些积蓄?"

汉不再皱眉说:"我妈。我的母亲。她死在埃塞克斯郡艾弗里街联排房屋的一个单人房间里。她是那种一个茶包要连续泡五遍的老妇女。可我们都知道她在银行里还是小有积蓄的。她死了以后"——这时他又皱起眉头,想起了珀尔的第三次查账——"我们发现她不仅仅拥有那栋房子,连那条街道都归她所有。十九栋房屋,一千九百户居民,警察是这么说的。孟加拉国人。贫民窟的女房东。但等我们把资金归位,而且我们……我们花了点钱来维修什么的,最后还剩下不少。她是个恶魔,我妈,但我崇拜她。"他闭上眼睛说,"无与伦比的女商人。不是钱的问题,老兄。是就业问题。我现在不能写,而且不能……表演。演出。我完了。但让我做什么,我不在乎。给我个工作吧。"

说完他又眉头紧锁了。

"你看上去呃,好多了。"

"我在健身。上下、上下。进出、进出、咱们继续:卡拉·怀特。"

"哦对。卡拉·怀特。我本来还在犹豫该不该告诉你。但是对。卡拉·怀特。"

"告诉我吧。"

"操城有份工作给你……爱城、性城,随你怎么叫。"

"……那里不是藏着一个狙击手吗?"

"是的。性城狙击手。而且她还在四处流窜。"

"她?"然后汉想起来,这是罗里的性别观念。对罗里来说(五十多岁,长发,离婚多次),所有的坏人理应都是女性。如果有人说:我们家昨晚被盗了。他就会说:她怎么进去的?如果有人说:我路上被人抢劫了。他就会说:她带枪了吗?

"而且他们永远也抓不住她。他们抓不到的。你听说过爱城吗?从事色情行业的人员……当那帮华盛顿的信徒开始打击色情业的时候,这帮人发现了分区制的一个漏洞,就带着全部家当搬迁到了南加利福尼亚有小好莱坞之称的圣塞瓦斯蒂安谷。这里就是个国中国。因此SSPD(只有一个成员)就得不到联邦的帮助。而且谁会在乎那帮搞色情的人会不会受到攻击呢?谁会在乎——我不知道——凯西·康特被人射伤手臂呢?这是上帝的旨意。"

"全是色情的玩意儿。"

"全是色情的东西。色情城。异类城。现在来谈谈你所谓的工作机会吧……他们一直都是狂热的'亲英派'——早在公主裸照事件之前。在那儿工作的大部分女孩都是英国人。英国玫瑰、不列颠群岛、大不列颠、联合王国。那些男人们也给自己取了英式的艺名。骑士精神。菲雷克·奎尼内斯爵士、博尼·霍普金斯爵士、多克·博加德爵士。他们现在的流行做法是,雇用一个英国主流男演员,去扮演所谓的配角。我手下有一些年轻的客户已经试过了。"

然后他说了几个汉多少有所耳闻的演员。

"这不算什么拿得出手的工作,就好像那种不入流的摇滚明星。常被人看作是一个脑子坏掉了的摇滚明星找了个色情女演员做女友。"

"需要做些什么呢?"

"嗯,你不需要上场做爱,当然也就不需要任何演技。我想,你应该主要就是在一旁看着吧。你懂的:你在前往拍摄地摩尔别墅的路上熟悉一下所谓的台词。他们会设计一个所谓的故事情节,就是那种呃,布瑞特和博尼正在做爱,碰巧被你撞上之类的。"他看了一眼电脑屏幕。"嗯。他们提供的待遇跟好莱坞差不多嘛:信誉、时间安排、三位数的费用。看起来还算合理。比你做小时工划算多了。瞧,这就是卡拉·怀特。她是《洛丽塔公主》的主演……片名叫《甜心皇后》,你就演拉美西斯大帝。你知道我想让你怎么做吗?"罗里相当尽责。"去报个进修班。上几节课。慢慢来,慢慢步入正轨。"

像其他那些早出晚归的夜猫子一样,他拎着一个塑料购物袋回到公寓:里边装了一个人的晚饭。他胡乱热了点东西吃,又喝了点红酒——但没把整瓶喝完。一星期以来他都处于半昏迷状态,每个下午、每个夜晚。有时他在公寓醒来,发现大约有十三四个人横七竖八地躺着,他们是前一天晚上来狂欢的。然后,一天早上,他在蹲厕所的时候突然想到:喝醉是为了表达你的一个观点——这个世界完全是瞎扯淡。不,还不止这些:它是为了表达,你认为这个世界狗屁都不如。当然他并不认为他就是这么想的。所以今天晚上,他静静地盯着墙看的时候是清醒的;他走进卧室,看到窗外街道对面那栋房子的时候是清醒的：这是他原有的状态；这就是他以前的样子。

"你好？"

"汉？马洛·贝勒。你好吗，伙计？"

"嗯，你知道的，还能糟到哪儿去。"

"呃，听着。关于做掉斯诺特那件事。我们现在做不成了。他被关进监狱了，判了十二年。"

"真遗憾。不过，这也算给他个教训。他犯了什么事？"

"蓄意伤害。不过，听说斯诺特自己也没落得什么好下场。当然我们在牢里也能把他做了，但那还有什么意思呢？"

"嗯，没错。所以我们还没扯平。"

"你们还没扯平。"

"你上次说的事儿——关于我们的朋友——我最近调查了一下。你说我陷害他。你说我'把他放在那儿'。我把他放哪儿了？把他放在书里？还是把他放在洛杉矶？"

"这我不方便透露。"

"他在洛杉矶吗？"

"嗯——不方便透露。如果你懂我意思的话。呃，你很想报复，是吧伙计？"

"这不是我能决定的，不是吗？如果我不做些什么，我下半辈子都不会好过的。谁是卡拉·怀特？"

"卡拉·怀特？……不，老兄。你的'试用期'怎么样了？你顺利过关了吧：酒店里的那个女人。"

"嗯，是，也不是。"

那晚，他喝完了整瓶红酒。他需要一瓶酒帮他熬过那晚：

也就是说，他需要一瓶酒帮他熬过一晚，而他也只有一瓶酒，帮他熬过那晚。

当他在脑海中跟罗莎进行无声的争辩时，或者当他跟罗莎的代言人蒂尔达·匡特面对面争辩时，汉一直坚持认为，他只是在做世界上所有父亲都在做的事；但他心里明白，和比利一起待在浴室的时候，他的心思并不那么正常。"如果你想和你女儿发生性关系——她肯定会同意的。她还能怎么办呢？"事实证明这句话影响重大：具有反启蒙意义。他真希望自己能忘掉这句话；他真希望，用比利的话说，他不想再知道这些。她的权力、她的权利（这取决于什么呢？文明吗？）似乎消失不见了；而他的权力、他的权利——却在腐蚀性地迅速扩大。跟一个别无选择的人独处：是她无助的程度令他情不自禁地哭泣。因为所有这一切都与他的害怕密不可分：他怕她被伤害、砍伤、刺伤、劈开、戳伤。在此之上、除此之外，还有他自己的权利、功劳、特权、担保、信仰，所有这一切显然都不容非议：他坚信这都是他应得的。

在他内心深处还藏有一个饱含原始痛苦的婴儿。每天他都能感受到它、举着它、抚养它；每天晚上还要哄它入睡。但是在他辗转反侧的时候，事情渐渐变得明晰了。所有迹象都指向一个方向。

他已经去过医院。他将要去好莱坞。

第 八 章

1. 2月14日（13:15）：101航班

"女士们，先生们，"尼克·肖普欧说，"我们刚才经历的颠簸叫碧空湍流，下降幅度大，但是，我很高兴地向大家报告，现在状态良好，这归功于……我们机长的技术和远见，这是他最后一次执行飞行任务，机舱中的四位空姐正在念大学，我很自豪地告诉大家其中一个是我的未婚妻艾米·麦克蒙纳曼。为了机长而放弃了……我们遭遇了很强的顺风，导致两翼上的压差损失，反之就是通常所说的飞机失速。每一个人似乎都系好了安全带，只有空姐肯奇塔·马丁内兹例外，她依然在牢固的手推车旁忙碌着，但她的肩膀撞伤了。我们担心她是否能恢复健康。幸运的是，除了三个之外，其余诸位头顶上方的行李箱都已锁好。里面没有放置有些人喜欢的哑铃和保龄球，只是一些枕头、毛毯和几条香烟。碧空湍流有引起不测的可能，是少见的状况。我是第一次经历，当然对你们来说也是第一次，但机长不是。我们希望不会引起进一步的问题，作为预防措施，请大家系好安全带。谢谢。"

"你知道，"坐在2A座位上的人问，"一般来说能够在空难中幸存的乘客比例是多少？"

"我不知道，"雷诺兹说，"百分之三？"

"实际上可能是百分之四十。也可能是一个人幸存，也可能是一个人遭遇厄运。任何事也可能是居于两者之间。"

"是事实吗？"

"……我现在甚至都不知道要干什么。"

"对不起？"

"我甚至不吸烟。这个座位，这个座舱，正好处于防撞缓冲区。我总坐在后排，居于卫生间前后的位置，整个飞机都成了你的缓冲器。我本来买的是艾奥瓦州的票，但他们让我跑很远在法兰克福登机，帮我升舱位。真是疯了。我甚至不抽烟，二手烟就让我受不了。"

"还记得你吃的丰盛早餐吗。想想你的拖鞋。集中想想。"

说话的声音非常清楚，非常纯正，没有过度渲染，也没有表现出超乎寻常的样子：爆炸性故障，右边的引擎裂开；座椅弹射器扇叶和旋翼辐条出现可怕的物理现象；发出金属刺穿碎片那样尖锐而短促的撞击声。

工程师哈尔·沃德：倒霉了，上帝啊！

副驾驶尼克·肖普欧：哪一个是哪个？

沃德：看看这些家伙都做了什么。

肖普欧：后拉动力。

机长约翰·麦克蒙纳曼：来吧，控制住飞机，来吧，飞起来。

斯格航空的101航班飞机开始俯仰，到了对罗伊斯·特雷诺最有利的位置，但航线开始偏离。

2. 脸里有洞

　　加长版且（完全意义上的）更加淫秽的《洛丽塔公主》碟片由特快专递送达尤厄姆村。布伦丹·厄克特-戈登因签收它而犯法。奥特瑞德告诉过他，英国已充斥着美国原版和各种盗版（剪去非色情部分的简版，可以通过秘密且费用高昂的网络访问找到）。无论如何，布伦丹失去理智的违法再没有比签收货物、匆忙进屋藏起来的行为更麻烦的了。那一天晚上，他们十点就下班了。布伦丹对午夜之后几小时看碟片的期盼满足了他失眠后的贪婪。他三点差一刻起床，值得注意的是，他已经跟梅特上校说过，三个通向图书馆的门都装上好用的锁和钥匙……在尤厄姆村，已老化的制热系统午夜之前就早早地失灵。穿着睡衣，套上晨衣、大衣再穿上袜子和远足鞋，布伦丹启动煤油炉，把卡带放进播放机，坐着抽起烟来。他把灯关上，又把它打开，接着又关上，伸手去拿遥控器。

　　在这个世界上，布伦丹想，没有人能像他那样对看《洛丽塔公主》充满好奇心。比如说，谁能像他那样理智地声称正爱着维多利亚公主，真正的公主？一般而言，这种经历能帮他获取基本信息。正如他自己有点发疯地认为：他是一个未救赎的中立者，一个上帝赋予他权杖时愿意低头的'约瑟夫'？啊，可怜的约瑟夫，让你不气馁，继续看起来还是那么睿智和真实太难了。不错：最好留着胡须试一试……布伦丹模糊地回忆起他拥抱公主的情景，他全身的血液都……

《洛丽塔公主》影片一开始就是托瑞·菲特出生证的定格画面，紧接着是注明日期的场记板，介绍重要摄影第一天的连续镜头。布伦丹想：电影开始时女演员还只有十七岁多一点。先是城堡塔的一组镜头，接着托瑞·菲特就出现在有四根帷柱的床单下面。是的，喜欢，喜欢，很喜欢。没有复杂情节，似乎女演员自己已经改变了一样。即使表面上的相似被证明是华而不实，或者是美容的效果。但是当她转向佣人，张口询问（不是用布鲁克林或者密西西比口音，而是用英语，用配音，剪接，慷慨激昂的英语——布伦丹确信，这是国王最具代表性的女人声音）做爱的艺术，洛丽塔的女侍臣，一个大胸脯上刻有神秘刺青、魁梧而带男子汉气质的女人马上演示起来。不久布伦丹确信，那种尽情享受的场景是对男人异性性欲的考验，而他没有通过。舌头伸进去，上下紧贴——现在突然交缠起来。荡着的阴茎被悄悄地掏出来，贴近托瑞·菲特时，她就用手托着它的底部把它推了进去。看到此情景，布伦丹感到两腿之间一阵绝望的跳动和令人心烦意乱的抽搐。

他在椅子上扭动着身子，弄出的声响盖过了其他声音——我的上帝啊，色情已经让这个世界彻底颠倒了。口淫时你脑子里怎么想已经不重要了，外生殖器处于支配地位，昂然坐在马鞍上。当洛丽塔从身后进入女侍臣的身体时，布伦丹忍受着情欲被激起的煎熬。他想，当你观看激情缠绵的表演、淫秽地舔吮、勾引女人的男人时，你也许希望这不要发生。

到了这个阶段，布伦丹期待能持续地扭动和蠕动九十分钟。但是等待他的还有一个惊人的秘密要披露，它一直藏着或者掖着，像是夜行在偏僻的路上，明知背后有脚步声却不愿意提高警惕。不久，洛丽塔的情感教育露出水面，让他想起了在巴塞罗那的唯一一次斗牛经历：第三剑刺杀之后，魅力和不安留存于心，但是这种心情不知不觉地又跟无聊乏味掺杂在一起。当女主角小心翼翼地调情——此时正跟一个穿短马靴的西班牙大公，跟一个年轻下流的王宫侍从，跟一个佩戴闪闪发光饰件的外交官，跟一个流落街头粗鲁无比的社会弃儿——似乎在布伦丹看来，表演者显得行色匆匆，而不太在意情欲释放，例行公事地做完了事：做这个，接着做那个，接着这个或者那个，包括这个，又不忘记那个，然后可能这个，接着总是那个，最后总是那个。在她的腿上咧嘴笑着，感激地咧嘴笑着，而洛丽塔公主则等着涂抹。

片子放完之后，他又用遥控器让它再播放了一次。观看色情表演，看别人做爱（这对他再清楚不过了），你总是会说，不，不要做那个——做这个，停下，不要停下，继续，停止。在空间维度面前，观看的人很无助，但是遥控器赋予他掌控时间的权力。利用这一权力，布伦丹可以集中定格女演员脸部的近景。从某种角度，是的，很像，很像，但是，老一点，不只是年长一岁。如果《洛丽塔公主》有形式，权力则是它的原型。权力的运用依然是象征性和反直觉的：英俊的社会弃儿用纸做的手铐捆住公主的双手，油嘴滑舌的大公四肢着地跟在她后面，被薄纱绳子牵着，到了最后那一刻，权力已无法保持平衡。微笑着的脸上滴着、流着男人的精液。布伦丹不喜欢这一场景，但身体已热血偾张。

他极力恢复自己的理智，站立在那里，挤压喷出的东西。正在兴头上时，他发现机器卡带了（留着内容日后享受，亨利的，维多利亚的），于是他不得不用自己的牙齿和手指甲把它撕开。但是带子出来了，恶心地吐在瓷砖地板上……在回房间的路上，经过转弯角时，他跟她撞了个满怀，几乎压在她身上——公主。他赶快伸出双手把她扶住，腋下夹的东西掉了下去：这跟他生活的规则相违背（每一个坠落的东西面部都会错误地朝上），《洛丽塔公主》面部朝上，静静地躺在那一块毛皮地毯上。即便如此，他马上意识到他的大衣和晨衣现在已经裂开，虽然露出的不是睡衣的全部添加物，而是被剪得不成样子、已滑落到膝盖、只好用皮筋拴着的裤子。

"实在对不起，女士。我道歉。"

维多利亚紧拥着自己的浴衣。显而易见，她正奔向三人共享的洞穴般的浴室（跟蹩脚运动员和弓箭手一起）。特别关注之余，他期待她苍白的脸色富有诗意，如同微弱黎明之光照射后的那样，但是在她的上唇和鼻子中间位置呈现出一块块红晕，如同锦缎一般——这个圣诞节，这个漫长的一月，她的状态一直不好，近期也不好，肯定不好。

"哦，没关系，"她边说边从他身旁走过。走到转弯角时她又弯腰转身说，"布伦丹——你知道只有一件事他能做。"

"你说什么，女士？"

她朝他的方向挥动了一下手，就走了。

一小时之后，布伦丹依然在他的枕边嘟囔着……又怎么办呢？啊，是的：工作。那就是你一直在做的，设法取得"进展"，是吗？从尤厄姆村强制的麻痹中振作起来……他们一直在做的就是工作，因此他们看起来那么老：眼睛显老。色情只是把妓女拍成电影吗？抑或还有角斗士的意味？这些医用避孕套：他们最后也没有戴它们，其表面也有小洞……角斗士：是奴隶，但是能够赢得自由。你到底发生了什么？他问自己。奴隶，你已经杀了我。强盗，拿走了我的钱包。如果你发财了的话，请把我的尸体埋葬……到一月三日托瑞·菲特就十七岁了。《洛丽塔公主》一月十二日拍摄，一月十九日放映，也就是维多利亚故事突变后的那一天。那么苛刻——一个接一个，诸如此类的解释。无论是出于光明正大还是用心险恶，在一般人的心里，公主是天真无邪的。一个仅仅十五岁的女孩——应该是最光辉灿烂的那种。

3. 辩解-2：蛇头基思

"是吗，亲爱的？是吗，亲爱的？啊，我相信我的花圈被摆在合适的位置？啊，是吗，亲爱的？是吗，亲爱的？啊，他来了，是吗？很帅。是的，亲爱的。上帝祝福你。"

约瑟夫·安德鲁斯放下一个工具，又拿起另外一个。咔哒。

"看看我所做的一切，我想我可能给了你一个错误的印象。你一定认为我是一个有点固执的人——一个为了自己而有时太固执的人。也许你那样认为也不全错。在我十八个月的最后一天，为了上帝（咔哒），哦，是的，（咔哒）为了埃弗瑞，有人向我走来说："想往墙那边跑，朋友？"他们在院子里放了一张长餐桌——我们猜想有十五英尺长，因此，我说绝对乐意，想着他们会给我更多的便服，装在枕套里，扔过去——拿起就走。但是仅仅半小时之后，当他们把你再抓回来，毫无疑问，他们就会狠狠地揍你一顿。当然还有：警察在森林里有交易吗？他们又敲诈了我十八个月，因越狱又增加了六个月，抢了一对夫妻的车又延长了一年。即使是现在我还认为，那时候翻墙是正确的，我还愿意再做一次。你要继续抨击他们，也就是我们所说的继续吵闹。但是接踵而来的是……监狱就像大海，无边无际。你可能是仅有的最强的泳者，不停地闹，不停地闹，不停地闹，如同对死亡的恐惧让你做最后的挣扎。但是大海就是大海，它永远在那里，不会感到丝毫的疲惫。（咔哒……咔哒。）

"坐牢八年出来后，我常跟托尼·艾斯特和蛇头基思在一起，在代尔索尔海岸做进出口生意。我和托尼很熟，都经历过苦艾密灌丛、青少年管教所、拘留中心、少年犯教养院。但是蛇头基思跟我刚刚认识。你了解吗？不要问我为啥，我对蛇头基思说不清楚……似乎有点第六感的味道，我不能随意指点，但总能理解蛇头基思的意图。蛇头基思穿着讲究，不奢华，但干净利落，总是以很美的形象出现在人们面前。

"我们现在所做的就是过去……现在跟他们在一起我喜欢喝一杯，但是我个人从来没有拥有过毒品。若给我一片阿司匹林，我会从你手里抓起扔掉。毒品对年轻人是一种危险。接着，在充分了解这个时代之后，你不可能墨守成规，你要适应，并随之变化。我们有十八艘动力船，每月从马拉加运送两吨的海洛因。我们过去所做的就是从巴基斯坦、阿富汗到阿尔及尔往返穿梭，一晚上两次。沿着海岸往北，通过马赛涌入欧洲各地。这是一个暴利的行当——但也总是有人性的因素……

"现在我们当中没有模范公民，但是托尼·艾斯特……他有些不正常。在过去，即使不在现场，他也会做违法乱纪之事。他会说：'我从未涉足布伦克-迈兹行当，我正忙着捶打那该死的阿基牛肉呢。'或者：'我怎么可能在滑铁卢珠宝店呢？我在西北部还面临着威胁呢。'托尼·艾斯特是一个不诚实的人。有一天蛇头基思到我的别墅里来看我，他说他已经算过了——托尼给他自己分了几百万！而我从未这样做过。

"我去了那里，我们开诚布公地谈。我也揍了他一顿。不满足于此，他又被他的割草机弄伤了，内燃机型，两座的。他的老婆做事不靠谱，说她不小心把他碾倒了。她赶快跑到西班牙警察那里把我告发了！（咔哒。）接着，你知道，还有很复杂的情况。我本来没有揍别人的打算，或者欲望或者不管你怎么说都行。对我来说，这种事情太多了，见怪不怪。但这是男人之间的事情，嗯，我给过托尼的老婆安吉一次。如果那时候我确实有一个令人遗憾的习惯的话，那就是：给我朋友的老婆一次。（咔哒。）还有他们的女儿，那个时候都给过。小黛比。她跑到安吉那里把我告发了！（咔哒。）因此，我想有点蓄意害人。哦，是的，有点怀恨在心。不用说西班牙警察都像卑贱小人那样徇私枉法，但是草坪前面是一个非常巨大的沼泽地，并且托尼也不在，他们能做什么呢？我和蛇头基思能抓住什么就抓住什么，一路咆哮着逃到阿利坎特，偷了一只小船，跳上了去贝勒法斯特的油轮。

"（咔哒。）继续说。他没什么两样。他吗？……继续。（咔哒。）关于你给朋友老婆一次的事情，那时候没有考虑，你不可能做的事情。你知道，只有你……你不怕任何人的时候你才会做。因为，当然了，有点顽皮——但是那家伙要做什么？为此过来揍我一顿？不会的，相反，他们会打老婆一顿，就是这样，故事完了。那是他们活该。那是女人的弱点，就是这样。弱者想要权力，弱者想要力量……我没有结过婚但是订过两次婚。不幸的是两个人都离开了，过她们自己的日子去了，个中原因只有她们自己最清楚。

"住在'绿宝石岛'期间,我和蛇头基思曾光顾过伦敦。几年前,在斯顿街我跟一个对我无礼的家伙有争端要解决。小伙子叫梅克。我要教训一下他,不应该吗。(咔哒。)应该带一把大砍刀去找那龟孙子……(咔哒。)但是没有。想着要一次公平的了断。我去了他的院子(咔哒。)衣服翻领里是一圈刀片(咔哒。),喊他出来,告诉他一两个令人不快的事实。那吵架真是难以想象。我记不得谁吃了亏,但即使我躺在医院的床上,我依然好动。那是我在英国从未受到过惩罚的唯一一次犯罪。我指的是金条和增值税。我和蛇头基思确信我们发现了真正的漏洞,我们把钱币融化成金条,再卖给金库而无需缴纳增值税。关税和消费税局恕不同意。那相当于现在的一千七百万,我后面还会再说这事。

"因此,蛇头基思和我把我们的事业转移到都柏林,一切从头开始。我坚持己见,没有遇到任何难题。爱尔兰人在南部,我不清楚他们怎么想的,一半时间在想什么。我对《丹尼少年》了解不多。他们不相信蛇头基思和我,以及我们要采取的措施。总之我们在爱尔兰的七年过得十分快活。接着我们开始跟爱尔兰共和军做生意,特别不幸的是要跟蛇头基思分道扬镳。

"我现在一直想成名。下层社会中的杰出者,他们总是渴望得到它的弱点。我认为名气除了自尊还是自尊。你有权力了,你希望被别人关注到。我们都想做首领,大人物,头儿,但是这里的情形并非如此,每一件事情朝着相反的方向发展……事情是这样的,我开着自己的梅赛德斯,走神了,接着你知道会发生什么,我撞伤了一个年轻女子,不幸的是她不久就死了,连同怀着的孩子。接着就是关于这件事没完没了的大肆宣传——尽管你未醉时把人撞倒完全合法。我的律师说我的呼气测醉报告肯定有问题,接下来就扯到我是谁和有什么价值之类的事情。爱尔兰共和军认为:狗屁。

"我在保释期间听说策划了一次绑架,实际上是一个玩笑。作为一级犯人,我把钱分给了出色的小伙子们,这样的话,这个世界上再也不会有人想象着我会给一个警官。打听到那个时候苏格兰的标准,我想该是离开的时候了。我对蛇头基思说:'基思伙计?该离开了。'随后他就走了。'从未想过猛撞一个孕妇之类的人。你走吧。'很公平。'对我来说没问题,你走你的,我走我的。'(咔哒。)那就是——那就是他心中的忠诚……(咔哒。)就这样,我开始准备,打算从水路走。

"我跟蛇头基思的友谊就这样令人伤心地结束了。想想当初离开确实很愚蠢:我认为,只是其中的一件事情而已。我喝了一杯,去揍了他,对他说:'基思老兄,我诚恳地道歉。对于所发生的十分懊悔,希望你不要往心里去。'就这样我们握了握手。我知道需要时间来弥合裂痕。后来在他还没有出院时,我又去揍了他,用刀把他的外套和所有的东西撕碎。不错的衣料。最好的……是我那时的弱点。喝酒时就起了争论,他总是不停地让我心烦,一样的蠢话。我说:'你怎么总是跟着妓女跑?为什么不能有一个正经女孩?''什么,你可以骗她？为什么骗你伙计的女人？''我就这样？''但是为啥这样？''我就这样骗我伙计的女人。''但是为啥？''因为我总是这样。'（咔哒。）'嗨，哥们，你想骗我的女人这样你就可以装作是我了？''喂！''嗨，哥们，你想骗我的女人这样你就可以装作是她了？'……就这样结束了。（咔哒。）没完没了的争吵。等等等等。

"我揍过他两次。这就是我们打架的地方。我也被他打了，在我围场墙那边用鞭子抽我（我在巴尔布雷根小镇附近的农场）。首先，他完了，他告诉我说绝不是托尼·艾斯特骗我离开西班牙的。全都是蛇头基思搞的鬼！因此我走了，'从桥下的水里走的，就这样。现在，使出你最狠的本事吧，伙计。但是不要用器具。行吗？'蛇头基思走了，'好。'他怎么去揍的？他拿了把长柄大镰刀揍我。他穿着内衣，吼叫着离开。我躺在血泊中。胸口一个地方就缝了两百多针。我的耳朵以下有一条长痕，穿过脸颊，鼻子以下，嘴巴以上，沿着下巴，直到我的脖子。（咔哒。）一下子击中我的私处，足见他腰弯得很低。啊，基思伙计……发生了什么，小伙子？（咔哒。）那次事情之后，我再也没法知道他为啥没有干完。他疯了吗还是什么？

"在乌拉圭、阿根廷和巴西短暂停留之后，我去了南加州。如果我的名字因报纸的关系而有些耳熟的话，那是因为你想到一个老家伙，他坐在里约热内卢的一个游泳池旁边，手里拿着一杯香槟，大腿上坐着一个混血儿妓女。那是我哥哥弗雷德，如果我不救济他，他连冰激凌都吃不到。我在南加州的记录绝对毫无瑕疵,在家庭影碟行当又赚了一笔钱,完全合法。(咔哒。)如果你想看选美冠军的头对着长颈鹿的屁股,或者相反,我很乐意效劳。(咔哒。)我为慈善做了大量的集资工作,担任地方公民社区协会财务主管。

"从所说和所做的来看,我真不是那么坏的人。我是世界上最好的人——亲爱的,就在你身后的车里。在商店,我会说:'大家早上好'和'愿上帝保佑你'。我依据自己的原则生活——是的,若违反这些原则将会倒霉。我就是我,别人是别人。这就是我走的路,这就是我玩的游戏,这就是我玩的游戏。

"现在谈正事。"

一只大马蝇突然落在他右手的关节上。他用左手慢慢地去摸手枪皮套。

"朋友,你不喜欢,是吗……"

他身体前倾吸了一口推进剂浓郁的香味。像一个打了折扣的空气清新剂——难闻的气味被故意隐藏。他的眼睛湿润了:带你回到从前。

就像他们把你投进一个新的小牢房里所散发的令人窒息的芬芳。带香味的清洁剂,跟另一个人的体液,另一个人的胆怯进行一场必输的搏斗。

4. 黄舌

克林特·斯摩克此时正坐在伊格纳斯欧大道上的一家甜品店里。他打出如下的字样:"有些所谓十五岁的人跟稍大一点的小伙在沟里玩过之后哭着说出'强暴'这个词。"他把这些删了:要掌控好节奏……期待克林特九十分钟后出现在英诺森大道上的卡拉·怀特制片中心……没有,不得不承认的是:克林特·斯摩克正在享受他记者生涯中最愉快的时光。那天早晨,他在爱城的灰狗车站跟一位名叫德罗格·门罗的男妓进行了访谈,建了一个令人羡慕的档案。往可口可乐饮料里倒了一袋又一袋糖之后,德罗格告诉他是如何工作的:你告诉他们去那里,做超级明星,与此同时,你跟其他男妓吸食烈性毒品。当女人穷途末路时,你"带她们去佛罗里达":给她们最后一击,然后踢出家门……不久,克林特将跟卡拉·怀特见面。接着,跟多克·博加德有诱人的一小时幽会。

不只是克林特的报道,还有社论,时事短评,以及对黄狗的"狂热崇拜"(如斯特德所说)。他用键盘打出:

一些贪心的冰美人试图寻求"性骚扰"的补偿,在羁押处无谓闹腾一阵子后就弃职而去。

她因衣服被扯破和看牙而拿到了一些钱。

现在她因"精神痛苦"而把九个小伙子告上法庭。

她是不会没有毒瘾的,是吗?

她不会说:我就他妈的喜欢!

黄狗里面的所有女孩一想到大笨蛋就会变得疯疯癫癫。

别告诉我说,当你一个人在电梯里时,有人不喜欢别人拧她的乳头。

哈啰,老玛吉过来了,手里拿着拖把和提桶,嘴里嘟嘟囔囔地叹着气。她膝盖跪地,硕大的屁股撅得很高,不停地呻吟着,抱怨着。

拿出劲头来小伙子们——办公室里的电击棒放哪里了?

克林特暂停打字,陷入思索之中。卡拉·怀特:爱城最好的乳头。众所周知。戴墨镜?要确认。他思考着,又停顿了一下,接着继续写道:

在两个小伙子偷盗她的养老金时,哈默史密斯那位有点难看的老女人被他们打了一顿。

现在看来调皮过头了,小伙子们,不要再这样做了。饶了我们的那把小提琴,好吗?

饶了我们那张老太婆眼睛肿胀、钟表停摆的照片吧。

她只有七十七岁——这个时代的一个孩子而已——真见鬼了她能像任何人一样抓住机会。

此外,很久以来她已把这个地方搞得臭气熏天了,不是吗?

如果他们总是这样的话还是死了好。

请走好老奶奶——如果不得不这样的话。

这次请别他妈的唠唠叨叨,好吗?

电脑灯光闪烁,克林特有邮件来了。

亲爱的:有爸爸在的时候,一切都好,很好。你知道,他总是很宠爱我。当我还是孩子的时候,即使是我走过的路,他也情有独钟。对他而言,太阳总是对我……他总是很守时,手里拿着连翘花和奶油巧克力,总是很有风度。对我总是彬彬有礼,讲了很多有关他女友的趣事。我为他做可口的饭菜(猪肚子和猪脑),准备好烈酒,点好蜡烛。接着是晴天霹雳,真正的灾难:我爸爸被诊断为癌症。我彻底崩溃了。凯特。

可怜的人儿,克林特心想。但依然对男人有利。因没有死而可以为你赢得赞誉。

一生一次。

"操城,"卡拉·怀特说,"在目前阶段随着洛丽塔公主现象而暂告一段落,以后可以称为恨操城。这是处于支配地位的形式:恨操城。我们稍微往前追溯一下。"

"我要看看这个是否……"克林特边说边恶狠狠地瞪着他

的收录机。

"色情业在上一届的第二个任期实施自我管理。你知道，突然间我们有了色情总裁。在这位总裁的领导下，终止了原来的管理政策。进入萨洛时期。"

"对不起，卡拉。萨洛？"

卡拉凝视着跟她对话的人，思忖着是否有必要告诉他有关墨索里尼和色情界的事情。总体上在自觉地接受采访方面，她很有美国人的风格，但是她稍微调查了一下克林特的经历。她知道他最近在圣塞巴斯蒂安农山谷的约翰·沃肯斯夜总会逗留；她知道《晨雀》的发行量，对其内容也有所了解。

"一谈及色情，"她说，"大家立刻就特别强调男女鸡奸，战斗口号是性交是狗屎。他们就会马上挂断电话：'性交是狗屎！'一位主管说：'肛交的话，女人的个性就会表现出来。'哦，毫无疑问：她的个性。他们谈论女人的男性气概，女人的睾丸素。想到下一阶段，也就是后性交是狗屎时代，这就显得很奇怪。"克林特用手扶了扶他的墨镜，继续盯着卡拉的胸脯。它们也盯着他，毫无责备之意，天真而不动声色。它们唤醒了他内心的谦恭。他想她真是落落大方，没有把它们藏起来，让它们热辣辣地呈现在面前。他脑海里闪现一个念头，任何时候它们可能都是从三倒计时，它们说什么，他就怎么做。

"必不可少的自我管理涉及两个领域，男女暴力及恋童癖。男女暴力也称为'肿眼眶'，始于男人黎明那个声名狼藉的'行当'。他们会告诉女孩子们：我们做这个不要因为太高傲而不敢哭。一般说来他们对她们很粗暴，真的对她们很粗暴。恋童癖倾向的非官方说法是'暴眼色魔'。女孩子穿着小孩的衣服，用尖细的声音说话，在爷爷们往她们嘴里撒尿时还玩着玩偶。比这还糟糕。我说的是真的。仙女般的少女不是早熟的少女，当然不是。连同 HIV 阴性证明，你的出生证就是你的工作证。即使对上年纪的色鬼或者白发老人，你也要出示它。即使你已经八十五岁了，你也需要证明你已经超过十七岁。这就是色情。"

克林特想：老家伙的阴茎。不错的即兴谈话。

"新一届管理层向色情开始圣战后，这一切都结束了。'肿眼眶'和'暴眼色魔'也马上消失了。性交是狗屎还会一如既往一阵子，因为男女鸡奸在每个州并非不合法，但是一些好事之徒——一些扫兴者或令人败兴的人，克林特——在依然合法的阿肯色州买一张鸡奸碟片，然后把它带到不合法的亚拉巴马州，接着就在蒙哥马利被起诉，诸如此类的情况。但是从事色情业的人也是信徒，有本性对立的情形，不愿意放弃。几十家公司被彻底摧毁，一些高管坐了牢。在亚拉巴马的一家管教机构，我可以向你保证，他们不需要被告知说性交是狗屎，区域漏洞和创建爱城之类的事情，毫无疑问，这一阵子居于主导地位的是'恨操城'。"

他们继续交谈——关于恨操，关于性高潮，关于早泄，关于面红耳赤，关于黄舌头……跟卡拉交谈一小时之后，克林特慢慢注意到自己所处的环境——玻璃，镜子和管式家具。若不是这些海报：色情女孩，颜色妖艳，噘着诱人的嘴唇，这地方过去可能是一家广告公司……女王成群，国色天香，喷涌之势，群交安妮，荡妇玛丽女王，弗斯蒂夫，瑞尔王，洛丽塔公主1，洛丽塔公主2，洛丽塔公主3，洛丽塔公主4……

感觉受到鼓舞，卡拉与克林特对视了一下。她说：

"色情和双关语总是在一起，不是吗？而不是相反。因为一本正经是色情的命根子。若真诚微笑，一切都完了。"

"它已经完了，录像，不是吗？现在是互联网时代。"

"租金将不复存在，尽管有洛丽塔公主。看看这些女孩子们。她们面带喇叭裤般表情，蜂窝式表情。未来在于人机对话。他们称之为'自我定制'，看的人将自己发指令。"

克林特取下墨镜，面带微笑，他决定展示新建立的自信心：一种来自圣塞巴斯蒂安男性紧致抽插学院杰出人士的自信心，学院专为**契约干预男人**而设立。他说：

"你想吗？表演？"

"不，"卡拉说，她曾多次回答诸如此类的问题。

"你曾是受过伤害的孩子，是吗？她们都一样是吗？那些女演员？"

"有点那种意思。是……色情创造的神话。但是现在色情已是一个产业。时代在变，克林特。我认识一个带着父母去领成人片奖的女孩。她父亲出来时，手里炫耀着最佳肛交小雕像。"

"有没有你不愿意做的事情？作为一个女演员。将拳头塞进阴道和撒尿作乐，诸如此类的把戏？"

"……在走到那一步我就停下了。在性交是狗屎来之前我就停下了。"

"啊，想喝一杯吗？"

"想看什么？"

"你说吧，你是职业的。一天一个男人，你告诉我。"

他注意到，她正毫无顾忌地带着迷恋的神情盯着他——一种毫无掩饰的迷恋。克林特开始感觉到，两万七千美元都不够——卡拉似乎想说什么，但她没有说出口。

"是的。我习惯的男人，"她说，突然，她抓起放在桌子上的平底玻璃水杯，"就像这个。"

克林特按照指令行事：面对不妥协的情况，要制造相反的事实。"啊，还没有找出办法。一两个小时后去夏威夷。"

"我原以为你要去见多克·博加德。"

"他嘛，已经出城了。"

"不，他没有，"卡拉边说边站起来。"我跟他约了明天早上在德罗若撒大街碰面。他正在跟查理玛·瑞克斯拍戏，《国王宝贝》的一天。"

"打劫，把我搞糊涂了。"克林特有些懊恼，"凯特，她总是为这事数落我。也许我得去看看，不让察觉到。"

带着难以理解的颤抖，她说："这个场景很有可能就要结束了。"

那天晚上，在宾馆里三个小时的肿眼眶和露阴之后，克林特有一种归属感：一种在爱城的归属感。

多克·博加德爵士正在爱城的福晋苏·弗斯跟一个叫希

克·约翰逊森的性伙伴在一起。克林特到时，要让他感到颇受欢迎，他们都去了色情苑——在这个小园子里，拴着一些色情鹦鹉，它们在色情水池周围谩骂和拉屎。多克懒洋洋地依靠在色情厚垫睡榻上，头垫着两个色情枕头；希克倒了杯色情酒，他似乎只有一件事愿意谈论：色情费用。

"我说我已经，"他说，恼怒的语气中带有一丝难讨好的绅士般自律，"一如既往地脱光了，那里也出来了，我的人累死累活，露阴了……一些小乡巴佬刚从妓女身上爬下来——我拿到三百美元？请原谅，请原谅。当那家伙在安乐椅上观看时，那些……从老英格兰店来的可恶的家伙，就能拿到十英镑？那是对我的羞辱？我不认为这样，我不认为这样。"

令人费解但也夹杂着来自内心钦佩的愉悦（羞辱：他让其他家伙都这样——但是你得亲自交给那家伙，他的色情胸肌，他的马尾辫，他的令人可怕的色情阴茎，这些对于多克的粉丝而言都是再熟悉不过的），克林特说：

"是啊，但是你把它弄得湿湿的，是吗？"

多克爵士请求克林特考虑：色情压力。

"把它弄到这里了吗？"多克问希克。多克在此之前告诉过克林特，"它"指的是"测试查理玛·瑞克斯操功的带子"，多克第二天要用它把自己介绍给正在演《国王宝贝》的查理玛·瑞克斯。"克林特？你能在三次咖啡间歇期和午饭时演示一下吗？杰出人物？那些人？"

"是啊，但是现在有一个相反的情况，不是吗？"克林特心怀怨恨地想到了卡拉·怀特以及她所说的色情和性能力：

"他们都用它，却都说不用。"

克林特回忆了她的话。性勃起，卡拉说，对于色情男来说已变成迈达斯咒语。勃起前，彻底失败意味着开溜和损失。勃起后，意味着十五分钟之后男人已经准备好了，脸上出现斑点（即红脸）以及色情头晕状况。几乎没有出现过自杀和身体衰退的情况，但是他们都开始用它。"这一变化引起了争议，"克林特后来如此写道。我们必须记住，包括多克·博加德，"发生在'性交是狗屎'的顶峰时期"……有人说勃起也是狗屁：它需面对唤醒现实的市场力量。持那种观点的人变成了纯粹主义者——因为客户并不在意。"能够或者可能在公众面前表演，"卡拉说，"曾经是一种买卖技巧。现在人人都可以做。男人们——普通人员，工人——从来都不是吸引观众的人。现在他们只是药片勃起的生命支持系统。"卡拉说她很惊奇。她说她一直以为客户比那个更欢愉……

多克和克林特现在遇到了色情矛盾。"你知道，克林特，"他说，"我们面临着其他方面的压力：露阴。当面对一直悬于其上的露阴幽灵时，男人如何满足他的幻想？"

过了一会儿，多克又重新回到了色情费用和色情抽成的话题，直到希克证实测试查理玛·瑞克斯操功的带子已经送达。

"看那里，"多克说，示意大家看屏幕，"平滑的屁股，完好的阴毛。我不是说莫西干式样，我指的是表演。我在谈论整个生殖器。"

"她嘿咻得不错。"希克赞叹道。

"不错的后位口交。"

"我喜欢在拔出时滑舌的感觉。"

十五分钟之后,希克说,"到了,射到脸上了。"

"……哇,"多克说,"看啊,正好射到眼睛上了。"多克转向希克(大家都知道希克是同性恋)说,"会受伤吗?我的意思是会烧伤吗?"

"烧伤?真他妈的像大火,她毫无畏缩之意。"

"明天对我没有任何问题。畏缩?她眼睛眨也不眨。克林特,你呢……?"

"是啊,谢谢伙计们,"克林特说,"多克朋友,我碰巧知道,嗯,你征服的事。"提到她的名字时,他感到很愉悦:"唐娜·斯顿姬……"

"对不起?"

"唐娜·斯顿姬……"

"对不起?"

"啊——大名鼎鼎的英国女孩,黑头发中夹杂着一缕银色,嘴巴有点皱纹……在一个方尖塔处,她舔你那个地方,接着你把她屁股竖起来,开始还软塌塌的,插进去后变得硬邦邦的。到高点后你把它射到她乳房上。"

"……在她乳房上?那太——老套了。你认为我还记得这些?"

"在回酒店的路上,克林特停车进了另外一家录像带商店。里面所有的带子都分类摆放着,如用卡拉·怀特这样戏剧性的词语。不是恨操,因为若不标示成别的,任何东西都是恨操,除了高潮,狗屁高潮,肩宽体小,面红耳赤,白发飘飘和黄舌之外（"黄舌"，她说，"是专指那些没有汽车旅馆，手提摄像机，恐怖灯光设备和吸毒呕吐的演员"），当然了，这一类人称为洛丽塔公主。

午夜之后他仍然忙碌于塑造不切实际的多克·博加德形象。为了舒缓紧张情绪，他在键盘上续写黄狗的故事。中午时分，伦敦时间，他收到了以下邮件：

> 我的唯一：十分感谢你安慰我的邮件。我不知为何，但现在事情变得更清晰了，似乎沉重的压力解除了。即使我父亲依然躺在圣安德鲁斯，病情危重……你知道我在想什么吗？我想我已经爱上你了，克林特。是的，就是你，而不是别人。是你，克林特！是你，是你，是你！你喜欢埃兹拉·庞德的诗歌吗？在给你写信的时候，我想起了几行："现在我把男孩引进来，他跪着，又送它至千里之外，思考着。"我为你疯狂，克林特。回来的路上到我这里来，只有你我合二为一，我才会感到平静。柔情万丈的凯特。又及：我敬重黄狗，为黄狗点蜡烛，视黄狗为神。

黄狗擦干眼泪，安安静静地吐了一两个小时的舌头。

5. 把握时机

　　从他们的卧底，也就是敌人的敌人那儿来的第三份（也是最后一份）邮件采用了无指纹联系的方式发到了布伦丹的手提电脑上。那天早些时候，一种类似的即时服务器发布了公主的六张定格照片，其中的一个耸人听闻地展示了她遭威吓的脸，被侵犯者的影子遮住了而显得暗淡……布伦丹收到的邮件是这样："2月10日是最后通牒时间。强烈建议马上遵照执行。请再次强调：有关公主的材料只是光感和魔法之类的东西，只是光感和魔法之类的东西。"既有恶心感，又有神奇的晕眩感，布伦丹轻蔑地签发了在尤厄姆村发布新闻的指令。接着他跟国王开始了最糟糕的谈话。

　　"有一件意外之事，陛下，"他说，"梅特上校辞职了，立刻生效。"

　　"很高兴听到这个消息，巴格尔。"

　　"尽管有点奇怪，陛下。我们可以——"

　　"多年来我一直想把他撵走。"

　　"陛下？"

　　"是的，巴格尔。是他长相的缘故。但是我不能因此而受累。现在不用在意他了，要尽快适应。你看起来还未形成想法，巴格尔。是的，能看得出。你肯定要告诉我什么恐怖的事情。"

亨利从皇家专列的窗口向外望去,但是什么也没有看到,只有薄雾和褐色气泡,列车在这一年当中最差的季节,从尤厄姆村向北驶去……他突然想到:把握时机。我应该再去看看,再经历一次。把握时机。

"就这些,亲爱的。"亨利还在期盼着。接着他说:"你相信来生吗?"

"你在转换话题。"

"我不是在转换话题。务实地来说,这是和你可谈的唯一话题,亲爱的。"

"噢,是的。你呢?"

"……不。"

"明白吗?你拥有的不是信仰,只是一种习惯而已。"

"信仰……信仰是一种权力,但上年纪后它就会变弱,跟所有权力一样。"

"你已经转换了话题。这个话题,"公主说,"这个话题就是,为了从黄房子里乱七八糟的事情上分散注意力——"

"不顾一切。"

"不顾一切。为了分散注意力,为了从媒体和公众那里赢得同情,"她说,"我们去苏格兰杀害妈妈。"

"不要,那么,愚蠢……亲爱的。"

过了一会儿,他说:"巴格尔告诉我,说你想让我做点事。嗯,布伦丹,确切地说。他传递你的意思是我可以做点事——可以摆平此事。"

"我要对你说的事情并不是这样,不是要去杀害妈妈。噢,我不会唐突地请你去挽救。你只好靠自己去那里。"

黄昏来临得更近了,天一下子黑得很快。他仰坐在那里,试图从想念何子珍中找到些许慰藉。

清晨五点半,在唐格的卧室里,他被一阵凉风惊醒。把洛夫从军用帆布床上撵走,他独自一人喝着掺了白兰地的茶水,直到牙齿停止打颤。接着他洗了个热水澡,用冷水刮了胡子,然后穿上他的黑色外套和他最耐穿的大衣——父亲理查德四世留给他的,克什米尔织物和丝绸质地依然很保暖,在公鸡的啼鸣声中步入清晨的曙光中。

不像擅长计数的前任,总是习惯性地把整个下午的时间都花在十二匹种马身上,搞得它们精疲力竭,亨利九世则厌恶任何跟马相关的东西(只有皇家阿斯科特赛马会除外)。但是,当然了,帕梅拉是一位终身骑师。无数次他摇头叹息,从座位上看着她骑马离开,似乎离地面有三十英尺高……那年九月的一个下午,在唐格,女王随从第二次骑马再也没有回来,而她的坐骑,母马古德威尔,回来了。帕梅拉也没有回来。国王在院子里抓起一辆自行车,摇摇晃晃地骑走了……此时,在地面上,亨利穿着大衣从沙砾到草地到处走动,开始沿线往回搜寻。

他记得那天天色要变的样子。起初他仅仅是害怕,多数是担心自己(还有自行车),也感到很烦心(他已经听到了要重新恢复常态那烦人的叫喊声)。他蹬车去了斜坡肩路,转身发现:古德威尔,独自在马厩里,没有骑马人。接着,天色变了。

是他发现了她……当你靠近白垩采石场时,帕梅拉告诉他有关马受胃气胀折磨一事,从那里他开始骑马——直到他吓了一跳,猛地侧身,打滑停住,试图看清前面昏暗的路。原来是一条大蛇,已经死了,已经腐烂:肥大,潮湿,泛黄,就像一个被抽干煮沸的看守巨怪或者弗雷·拉什……是的,他想:看到这情景,古德威尔后退直立是可以谅解的。帕梅拉躺在长满荆棘的斜坡下面,穿着马靴、马裤,花呢上装,天鹅绒帽盔,腰拱在一个鹅卵石上,眼睛睁得大大的。自行车哐当摔在地上,轮辐旋转发出简短而低沉的咕隆声。他越过了冬季白垩的雪景和月光景。

"啊不,帕米。"语调中加重了第二和第四个音节:如同他以前多次说过的那样,这使他想起一些社会事务频现的时光,禁止戴花哨头巾的日子,以及那时她在鲁多或者巴加门发动的政变。

接着,为了他的机会,为了他的混蛋机会,他频频地吸了几口,亨利说:"至少,至少,至少——至少不会有那么令人厌烦的事情了……"到了这时他的肩膀才开始颤抖:"不再有令人厌烦的赛马试跑的三一秘密计时员了。"这话一直笼罩着他,如同没被人听到的屁一样,同时又说:是的,啊是的,这就是你,这就是你。

病人看起来像身材高大的古代印第安女人,身上散发着战前涂抹颜料的死亡气息,但是呼吸的样子依然有威严感。

亨利把手从空中放了下来。

"妈妈已经……"维多利亚说。

"但是她还在呼吸。"

维多利亚用手指着屏幕上的两条平行线。

"但是她在呼吸。"

她急切而有力地呼吸着。她还能伸手抱住他并诱骗他吗?他又一次用鼻子闻了闻自己全身的气味——一种男人秘密郁积于心的味道,就像一团烈火被汗水浇灭了一样。

"那只是机器的声音,"维多利亚说,"是机器发出的声音。"

"关掉它,"他大叫道,"关掉它,关掉它。"

6. 2月14日（13:25）：101航班

系统飞机维修：101航班，请重复。

机长约翰·麦克蒙纳曼:确认二号发动机爆炸失灵。二号辅助驱动系统爆炸。次生碎片击中水平稳定器，导致一号线和三号线断裂。水压在降低。在记录吗?

系统飞机维修：101航班。二号失灵。

麦克蒙纳曼:不，三个都失灵了。

系统飞机维修：101航班。三号失灵了吗?

麦克蒙纳曼:它们都失灵了。

系统飞机维修：101航班，一号正常，对吗?

麦克蒙纳曼:三个都失灵。重复。三个都失灵。

系统飞机维修：101航班。记录，记录。水压告急。

麦克蒙纳曼:是的。但是该死的自动装置不脱离，它认为一号到三号是假信息。偏航得厉害，俯仰得厉害。

工程师哈尔·沃德:试一下。

副驾驶尼克·肖普欧:是啊但是……

沃德:试一下。

肖普欧:……自动装置不脱离。

麦克蒙纳曼:我感觉到了。我感觉到了。自动装置脱离了。液压在回升。现在按照引导的规则飞行。机头上来了。变稳了，变稳了，有点偏但已经不俯仰了。不再让我们慌乱了。

系统飞机维修：101航班。我要解除频率，给你底特律机场。

肖普欧：备用水压器——它们到底在哪里？

沃德：过去在哪里就在哪里。在机舱地板下面。

麦克蒙纳曼：请进！

空乘服务员罗伯尼·戴维斯：过去了？没事了吗？

麦克蒙纳曼：我们正在度过危机，罗伯尼。后面那里咋样？

戴维斯：简直像古罗马竞技场的大通道。他们可以容忍偏航，但他们讨厌俯仰。

肖普欧：我们俯仰了，我们可能还要偏航。现在什么事？

空乘服务员肯奇塔·马丁内兹：露西说地板变热。乘客说机舱地板变热。左边，两翼之间。

肖普欧：上帝。有烟吗？

马丁内兹：他们怎么知道？

麦克蒙纳曼：你知道我们需要什么？我们需要一个机场。

不，你无法说清楚烟是怎么回事。由大量湿树叶燃烧的篝火对棺材几乎不会产生影响。在经济舱，三百一十四位乘客的嘴里都有香烟（现在他们也不会放弃），包括二十五到三十排的乘客，H、I和J座位的乘客，他们的脚甚至离开地面，盘坐在身子下面。

左翼下面的货物舱里也有烟雾，但这是不同的烟雾。你不能吸进这种烟雾（热、浓、黑）：你吃进它，它就吃掉你……在面向货舱门的货板里能看得清楚。藏在乌木罩里的罗伊斯·特雷诺直直地站立着，慢慢地靠底座平衡自己，好像是在重新聚集力量。当飞机往右边倾斜，他身体向背后下沉，靠在一排摆放得整整齐齐的袋子上。接着，左翼开始突然下倾，罗伊斯像海浪撞击前准备格斗的一刹那，俯冲去撞击舱门的斜纹把手……这不是向里面开由螺钉固定的木板门，空气压力使其砰地关上。为增加存放空间和收入，门朝外开……飞机向右倾斜，现在他悬在空中，向后倾斜，陷入乏味的沉思之中。接着上下摇晃，所有的重量都猛烈地撞击到舱门的把手上。哪一种什么重量？是过去的那一种重量。

你会明白罗伊斯为何这样做。当喷水车来时，你会明白罗伊斯为何这样做。他不能指望放火烧。他现在的目标是去飞机的咽喉处。减压，爆炸性减压是他想实现的，舱板坍塌，灾难性窒息，所有的血管，静脉和动脉断裂。最重要的是门被炸毁了，意味着他自己可以逃生（他第一个逃走），他死后的殉道。

没有血液，只有蜡和甲醛，罗伊斯摇晃着。也许，前牙已经露出来：阳光地带高尔夫专业选手的牙齿。罗伊斯摇晃着，但不是醉醺醺的样子。他停顿休息了一下，大口吸气，怒火难以平息，准备发动新一轮的攻击。

第三部

第 九 章

1. 天空中的糖浆

2月2日下午四点,随着一辆班车抵达费利西欧国际机场,汉·米欧来到传说中的操城……当然,这里所有的标志都写着爱城,比如说"欢迎来到爱城"。但人们经常不小心把爱都叫成操城。这显然是爱城不得不接受的事实。

在洛杉矶国际机场,他需要先取行李然后通过出入境检查。在行李传送带旁边等待的时候,他意识到这是一种强加于人的无聊。这不像等公交车的时候什么都不用管:公车自然会出现在你面前,而且你还能看看其他东西。不,等行李时你必须一直看着、盯着;你必须一直重复这种低级的脑力劳动,譬如分辨箱子的形状;你必须忍受冗长的混乱和乏味的拖延。一个瘦高的英国人正念咒般地对着手机重复着:"绕了一圈……绕了一圈……不在上边……不绕圈了……绕了一圈……不在上边……不在上边……绕了一圈……不在上边……不在上边……"对汉来说,这首无聊的诗仿佛一剂自我发现的良药。他不记得上次感到无聊是什么时候了,这就是无聊。它就像是文明的进程。你从不会感到无聊,对吗,因为你总是迫不及待去乱搞或争斗。

他坐上接驳车来到二号航站楼。这座小小的玩具城里充斥着行色匆匆、嬉戏打闹、坐立不安的各色人群；一对对情侣欣喜若狂地准备开始飞向南方的长途旅行。汉又一次为这里堂而皇之、一本正经地使用"操城"这个绰号而失去自我：比如"洛杉矶至圣地亚哥，中途停经操城"、"你去操城做什么？"还有（一个穿制服的男人说）"你的目的地是操城吗？"有那么一瞬间，他站在发出咔哒声的信息屏下边，看见了（或者他自以为看见了）登机通知"**14：05：操城 5D 登机口/最后通知**"。屏幕上快速转动的小方块不断更新着航班信息，如同狗仔队一般奔忙。爱城还有一个绰号"性城"，看来只有在提到"性城狙击手"时才会使用。

在飞机上，他总觉得哪里不对劲。几分钟后他才意识到这里缺少了一样重要的东西——孩子。所有的飞机上都有孩子，唯独往返爱城的这趟航班没有：这里见不到孩子、童车或各种儿童用品。好吧，爱城是一个没有孩子的地方，他这样想。这里是成人的天下。飞机上还有一些青少年乘客，有男有女，他们是不可能去从事色情行业的，因为爱城跟其他地方一样，也需要夜总会服务生、餐厅打杂工和泊车员。有几位上年纪的人还保持着孩童般的容貌——就像卡通、画书上那样。他从卫生间回来，走过座位上的男男女女时发现，他们中的一些人正迅速地变年轻或变老：每排五年。

周围到处都是奶油糖和蛋黄酥般的棕黄色服饰，以及身体健壮穿着短背心的肥胖少年，他们要么鼻子太小、头发太长、嘴巴张得太大或是塞得太满，无休止地嬉笑打闹着，上演一出令人啼笑皆非的喜剧，而旅客仿佛成了整齐划一的观众……身穿蓝色套装的空姐看起来就正常多了，一举一动不像她们的乘客那么浮夸。机长把他们送达爱城，预先录制的性爱电影轮番播放着丰乳肥臀的床笫之戏。

他再次坐上接驳车，途经长满枯草和干瘪仙人掌的郊区公园，来到 U 旅馆。汉在免费赠送的《爱城日报》上看到过这家旅馆的介绍，报纸是在前排座位上随手拿的：U 旅馆是一家连锁店，它的老板因为意识到 w 是英语字母中唯一的非单音节词而大赚了七百八十亿美元。比如说把一个由九个音节组成的缩写词拆开，用随机选取的其他三个音节代替（或者直接使用全称"万维网"[1]），这样每天可以节省出相当于五年的商务时间。

他走出车门，一颗大雨滴落在他的秃顶上。爱城：这里充斥着地震、丛林大火、泥石流；购物中心、高速公路、交通堵塞；恨操者、性高潮、早泄；黑眼睛、白头发、黄舌苔。

"从某种意义上来说粗野性爱的演变极其自然，"卡拉·怀特说，"因为男女演员之间没有任何爱意可言。女演员挣的钱是男演员的五到六倍，而且这一差距还在不断拉大。你可以想象到，粗野性爱的脚本是极其单调乏味的。'嗯，这就是那个大家伙了吧？''你最好相信它，婊子。''你乖乖地吃了避孕药吗？'诸如此类。她还会问他开的什么车，如果有的话，以及《堕落的富尔亨西奥》中马桶的大小。然后就是性高潮了。"

---

[1] World Wide Web.

"性高潮，"一个男人说。

"性高潮，"卡拉·怀特说。

汉走到阳台上吸了一根烟。前台的服务员告诉他，最近有一个英国记者因为在房间抽烟而被捕入狱了。他们还把卡拉留下的包裹交给他：《甜心皇后》的剧本、录音带（背景音乐），还有一张接驳车票，明天早上他将乘车去多勒罗莎大道……

"性高潮是粗野性爱的一个分支，或者是与之相对立的类别，因其稀有度而广受推崇。性高潮是男人成功激起女人的欲望——达到她不再称他为废物，甚至开始鼓励或赞扬他的程度。性高潮之父的作品《情人，糟蹋我》取得了无法抑制的成功。它跟《洛丽塔公主》不同，但极富商业化。"

"很快，'我让她高潮了'就成了色情男星的嘴上夸耀的话，而'他让我高潮了'就成了色情女星挂在嘴边的抱怨。不过由于性高潮很少发生，压力便随之而来，如此也就催生了另一个分支'假高潮'。假高潮是指色情女星（通常是非常不入流的那种）装腔作势地假装高潮。实际上，很多儿童色情片里都是假高潮，这也反映出色情片的实质：假高潮。"

在他下面，汉突然注意到，视野范围内的三四十个小园子里，大约一半都在拍摄色情片：小型泳池周围到处晃动着棕色的身体。

"一开始，真高潮就像是色情男星的救命稻草。每天早晨他在上班的路上，都会幻想着把哪个当红女星搞得高潮迭起。男星们彼此较量着高潮的次数，你知道吗，像棒球一样还统计数据和平均值。甚至有一个男星名叫高潮。柯克·高潮。他当然红火不了多久……因为高潮就像一杯毒酒。过不了多久，没有哪个女孩会愿意跟让她高潮——或者让她哪个朋友高潮——的家伙一起工作。背上高潮名声的色情男性便无人问津了。于是他们开始害怕高潮。另一种更大的羞辱是早泄。"

"早泄。"

"早泄。"

太阳从大楼的后边落下。他翻阅着十二页长的《甜心皇后》剧本。他只有一幕戏，剧情是跟一个叫查瑞丝摩·特丽克丝的人说几句话，然后就看着她和多克·博加德爵士例行公事（基本动作：口交、狗爬式、牛仔式、反式牛仔、面部射精）。他的台词不难也不多，但他还是很快牢记于心。他停了一下……我是怎么了，他心想。他停顿了一下，思索着：他内心藏有一个不敢企及的巨大愿望，他害怕哪天这个愿望变成巨大的痛苦。晴朗的天空中飘散着朵朵云团，有的像上翘着的实心烟斗通条，有的像抛在空中的白色长筒袜，有的像供人小睡的轻柔被褥，有的像遥远海滩上激起的朵朵浪花。他在脑海中又过了一遍台词，记住了。

"我们谈到了核心问题。当然这只是我的个人观点，但我说话也是有根据的，尽管没有他们表现得那么明显。早泄，我想，可以说声名狼藉了。它还包含一个严重的功能性缺陷……典型的早泄只是提前射精——往往由女性造成。可以说越早越好。现在对男人来说当然是奇耻大辱，因为他不得不再次上阵，遭人鄙视。因此：沐浴、服药、等待、头痛、粗野性爱。这一连续镜头中并不包括提前射精。与高潮不同的是，早泄无法留下视频证据。接下来就是面部射精的问题了。"

"面部射精。"

"面部射精。即使是最严格的恨操者也要求面部射精。市场方面首先要求面部射精。早泄者更是不用说了。所以这算什么胜利呢?满脸精液地看着那家伙完事离开?精液总是在那里,因为客户要求它在那里。男人想要什么?他们想要面部射精。这也许是唯一仅限于色情片中的性行为。妓女也许愿意这么做,可是自由女性呢,让她们跪在地上?这也就是为什么他们把面部射精称为'票房保证'了。"

"你知道吗……他们有时候又称之为'爸爸镜头'。他们不称之为'妈妈镜头'。因为在隔代人或其他人中,你会有这种感觉:爸爸也许就喜欢这样。美女与野兽。纯真与邪恶。那个女人跪在地上,抬头看着那个比她的任何情人都强大得多的人……"

他喝了半瓶酒,带着吃剩的晚饭,走到阳台上。他现在不像之前那么镇定了,夜晚的云朵就像假发——男士假发、女士假发,如同天空中零星泼撒的糖浆。然后他看到了金星,一圈是苍白的光环,就像银色的眼帘,正对着他傻笑。然后是那轮新月,角度有些奇怪,应该是从背面望去,就像柏拉图式的完美胸部。

九点钟,有人敲门。

"是谁?"

是一个上了年纪的服务生,给他送来一束他见过的最丑陋的花:红脸黄舌头。是谁?约瑟夫·安德鲁斯。

汉检查了一遍:是的:这就是他需要的。

2. 多勒罗莎大道旷工记

性城狙击手活跃了三十个月后,逐步形成了一套法则或约束措施:不使用高速枪弹;不瞄准头部或心脏;不在高速公路上射击以免造成额外的交通堵塞;不袭击塔克西多大街或多勒罗莎大道,以免破坏这里的核心物业;不对市长或者SSVPD说些冷嘲热讽的话,比如"节哀吧,蛆虫"或"我是上帝";不针对中美洲人;不针对任何形式的援助工作;不针对任何年轻人、老年人。如果一位留着尖胡须的摄影导演擦伤了脚腕,如果一个剧务组男孩或化妆组女孩失去了一两根手指,如果"慈善"(艺名:Charity Divine)烫坏了头发,或者"大虫"的屁股出了状况——有谁在乎呢?色情界人士会在乎,可是没有人在乎他们,以及他们在乎什么。

第二天早晨十点十五分,狙击手面对着U旅馆,他的视线在每个人脸上游移:这个人、那个人。枪上瞄准器的圆框制造出一个个圆形的影像,就像小吊坠盒里放置的微型画像——里边珍藏着那些被爱过、失宠的脸庞。瞄准器的十字准星上出现了守门人的脸,即将到场的色情明星的脸,汉·米欧的脸,快递员的脸,他肩上扛着一盆盆栽植物。

"陛下,我恳求您开恩。"

"尽管提吧,我的玩物。"

但在此之前,他需要把他送到多勒罗莎大道,然后爬出接驳车,走进一栋宅邸(另有一组早班的制作团队正在赶来的路上),他要亲吻卡拉·怀特,但事实上这一动作很难完成,因为她正把电话筒夹在脖子上……她穿着两件套黑色职业装,若隐若现的光泽让人感觉像沾上煤尘一样,脚上穿着一双黑色高跟鞋。

"你很好,"她用温和、低沉、不带口音的声音说,"你不需要改变。你很好。我希望你明天能来我家,我们在沙滩上共进午餐。我会派车去接你。"

"那么我不需要头戴王冠或其他什么东西吗?"

"你是伟大的拉美西斯大帝,"她说,"但你现在正带着随从,进行一场穿梭于公元前时期到洛杉矶的时空之旅。你很好……我很抱歉。查瑞丝摩·特丽克丝让我们等这么久。"

"他们都是这样,"一位身穿白色睡衣的男人说,"他们之中99.9%的人都是这样子。为什么我连一句台词都没有?"

"汉,这位是多克·博加德。你没有一句台词,多克,因为你是个哑巴。"

"哈。那为什么……"

她继续对汉说:"这就是所谓的替补队员。它给我们十七岁的演员一个喘气的机会。"卡拉稍稍歪了一下头,一只手拿着听筒走开了,嘴里说,"查瑞丝摩?查瑞丝摩……是吗……那为什么呢?……"

汉在屋里走来走去。这一场景他再熟悉不过了:随处可见技术人员、勤杂工、噪音发生器、拿着写字夹板的女孩、咖啡壶和椒盐脆饼。窗户下的白色沙发上坐着一个年轻的黑人，他有着一张令人印象深刻的勇士般的面孔：典型的勇士。他站起身来自我介绍：他叫伯尔·罗德，是卡拉的保镖。

"查瑞丝摩不会来了，"她说。

"第一次就不来？"多克问道，"那下次呢？她们会不参加考试吗？"

"女孩们说是因为疱疹而旷工，"卡拉说，"但其实是一场为期三天的罢工。"

"查瑞丝摩！天啊？"多克大声地自言自语，"地球上就没有其他人了吗，查瑞丝摩！天啊？天啊？"

"那谁来代替她呢？"手里拿着写字夹板的女孩问道。

卡拉说："这不重要。我来做。"

片刻间，多克的脸上出现了牙医般的肃穆神情，他带着一副做礼拜的表情站起来说：

"我在这一行摸爬滚打了这么多年，从来没有获得过如此殊荣。传奇人物卡拉·怀特。我向你保证，亲爱的女士，我一定会以最大的诚意……和尊重对待你的。"

他抖掉身上的睡袍站在那里……呈现在眼前的可不是健美的身材。但那张脸现在高贵地昂着，右膝向内弯曲，弓着脚趾，两手的拇指和食指握成一个圈。

卡拉利索地脱下外套说："很抱歉，多克。请你拿着你的钱走吧，外边有车在等你。"她转过身，边上楼梯边说，"伯尔，你能快速地冲个澡吗？"

"陛下，我恳求您的恩惠。"

"尽管说吧，我的玩物。要知道，如果你一直盯着我看你会瞎的，小家伙，因为我就是太阳。"

"是的，陛下……站在你面前的这个年轻人跟其他男人不一样。他不能说话，你也看到了，虽然他功能良好，但没有用武之地。你明白吗，陛下。"

"当然。"

"所以他必须被阉掉。延绵子孙是与他无关了。"

"那么就把他阉了吧。士兵，把他押出去，快点。"

"作为后宫中最老练的娼妓，以及接受过令人作呕的艺术熏陶的人，我也许能启发他一下。"

"那么就去吧，我的玩偶。"

"不过我还有一个想法，伟大的陛下。"

"说吧，小玩意儿。"

"在我服侍这年轻人的同时，我也很乐意伺候您。"

"小家伙，那就开始吧。"

卡拉穿着硬币做的紧身连体衣，摇摇摆摆地晃动着腰部，而不是腿部。

3. 摇篮曲规则

第二天早晨,《日报》头版就大幅报道了性城狙击手再次发动袭击的消息（一位名叫希克·约翰逊森的中年色情影星在位于富尔亨西奥·福尔斯的自家泳池边被射中了脚部）:"多勒罗莎大道爆出超级性高潮"。

汉在酒店餐厅里坐着,手里拿着《日报》,前面是他的咖啡壶。离他大概两桌之外的地方,一对皮肤黝黑的年轻夫妇,在摄影机和电弧灯下,为一顿丰盛的晚餐争执不下（其中包含两种红酒）。他继续读他的报纸:

大家起初认为,此次令人震惊的超级性高潮是多克·博加德爵士的杰作,他曾在最近几年多次声称完成此等壮举;而其受益者就是查瑞丝摩·特丽克丝,她是个新手,所以理论上讲对于性高潮应该没有任何抵抗力。

但有消息显示,这位极具魅力的新人昨天并未出现在多勒罗莎大道。"我想这其中一定有误会,"特丽克丝解释道,"我当时正准备来工作,但我的经纪人告诉我拍摄被延期了。"特丽克丝否认自己知道由洛瓦（LUWA）公司的审计长迪米特·奎斯特发起的疱疹罢工的消息（详见第二页）。多克·博加德对此不予置评。

看起来，事件的男主人公其实是伯尔·罗德，这位色情行业的短期工曾于几年前金盆洗手；女主人公是传说中的卡拉·怀特，也就是现在的卡拉·怀特制片公司的老板。"我发誓，"一位不愿透露姓名的团队成员说，"那是一次经典的性高潮，已经超出了正常水平。他完全把她搞得欲仙欲死。"

第五页：多勒罗莎大道：整个社区折服于性高潮

社论：卡拉·怀特高潮事件中疑爆出骗局

他让司机在离房子不远处把他放下，在转身走到大街时，他看见了伯尔·罗德，在不远的半路上（汉稍后会发现此次碰面并非巧合）开着蓝色敞篷车。伯尔把车停了下来。

"她放了我一天的假。包括夜晚。"

他说这些话的时候面无表情。汉注意到伯尔车里的乘客座位上放着一份《爱城日报》。

伯尔说："全都是扯淡。"说着身子往后一倾。

汉搞不清楚伯尔是不是比往常开心。但此刻他脸上挂着冷漠的笑容。他说：

"你知道我最后在想些什么吗？我想，天啊，我老了。色情……并不适合懒惰的人。多克·博加德是个有名的混蛋，但总的来说，这群人并不都是坏蛋。他们互相照顾。卡拉，"他说，"卡拉花了大半生的时间为女孩们争取权利和健康。她就是这么不成器。"

汉说："他不在这儿，是吗？安德鲁斯——约瑟夫·安德鲁斯。"

伯尔没有回答,但他紧缩的眉头给了汉否定的答案。他的眉头回答道——不,不在这儿,不是此时,还不到时候。他慢慢挂上一挡,突然有些兴奋地说:

"我在卡拉·怀特车库上面的公寓里住了五年。昨天是我们的第一次。我们之前并非没有尝试过。但那的确是我们的第一次。你知道她兴奋起来后做了什么吗?她哭了。"

"她哭了?"

"热泪盈眶。之后一切都静止不动了。她停了下来。然后我也停了下来。"

她穿着平常的白裙子,还有那双夹脚拖鞋。问题在于他认为他爱她。

在楼上的阳台上,她又给他倒了一杯酒,然后说:"难道你不认为我们都没把那颗彗星当回事吗?"

"是吗?"

"所有女人都讨厌太空。我讨厌太空。我认为你挺感兴趣的,那颗彗星。"

他耸耸肩,算是表示认同。他们面前是波澜壮阔的太平洋。

"那么你会首先发现彗星和小行星不一样,你没法跟踪它。因为它们不受地心引力的控制,就像爆炸和蒸发现象那样。他们说,它会擦身而过。"

"或者正好擦边。"

"或者正好擦边。它有洛杉矶那么大,而且比子弹的速度还快五倍。最新的消息是，它将在距我们五十五英里的位置与我们擦身而过。五十五英里。"

"它不会击中的。如果他们认为它会击中我们，他们就不会告诉我们任何信息了。他们都研究过了。告诉我们信息只会额外增加开销。不会击中的。"

"如果击中了，天空将被火焰点燃，继而烧为灰烬。"

"……然后你就满意了。"

"你这么说是什么意思？"她有些不满。

"对不起。"

"哦你是说世界一片虚无，一切都不再重要了，人们可以随心所欲。我不认为一切都不重要。"

那么他呢？彗星重要吗？看着她的身影在屋子里走来走去，让他不禁想到事情已经发生了：末日已经来到，世界的末日。他无时无刻不想伸手抓住她，但他的双手却冰冷地无法动弹。

"没人在乎彗星，因为这不是我们的错。"她过了一会儿说，"我想我对多克·博加德太过严厉了。你饿吗？我也不饿。饿了就告诉我。"

问题在于他认为他爱她。而最近一段时间，爱在他生命中扮演了不太好的角色，对他老婆，对他女儿。这是什么样的爱？似乎介于他对罗莎和对比利的感觉之间。他对卡拉的爱一直包含着一种无法宣泄的情感，似乎是怜悯和恐惧。只要她在场，他就感到害怕和歉疚。他想保护她不受任何伤害，包括他自己。他感到一阵痛楚……此时海浪尚未发威，秩序井然，突然它飞身跃起，发起残酷的攻击，浪涛席卷而下，猛烈撞击，牙齿撕咬着，溅起白沫，冲向岸边的卵石：高潮般的冲击力，然后汇集在一起，钻进一个个岩石潮水潭，重新搏击和滑行之后，又形成新的海浪。

他感到有事要发生。就像头部受到重击：气流和温度出现变化……突然之间，天空变成了橄榄色，大海变成了白色。

"暴风雨就要来了，"她说。

"我想躺一下。对不起，我感觉不太舒服。我想躺下了可能会好一些。"

她把他扶到自己的卧室，留他一个人脱掉衣服。她再回来时他都快睡着了。

"我把这个毯子给你披上。摇篮曲规则——当然不是唱摇篮曲。安抚你入睡的并不是曲子本身，关键是让你知道唱歌的人在这里。我不会唱歌，但我会为你披上毯子，让你知道我还在这里。"

在恍恍惚惚的睡梦中，他不断回忆着在多勒罗莎大道观看到的性爱活动的最后几幕。

卡拉跪在地上。她即将完成一项古老的人类活动。但这活动看起来一点都不古老，仿佛是当天早晨刚发明出来的——或者尚未成型。做前插式时，她用双臂搂住伯尔·罗德的腰；他的生殖器（理应是黑色的）似乎变成了障碍：她怎样都绕不过去。不，她必须绕过去，仿佛她的真正目标是他性器官区内的某个地方。做后插式时，她两手平摊在他的胯骨上，便于增加牵引力。伴随着每次抽插,他们都饥渴地交换着唾液。然后他开始加快速度了;过了一会儿,他发现自己竟然在想一个吹哨子的小孩。这个小孩是比利,甚至是索菲,她脸上糊满了酸奶或是香草冰激凌。

他终于清醒了。在他睁眼之前,他听到了呼吸的声音。不仅如此,他听到了睡觉发出的均匀呼吸声……他发现自己几乎横躺在床上,身上裹着被单和毯子;在他两腿之间是一根变硬的软骨。他翻过身去:只看到卡拉的身体,还有那坚挺的乳房。他朝它们贴了过去。

很快,他听到了她懒散的呻吟声,他不断地挤压、亲吻,她的双手也在他的脖子上、头发里抚摸。时光流逝。

"我爱你,我爱你,"她说。

她开始哭泣,他停顿了一下,希望她也能停下来(然后他就会停下)。但她没有停下。就像比利哭的时候(虚弱地抽泣,天真无邪),他心想。她两腿分开,他的手若隐若现。但当他伸手去摸她的脸时,才发现她的脸颊完全是干的。他们四目相对。瞬间,他所有的欲望消失殆尽;他转过身去。

过了一会儿,汉说:"瞧?……爱不同于恐惧。爱是零号的。"

"哦,你是想说当你在沙滩上拼命奔跑的时候,应该把它裹得好好地放在床上……这是书里或其他地方都不会告诉你的。在一个小女孩面前你很高大,即使你本身小得可怜。你应该去对比利下手。我们会克服难关的。"

"不,你不会。"

"不，我们不会，"她说，"很明显。"只见她裹了个被单，起身走了。

他又醒了，这次是被暴风雨吵醒的，他急忙跳下床伸手去拿衣服，好像它们是他的防弹服一样。窗外雷声滚滚：仿佛枪炮齐射、火弹猛攻，甚至是核武器的进攻。他打开卧室的门。阳台上有个身影，正在抽烟。

她说："上帝喊来了搬运工，肯定会出现破损。不，我们不会。我们无法克服难关。很明显。在床上，我们不知道自己的权利。"

然后他想：显而易见。因为那就是你要做的，爸爸，当你做的时候，当你玩起那个游戏，当你走上那条路。你把她们置于另一个空间，在那里她们总是落后一步、超前一步。

"你现在想见约瑟夫吗？"她问，"你还想见吗？"

他说是，但有些犹豫、有些悲哀，他认为自己失去了勇气。"你是我的敌人吗？"

"我曾经是你的敌人。"然后她向他表露了自己的真实身份。

"……上帝啊，科拉。"

屋外，雷声滚滚，电闪雷鸣，天空中不断闪出斜线，上曲线，最后多线组合在一起形成海岸线形状。一幕壮观的夜景就这样不断地重现。

科拉·苏珊拿着钥匙等着。

4. 正义的怒火

"请进,亲爱的。快进来,别淋湿了。汉……他们正在等你,亲爱的,从这边走。有什么需要尽管叫帕基塔。生意上的事。"

约瑟夫·安德鲁斯推开一扇红色皮制、带有门镜的旋转门。只见牌桌边围坐了一圈人:一位穿背带裤的彪形大汉,一位头戴礼帽、西装笔挺的瘦削男人,一位头上架着太阳镜、几乎看不到肩膀的中国女人。科拉走进房间,随后关上大门。

"你带来了一群混蛋到这里,不是吗,伙计?你是聋了还是怎么的?这边走:跟我来。跟我来。"

汉被带到一个低矮的长形房间,英伦酒吧的风格并不那么地道。但小圆桌上摆着潮湿的啤酒杯垫、亮闪闪的黑色塑料烟灰缸还有飞镖靶、黄铜马饰、马鬃制品以及赛马照片。壁炉里的火烧得噼里啪啦,就像有人得了肺气肿一样。

"首先,我们聊聊过去,"他长叹了一口气说,"我要讲的是梅克·米欧:你不弄他不行。我要说的是:如果你招惹了梅克·米欧,你就麻烦了。你不弄他不行。一堵墙。一次较量。那时候,在他入伙之前,我们曾一决雌雄。那场战斗持续了一阵子,但最终以我的胜利而告终。我做了他。六个月后,当他可以下床走动的时候,他入伙了,我们一笑泯恩仇。他和我，我们喝了几杯。他曾多次邀请我去他家玩,一次又一次。我把小丽达抱在腿上。那时候你还没出生呢,小子。"

"然后到了自由时代。我们都被关在斯顿姬韦斯监狱。他因为重大盗窃罪被判三年,而我则因为……蓄意伤害罪被判六年。接着,我们的伙计托尼·奥格斯因为袭击两名狱警而失去了减刑的机会,那两个人当着他的面烧掉了他老婆写来的信。我对梅克说:'不能就这么算了,我要做了典狱长。'然后米克说:'我去做了他。'我说:'不,我要去做了他。'然后梅克说:'少跟我扯淡。不,我要去做了他。'"就这样僵持不下。

说话时最后一个辅音总受到持续缓慢的强调,如同急促的咳嗽声那样,跟壁炉里发出的劈啪声融为一体了。

"所以我们和监狱的牧师谈了谈,一切都安排妥了。一个矫直器、一副手套,在院子里。那时候会发生这样的事情。在呃,在典狱长的眼皮子底下,你把事情摆平。当然,典狱长不知道发生了什么事……"

汉说:"那么究竟是为了什么?"

"……关于谁去做掉典狱长。"

"我知道,可究竟谁去做呢?胜者还是败者?"

"你还好吧伙计?……那么最后,一番激战过后,我们住进了医院的同一间病房。我的伤势更严重,因为我还打了一个用警棍抽我们的狱警。一天早晨梅克出去了——下午才回来。看着他惨不忍睹的样子,我可以肯定他做了什么:他做了典狱长!我当然不能就此罢休。当天深夜我溜下床,手脚并用地爬到他的床边，把他痛扁了一顿。接着我就被移送到格特瑞监狱。然后发生了一件很有趣的事：梅克和我从此再也没有同时进监狱，也再没有被关在同一个监狱。就这样过了二十年，自由的时代一去不复返了……

"然后我从都柏林赶到伦敦：生意上的事。我听说他回家了，我就去院子里找他，把他叫出来聊聊。他说：'这是怎么回事？''怎么回事？你做了典狱长，你个混蛋。'然后他想起来已经发泄过了：'我躺在医院里，你他妈的快把我的伤口撕裂了。'我回答说：'好吧。你想要自由。这就是自由。你是和他妈的大象结婚了吗？'"

安德鲁斯顿了一下。壁炉里的火烧得很旺，噼里啪啦直响。这里就像在英国：公车候车亭、车站候车室、周五晚上酒吧里的男厕所。

"你的生日是什么时候，伙计？"

汉告诉了他。

"不，不是的。'你老婆是只他妈的大象，需要十三个月才能生出个该死的孩子？'我从口袋里拿出一张纸，"安德鲁斯边说边从他的口袋里掏出一张纸——油黑发亮的夹克上一个带拉链的口袋。"出生登记证明。我在他眼前晃了晃。'九个月前你在哪里？你他妈的在温森格林监狱。我搞了你老婆，而且把她肚子搞大了。你那个儿子，他不是你的。他他妈的是我的。'

"好吧，是我的错……我做得过分了，你也许会说。他当时就像死人一样，面无表情……一动不动……然后他随手抄起一块板子，把我往死里抽。我被他打得头昏脑涨，心想，今天就认栽吧，伙计。真该呆在家里不出门的。但是，你知道，我也算罪有应得。你瞧，敢搞其他恶棍的老婆，这就是后果。你可以说这是男人的权利。痛扁我之后，也许梅克还觉得不爽，因为五天之后，他又打瘫了达蒙·苏珊，然后被抓去关了九个月，我也没办法了。

"……我躺在那里，吃着药，如同你过去那样，不知道是谁突然出现，横插一脚，只有你，你这个混蛋。我知道梅克惩罚过你，其实那是对我的惩罚，而不是对你。我不会就此罢休的。我自己的儿子，所有这一切。我自己的小子，对他自己的父亲做出那种事……你怎么一声不吭。"

"是的，没错。"

"噢。我能问问为什么吗？"

这不是失去勇气，而是失去兴趣了。汉说：

"为什么？因为我不想死，老兄。他妈的就是个老掉牙的笑话，你是，伙计。看看你吧，你他妈的老掉牙的笑话。"

"……你妈最后一次去监狱看他的时候已经有八个月的身孕了。可她还是不安分，折断了四根肋骨。'我已经收拾他了，'她说。'那他现在在哪儿？'他问。'染上黄疸病在比阿特丽斯公主医院躺着呢。'十周以后，她就带着你住进了格林监狱，梅克说你体型偏小，当然她全赖在医生身上……你母亲死得不光彩，和你姐姐一样。喜欢我射在她脸上。你还坐得挺稳当呢？"

约瑟夫·安德鲁斯站起身来，鞋上的亮片一闪一闪的，差点就在大理石的地板上滑起来了。"我还是喜欢闹事，"他说，"哈，我还是喜欢设施齐全的监狱。别担心，伙计。医院就在旁边。"

"我不懂你为什么，呃——"

"是啊，我越老越坏了……看看你。我从你那里夺走的一切。"

"你多大年纪了，乔？是啊，瞧他现在的样子。天啊，那就是自由，是吗？你真是受刺激了，岁月到底对你做了些什么。而且你对此还无能为力。你怎么不找它算账呢？可是不行。这样做只会浪费时间而已。"

约瑟夫·安德鲁斯站到了门口。他手里好像掂量着什么，自言自语道："一个男人搏斗……用他的屁眼。权力……夹杂着愤怒，从屁眼释放出来，"他带着沉重的呼吸。"正义的怒火。上来了……它来了……从屁眼里释放出来……传到这个男人体内。快点，它在哪里。我们来看看。我们来搞定。"

汉发现安德鲁斯在说话的时候，露出的不是上排牙齿而是下排。他站起身向他走来，说道：

"我不会为它斗争。我决不会碰它。你……你他妈的下巴上都是口水。别挡着路，你这个老笑话。你这个老糊涂。"

本来一切即将结束，他突然感到前额被什么东西刺穿，时间顿时凝滞了。但是，即使此次袭击砍掉了他的脑袋，即将发生的事情还是不会改变：在力的作用下规则控制着物体运动。他连续不断地撞击，约瑟夫·安德鲁斯被按在他的身子底下。他的尾椎撞上了石头，发出清脆的断裂声，接着就听到虚弱的呻吟声，不是人类的，更不是有机物的，而是一种金属发出的沉闷粗厉的声音。壁炉里的柴火劈啪作响、上蹿下跳。

"我的地址，"他若有所思地说，"我的替身溜出去了。我回归了。是的，就是这里。"然后他发出一声沉重的低吼，就像一个人刚从冰天雪地里回来，终于感受到火焰的温暖……"不，西蒙。罗德尼，让那个人过来。让他过来。还没完呢，小子。还没完呢。"

半小时之后，汉站在浴室的镜子前检查自己的伤势：镜子里装了一个小灯。一共发现两处伤口，形状就像血染的括号，距眼睛上方西北角的半英寸处。

5. 性城狙击手

"科拉,这样做好吗?这不是给性城狙击手可乘之机吗?"

"性城狙击手从不在夜里动手,也从不爆头。我搞不懂为什么有人要戴着头盔走来走去……我身边从没有人被击中过——真是见鬼了。希克·约翰逊森,那个失去了所有脚趾头的家伙?他和多克·博加德共用一个马桶。一会儿上了高速公路,我就要把敞篷打开了。你瞧呀,我们应该走地面的。"

在他们前方,一条深红色的河正在缓慢流动;在他们左边,一条黄色的河正缓慢地流向爱城。

"你觉得多克是同性恋吗?乔呢?你觉得色情片的同性恋味道浓吗?"

"呃,色情片的同性恋味道挺重的。而且我们认为是隐晦的那种,不是吗。它不是赤裸裸的宣扬同性恋,而是加密型的。现在有很多同性恋色情片。这种片子很赚钱,因为对于同性恋来说,男孩就是女孩。不,在同性恋中,每个人都是女孩。他们有种说法,'为钱而同'。在美国,只要有什么押韵的口号出现,那就说明它已经上升为社会规范了。"

"他想收拾他们,所以他就动手做了他们,还干了他们的老婆。"

"嗯。这就解释了他的嗜痛症:他正在自我调整。他今天早晨非常痛苦。他的手术，他们把他的尾椎接回去了。他现在简直痛苦得发了狂，可他就是不愿意用吗啡。喂，你的额头怎么了。"

"他差点把我弄瞎。我可是他的亲生儿子。"

"所以你一点都不难过？"

"我看不出有什么区别。在报纸里我说这是'又一次疯狂袭击'。又一次——就像梅克·米欧那次事件。我看不出有什么区别。"

"对我来说有区别。在某种程度上，是这次事件促使我决定不再跟你纠缠。"

"这话倒不假。它也冲淡了我们乱伦的痕迹——如果我能这样说。我们都和赫伯·米欧有关系。上帝：我的妈妈。哎，算了，也只能随它去了。你总不能在临终之时还痴迷于婴儿床吧。我说得倒是轻松。你还好吧？"

"嗯。你知道吗，你低估了我的奇思妙想。那只神通广大的狐狸精——她再也飞不起来了。也许这是一种解脱吧。我已经不再干打击报复这一行了，我甚至在考虑退出色情界。反正钱也挣够了。你知道色情业的真正问题在哪儿吗？你们两个越来越老了，我说的是性的方面。这才是最可怕的事，对吗？不过这也许是最好的事，它是色情业的头号大敌。"

"……科拉，乔和我算扯平了吗？"

"嗯，他就是那种人，不是吗？他们总是会回来找你，除非他们死了，否则他们总是回来找你。"

"昨天夜里……我说他是同性恋。"

"什么？那么他肯定不会放过你的。这样，我去找他谈谈，他欠我的。"

"别出去。你知道，我爱过你母亲。她很狂野，但她是我的好姐姐。她死后一年我都痛不欲生。而且我爱你，当然是那种正当的爱。"

"谢谢，我也一样。我要告诉你一个关于性城狙击手的秘密。这件事在政治上太敏感了，所以一直没有公之于众。所有的小姐都将参与罢工。性城狙击手是个女人。"

"他们怎么会知道呢？"

"哦，他们在她的藏身之处发现了一些东西：眼线笔、针织图样、收据。而且，为什么她从未杀过任何人呢？"

所以，他离开了爱城，一个和蔼、温柔、可爱的"性城狙击手"的家。通勤航班带着他飞越操城（那里就像个迷宫），朝洛杉矶驶去。

6. 当权者

他飞越格陵兰时写了一封信：

亲爱的罗莎，

我犹豫着该不该写下这些话，因为我非常害怕往事重演——我非常害怕痛苦的重演。但是我找了找往日的伤疤，又发现它好像已经不在了。

过去一段时间，我想我已经想明白这场意外给我带来的改变。我曾经怀疑它夺取了我的某些价值观——关于文明的价值观，或多或少吧。哎，的确是这样。但它带来的还不止这些：它毁掉了我爱的天赋。全毁了。爱还在那里，但那是一种错误的爱，其中包含着可怕的骚动、无力的骚动。现在那股骚动已经走了、撤退了，消失了。

我不善于大局思维，但现在我有话想说。男人已经掌权了五百万年之久。而现在（我们当今的时代）他们却要与女人分权。历史是厚重的，虽然我们不予承认，我们佯装已经天衣无缝地完成了分权的事业。当然，已经无路可退了。可我退回去了。就像穿越了一扇活板门，我坠落到过去，我们共同承担那场灾难。不过，我们应该承认它的重量，历史。不知不觉中，男人怀念女人的温顺，女人怀念男人的果断；但我们不能那样说。也许，我只是建议，公平是存在缺陷的（而这就是我这封信的问题所在）。如果女人没有为她们获得权力而发狂，或者男人没有为他们失去权力而发狂，那就有些奇怪了。我希望我们能就此争论一下，你会赢的，可我并不介意。不，更正一下，你会赢的，我也会介意，可我也许会装作不介意。我要说的是，想根除那五百万年来的毒瘤，并巩固改革的成果，需要花费一个世纪的时间。虽然我们极力伪装，可改革远未成功。

我的记忆渐渐回来了——我已经能记起比利说"我可爱的爸爸来学校接我回家了"（她说这话的时候踮着脚尖）。我就是要重新变回这个父亲的角色，如果你给我机会的话。前一段时间，我的脑子和心里不大对劲。不对劲，不对劲。记忆问题。我现在唯一回忆不起来的重大事件就是索菲的诞生，我还是找不回这段记忆，但我希望有一天它会重现。我不知道为什么这段空白令我如此压抑。当然，我清晰地记得我曾经拒绝观看你剖腹产下比利。但我却忘记了索菲的诞生——我不想变成一个从未观看过女人诞生的男人。当然了，我希望我能忘记我曾经的模样，可是我不能，我也不会忘记。

我知道我也许造成了太大的伤害。我也许深深地惊吓了你，也让你长久地感到厌恶。还有一件事，我请你一定要原谅我：我们家这种纠缠不清的男女关系。你也许会认为我在这里谈论爱不够成熟，甚至令人担忧。所以我在这里只想说，我最大的愿望就是求得你的宽宏大量。你一直都很慷慨，不会连试着去原谅我都做不到吧。

最近发生了太多的事。我会把一切都告诉你。我不明白为什么现在要告诉你这些，但我就是要告诉你。过去，每当我想起我的父亲，我都会幻想他能偶尔窥探一下我的生活。当然，他在我还和珀尔在一起的时候就去世了。但我曾经想：他会处理好的，他会根据事实自行推断，他会看到我和你结婚，看到我们的两个女儿，比利和索菲。我不相信他会那样做。但是如果时不时地给他一个机会，将会是挺不错的。有些特权经过几代之后就失效了，有些故事在你的孩子们六十五岁的时候就褪色了。当我们死了以后，我应该有机会关注儿子们，而你和我也应该有机会关注我们的女儿。

新婚颂歌。

第 十 章

1. 2月14日（14:19）：101航班

罗伊斯·特雷诺发疯了的尸体发出精准的最后致命一击，翻着跟头穿过让飞机颤抖不已的云团，然后就消失不见了……

101航班的氧气含量急剧下降：遭遇到一阵沙尘暴。机舱地板的中部瞬间坍塌，切断了所有剩余的液压管。

雷诺兹听到一声巨响，然后是可怕的上下颠簸，可以将人撕裂的大风，以及剧烈的震动。氧气面罩突然被全部弹出，悬挂在半空中摇摆着。几秒钟后，所有的香烟烟雾淹没在一股白色的薄雾之中。

机长约翰·麦克蒙纳曼：……报数，尼克。

副驾驶尼克·肖普欧：没有……

麦克蒙纳曼：没有读数。完全没有。

工程师哈尔·沃德：……这玩意儿怎么能靠"读数"呢。这只是台电脑。操作杆根本是个摆设。

麦克蒙纳曼：工程师，我们按照备用直接法则操作。

肖普欧：那如果我们重新接入呢？

麦克蒙纳曼：那样的话我们也许会得到一个虚拟读数。先生们，我们已经失去对这架飞机的液压控制了。她正在倾斜。

她正在倾斜。油门，尼克。如果你……她恢复原位了。她恢复原位了……我们一直在这里摇摇晃晃。没有副翼，也没有扰流器。如果我们想把她弄下来，就需要以三百节的速度降落，而且不能使用反推力和刹车系统。我们不需要机场，只需要一条州际公路。有三英里状况良好的路面就行了。我们目前就有一个不错的选择。呼叫系统飞机维护（SAM）。哈尔？我要请你尽最大可能地联系各类救援和应急部门。她正在倾斜。请回答……

系统飞机维护：收到，101航班。

麦克蒙纳曼：我们这里简直像坐过山车一样……

系统飞机维护：我并不想给你们添乱，但是我们最好开始考虑一下那个近地物体的窗口期。

麦克蒙纳曼：喂。请回答，请回答，请回答。

2. 克林特做准备

"某个自称十四岁的女孩,"他敲着键盘,"在路边水沟里跟一个年纪大点的家伙云雨一番之后,竟然大呼'强奸'。"

你见到过这个小妞吗(见照片)?
她看上去至少十六岁了。
而且他怎么可能看得出来呢?
当然这家伙也尝到甜头了,他自己大方承认。
他欲火焚身,可是又老眼昏花。
而且,据说在那片树林里,周围黑到你根本无法——

克林特停顿了一下。他想:用这个药一定要谨慎才行。过量服用纳克帕姆会发生什么呢?你带着一个站都站不稳的小妞到酒店开房。

法官以为他在唬谁呢?
他还真有胆告诉我们这"不算挑衅"。
这小妞当时穿的是校服。
我们算什么,混蛋?

距离他和凯特的约会还有六十六个小时：情人节（真是妙计）。他想象着自己停好锋哲车，然后穿过马路。双手插兜，步态悠闲。路的对面就是她家的大门。嗯，他就像个童子军，不是吗：时刻准备着。原力丸、沃硫姆内斯（配合沃硫姆康储药剂使用）、安定片、悍妇片（在法律上未经配偶同意不得使用）、纳克帕姆、学院毕业证书。这家伙信心十足。

3. 寒冷中醒来

约瑟夫·安德鲁斯坐在录音机前。他看起来就像刚从泳池中爬出来一样；但他的衣服却是干的。

"来吧，老板，吃半片布洛芬。"

他用颤抖干涩的声音说："滚开。"

"你已经用过局部麻醉药了。"

"那是我没办法。准备好了吗？曼弗雷德，你现在就能把它打出来是吗？

"（咔哒。）我想死在自己的祖国这也算犯罪吗？（咔哒。）除了一些家庭私事和四五个不知道天高地厚的家伙之外（咔哒），我对这个社会不会造成任何危险。事实上，我简直是束手无策了，伙计。"

"呃，去掉'伙计'，换成，嗯……"

他本打算抒发一下自己对英格兰的热爱。但实际上他真正怀念的是在寒冷中醒来，感觉屁股都被冻僵了，连蹲马桶的动作都难以完成。

"西蒙在哪儿？我需要我的西蒙。"

4. 垂柳依依

布伦丹大声念着，已经读到最后一页了。

"'事实上，我已经束手无策了，陛下。我是坚定的保皇派，我当然敬仰您的母亲和父亲。如果我不得不对外公布那些绝密材料，我将心碎万分。我只是一个想把这副老骨头埋在父亲土地上的老头子。我想听到大本钟的声音；我想看到乡下垂柳依依的景色；我想走在沃斯普街上，穿过颠倒世界的大门；我将于2月13号下午赶到希思罗机场，然后去埃塞克斯郡的一处农宅。从此我将在你眼前彻底消失。但如果在此期间我被捕了，我想您知道会是什么后果。约瑟夫·安德鲁斯敬上。另：如果您不介意的话，我想说您还真有脸做得出来，不是吗，声称所有材料都是伪造的？我当时差点就想揭穿你了，但我没有那么做。现在您可以一意孤行，然后祈祷公主的这场风波快点平息。还有她母亲什么的。再另：我看到您堂兄在库德布鲁街上袭击可怜的吉米·欧尼恩。我和吉米在卡纳维斯麦尔就认识了，那时我们一起做督察员。吉米·欧尼恩曾经是最棒的。'"

布伦丹把手放到大腿上。

亨利局促不安地抖动着双腿。

他说："这是什么，巴格尔，我想问问？"

"这是个 DVD，陛下……一盘视频录像带。"

"那么我们最好……"

这两个人正待在布伦丹位于圣詹姆斯的房子里——否则绝不会出现此番情景。那么多的宫殿、那么多的城堡……布伦丹说：

"我在想您有没有必要掌握全部信息，陛下。我可以把您需要知道的告诉您。"

"别把我当个孩子，巴格尔。把洛夫叫来，然后把门锁上。"

5. 2月14日（15:44）：101航班

机长约翰·麦克蒙纳曼：请回答。请回答。不不不不。等一下。好了……到她前面去，到她前面去。必须控制住她，不能被她甩在后边。

系统飞机维护：机长，请报出机上人数和燃料余数。

副驾驶尼克·肖普欧：399。36.7，还在减少。

系统飞机维护：那只能用差速器了。你操作一下油门杆……前缘缝翼打开了吗？

麦克蒙纳曼：前缘缝翼？我们没有前缘缝翼。如果我们能在飞机水平状态下把她弄到地面上，我们就得迫降了。我们正在下降。啊，现在机头抬起来了。稳住。稳住。

哥伦比亚［南卡罗来纳］进场着陆：数据收到，101航班。跑道长一万英尺。

麦克蒙纳曼：没法用跑道。而且我们根本到不了哥伦比亚。根据我的数据帮我找个迫降的地方。尼克，放下起落架。

肖普欧：什么？

麦克蒙纳曼：把它扔下去。

雷诺兹转向坐在2A的那个男人，突然尖叫起来。"那是什么？"她说。"什么？……我听不到！快拿下来！"

"这是防烟面罩。花了我不少钱呢。"

"女士们、先生们,"罗伯尼·戴维斯提高嗓门说。"我们马上要进行紧急迫降了,飞机一停稳我们就将进行人员疏散。坐在出口的乘客,座位号是……"

一个穿制服的男人走出驾驶舱。他在2B处弯下身子,悄悄说着什么。

"女士,"哈尔·沃德站在厨房里叫道,"请你到卫生间去一趟,然后再悄悄地返回22D。很重要。机长的指示。"

机舱内的布帘被掀开了,2A的男人伸长了脖子,发现特雷诺夫人的新座位跟他的座位不太一样。她的座位略微窄一些,而且面对的是另一个方向。

肖普欧:快看我们的速度。

工程师哈尔·沃德:大飞机根本就不适应这个速度。我们会在这里爆炸的。

系统飞机维护:机长,根据你们目前的数据,你们马上就要降到警戒线以下了。

麦克蒙纳曼:他们是怎么说的?33,34?

系统飞机维护:最新的消息是那个近地物体将在21.4的高度出现。重复一遍,你们现在的高度是17.43。如果再不落地,就要撞上去了。等待你们的就是气浪和爆炸。

麦克蒙纳曼:还有。注意机头,尼克。不不不。拉回来,拉回来,拉回来。

6. 公主想要什么？

屏幕上，黄房子里的浴室：走廊、浴缸的圆形凹面、镜子、挂钩上的毛巾。字幕上打出了时间和地点，布伦丹抖了一下。他转过身。国王坐在沙发上盯着屏幕。

公主走了进来，穿着白色网球服。她越走越近，脸上挂着消遣或满意的微笑，然后消失在屏幕右侧。这时传来一声叹气，轻快的小便声，拉扯卫生纸的声音。她又出现在屏幕上，T恤一半挂在身上，裙子一半挂在腿上，摇摇晃晃地甩掉鞋子。她拧开水龙头。停顿了足足有一分钟，查看着手臂上的一颗小痣。然后她漫不经心地脱掉衣服，爬进浴缸里。

这时候摄像机静止不动了，凝视的双眼，愚蠢地愣在那里，就像个安全监视器。过了一会儿你才搞明白，原来痛苦的特写镜头就要开始了。

公主的表情变了——她好像在侧耳听着什么。大门一开一关的声音，窸窸窣窣的动静。然后出现了一个白色的东西，被影子遮住一半。

录像里一直有一种嗞嗞啦啦的噪音。这时突然传出一个人的声音。

"我刚从你父亲的床上过来。他让我来帮你沐浴。"这是何,这是何……何脱下睡袍,伸出一只手,公主必须站起身才够得到。何走进浴缸……她们互相亲吻着脖子,用海绵擦洗着胸部。两个身体:一个棕色且饱含引力,另一个苍白又轻盈。两张脸庞:年轻的脸带着惊恐,年迈的脸残酷无情。

布伦丹再次转过身。亨利把手架在沙发扶手上,头倒向一边。他紧闭的双眼渐渐湿润。
过了几分钟布伦丹说:"陛下?我想您……"
亨利坐起来,睁开眼睛。现在是另一幕情景,幽暗、奢华,半裸的何子珍正在专心服侍全裸的亨利,他看起来无助极了,就像个等着换尿布的婴儿。

"如果能让您好受点的话,陛下,我想我们可以这样说:何子珍是我们敌人的敌人。"
"这样说的确好受一点,虽然难以置信,巴格尔。现在都结束了。一边是奥特瑞德,一边是首相。对我们来说,或者对我来说要做的就是弄清公主想要什么。公主想要什么呢?"

7. 西蒙·芬格

他的拐杖一直伸到手肘。约瑟夫·安德鲁斯把拐杖斜靠在桌边，踉踉跄跄地挪着脚步，重重地瘫坐在他的转椅里。

"西姆，"他竭力喊道。

喊来的是一位身穿条纹西装、个头矮小、目光狡黠、眼睛碧蓝的中年男人：西蒙·芬格。

"西姆，伙计。全都是扯淡，那个：我的威胁。我是个君主主义者，伙计。一直都是。而我掌握的证据可以让整个皇族从此一蹶不振。但我实在下不去手。如果我那样做了，我会死不瞑目的。所以，如果他们明天就逮捕我，我将带着我的秘密离开。虽然科拉手里也有证据，她是最后一张牌。"

西蒙·芬格拖着调子——比国王的架子还足——慢吞吞地说："我完全同意，乔。制度还是好的。"

"我们说到哪儿了？对，我们要动手了：托尼·托宾、约克·菲茨莫里斯、凯文·海德，还有诺尔贝托·德拉戈。其他人你想怎么处理都行，但处理诺比[1]·德拉戈的时候我必须在场。"

约瑟夫·安德鲁斯漫不经心地整理着桌面上的一堆文件。他拿起一份简报。

"竟然说我是发疯的刺头。白纸黑字。点我的名，暴露我的位置。至于他那天晚上在这里说的话：更是毫无尊重可言。

而且他差点就扭头走人了,要不是我拦住了他。他不会忍气吞声的,他不会。竟然说我是……我的亲生儿子。好吧,我不会就此罢休的。她,"他说。

"她?那样会不会太……?"

"嗯,是这样的。科拉让我保证不再伤害他。所以我想让你去伤害她,西蒙。他老婆。这样就不算犯规了吧。我欠她的。我想让你去弄她一下,西蒙,我想让你去弄花她的脸。"

"不幸。这样太,嗯,仗势欺人了。我想这样做真有点太过分了。"

"……我不明白,西蒙·芬格。你这是在说胡话呢。如果一头疯牛向你冲过来,你一定会反抗。你会把头伸到他妈的水泥搅拌机里,你会的。如果你认为那样做是正确的话。我刚才让你去做掉四个混蛋,你只是耸了耸肩。但你现在却不愿意……嗯,好吧。好吧。你会打她一顿吧——这个你至少能做到吧?"

"打她一顿是什么意思,乔?鼻子流血,眼圈发黑吗……头发落一地,满地找牙?"

他探过身去,摊开双手。"完全正确。就像任何普通的丈夫会做的那样。"

然后西蒙·芬格扶着约瑟夫·安德鲁斯走下楼梯,参加一群朋友的欢送聚会:曼弗雷德、罗德尼和多米尼克、科拉·苏珊和伯尔·罗德、托瑞·菲特、梅特上校,还有何子珍。

---

1 诺尔贝托的昵称。

8. 追随的圣女

他们都来参加今天中午的会议：克林特、苏帕门拉姆、斯泰特、麦克莱雷、沃依诺、唐娜·斯顿姬。克林特刚跟唐娜·斯顿姬聊了聊多克·博加德的事。在此之前他也跟多克·博加德聊了聊唐娜·斯顿姬，谈话内容惊人地相似：她也根本不知道他是谁。也许是气氛不大对吧，克林特想。不过他还是把这次复杂的会谈当做是他与凯特约会的好兆头，现在距离约会仅有几个小时了。他仿佛看到自己把锋哲车停在路边，然后悠闲地穿过马路……

苏帕门拉姆说："安斯利·卡尔认为达拉谟是他去过的最好的戒酒中心。他在那里享受到了上帝一般的待遇。安斯利和贝丽尔将在监狱的教堂举行第三次婚礼。这里大有文章可做。"

德斯蒙德·希夫吸了吸鼻子说："所以你认为有些事情出现转机了。"

"是的。你看，"克林特说，"'早已褪色的足球传奇人物一脸苦笑地在牢房外边对着木桶撒尿。他的婚礼已经开始了。'"

"哦，我想语气上可以再温和一点。当然观点不用变了：足球是我们……的宗教……好了，"希夫看了一眼手表。"这事并不常见——哦不——时不时地，时不时地，在我们出版界，你会遇到一篇令你窒息的精彩作品……昨天早晨我在这儿对克林特说：'克林特？我刚收到一封王室通过外国报业协会（FPA）寄来的私人信件。'"希夫晃了晃手中传单一样的东西。"信里说关于公主默认的封口令正式取消了，但是考虑到帕梅拉王后的离世，他们还是希望我们在这个敏感时期能够保持一定的谨慎和距离。请解释一下，我说：'克林特？我们出一篇有关维姬的小型报道怎么样？可以放在专栏里。注意：不要放在《黄狗》里！就用你之前的那种轻松活泼的语气。现在所有的丑闻都已经平息了，而她十六岁的生日也即将到来。我这里还有一张动人的新照片。再次看到她的微笑多美妙啊，不是吗？……展开新的一页——开始崭新的篇章。'今天我和老婆还有六个孩子一起吃早餐的时候，碰巧翻开了最新的《晨雀》。请你们都翻到第三十三页。'维姬开苞记'。"

"'嗨，亲爱的！'"希夫朗读着，"'维姬公主边说边和她的小情人吻别——不久之前我们《晨雀》还以为她是个修女呢。老天爷啊，说她是处女简直太荒唐了。现如今，英国的男孩子们十二三岁就迫不及待地掀开了他们屠夫的围裙。这可是维姬开苞的大好时机（你还指望什么时候呢？）。我们已经有一个童贞女王了——伊丽莎白一世。快为我们的放荡公主解开你的裤腰带吧。'"

"那么这个幸运的男孩是谁呢？搞上未来的继承人仍然是一项重罪，所以这个男人一定来自王室上层。她是不是恳求圣母马利亚，让上帝满足她一个愿望呢？或者，至少从两个意义上讲,这是一次监守自盗?我们都知道,维姬的第一次必须意义非凡。而且众所周知,她老爸至少有两年没做爱了。也许她说:'爸爸?我需要一个男人。就在王室里找一个吧。'然后他说:'搞什么鬼呢?'"

"所以伙计们,快点拿出你珍藏的珠宝,开始做美梦吧。现在有个家伙已经伸出一条腿了,那位圣女肯定会追随而去的。帕姆王后这么多年瘫痪在床,所有开车的人都把她叫做'白金汉宫的死路'(愿她安息),现在总算有一个鲜活的货色了。伙计们,放眼望去,准备好你们的武器吧。准备,瞄准——就让大不列颠狂流口水吧!"

"……我从未想过自己竟然会说出这句话,克林特。但是,你被开除了。"

马托克庄园,西北2号。无家可归的约翰和安德·纽正坐在人行道边。

"这地段不错,"无家可归的约翰说,"你可以帮人修车。比如说,'怎么样,老兄。你搞了一张票。试图让她停下来,可那混蛋却给了你一拳。'"

"这有什么用?"安德问。

"这个嘛,让他们做好准备,警告他们。你之前在哪里干活?"

"石油钻塔,在他妈的北海里。"

"嗯。赚大钱。"

"没错,如果你是钻探工的话。可如果你只是清洗他妈的暖炉，就不是这样了。"

一辆黑色的锋哲车悄然出现了，坐在里边的克林特的头看上去就像骆驼的驼峰。

仍然坐在路边，无家可归的约翰比划了一系列看不懂的手势，克林特才把车窗摇下来。

"不在那里，伙计。住宅区在上边 10 到 30 号。往回走一点，那里有一个凭票泊车机。就在黄线外边一点。黄线外边。"

克林特退了回去，弯下腰，左手抓住两瓶香槟，右手拎着皮制礼品篮。"好，多谢伙计，"他说。

"嗯，再上去一点，"无家可归的约翰说，"我没有家。"

克林特开始过马路。还好他是提前出发：下午就出门了。在路上漫无目的地闲逛着，无忧无虑极了。一个疯子，一个无家可归者。有压力吗？跟凯特在一起，毫无压力。他已经准备好了应对任何意外事件：抖动的时候，他的口袋会发出沙锤一样的声音。有话聊吗？当然：最新的王室动向，此时正在引起轰动。（还是别聊这个了，让其他傻瓜说去吧。）或者给她讲讲他在爱城因为在房间抽烟而坐了两天牢的离奇故事，逗她一乐吧。整个宾馆里的所有洒水器都……

他自己承认她有一些小小的癖好。比如说她使用键盘时耍的小聪明。她发明的有些缩写词很有用，可是用到制表键的时候就不行了。她还会利用标点符号表达视觉上的双关意义："我必须——"；"红头发的奥兰多"[1]；当然，还有，"他做的

---

[1] 英文原文为"orl&o's, of red hair"。

第二个九小时长的手术："[1]。她喜欢用 6 表示"性",使他总以为她来自新西兰。当然,也是无意识的。克林特对一些新领域的疑惑日益渐长:革新的不确定性。他感觉到他错过了什么——可又说不清楚。而且他已经开始怀疑——很多次了,而且不是无意识地——她脑子不大正常。

他按下了标有 K8 的按钮。等着。待会儿我上去的时候,我敢说这小傻瓜能感觉到,他自我陶醉地想。门打开了,传出轻微的笑声和绿茶的味道,门又关上了。

---

[1] 英文原文为"a 2nd 9-hour operation on his"。

9. 2月14日（14:19）：101航班

机长约翰·麦克蒙纳曼：我这里的读数上升了一点。我不知道。也许哪个装置起了作用，也许是空气——低了、浓了。

工程师哈尔·沃德：读数升了就是升了。

麦克蒙纳曼：你那里怎么样了，尼克？

副驾驶尼克·肖普欧：……数据显示我们应该把机头压下去。

雷诺兹知道机长为什么让她坐在面对机尾的位置。你很快会发现，有一大块固定的装置可以提供缓冲作用，而不用被绑在类似2A先生那种脆弱的区域。另一方面，她对这种安排有一种不熟悉的感觉。当飞机穿越云团遇到阻力的时候，她的脊椎感到一种加速的力量。反过来说：当机头下压，飞机开始俯冲的时候，她的脊椎感到一种反推力的作用。

但他们没有使用反推力。

飞机猛地向左一偏，四百个人吓得喘不过气来。太突然、太猛烈了。她想到掉进不锈钢抽水马桶里的那卷纸，大约一个多小时前，此刻肯定"嗞"的一声被冲向一边。就是这么猛烈。

乘客们不再哀嚎了，即使是最可怕的跌落或倾斜动作。除了个别夫妻之外，大部分人已经不再拥抱或讲话，而是直直地盯着前方。人们已经不再说那个词了，虽然他们几乎都说过一遍，那个词是他妈的。单独旅行的人们已经不再在电话里和他们钟爱的人告别了。人们已经不再和他们钟爱的人告别了，在他们脑海里。人们开始和自己告别。

最后一章

1. 骑士之爱

情人节这天一大早,布伦丹和公主一起共进早餐,他们聊了几句。

"您到底想怎么样呢,女士?"

"……我想加入乌玛。"

"乌玛,女士?"

"伊斯兰的穆斯林共同体。他们每天要祈祷五次。日出、中午、下午、日落和晚上。他们一次次地把自己交给伊斯兰共同体。至于那个俯伏的动作,首先是膝盖,然后是双手。眉头、鼻子、双手、双膝,以及你所有脚趾头的底部,都必须触碰到地面,而且手指和脚趾都必须指向麦加。整套仪式是伊斯兰教统一性的表达。乌玛。"

"……请您原谅,女士。"

"你要去远足了。爸爸不喜欢远足。他甚至不喜欢走路。"

她的语气,他注意到,比之前柔和了许多。更加温柔了——或者,至少是更加坚定了。

"爸爸会散步。不,爸爸偶尔散散步。"

"是的,女士,"他说,抓起他的手套,"我希望能到达戈尔丁湖。"

布伦丹离开大厅向北走去。他有点奇怪自己对世俗主义的推崇。因为他害怕自己的爱无生存之地——一个真正虔诚的公主。他能想象到自己摆出一副正式和冷淡的架势与公主答话。他能想象到失去它:失去爱。爱情不是盲目的,他想。或者说我的爱情不是的。那接下来呢,失去爱之后?……布伦丹竭力从现实角度看问题,迫使自己平静下来。他不在乎她转而信仰什么,但当务之急是一项政治任务,就是把她引向(比如说)佛教。

天空中的云团厚重、灰蒙蒙,压得低沉,就像一层地毯。他感觉自己被压在这层地毯下边。

哈尔九世——他终于弄清楚了这位公主想要什么。

他们一起散步,手挽着手,沿着溪流(亨利是水疗的虔诚信徒)。无论怎么说维多利亚都有很大的进步——经过他与何子珍的羞辱事件后。

"如果我知道了你想要什么,并且给了你,你会做出怎样的改变?"

"首先,我会停止一切宗教活动。"

他热切地望着她,不是因为可能出现的结果让人心动,而是因为这个声音,直截了当,这是他熟悉的声音。

"那我必须要找到答案。"

"你不会的。即使你找到了,你也不会做。我了解你。"

"哦,如果我找到了,我肯定会做到的。因为那样一来你就必须回到我身边。"

午饭前,他们在图书馆的小桌子前打了会儿惠斯特桥牌。

"还有一件事你必须放弃,"他说,"早餐再也不能吃猪肉了……哇。三,不,四。最起码。"他把自己的牌抖成扇形摊开,国王、皇后。

"一个都没有,"她说。

突然间他握紧双手,滑下凳子,跪在她身边说:"是的,当然了。是的,当然了。是的,当然了,我最亲爱的。"

布伦丹回来的时候已经七点了,他听到餐厅传出声响。他敲了敲门,走了进去。对他来说,似乎过了很久,他们才发现他来到跟前:好吧,一起玩拼字游戏——或者另一个游戏——就要开始了。在他们中间的桌子上放着一个空香槟瓶子,鸡尾酒调酒器离国王的酒杯很近。

"哈啊,X,"她说,"这个字母我一定要留住。"

"我有一个Y。该死。我都没法先走。你会喜欢这个的,巴格尔。我是说布伦丹。"

"哦,就叫他巴格尔,上帝啊。"

"你会喜欢这个的,巴格尔。"

"陛下?"

"我看你涨红了脸。请帮我把退位公告拿来!弄两份这种公告,一份给她,一份给我。是的,巴格尔,我们要退位了。你也许会说这是徒劳无意,但事情就是这样。我已经派博伊去新闻中心,派契普去第十频道了。事情已成定局。公主想要的就是不再做公主。"

"你并不一定要这么做，爸爸，如果这样对你来说太可怕的话。"

"不，不。必须孤注一掷。我做的这一切都是出于爱，让这个世界见鬼去吧。快看，快看啊！他涨红了脸……但是不要，如果你能停下来思考几分钟，你会发现我们都需要成长，不是吗？人民需要成长，我也需要成长。如果我能成长，他们就能成长，然后她就能成长。哈！那种无聊。哈！那种噩梦……你知道关于君主制什么是万万不可能的吗，巴格尔？那就是……亲爱的，去找洛夫，让他再拿一瓶这个。绝不可能的是……"他举起一只手，直到他女儿大约离开他有一英里远了，才用耳语说道："简直是……"

"简直是什么，陛下。"

"简直是……"

"对不起，陛下，简直是……？"

"简直是……"

布伦丹绝望地说："简直是当头一棒，陛下？"

"不，巴格尔！简直是当头一棒！"

接着走廊里传出她银铃般的笑声，亨利赶紧咳嗽了一声，转向一边。

"你到达戈尔丁湖了吗，布伦丹？"她问道。

"我没有，维多利亚。心有余……"

他凝视着维多利亚，为他的下半生制订了一个粗略的计划。她现在其实更需要他——而亨利并不那么需要他。他需要爱，而她将永远不会知道。所以：二十或三十个没有亲吻、没有触碰、没有一瞥的冬天。他的这份爱也许比他应得的要多出一百倍，不，一千倍。

2. K8

"喂，克林特，特丽克丝怎么样了？"K8问道，"我们终于见面了。你一定要放松，就当是在自己家……"

"好小巧的屋子，"克林特冷冷地说，"就像一根短笛。"

"你拎的这是什么，克林特，这么一箱好东西！那就把盖子打开吧，我要来弄吃的了。"

他的第一印象是：雪莱。蓬乱的卷发、唯唯诺诺的眼神、薄薄的嘴唇。她穿了一件黑色背心和英国国旗图案的超短裙——当然她已经善意地警告过他关于她大腿的宽度。

"你父亲怎么样了，亲爱的？"

"都切掉了，从盲肠一直切到直肠。"

"那里从不下雨……降水，鸭子喜欢的天气。"

"鞋底翻过来！上边全是泥。"

大概是从这个时候开始，克林特真正感到很不舒服了。当他们从水槽走到靠椅时，当她用修长的手指拉扯T恤时，一种刺痛感再一次缓慢地涌上心头。

"首先，六万四？克林特：你不用担心。你应该很想听到这个：我从来没有过……克林特。"

"没有过什么？……句号了？"

"我从来没有过……克林特。你似乎要开始一场关于儿童的辩论，我觉得很有意思，好像我很想要孩子一样！"

"我应该长长地松一口气，是吗？"

"因为你没有那个倾向，对吧，克林特。"

"你为什么要这样说？"

"为什么？在黄狗里。一切都在掌控中，克林特。我曾经做过手术，但不是为了消除，而是为了创造！我弄了一对二十一岁姑娘的乳房，克林特。他们可以随心所欲地做手术。"

"你说什么？"

"他们随心所欲，克林特……克林特，你在想什么呢？"K8说，"我现在要拿掉它吗？我现在要拿掉它吗？"

当他来到街上时（他没有碰她：只是在抬手时不小心挨了一下），发现一辆脏兮兮的白色货车和他的锋哲车并排停在一起。"我怎么开车啊？像个混蛋。"有人留了张布满尘土的贴纸，上面写道。他气得狂按喇叭、大声叫喊、胡乱转动了一阵子后，把车开进了贫民区，在灯柱和栏杆之间左右穿梭，冲进了堆成山的垃圾，然后拐上街道。他用脚狠狠地踩着油门，汽车发出轰隆隆的怒吼声，呼啸着穿过马托克庄园，冲上大不列颠枢纽，至此加入了长达十英里的拥堵大军，经一段弯道最终来到宽阔的大马路上。他不断地抄近路、一次次冲进死胡同，就像一只困在蜂蜜罐子里的大黄蜂——也像回旋加速器里的粒子；最后他不得不再次加入堵车大军，他横冲直撞，不择手段地加塞超车。一扇扇车窗摇了下来——唾沫横飞的咒骂、凶神恶煞的目光、挥舞的拳头。有一次，他被堵得实在无望了，就跳下车追逐一对骑摩托的年轻人,当然很快就被甩得老远,只见那个男人恶毒地给了他一个中指。哭泣、扭曲、按喇叭,他一次次冲破重围,驶过泰晤士米德、霍恩彻奇和诺克山。

终于到了空旷的公路。此时克林特驾驶着重达 4.5 吨的车子,以最高 160 码的速度在路上飞驰。他的声音震耳欲聋(几英里远都能听到),他的眼睛燃烧着怒火,一直开到傍晚时分。甚至他屁股上的火疖子现在都有八英寸大了。

3. 地球的尽头

有一个小型接待团队在等着他，当然了，约瑟夫·安德鲁斯不会独自旅行。他的随从正在从曼弗雷德租来的路虎上卸行李，旁边还停着两辆车，把路都给堵住了。这座住宅位于埃塞克斯的乡下，靠近格雷夫森德，从弯道下来就是了。

"欢迎仪式真他妈的隆重，"他说，"我他妈的回家了。"

约瑟夫·安德鲁斯站在大门外，半倚在他的"齐默"牌拐杖上。他紧闭双眼，露出下排牙齿，可能是长途旅行的缘故。

"我回到了自己的国家了，"他自言自语地说，"二十五年了。而我在《伦敦晚报》上看到的第一个东西是什么呢？他妈的退位声明。我敢说他们这么做是想激怒我。我真想……"他紧闭的双眼前浮现出一个游泳池：一个沾满鲜血的电锯。

"接下来就看你的了，老板，"一个走过的人影说，"公主压力很大。"

"……我们需要聊聊，曼弗雷德·库尔比什里。在你安全不做指望的时候。今晚别喝威士忌了。看上去就像个他妈的印度烤鸡。西蒙哪儿去了？西蒙！难道你不该走了吗，小子？……天啊，谁在这儿捣乱呢。"

他开始以为是只虫子，甚至还试图准备伸手掏枪——当然没有这个必要，二月的英国：脑子嗡嗡响，还有一丝歇斯底里。约瑟夫·安德鲁斯抬起他颤抖不已的脑袋；但他的眼睛还是睁不开。

"来人——来人去……"

一阵轻快的脚步声从他身边经过。他听到汽车换挡的声音，从三挡换到二挡，然后轰轰叫了几声，又从二挡换到一挡；有人大叫"停！"；一阵助推力，接着是猛烈的撞击；空气中传来一声微弱的猫叫；然后一个声音令约瑟夫·安德鲁斯睁开双眼。他之前听到过这个声音，在斯顿姬韦斯监狱，那时一名看守赤裸地从塔台一头栽到院子里。像爆炸一样，然后是类似疾雨的声音。

他把拐杖丢到一边朝前走去。他还从没见过有人这么快地向他走来——走向地球的尽头，不达目的誓不罢休。

马洛·贝勒在家里（他已经在这里呆了半天了：可以算是穷追不舍了），他刚才在大厅里的椅子上打了个盹。突然他听到了什么。他朝厨房里看了看，告诉曼弗雷德和罗德尼呆在里边别动。

你在门口的路上什么都看不到：只有汽车的灯光和车库的照明灯。马洛继续往前走。现在又听到其他的声响：嘎吱、啜泣、嘎吱、啜泣。

前方仿佛有一片薄雾。他自己的老爷车上溅满鲜血，引擎盖上是一只棕色皮鞋，鞋里还插着一根脚踝。

在左边，声音就是从那边传来的，一辆黑色的吉普车灯照得人眼睛几乎都睁不开。马洛避开灯光，躲到车库的门边上。

约瑟夫·安德鲁斯死在马路上。在他的上方，是袭击他的人，现在已经精疲力竭了，还在用手中的工具做最后的攻击——扳手、钳子。然后他把扳手扔到一旁，好像试图挤出几滴眼泪。可他挤不出来，马洛发现了原因。

"好了，伙计。你已经把他了结了。都结束了。好了，好了……天啊：克林特老兄……起来，快站起来。我们必须帮你。我们必须帮你，帮你。"

马洛·贝勒心想：原来那就是乔在地球上的最后一搏。用他灵活有力的右手，弄瞎了克林特·斯摩克。

4. 2月14日（14:19）：101航班

机长约翰·麦克蒙纳曼:请回答。请回答！……快点回答。转弯。不不不。摆正，摆正。

系统飞机维护:我来了，约翰，还带来了环形滑尺。

麦克蒙纳曼:给我讲讲，贝蒂。

系统飞机维护:近地物体距离你还有21.39英里。到时候会出现火花，温度急剧上升，你们立刻就能感觉到。我们认为这些都不重要。但到时候会出现顺风，约翰。

工程师哈尔·沃德:这下可好了。

系统飞机维护:我很遗憾。热量上升的速度会达到光速。而风速会达到音速。所以，闪光之后你们有一分……九秒的时间。祝你们好运。我们都在为你们加油。真正为你们加油。

麦克蒙纳曼:多谢，亲爱的。

副驾驶尼克·肖普欧:下边就是我们所谓的跑道了，先生们，看见了吗？

麦克蒙纳曼:哈尔？

"三分钟，"哈尔·沃德说，再没说别的了。雷诺兹知道约翰·麦克蒙纳曼曾经历过一次坠机事故——年轻的时候，他还是个乘客。他已经跟她讲过很多遍了。他说那就像一场无声电影：一点声音都没有，只有黑与白。甚至连火花都没有声音，也是黑白色的。而那些将死之人、那些浑身是火到处逃窜的人的表情也是黑白色的。简直不可思议。

她扭了扭脖子，试图转移思绪……约翰说他当时突然间就有了一百个不同的"自我"。在他周围有妻子、丈夫、兄弟、姐妹、母亲、父亲、孩子。然后，不久之后，就是生存的问题了。这就像买彩票一样，他说……哦，我明白了，她对自己说。过了将近半个世纪，罗伊斯终于死了，可是三天之后，我也要死了。道德教训：千万别十七岁结婚。

朝向机头的乘客们摆出防冲击的安全姿势，双手抱住后脑身体前倾。雷诺兹面朝机尾，正常姿势坐着，只是护着脖子，护着脖子：机长的命令。

而且她知道——心知肚明——如果他们能逃过此劫，她就要逼他娶她。

有个黄灯在闪，她感到自己上嘴唇挂满汗珠。

沃德：还有多久？

麦克蒙纳曼：十六秒。天啊，就是现在，太平静了。

系统飞机维护：这不是我的领域，但如果风从上边下来，它总得再回去，对吧？所以如果你们能呆在原地保持不动……

麦克蒙纳曼：来了。稳住。稳住。

沃德：……该死的上帝啊，机翼要掉了！

麦克蒙纳曼：等等！

沃德：机翼撑不住了！

肖普欧:我爱你,艾米!

远处是紧急救援队,六英里长的 95 号州际公路已经清空备用——就位于南卡罗来纳州弗洛伦斯县的弗洛伦斯市。

这就是人们看到的,这就是人们听到的。

他们看到十字架上的 101 航班下午突然出现在红色高原上。起初是一片死寂,然后他们听到受损机器悲哀的轰鸣声。他们看见飞机摇摇晃晃、绕着圈打转翻滚:逆时针方向。当它终于静止不动地开始俯冲时,上空出现爆炸式的闪光,一秒钟之内,彗星的尾巴就像银河一样划过天际……

就在飞机距地面大概还有五百英尺的时候,一阵顺风拖住了机身。飞机似乎发出痛苦的怒吼,不断地颠簸摇摆。左翼突然下沉:与硬路肩擦出火花。然后是一股上升气流:101 航班突然间达到水平位置了。一次激烈的弹跳、擦出火花;又一次弹跳,机内装置和仪表盘开始脱落;着陆,坚硬的路面对抗着飞机弹跳,机尾冒出滚滚浓烟。

密密麻麻、闪闪发光的彗尾,全部跟随着那颗彗星朝朱庇特飞去。

5. 黄狗

现在是伦敦的六点钟,汉一个人和他的小女儿索菲待在房子里。

早些时候,在马路对面的公寓里,他正站在冰箱边上吃午饭,罗莎给他打电话说(他本来也要去那里吃晚饭的),"你能早点来帮我看一小时索菲吗?"

"我很乐意。但她会穿吗?"

"我想会的。咱们试试看吧。"

"她现在调皮起来了,爸爸。如果她不愿意穿的话……发生什么了?跟我讲讲,跟我讲讲。"

她谈起比利到朋友家过夜的事情,伊马库拉达今晚不上班。然后她说:"周二讲座结束后,一个外交辞令十足的小个子男人来找到我,说他有一些关于卡扎菲家族男生的资料,要带过来给我。我跟他约了六点半在克洛斯见面。恶心的名字,赛门什么的。令人恶心的眼睛:空洞浅薄的蓝眼。我大概七点或者七点十五回来。多谢了。"

五点,他赶到房子那里。索菲温和地抬头看着他。六点,他倒了一杯啤酒,提醒自己别忘记观看彗星,然后继续阅读那种一页只有一个词的书。

他和女儿们的关系已恢复正常了。现在索菲偶尔会有点害羞或迟疑。他现在还不能随便把她抱起来，搂在怀里——她总是不停地扭动或傻笑，一刻不消停。但是比利就容易多了。有一次，为了给她表演床头故事里的一个情节，他做出一个很可怕的表情，支吾几声之后，比利说："你吓不到我的。你就是我的傻老爸。"还有一次，他成功展示了自己的责任心，当看到比利用椅子的扶手在那周围进行"锻炼"时，他稍微愠色地说："哦，比利"——然后转过头去（是什么激怒了他呢：一种挫败感吗？）。他看到妻子的眼神，皱眉中似有期待。

汉也有所期待。他甚至以为今晚会跟罗莎一起过夜：在纪念殉道者瓦伦丁（Valentine）的情人节里。他的妻子身材很好，拥有流线型的骨架：以前她想要亲吻的时候，会把舌头伸到一边戳一下脸颊，引起对方的注意，感觉更近一些。她今天也这么做了，大约二十四小时之前。如果她让他留下来，待在她床上，他不会固执地坚持己见。现在他嘴里说的是"汽车""猪""叉子"之类的话，心里想的却是晚饭后妻子坐在身边的情景，她一动不动，就像一个工艺品，像一幅早期画作，而你能看懂的只是作品的质地。

他看着自己的女儿，总是在地上爬来爬去，偶尔歪歪斜斜地站起来，从一个扶手走到另一个扶手……在某种程度上，汉明白他对索菲·米欧怀有一种荒谬的期待。她是他的第四个孩子，也是第二个女儿。他有时候发现自己在想，我现在有个想法。为什么她还没有呢？她真的要像其他三个孩子那样，随时随地地咳嗽、尖叫和拉屎，不断地跌倒，一年时间里想表达我的时候都说成你（"帮你！帮你！"），大约有五年的时间都在不停地问为什么，为什么，为什么？哎，这次他已经准备好了回答为什么。他不会说"因为……"，而是会说"我猜"。他同时还希望运动定律适用在儿童身上时可以适当宽松一些，如此一来，当他们一头栽在地上的时候能更轻柔些，他们的哭泣声能更轻柔、短暂一些，他们的磕磕碰碰能更轻柔些，肿块也能不那么红。索菲从一个扶手挪到另一个扶手。

汉还在思考他应该怎么跟罗莎讲科拉·苏珊的事。他在信中已经保证要对她坦白，所以他无法只字不提。他知道一件事：他需要事后再告诉她。而且也不能事后立刻告诉她。但是这种信任，这种亲密令他期待。他觉得他有必要说得含蓄一些。你能直接说"我亲了我侄女的胸脯吗"？难道你不该有一点——家庭的羞辱感吗？可以料到的是，罗莎早晚会发现的，通过珀尔。他可以说：你有权报复。但按理说你应该让你叔叔莫迪凯来……

当然，在罗莎眼中，科拉身上有情色的污点（尽管汉对多勒罗莎大道的片子几经编辑也难以洗脱情色的痕迹）。罗莎的厌恶主要集中于审美角度——当然不是表面上的审美；她真正厌恶的是道德层面："她是个皮条客，还是个妓女。""没错，"他说，"但这是有原因的，你想想。""就算是吧，"她说，"可每当我想到色情片，我眼前只会浮现出一个男人一手拿着遥控器一手抓着自己的鸡巴。"嗯，是的；嗯，是的，日常生活中的淫秽面不是每个人都能接受的。他仍然在思考这个问题。如果通过其他方式再现色情，女人也许就不会那么介意了：比如说通过打喷嚏或者心灵感应。假设因为不存在另一面的话：被剥削者，没人会反对欢乐结局。但也许这还不是原因。也许女人只是无法忍受对它的歪曲：人世间爱的行为。

他打算给科拉打电话——虽然他想在给她善意的建议之前，再等一段时间也许更好。这条建议并非特别得体，但他只能提供这些，因为血缘关系使他变得正派起来。他对科拉的种种淫念如今已变成了回忆。这也说明了社会禁忌的强大效果；它起作用了。他会说："听起来很老套——但生个孩子吧。每次看着你我都在想你的孩子。你的胸也在期待，期待你的孩子。快让伯尔·罗德把你的肚子搞大，然后全力待产。"或者类似的话。汉现在小心翼翼地想，罗莎会不会愿意再要个孩子。他自己是愿意再要一个的，如果她坚持的话他也不会反对。但是他能再经历一次怀孕吗？珀尔和罗莎在这方面没什么不同：第一次怀孕，一切顺利；然后是第二次，她变成了大腹便便的相扑选手，躲在布帘后边情绪低落地打盹，走路步伐沉重，还有那间隔性的深深叹息。为权力而发狂。

他意识到，他的希望、他的野心在重新聚集力量，还有他的自满，甚至……是的，他回来了——回到他的生活中。透过这些各不相同的眼光，他现在看起来如何呢？挺好的。也回到了这个叫做"世界"的地方。两天前他去学校接比利。快走近的时候，游乐场里发出了它通常应有的声音：嬉戏的尖叫声。他想——万一这个尖叫声是严肃的呢？他们都太珍贵、太脆弱了。他头顶上的枯树挂满了雪花。它们的爪变成了掌。但积雪很快就会融化。

但我去了好莱坞，而你去了……

索菲走了过去。她用手抓住他的膝盖保持平稳。她的指尖抓出的小凹痕，就像一个个加减符号。儿童的加减符号。她很快就会走路了——歪歪扭扭的路线、细微的姿势调整、偶然的三码冲刺，还有举起的双臂。

他用家里的座机打了个电话，联系到了珀尔，她的语气很温柔（其中带有一种不可名状的忏悔），她答应把一个儿子还给他。挂掉电话后，他夹克里的手机响了起来。

"喂？"

"是汉吗？我是马洛·贝勒。他死了。"

"谁死了？"

"约瑟夫·安德鲁斯。"

"怎么死的？"

"交通事故。另一个老混蛋下的手。西蒙·芬格。都快把他砍成肉酱了。溅得我车上到处都是。我想你肯定想知道这个消息。你还好吗？"

"嗯伙计……"

他挂掉电话，静静地坐了一会儿，闭上双眼。

他闭上双眼，看到了那只黄狗。

汉走进院子，听到了似乎让他不安的一种声音。这声音带着节奏感，就像爱的杀戮：先是一声咕噜，接着是轻柔撞击或汇合后的低沉呻吟，最后是哀悼的回响。天空中，一声哀嚎，那是黄狗的咆哮。他赶紧绕开拴着动物的那根柱子。

这个庭院——堆满了各种板材、废弃的水槽和马桶、黑色的破旧轮胎——是对情感理解形成己见的地方。好多个夏天的夜晚，他尾随姐姐丽达和她男朋友一起来到此地，看着她跪在废弃的水泥搅拌车后边，有时候她靠着没有轮胎的破货车，裙子提在腰间。工作室的墙上钉着时而噘嘴、时而扭腰的美女照片或海报；一群野狗混乱地群交，等待着泔水桶；再久远一点，兴奋的母鸡不顾一切地冲向尖叫的公鸡。

他轻轻推开虚掩的大门，看到他父亲正坐在另一个男人胸上，奋力用膝盖压着他的肩膀：梅克·米欧压着约瑟夫·安德鲁斯。他是如何挥舞着流血的拳头，不顾下边传来的阵阵哀嚎和抵抗，任由它雨点般落下。多么乏味、多么变态，多么疲倦啊。为了这个、那个。为了那个、这个。"嘿，老爸，"他说，冲上前来猛击和镇压。这个男人起身抱住这个男孩，油腻而扭曲的脸充满着愤怒。

当这一切发生的时候（他已经记不大清了：有一刻他被抛在半空中，对他终点的本质和结构别有兴致），你能听见黄狗的叫声。呜咽、哭泣，摇着脑袋仿佛想放松酸痛的脖子，它抖动着肩膀，试图挣脱那些——背上背负的东西。

6. 当他们小的时候

七点刚过,他打开庭院的门,抱着孩子观看彗星。"看呐!"她说着,指着,像婴儿那样指着:拇指和食指交叉地指着天空。彗星呼啸着划过天空向东飞去———一道白光——徒劳地努力着,就像一个糟糕的老头子在做一件糟透了的差事。别停,别停。全心全意、自取灭亡地把自己交给朱庇特和地心引力。他以为自己听到了:咒语般微弱的嘶嘶声。然后马路上传来汽车抗议的喇叭声,又一辆汽车发出挑衅的回应。他微笑着摇了摇头,继续关注自己身边的琐事。

他去给索菲拿水喝,这时看见他老婆从门前经过。她小心翼翼地弯着腰,仿佛自己出去太久现在才溜回来一样,但她相信自己不会有事,家人肯定会毫无怨言地重新接纳她。他听到她走上楼梯,把钥匙丢到门口的桌子上,然后发出事情没有办成时那种愤愤不平的叹气声。"马上就下来,"她叫道。他听到她跑上楼,过了一会儿,浴室传来噼里啪啦的淋浴声。

他转过身。发现房间里多了一个人:一个全新的人。索菲正站在一堆玩具旁,没有走路,仅仅是站着,没有任何支撑,除了站在地上的双脚。她好开心,但她是为其他事开心(她手里捏着一小片纸),根本没有察觉她已经发生了重大改变。

汉向前走去:说,"宝贝,你——"

走到她跟前。她起来了：可现在怎么下去呢？她的双臂向天空展开，她的双膝微微弯曲——一蹦一跳，背倒向一堆积木……当他向她伸出手的时候，他们的双臂紧紧抱在一起；当他把她举过头顶，他的耳朵感受到她湿热的鼻息——但这并不重要，不重要，一点都不重要。

当他坐在沙发上安抚她，看着她挂着新鲜泪珠的眼睫毛时，他终于回忆起她的出生情况，心脏监视器上记录索菲在胎盘里疯狂跳动的曲线。她出生的时候他已经哭过一次了（他的儿子们出生时他也哭了）：不是因为他们要面对的一切，而是因为他们已经承受的一切，无依无靠，那时候还那么小。几分钟后，索菲出世了，生平第一次他头脑清醒地认真思索人的阴部……现在她从他手中滑开，开始在屋里转来转去，从一个扶手转到另一个扶手。他一脸麻木地苦想：在这项保护他们的工程中，令人绝望的痛苦是，当他们还很幼小的时候，他们弱小的身躯，弱小的身躯，他们十分弱小的身躯。

Martin Amis
YELLOW DOG
Copyright ⓒ 2003 by Martin Amis
Simplified Chinese edition copyright:
2024 SHANGHAI TRANSLATION PUBLISHING HOUSE(STPH)
All rights reserved

图字:09-2013-385号

图书在版编目(CIP)数据

黄狗/(英)马丁·艾米斯(Matin Amis)著;彭青龙译.—上海:上海译文出版社,2024.6
(马丁·艾米斯作品)
书名原文:Yellow Dog
ISBN 978-7-5327-9567-3

Ⅰ.①黄… Ⅱ.①马…②彭… Ⅲ.①长篇小说-英国-现代 Ⅳ.①I561.45

中国国家版本馆 CIP 数据核字(2024)第086398号

黄狗
[英]马丁·艾米斯 著　彭青龙 译
责任编辑/徐　珏　装帧设计/董茹嘉
上海译文出版社有限公司出版、发行
网址:www.yiwen.com.cn
201101　上海市闵行区号景路159弄B座
南京爱德印刷有限公司印刷

开本 850×1168　1/32　印张 13.5　插页 6　字数 199,000
2024年6月第1版　2024年6月第1次印刷
印数:0,001—3,000册

ISBN 978-7-5327-9567-3/I·5994
定价:82.00元

本书中文简体字专有出版权归本社独家所有,非经本社同意不得转载、摘编或复制
如有质量问题,请与承印厂质量联系调换。T: 025-57928003